國家圖書館出版品預行編目資料

范仲淹文學與北宋的詩文革新／陳光憲 著 — 初版 — 新北市：
花木蘭文化事業有限公司，2017〔民 106〕
序 4+ 目 4+240 面；19×26 公分
（古典文學研究輯刊 十六編；第 1 冊）
ISBN 978-986-485-103-4（精裝）
1.（宋）范仲淹 2. 宋代文學 3. 文學評論
820.8　　　　　　　　　　　　　　　　　106013414

ISBN-978-986-485-103-4

9 789864 851034

古典文學研究輯刊
十六編 第一冊　　　　　　　ISBN：978-986-485-103-4

范仲淹文學與北宋的詩文革新

作　　者	陳光憲
主　　編	曾永義
總 編 輯	杜潔祥
副總編輯	楊嘉樂
編　　輯	許郁翎、王筑　美術編輯　陳逸婷
出　　版	花木蘭文化事業有限公司
社　　長	高小娟
聯絡地址	235 新北市中和區中安街七二號十三樓
	電話：02-2923-1455 ／傳眞：02-2923-1452
網　　址	http://www.huamulan.tw 信箱 hml810518@gmail.com
印　　刷	普羅文化出版廣告事業
初　　版	2017 年 9 月
全書字數	174050 字
定　　價	十六編 8 冊（精裝）新台幣 15,000 元

〈十六編〉總目

編輯部　編

《古典文學研究輯刊》十六編　書目

《古典文學研究輯刊》十六編 各書作者簡介‧提要‧目次

第一冊　范仲淹文學與北宋的詩文革新

作者簡介

　　陳光憲博士，生於 1942 年，臺灣臺北市人，曾任德明財經科技大學校長、臺北市立教育大學副校長、應用語言文學研究所所長、國家考試典試委員、國家文官學院、國立教育研究院專題講座、教育部課程綱要修訂委員、教科書審查委員、人文藝術網站顧問、《人間福報》專欄寫作，1998 年榮獲教育學術貢獻木鐸獎。

　　著述有《慧琳一切經音義引說文考》、《王靜安生平及其學術》及《神采飛揚》、《戰勝自己》、《學習才會贏》、《絕無盲點》等學術與勵志文集。

提　要

　　宋代承晚唐、五代餘緒，文教失墜，自太祖建國以來，至仁宗，歷六十餘年爲儒林草昧時期，此期間由草昧而興盛的關鍵人物即是北宋名臣范仲淹。

　　本書的撰寫，即是有感於范仲淹的貢獻，除功業彪炳，出將入相外，其主張詩文革新、振興教育，帶動儒學的全面復興，值得深入探討與研究。

　　從本論文的研究中，瞭解范文正公的卓越貢獻。他從政治上拯救文弊，改進科舉；從教育上興學育才，禮聘明師，講授六經，闡明經義；從文學上創造樸實的詩文，他親近時賢，獎掖後進，在師友的推波助瀾下，挽救頹靡的文風，帶動宋代儒學的復興。

　　范文正公詩文革新，懷著悲天憫人的胸襟，與人為善的情懷，用淺近的文字，議論興革大計，表現宏偉的氣象和懾人心魄的力量；他興學校、育人才，以復興儒學為己任，因此人才輩出，宋代學術由儒林草昧，一躍而為儒學的全面興盛。

　　范文正公在學術上，主張凡為詩文皆以「貫通經術，明體達用」為主，最終目標則是「敦化仁義、輔佐王道」因此啓發後世「經世致用」的思想。

　　范文正公粹然無疵的人格，以天下為己任的抱負，不僅改變了當代的文風士氣，也影響千秋萬世的炎黃子孫，本論文的寫作目的即在於彰顯范文正公的自覺精神與貢獻，願我中華兒女重振世風、國風。

目　次

第二冊　胡應麟敘事理論及其批評與創作實踐——以《少室山房筆叢》與《甲乙剩言》爲論

作者簡介

　　黃鈴棋，輔仁大學中國文學系學士班；中興大學中國文學系碩士班，目前於清華大學中國文學系博士班就讀。研究所期間發表過〈變形與再造——論舞劇《蛻變》的敘事結構與其旨趣〉、〈就蚩尤之死論其神話意涵〉、〈吳福助《臺灣文學「跨學科」研究隨想錄》讀記〉、〈論《尙書》中自然與人之間的關係〉等多篇創作與學術論文。

提　要

　　中國文學中無論是對敘事文本的理解定義或敘事理論的建構，自有其發展脈絡，近年來亦逐漸被重視，許多學者接踵投入該領域進行研究。而胡應麟爲明代重要的文人才士，精通史學、文獻學、詩學等各種文學領域。平生著作頗爲豐富，學界研究成果亦豐碩斐然。然而，從敘事學角度檢視胡應麟創作，可發現其中蘊含大量對敘事文學的探討及理論建構。是以本文嘗試從《少室山房筆叢》及《甲乙剩言》進行考察，除探討兩書的敘事性質；另對《少室山房筆叢》中有關敘事文學之論述進行梳理研究，將其中所得敘事理論，與《甲乙剩言》的敘事文學創作進行理論與實踐的互證對比，希冀建立胡應麟的敘事理論專著，提供中國敘事理論建構過程的論述。亦期望經由本論能引起台灣學界對胡應麟研究更多的共鳴，並加強其文學史上的價值與地位。

　　全文分爲六章進行：首章緒論，針對研究動機與目的、前人研究成果、研究對象與範疇、文獻版本相關問題，以及研究方法與架構進行探討及說明，勾勒本論文的大要。第二章論述筆記體的定義與《少室山房筆叢》的敘事結構。先定義中國筆記體流變、名義與文類特徵；其次，針對《少室山房筆叢》筆記體特徵的敘事結構加以分析，以此更加明確《少室山房筆叢》作爲筆記體的文類特質，並進一步探討其敘事動機及敘事立場，觀看胡應麟以何種態度撰寫《少室山房筆叢》。第三章則將散落在《少室山房筆叢》各篇章中的敘

事觀點與理論進行梳理，並將相關理論分史傳敘事、小說敘事、戲曲敘事系統化呈現，冀能建構胡應麟敘事理論與敘事批評。第四章對《甲乙剩言》進行敘事研究，分析創作者的敘事動機及敘事者立場；並通過對《甲乙剩言》中敘事視角的運用、取材原則及敘事風格等剖析，示現胡應麟小說敘事的獨特性。並將該書作爲其敘事理論對照的實踐依據。第五章則對胡應麟敘事理論與實踐進行評。對比論述《少室山房筆叢》與《甲乙剩言》間的敘事觀念與手法運用的應合及乖違；並進一步探討胡應麟敘事理論文學史上的意義與價值及敘事理論中的限制與不足。第六章結論，綜合說明本論研究成果及未來可開發之研究。

目　次

第三冊　明代戲曲本色論

作者簡介

　　侯淑娟，臺灣屏東縣人。民國九十（2001）年獲東吳大學中國文學系文學博士。現任東吳大學中國文學系（所）教授。專攻中國戲曲、韻文學、俗文學。講授元明雜劇研究、明清傳奇研究、當代戲曲研究、曲選及習作、古典戲劇、地方戲劇、中國戲劇概論、現代戲劇及習作……等課程。著有《明代戲曲本色論》、《浣紗記研究》、《講唱文學與戲曲研究論稿》、《戲曲格律與跨文類之承傳、變異》、〈晚明戲曲選集中《五桂記》殘存齣目的竇儀故事〉、〈《咬臍記》的選輯及其所反映的問題和現象〉……等專論。

提　要

　　本論文以《中國古典戲曲論著集成》、《新曲苑》、《中國古典戲曲序跋彙編》所收 70 種曲論、曲話、序跋、評點、筆記爲主要研究範圍，並旁及其相關曲家的詩文集，檢視觀察明代曲家對「本色」的運用。因從宋代開始，「當行」便與「本色」交相爲用，故在本文的觀察探討中，將「當行」納入。論文共分五章，第一章緒論，概述「本色」與「當行」二詞源頭，戲曲本色論的興衰概況，並探討其萌芽的可能時期。第二章從駢儷風氣的反動、曲家對戲曲舞臺性和通俗性的自覺，及推尊元曲三方面探討明代戲曲本色論興起的原因和背景。第三章將明代分爲三期，爬梳李開先、何良俊、徐渭、臧懋循、沈璟、王驥德、徐復祚、馮夢龍、呂天成、凌濛初、沈德潛、祁彪佳等十二位曲家所述本色觀點，探討諸曲家之本色內涵。第四章綜理諸家本色論特質，探討戲曲本色論與文壇關係，檢討本色論之得失。第五章結論歸納要點，總結全文。明代戲曲本色論的發展是曲家分析戲曲特質，解析構成因素，提供評論者品評準衡的過程。但曲家各依所見，對戲曲本質多未掌握整體，因而意見分歧，眾說紛紜。在各家中，要以王驥德所論較全面。而故事情節、關目結構、音韻格律、曲辭賓白、人物塑造等五要素，正是明代戲曲本色論應探討的主要內涵。

目　次

第四、五冊　六朝散體文論稿

作者簡介

王琳，生於內蒙古包頭市。曾先後就讀於湘潭大學、河南大學，1985 年獲文學碩士學位。現爲山東師範大學文學院教授、博士生導師，中國古代文學教研室主任。兼任山東省古典文學學會副會長，中國古代散文學會常務理事。主要從事先秦漢魏晉南北朝文學教學與研究，兼及古代區域文化和歷史地理學研究。出版論著有《西漢文章論稿》《齊魯文人與六朝文風》等。

楊朝蕾，山東青島人。文學博士。貴州師範大學文學院副教授、碩士生導師。主要致力於漢唐文學、中國文體學、佛教文學與高校古代文學教育教學改革研究。出版學術專著《魏晉南北朝論體文通論》，發表學術論文 50 餘篇。主持和參與國家社科基金項目 3 項，主持和參與教育部基金項目 2 項。

提　要

　　本書探討的對象是六朝時期狹義的散文，即散體之文。歷來論者對六朝駢體之文關注較多，而對同期的散體文的研究則頗為薄弱。有鑒於此，我們撰寫本書，以期彌補以往研究之不足。我們認為，與先秦兩漢散文相比，六朝散體文的主要開拓和進步，表現在寫景紀遊功能大幅度拓展、抒情性空前強化、雜傳書寫多元發展、論辯文空前卓越等四個方面，因而全書緊密圍繞這四個專題展開論述。

目　次

上　冊

第六冊　金代主要別集散文研究

作者簡介

　　陳蕾安，1976 年生，台北人。2014 年文化大學中文研究所博士畢業，2004年政治大學教育學程班結業，取得中等學校國文科教師資格，曾任教於國、高中及高職。目前於台北城市科技大學擔任兼任助理教授，教授「國文」、「中文閱讀與寫作實務」等課程。主要研究金代文學及古典散文等相關議題，著有《趙秉文散文研究》、《金代主要別集散文研究》。

提　要

　　金代散文融合北方既有眞摯、奔放之風格，在古典散文中自張其軍，獨

樹一格。本書之研究對象，先採現存文集且有足夠份量以資研究的散文為優先。以作家之主要文學活動為依據，分為「借才異代期」、「國朝文派期」及「遺民餘音期」三期。今仍存有別集之「借才異代期」作家有：蔡松年一家；「國朝文派期」作家有：王寂、王庭筠、趙秉文與王若虛四家；「遺民餘音期」則有李俊民、元好問及楊奐三家。唯蔡松年《明秀集》因未有單篇散文留存，僅以簡論其詞序之內容與特色附於緒論後。

緒論陳述研究動機與目的、研究方法；詳述研究範圍及對象，簡介金代現存文集流傳之概況，與目前金文學相關研究之成果。第二章探討金代文化，包括語言文字、教育科舉制度、君王態度對散文的影響；第二節則就金流行之宗教對散文的影響進行論述，並針對金代新興道教全真教對金代散文之主題與文風之影響為研究。

第三、四章，為本書之重心，以現存有別集之作家及其散文為主要研究對象。其中第三章專就「國朝文派期」別集散文，即：王寂《拙軒集》、王庭筠《黃華集》與趙秉文《滏水集》及王若虛《滹南集》四部別集中之散文為研究對象；第四章專就「遺民餘音期」別集散文，即：李俊民《莊靖集》、楊奐《還山遺稿》及元好問《遺山集》三部別集中之散文為研究對象。每部別集為一節，每節就其別集內散文創作之歷程為依據，概論其生平行誼，並歸納分類其散文內容，董理其散文特色。

最後總結金代主要別集散文特色，探討由別集看金代散文之承啟。並附上相關單篇論文：〈偽齊時期散文及其繫年考〉、〈試論金代「中州」與「國朝文派」定義〉兩篇於其後。附錄三則整理自金太祖天輔元年（1117）至元世祖中統元年（1260）所有金代主要散文之繫年。

目　次

第七冊　唐前伍子胥故事流變與文化價值

作者簡介

洪佳伶，1991 年生於彰化縣，2017 年畢業於國立中興大學中國文學研究所碩士班，目前從事教職，主要耕耘於閱讀與書寫課程。

提　要

伍子胥故事在《左傳》中有了基本雛型、在《史記》中得到完整架構後，逐漸開始發展。歷經長時間的綿衍與文體的變化，從史傳系統進入小說化的《越絕書》、《吳越春秋》，甚至演變成《伍子胥變文》中的複雜樣貌。在這樣的流變過程中，伍子胥故事不僅架構改變，情節安排、出場人物與細節描繪皆有了極大的差異，而故事的改變亦影響了伍子胥的形象與評價。

伍子胥故事隨時間推進而不斷變化，民間傳說與信仰、道教與佛教等宗教思想的滲入，更推動伍子胥故事的複雜化，形象也顯得更立體，而儒家忠、孝與復仇觀思想的展現也爲伍子胥形象的塑造開發了一條不同的道路，不僅呈現出活潑的生命力，且爲伍子胥故事蓄積了不斷流傳且創新的能量。

伍子胥故事發展至唐代，不僅承繼史傳系統中的描寫，更保有儒家提倡的價值。士大夫階層傳頌其「忠」之外，亦接受民間系統中對伍子胥民間性與神格化形象的塑造，使伍子胥形象呈現多彩且富含民間生命力的樣貌。歷經了長時變化，伍子胥故事的內容與形象的改變，皆蘊涵了深層的文化價值，在創作者接力式書寫與文化因素的推動下，造就了伍子胥故事的精彩，並塑造伍子胥成爲被後世稱頌的歷史忠臣，其事蹟至今仍在文學、戲劇的演繹中綻放炫目光芒。

目　次

第八冊　木蘭故事的文本演變與文化內涵

作者簡介

　　張雪，女，1983 年生於哈爾濱，2006 年至 2009 年就讀於黑龍江大學文學院古代文學專業，獲文學碩士學位；2010 年至 2013 年就讀於南開大學文學院，古代文學專業，敘事文學與文化方向，獲文學博士學位。現爲百花文藝出版社（天津）有限公司圖書中心策劃編輯，從事文學文化類圖書策劃工作。

提　要

木蘭是中國古代著名的女英雄，她易裝改服替父從軍的傳奇故事廣爲流傳，對中國文學與文化有著深遠的影響，歷經千餘年仍然有著不可忽視的當代價值，而木蘭也成爲了極少數能夠繼續留存在當代文化中並影響當代人精神文化的偶像之一。

　　木蘭故事中的孝文化、易裝故事、女英雄主題和婚戀故事這四個文化主題都是古今中外人類文化中永恒的主題，而集合在這一個故事中就使得木蘭故事有了穿越千年的魔力。從北朝的《木蘭詩》到唐宋元時期的詩歌、筆記，乃至明清的雜劇、傳奇、小說等，木蘭故事在不同時期不同的文體中不斷的演變，其敘事規模、故事情節和人物形象也隨之變化。研究木蘭故事，梳理故事的形成演變軌跡，將木蘭故事放到整個古代文化的總體中考察，對挖掘分析其在中國傳統文化中的地位和作用具有重要意義。本書在搜集古代以木蘭爲中心的各種文本，按照時代的先後順序對文本的發展和演變的脈絡進行梳理的基礎上，對木蘭故事中的各個文化主題在故事演變過程中的表現出來的文化演進脈絡和軌跡進行分析，挖掘導致情節演變和人物變化背後的文化內涵，最後歸納出木蘭故事文本演變過程中的特殊節點，從情節內容和文化內涵的結合上，總結出四個文化主題的演變軌跡，指出木蘭故事在文學文化史上的特殊意義，以動態的視角梳理文獻和情節脈絡，並揭示出暗含於文本之中的文化內涵。

目　次

范仲淹文學與北宋的詩文革新

陳光憲 著

作者簡介

　　陳光憲博士，生於 1942 年，臺灣臺北市人，曾任德明財經科技大學校長、臺北市立教育大學副校長、應用語言文學研究所所長、國家考試典試委員，國家文官學院、國立教育研究院專題講座、教育部課程綱要修訂委員、教科書審查委員、人文藝術網站顧問、《人間福報》專欄寫作，1998 年榮獲教育學術貢獻木鐸獎。

　　著述有《慧琳一切經音義引說文考》、《王靜安生平及其學術》及《神采飛揚》、《戰勝自己》、《學習才會贏》、《絕無盲點》等學術與勵志文集。

提　　要

　　宋代承晚唐、五代餘緒，文教失墜，自太祖建國以來，至仁宗，歷六十餘年為儒林草昧時期，此期間由草昧而興盛的關鍵人物即是北宋名臣范仲淹。

　　本書的撰寫，即是有感於范仲淹的貢獻，除功業彪炳，出將入相外，其主張詩文革新、振興教育，帶動儒學的全面復興，值得深入探討與研究。

　　從本論文的研究中，瞭解范文正公的卓越貢獻。他從政治上拯救文弊，改進科舉；從教育上興學育才，禮聘明師，講授六經，闡明經義；從文學上創造樸實的詩文，他親近時賢，獎掖後進，在師友的推波助瀾下，挽救頹靡的文風，帶動宋代儒學的復興。

　　范文正公詩文革新，懷著悲天憫人的胸襟，與人為善的情懷，用淺近的文字，議論興革大計，表現宏偉的氣象和儆人心魄的力量；他興學校、育人才，以復興儒學為己任，因此人才輩出，宋代學術由儒林草昧，一躍而為儒學的全面興盛。

　　范文正公在學術上，主張凡為詩文皆以「貫通經術，明體達用」為主，最終目標則是「敦化仁義、輔佐王道」因此啓發後世「經世致用」的思想。

　　范文正公粹然無疵的人格，以天下為己任的抱負，不僅改變了當代的文風士氣，也影響千秋萬世的炎黃子孫，本論文的寫作目的即在於彰顯范文正公的自覺精神與貢獻，願我中華兒女重振世風、國風。

自　序

　　宋代名臣范仲淹，朱熹譽之爲「第一流人物」，王安石尊之爲「一代之師」，金人元好問稱他「在衣衣爲名士，在州縣爲能吏，在邊境爲名將。其材、其量、其忠，一生而備數器，在朝廷又孔子所謂大臣者，求之千百年間，蓋不一二見，非但爲一代宗臣而已。」歷代以來，對於文正的公的事功，均有極高的評價。

　　我國歷朝以來的大政治家，往往就是飽讀經書的大學問家、大文學家。范仲淹的著作極爲豐富，《宋史・藝文志》載其有《丹陽編》八卷，《文集》二十卷，《別集》四卷，《尺牘》二卷，《奏議》十五卷。此外，又有《詩餘》一卷，可見他是一個著作豐富的文學家，但是他的文名卻被顯赫的事功所掩蓋，歷來研究文正公者，都偏重於政治、軍事的論述，對於文學方面的研究並不多見，尤其在詩文革新方面所做的努力與貢獻的論著，更是罕見。

　　近三十年來，海內外研究范仲淹的學者甚多，而以台灣湯承業先生及新加坡陳榮照先生的著作最爲詳贍精審，且具深度。

　　湯承業先生《范仲淹研究》出版於民國六十六年（西元一九七二年），文分九章，首論范仲淹所處的時代，次論家世與家風，三論學業與志業，四論政治主張與政治思想，五論立功之德與立德之功，六論振士風與開風氣，七論政治作風與政治修養，八論書法勁而美與文學美而勁，九論人格之全與性格之淡。關於文學方面的論述僅佔第九章中之一節而已，對於詩文革新方面則無暇詳論。

　　陳榮照先生《范仲淹研究》出版於一九八七年，後湯氏之作十五年，文分六章，首論范仲淹的時代，次論范仲淹的身世，三論范仲淹的事功，四論

范仲淹的新政，五論范仲淹的義莊，六論范仲淹的學術貢獻，探討其興學育才、推進儒學及改革文風上所作之貢獻。在結論中，就范仲淹一生的得失，評定其歷史地位。文學方面僅在全書第六章第三節「改革文風」中論及范文正公的文學主張和文學創作的成就。

綜覽《宋史》及《范文正公集》，不難發現范仲淹在文學上的貢獻並不亞於其事功方面的表現。史載他是一位泛通六經，尤長《易經》的學者；他生長於北宋中葉，看到了國家的積貧積弱、民生的凋弊、士風的頹靡，以及文風的卑弱。由於時代的憂患意識和《易經》「窮則變，變則通，通則久」的啓發，使他成為一位改革家；他在政治上和保守派抗爭，在文學上和西崑派抗爭，他主張詩文革新，提倡興學育才，改進科舉方式，獎掖後進人才，因而帶動了宋代學術的復興，促成了詩文革新的成功。

近年來，海峽兩岸的學者，已注意到文正公在文學上的成就。在台灣方面，黃啓方先生有〈范仲淹的詩文觀〉、何寄澎先生有〈范仲淹的文學觀及其時代意義〉、杜松柏先生有〈由岳陽樓記五記探討范仲淹的散文〉、羅敬之先生有〈論范仲淹的文學修養〉、沈謙先生有〈范仲淹的散文藝術——從技巧、寓意析論「岳陽樓記」〉；大陸方面，沈建洪先生有〈范仲淹與北宋的新古文運動〉、曹林娣先生有〈第一流人物、第一流文章〉、羅時進先生有〈簡論仲淹詩歌的倫理傾向〉、張興璠先生有〈論范仲淹的詩〉等單篇論文，但未有針對其文學及詩文革新做全貌之探討者。

范仲淹的人格與志業，在我年少讀書時，即是最仰慕、崇敬的對象。近年來教授各體文選之餘，深切感到文正公的詩文革新，實啓宋代儒學隆興的契機，故不揣孤陋，撰述〈范仲淹的教育貢獻〉、〈范仲淹詩文的人格美〉發表於台北市立師範學院學報及語文學刊。

本書的撰寫，即是有感於文正公對後世的貢獻，除了功業彪炳，出將入相，於康定元年（一○四○年）至慶曆三年（一○四三年），經略西塞，防守延州、慶州等地，採取穩紮穩打的持久戰略，建砦屯田，終於拖垮了西夏，成就了他一生的事功之外；更主張詩文革新、振興教育，因而帶動了儒學的全面復興。由於他在詩文革新上的努力與貢獻，一向為學者所忽略，是以希冀本書的探討，能夠對此一缺憾有所彌補。

本書的撰述，以宋人文集、宋代史籍為主要依據，旁及宋人說部、歷代學者與海內外時賢的鴻文著述，亦間有採擷。所用《范文正公集》有埽葉山

房本、四部叢刊本、叢書集成本及行政院文化建設委員會所編印之《范仲淹研究資料彙編》，惟以上四種，詩歌部分並不齊全，乃又參考北京大學出版社之《全宋詩》，以得范文正公著作之全貌。凡所引用均在附註及參考書目中詳爲列明，未敢掠美，謹致謝忱。

目

次

圖一：范仲淹畫像
取材自陳致平《中國通史》附圖

圖二：范仲淹像
取材自《三才圖會》

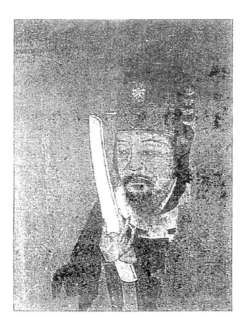

圖三：范仲淹畫像
（明人所作，作者不詳）
南京博物館藏

圖四：范魏公希文像
取材自吉川幸次郎《宋詩概說》附圖

圖五：范仲淹畫像・吳承硯教授繪

華岡博物館藏

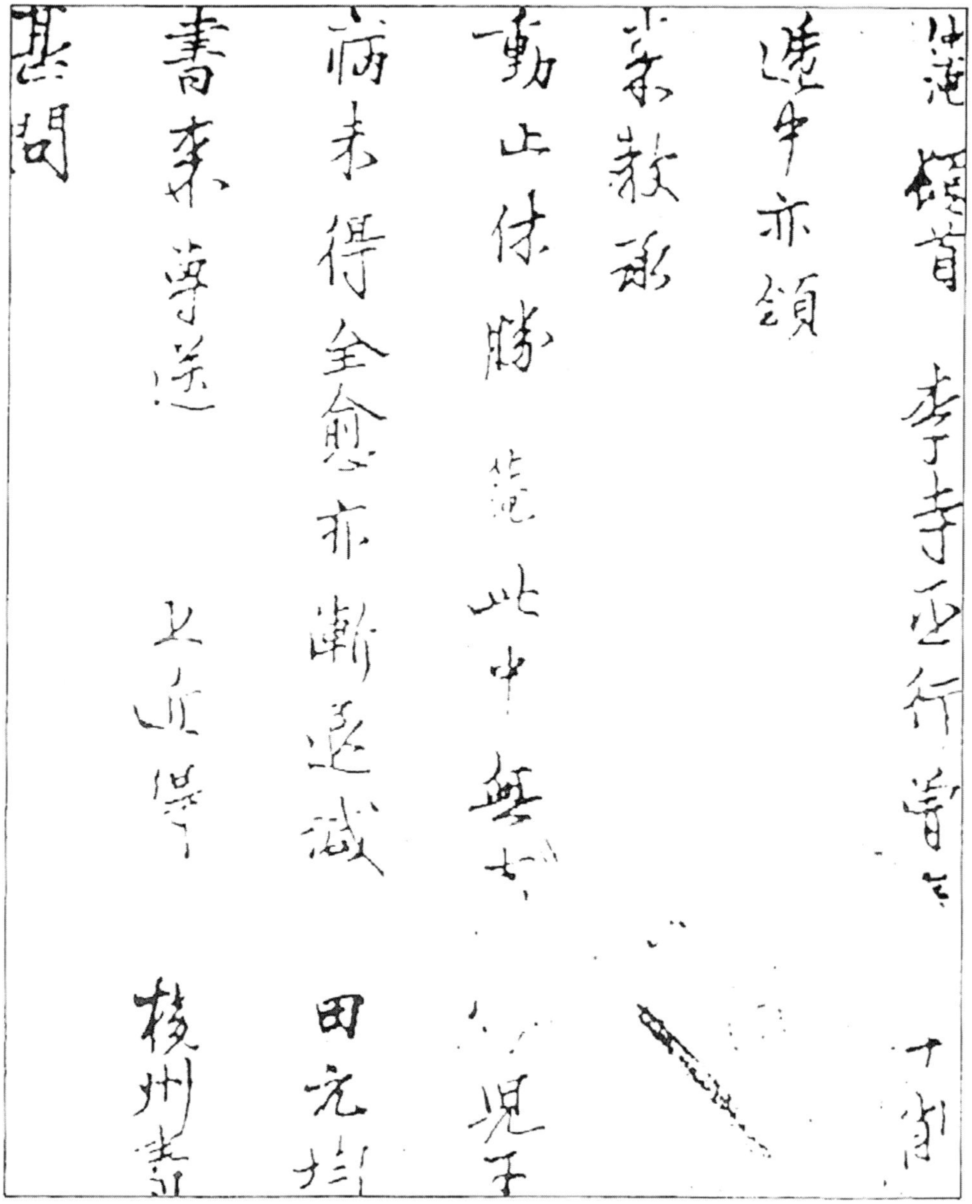

仲淹頓首　李寺丞行曾　十割

遠中亦領

某啟　承

動止休勝　冀此中無女

病未得全愈　亦斷送減

書來　專送

　　上　　　杭州書

照問

圖六：范仲淹與尹師魯手啟墨跡
故宮博物院藏

圖七：洞庭湖畔的岳陽樓，因范仲淹的「岳陽樓記」而留傳千古。登斯樓也，
　　　心曠神怡，寵辱皆忘。「先天下之憂而憂，後天下之樂而樂。」這句
　　　振古鑠今的名言，成為我國讀書人的典範。
　　　　　　　　　　　　　　（圖片取材自《博覽中國》第四冊）

圖八：岳陽樓前的「南極瀟湘」牌樓

取材自《放眼中國》第二冊。

圖九：蘇州范仲淹創建的府學明倫堂。

圖十：蘇州范氏義莊（今爲景范中學）

第一章 緒 論
——宋代的學術，因范仲淹詩文革新而興

　　宋代學術的興盛，乃是繼春秋、戰國，百家爭鳴的另一個輝煌復興的時代。然而，宋承晚唐、五代餘緒，文教失墜，全祖望稱自宋太祖開國以來，歷太宗、眞宗、至仁宗，六十餘年爲儒林的草昧時期，這期間由草昧而興盛的關鍵人物，即是宋代名臣范仲淹。

　　范仲淹，字希文，蘇州吳縣人，生於宋太宗端拱二年（西元九八九），卒於宋仁宗景祐四年（西元一○五二年），享年六十四歲，朝廷謚曰「文正」，後人尊稱他爲范文正公。

　　他出身寒微，二歲喪父，早年讀書於長白山醴泉寺，刻苦力學，「斷齏劃粥」傳爲美談。其後讀書於戚同文所創辦的應天書院，日夜苦讀，未曾解衣就枕，讀書疲憊，便用冷水沃面，如此苦讀五年，於是大通六經之旨，深明古今興衰之理。

　　范仲淹年輕時，就有以「天下爲己任」的抱負，他讀書學道的第一志願是「要爲宰輔，得時行道，可以活天下之命」。他說：「夫不能利澤生民，非大丈夫平生之志」，又說：「思天下匹夫匹婦有不被其澤者，若己推而內之溝中。〔註1〕」他救世濟民的偉大胸襟由此可見。歐陽修說：

〔註1〕見吳曾《能改齋漫錄》卷十三：范文正公微時，嘗謁靈祠求禱，曰：「他時得相位乎？」不許。復禱之曰：「不然，願爲良醫」，亦不許。既而歎曰：「夫不能利澤生民，非大丈夫平生之志」。他日有人謂公曰：「大丈夫之志於相，理則當然，良醫之技，君何願焉，無乃失於卑耶？」公曰：「嗟夫！豈爲是哉！古人有云：常善救人故無棄人，常善救物故無棄物。且士大夫之

公少有大節，於富貴、貧賤、毀譽、歡戚，不一動其心，而慨然有
志於天下，常自誦曰：「士當先天下之憂而憂，後天下之樂而樂也。」
其事上遇人，一以自信，不擇利害為趨捨，其所有為，必盡其力。
〔註2〕

文正公長於《易經》，對時代充滿了憂患意識，也深切體會到《易經》窮則變，
變則通，通則久的道理。他從國運看到了宋室的積貧、積弱，從經濟上看到
了社會的民生凋弊，從學風看到了文風卑靡。要振衰起弊，就必須有所變通，
亦即必須革新乃能變，乃能通，乃能久，由於時代的需要，基於對國家、社
會的責任感與使命感，使他成為政治與詩文的革新者。

在政壇上，他功業彪炳，出將入相。當西夏侵擾邊塞時，他採取穩紮穩打，
嚴守邊疆，選擇險要之地築城，修復舊寨，建砦屯田，練兵積穀，培養戰力，
在延州修築了青澗城，控制西夏自橫山南犯的要衝，在慶州收復了一些失地，
又興築了大順城以資防守。他應用了敵來則與之戰，敵退也不深追的原則，完
全掌握了從不敗，進而致勝的關鍵。由於文正公有過人的眼光和超人的膽識，
以及戰略的成功，他的持久戰把西夏弄得疲困不堪，終於拖垮了西夏，保障了
陝甘邊境百姓的安全，百姓為之歌謠說：「軍中有一范，西賊聞之驚破膽。」
夏主乃於慶曆三年正月，遣使請和，這是文正公一生功業上的最大成就。

慶曆三年八月，仁宗皇帝任命文正公為參知政事，主持慶曆改革，這是
他政治生涯的巔峯，他提出了歷史上有名的「十事疏」，這十項改革是：明黜
陟、抑僥倖、精貢舉、擇長官、均公田、厚農桑、修武備、推恩信、重命令、
減徭役。這十事就是欲攘外必先安內，欲安內必先強兵，欲強兵必先富民，
欲富民必先澄清吏治的政治革新。所謂「澄清吏治」等於是向全國官吏收回
原有的特權和優惠，因此引來了既得利益者的強烈反對，甚至運用各種卑鄙
的手段，極盡破壞的能事。加上文正公身個性耿介，缺乏圓滑的政治手腕，
他的幹部熱情有餘，而行政經驗不足，門人石介又逞一時之快而得罪了夏竦，
於是朋黨之論又起，引起了激烈的黨爭，慶曆革新終告失敗，這是文正公一
生政治的最高峯，卻也是他畢生最大的挫折和失敗。

於學也，固欲遇神聖之君，得行其道，思天下匹夫匹婦有不被其澤者，若已
推而內之溝中，能及小大生民者，固惟相為然。既不可得矣，夫能行救人利
物之心者，莫如良醫，上以療君親之疾，下以救貧民之厄，中以保身長年；
在下而能及小大生民者，捨夫良醫則未有之也。」

〔註 2〕 見歐陽修撰范公碑銘於《褒賢集》〈褒賢之碑〉。

　　從儒學立場而言，文正公一生最大的成就，乃是他因主張詩文革新，拯救文弊，興學育才，推舉時賢，獎掖後進，終而帶動了儒學的復興。

　　天聖三年（一〇二五年），他首次提出了詩文革新的主張。其〈奏上時務書〉說：

> 國之文章，應於風化，風化厚薄，見乎文章，是故觀虞夏之書，足以明帝王之道，覽南朝之文，足以知衰靡之化。故聖人之理天下也，文弊則救之以質，質弊則救之以文。質弊而不救，則晦而不彰；文弊而不救，則革而將落。前代之季，不能自救，以至於大亂，乃有來者，起而救之，故文章之薄，則爲君子之憂，風化其壞，則爲來者之資。惟聖帝明王，文質相救，在乎己，不在乎人。《易》曰：「窮則變，變則通，通則久」，亦此之謂也。

天聖四年（一〇二六年），他撰寫〈唐異詩序〉，奮力抨擊西崑時文的流弊，天聖五年（一〇二七年），上書執政，主張廣興教育，重振師道，敦之以《詩》、《書》、《禮》、《樂》，辨之以文行忠信，從教育上拯救文弊，並主張應用國家考試「先策論，次辭賦」，以「漸隆古道」而扭轉文風。天聖八年（一〇三〇年）在〈上時相議制舉書〉中主張勸學宗經，科舉命試之際，先六經，次正史。景祐二年（一〇三五年），捐蘇州府宅，奏請建立蘇州府學，聘請胡瑗爲教授，自此之後以迄主持慶曆新政，不間斷的爲詩文革新做持久的努力。

　　他是宋代以崇高的政治地位，爲詩文革新的第一人。在他之前，雖有柳開、王禹偁、穆修的提倡古文，但是他們的德望，以及政治地位都不足以號召羣眾。在詩文革新中，有明確的文學理論，主張用六經中的大道薰陶學子，認爲「宗經則道大，道大則才大，才大則功大」，認爲文學寫作的目的在於「羽翰乎教化之聲，獻酬乎仁義之醇，上以德于君，下以風於民〔註3〕」。

　　他有具體的文學創作，寫作平實樸素的古文和淺白如話的詩歌，他的著作極爲豐富。《宋史·藝文志》載有《丹陽編》八卷，《文集》二十卷，《別集》四卷，《尺牘》二卷，《奏議》十五卷；四庫叢刊本《范文正公集》除《文集》二十卷外，尚收有《別集》、《尺牘》、《政府奏議》，另外附有《年譜》、《言行拾遺事錄》、《褒賢集》，此外又有《詩餘》一卷。他的文學創作都以六經爲根柢，以教化仁義爲內涵，以致用輔佐王道爲目的。蘇東坡說：

〔註3〕見《范文正公集》第六卷，〈唐異詩序〉。

今其書二十卷，爲詩賦二百六十八，爲文一百六十五，其於仁義、
禮樂、忠信、孝弟，蓋如飢渴之於飲食，欲須臾忘而不可得，如火
之熱，如水之濕，蓋天性有不得不然者，雖弄翰戲語，率然而作，
必歸於此，故天下信其誠，爭師尊之。〔註4〕

《四庫全書》〈范文正集提要〉說：

仲淹人品、事業，桌絕一時，本不借文章以傳，而貫通經術，明達
政體，凡所論著，一一皆有本之言，固非虛飾詞藻者所能。〔註5〕

據〈四庫提要〉所言，文正公的偉大，實已集立德（人品）、立功（事業）、
立言（論著）三不朽於一身。

他有革新的方法與步驟，在詩文革新過程中，他藉助政治力量以拯救
文弊，興辦學校以培育人才，改革科舉以提倡經義和策論。他有羣眾，也
有幹部，當時文壇上的代表人物都是他的好友，如古文家尹洙，詩歌創作
名家梅堯臣、蘇舜欽即是他的好友，反對西崑時文最烈的石介是他的門人。
文正公在〈尹師魯河南集序〉中既稱揚韓退之主盟文壇，又力稱當代歐陽
修大振古文，文風爲之一變，儼然已尊崇歐陽修爲宋代之韓愈，當代文壇
之盟主。當時歐陽修尚未知貢舉（嘉祐二年，西元一〇五七年，歐陽修知
貢舉，拔握曾鞏、蘇軾、蘇轍等人，距文正公逝世已五年，距文正公撰〈尹
師魯河南集序〉已有十餘年），能得文正公如此之肯定，對日後古文運動之
成功，有相當之助益。由此可見文正公器量之弘偉，眼光之獨到，實非常
人之所能及。

由於文正公對詩文革新的努力，平熄了西崑時文的浮靡風氣，提振了士
風，振興了教育，促成北宋古文運動的成功，啓發理學的勃興，終而開啓了
宋學復興的契機。《宋史》論范文正公說：

自古一代帝王之興，必有一代名世之臣。宋有仲淹諸賢，無愧乎此。
仲淹初在制中，遺宰相書，極論天下事，他日爲政，盡行其言，諸
葛孔明草廬始見昭烈數語，生平事業備見於是。豪傑自知之審，類
如是乎！考其當朝，雖不能久，然先憂後樂之志，海內固已信其有
弘毅之器，足任斯責，使究其所欲爲，豈讓古人哉！

南宋中書舍人陳傅良《止齋文集》舉范仲淹、歐陽修與周敦頤三人爲北宋學

〔註4〕見蘇軾〈范文正公集敘〉。

〔註5〕見《四庫全書》《集部》《別集類》第二十八冊，〈范文正集提要〉。

術的關鍵人物。三人之中，歐陽修爲高平同調，周敦頤爲高平講友，他們都是范文正公的晚輩，此中的核心人物爲范文正公。

全祖望舉戚同文、孫復、胡瑗、韓琦、范仲淹、歐陽修爲關鍵人物，他說：

> 在宋眞、仁二宗之際，儒林之草昧也。當時濂洛之徒，方萌芽而未出，而睢陽戚氏在宋，泰山孫氏在齊，安定胡氏在吳，相與講明正學，自拔於塵俗之中。亦會值賢者在朝，安陽韓忠獻公，高平范文正公，樂安歐陽文忠公，皆卓然有見於道之大概，左提右挈，於是學校徧於四方，師儒之道以立。〔註6〕

全祖望所舉的扭轉風氣的關鍵人物都與文正公有極深的淵源。文正係睢陽所傳，被尊爲宋代學術開山的祖的孫復、胡瑗，一爲文正所接濟、提攜，薦爲國子監直講，一爲文正禮聘爲蘇州郡學教授，再薦舉白衣應對崇政殿，授試祕書省校書郎，終而入京師，授爲國子監直講，他們二人都因文正之薦舉，而有名於天下，若無文正公的獎勵學術，以進賢爲樂，則孫、胡二人的成就，恐怕未能如此。雖然黃梨州編《宋元學案》，首列〈安定學案〉與〈泰山學案〉，但在胡、孫二先生傳之前，皆冠以「高平講友」。列爲「高平同調」者，有韓忠獻公與歐陽文忠公。可見文正公實爲宋代學術關鍵人物中的核心人物。

文正公對後進的提挹獎掖，不遺餘力，〈高平學案〉傳授表中，除哲嗣純祐、純仁、純禮、純粹外，尚有富弼、張方平、張載、石介、李覯、劉牧、呂希哲等皆爲名重一時的名臣、大儒。對於宋代學術的發皇，自有其不可磨滅的影響力。

錢賓四先生在《國史大綱》第三十二章，即推舉范文正公喚起了士大夫的自覺精神。他說：

> 宋朝的時代，在太平景況下，一天一天的嚴重，而一種自覺的精神，亦終於在士大夫社會中漸漸萌苗。所謂自覺精神者，正是那輩讀書人漸漸自己從內心深處湧現出一種感覺，覺到他們應該起來擔負著天下的重任。范仲淹爲秀才時，便以天下爲己任，他提出兩句最有名的口號來，說「士當先天下之憂而憂，後天下之樂而樂」，這是那時士大夫社會中一種自覺精神之最好榜樣。范仲淹並不是一個貴族，亦未經國家有意識的教養，他只在和尚寺裡自己讀書，在斷齏

〔註6〕見《宋元學案》〈慶曆五先生書院記〉。

畫粥的苦況下，而感到一種應以天下爲己任的意識，這顯然是一種
精神上的自覺。然而這並不是范仲淹個人的精神，無端感覺到此，
這已是一種時代的精神，早已隱藏在同時人的心中，而爲范仲淹正
式呼喚出來。〔註7〕

由此可見范文正公在「儒林之草昧」中，因提倡詩文革新，拯救文弊，振興
教育，砥礪時賢，獎掖後進，喚醒了士大夫的自覺精神，因此有宋代學術的
輝煌成就。

　　《范仲淹文學與北宋的詩文革新》之撰述，旨在探究范仲淹的文學主張、
文學成就及其在北宋詩文革新中的地位、影響與貢獻。

〔註 7〕　見錢賓四《國史大綱》第三十二章。

第二章　范仲淹的家世與生平

第一節　范仲淹的家世

　　范仲淹（九八九～一○五二），字希文，祖籍邠州（今陝西邠縣），後來遷徙江南，定居於蘇州吳縣。《宋史》云：

　　　　范仲淹，字希文，唐宰相履冰之後，其先，邠州人也，後徙家江南，

　　　　遂為蘇州吳縣人。〔註1〕

〈高平學案〉云：

　　　　范仲淹，字希文，唐宰相履冰之後，其先邠州人，後徙江南邊，為

　　　　蘇州吳縣人。〔註2〕

根據《范氏家乘》的記載，范仲淹的始祖是春秋時代為晉國立下赫赫戰功的范士會，他先封采邑於隨，後封於范，遂以范為姓。「范」確有其地，春秋時屬晉，戰國時屬齊，在今山東省黃河北岸的秦張縣西，從漢代起設范縣，直至今日。

　　據說越國的范蠡，助項羽起義的范增，漢代名臣范滂等，都是范氏上祖，但其可靠程度，不可詳考。然其為唐代宰相范履冰的十世孫，可以確信無疑。范文正公〈歲寒堂〉詩云：

　　　　我先本唐相，奕世天衢行，子孫四方志，有家在江城。

　　　　雙松儼可愛，高堂因以名，雅知堂上居，宛得山中情。……〔註3〕

〔註 1〕　見《宋史》卷三一四，〈范仲淹傳〉。
〔註 2〕　見《宋元學案》卷三，〈高平學案〉。
〔註 3〕　見《范文正公集》卷一。

范履冰，唐高宗時入召宮庭，密使參處各種奏章文稿，爲北門學士。武則天掌權的垂拱年間（西元六八五～六八八年），升爲鳳閣鸞台平章事，兼修國史。當時武氏喜怒無常，動輒濫誅大臣，事隔不久，於載初元年（西元六八九年），被栽以「舉逆人」罪，慘遭殺戮。

文正公的四代祖名隋，於唐德宗咸通二年（西元八六一年），曾任幽州良鄉縣（今河北房山縣）主簿，咸通十一年（西元八七〇年），調升爲處州麗水（今浙江麗水縣）縣丞，其後因中原離亂，從此不再北返，子孫因此成爲吳中人〔註4〕。可知，范隋爲范家渡江的始祖。

五代時，文正公的曾祖父夢齡「以才德雄江右〔註5〕」，擔任蘇州糧科判官〔註6〕。祖父贊時，自幼聰穎過人，被舉爲神童，任祕書監，有《資談錄》六十卷問世。父墉，博學善屬文，累佐諸王幕府，於宋太宗端拱二年（西元九八九年），隨吳越王錢俶歸宋，歷任成德、成信、武寧軍（即江蘇徐州）節度掌書記。

范墉有兄弟六人，即堅、垌、墉、塤、埴、昌言，六兄弟都仕於吳越，後來也都歸宋。他們的官位不高，命都不長，生活都極清苦，但都是安分行善積德之家。文正公說：

> ……且自祖宗來積德百餘年，而始發於吾，得至大官。〔註7〕

范墉元配陳氏，繼室以謝氏。文正公係謝氏所生，宋太宗端拱二年八月二日，生於徐州節度掌書記官舍〔註8〕。翌年，父墉逝世，母謝氏因貧苦無依，不得已改嫁淄川長山（今山東濟南東方之淄川縣）朱文瀚，因此從後父姓朱，名說。

朱家是個知書達禮之家，朱文瀚曾任淄川長史，對待文正不薄，不但給他讀書，奠定良好的學問基礎，還讓他西遊陝西終南，與王鎬、屈元應等嘯詠於杜鄠之間。文正二十一歲時與朱氏兄弟同時舉爲學究。當時諫議姜遵對他頗爲賞識，知道文正日後必定顯貴。《年譜》說：

〔註4〕 見《范文正公集》卷一，〈續家譜序〉。
〔註5〕 見《范文正公集》，〈褒賢集〉富弼撰〈墓誌銘〉。
〔註6〕 同註5。
〔註7〕 見趙善璙〈自警篇〉。
〔註8〕 見《范文正公年譜》（以下簡稱《年譜》）：「太宗皇祐端拱二年己丑秋八月丁丑，公生於徐州節度掌書記官舍。」

范公少冒朱姓，舉學究，嘗學究，嘗同眾客見姜諫議遵，遵素以剛嚴著名，與人不款曲，眾客退，獨留范公，引入中堂，謂其夫人曰：「朱學究年雖少，奇士也。他日不惟爲顯官，當立盛日於世」。參坐置酒，待之如骨肉。

文正二十三歲時，因見朱家兄弟用度無節，勸他們謹身節用，不料朱家兄弟譏諷說：「我兄弟自用朱家的錢，關汝何事？」心中大爲震惑，打聽之後，才知道自己的身世，於是「感泣辭母〔註9〕」，逕往睢陽，對來追的人說：「期十年登第，來迎親。」《年譜》說：

有告者曰：「公乃姑蘇范氏子也，太夫人攜公適朱氏」。公感憤自立，決欲自樹立門戶，佩琴劍，逕趨南郡，謝夫人亟使人追之，既及，公語之故，期十年登第，來迎親。

文正公在睢陽應天書院，晝夜苦讀，五年未嘗解衣就枕。宋眞宗大中祥符八年（西元一〇一五年），終於登第進士科，既安慰了母親，也報答了養父，他登第時係以朱說的名字上榜，爲朱家爭取了光榮。

眞宗天禧元年（西元一〇一七年），二十九歲的文正公奉母命，上表請「歸宗易名」，歸宗之後，不但榮顯了范家，也報答了朱家，朱氏一門也因之而榮貴。〈范文正公言行拾遺事錄〉說：

公以朱氏長育有恩，常思厚報之，及貴，用南郊所加恩，乞贈朱氏父太常博士，暨朱氏諸兄弟，皆公爲葬之。歲別爲饗祭。朱氏子弟，以公蔭得補官者三人。〔註10〕

文正公認祖歸宗之後，對朱家愛顧甚多，〈淄州長山縣建范文正公祠堂記〉說：

公留止往來長山，歷時最久，其親愛顧念朱氏，情義最篤。〔註11〕

其對朱家人視如骨肉血親，凡有家事亦引爲自家事以料理之，雖宦遊在外，常願與之相見、聚會，並常音書存問，多所關切，且殷殷開示或函教叮嚀，對朱氏兄弟待之如同胞兄弟，對子姪輩亦視同己出，時加照拂，由此可見文正公秉性之敦厚。

文正公有兄弟五人，其三早卒，其兄仲溫，以文正之蒙恩，於仁宗景祐二年（西元一〇三五年）例補試將作監主簿，赴調越州新昌尉。仲溫爲政以

〔註 9〕　見《宋史》卷三一四，〈范仲淹傳〉。
〔註10〕　見《范文正公集》〈言行拾遺事錄〉卷第一。
〔註11〕　見〈襃賢祠記〉卷之一。

誠接物，民用知勸，在任三年，盜匪不敢擾境，因政績調升杭州餘杭縣市征，因能寬其利，使商旅便之，再蒙表薦，除海寧軍節推官，知台州黃巖縣，適逢海潮壞城，他教民為桴，晝夜救之，全活數千人，又教民築閘禦水，眾伏其善，台人遂安。饑歲則諭富濟貧，斷獄則專尚仁愛，多以理遣，因此眾民悅服，亦能自愛，後遷為太子中舍。致仕後協助文正在故鄉蘇州購置良田十頃，創為「義莊」嘉惠族人，居家四年中貧而常樂，賓親盈門，以疾不起，享年六十有六。文正喪兄，哀慟尤甚，撰〈太子中舍墓誌銘〉云：

> 嗚呼！先公五子，其三早亡，惟兄與我，為家棟樑。兄又逝焉，我獨徨徨，諸稚在前，未知否臧，我其教之，俾從義方，積善不誣，厥後其昌。〔註12〕

仲溫娶妻丁氏，有男五人，女四人，長男純義，已守將作監主簿，長女適進士李泓，次女適進士沈充，文正公所云「諸稚在前」者，係指仲溫之四子尚幼，二女在室，仲溫既逝，文正視諸姪如子，故云：「我其教之」。

文正公娶妻李氏，乃唐代名相李衛公之後裔，仁宗慶曆五年（西元一○四五年）三月，〈贈太師楚國公衛國太夫人誥〉云：

> 具官范純仁母李氏，山河之容，江海其行。……宜錫褒榮，以慰存歿。乃祖唐相，實啟衛國之封，眷我樞臣，顧為密章之贈，賁於幽壤，尚克嘉之。〔註13〕

文正公有子四人，長子純祐，其次純仁、純禮、純粹，皆能承繼家風。〈范氏復義宅記〉云：

> 天祐范氏，三子鼎貴，皆以宏才高誼，上繼父風，後人得維持憑藉，以保其家。〔註14〕

文正公有子四人，此云「三子鼎貴」，蓋因長子純祐凡病十九年，四十歲卒。〈高平家學〉云：

> 范純祐，字天成，吳縣人，文正公長子也，性英悟自得，尚節行，十歲能讀諸書，為文章有聲。……寶元中，西夏叛，文正連官關陝，皆將兵，先生與將卒錯處，鉤深摘隱，得其才否，由是文正任人無失，而屢有功。……先生事父母孝，未嘗違左右，不應科第，及文

〔註12〕見《范文正公集》卷十三。
〔註13〕見文淵閣《四庫全書》《范文正集補編》卷二。
〔註14〕見〈褒賢祠記〉卷之二。

正以讒罷，先生不得已，蔭守將作院主簿，又爲司竹監，以非所好，即解去。從文正之鄧，得疾，昏廢臥許昌。富鄭公守淮西，過省之，猶能感慨，道忠義，問鄭公之來，公邪私邪？曰公。先生曰：公則可。凡病十九年卒，年四十九。

范純仁，字堯夫，文正公之次子，其始生之夕，母李氏夢兒墮月中，承以衣裾，得之，遂生。八歲，能講所授書，皇祐元年中進士第，文正公歿始出仕，以著作佐郎知襄城縣，兄純祐有心疾，奉之如父，榮膳居服，皆躬親爲之。治平中，擢江東轉運判官，召爲殿中侍御史，遷侍御史。知諫院，言王安石變法妨民，所上章疏，語多激切，安石怒，出知河中府，歷轉和州、慶州，有惠政。哲宗時拜尚書右僕射兼中書侍郎，以博大開大意，忠篤革士風。後忤章惇，貶置永州，徽宗立，虛相位，連除觀文殿大學士，促入覲，以目疾乞歸，年七十五，熟寐而卒，謚曰「忠宣」。

純仁一生廉儉，始終如一，有乃父之風，故史臣謂其「位過其父而幾有父風」，《宋史》說：

> 純仁性夷易寬簡，不以聲色加人，誼之所在，則挺然不少屈，自爲布衣至宰相，廉儉如一，所得奉賜，皆以廣義莊。〔註15〕

范純禮，字彝叟，文正公三子，以父蔭爲祕書省正字簽書，河南府判官，知陵臺令，兼永安縣。韓琦用爲三司鹽鐵判官，以比部員外郎出知遂州。瀘南有邊事，調度苛棘，先生一以靜待之，辨其可具者，不取於民，民圖像於廬而奉之如神，名曰范公庵。除戶部郎中，累遷刑部侍郎，進給事中。後徙禮部侍郎，轉吏部，改天章閣待制、樞密部承旨，去知亳州。徽宗立，以龍圖閣直學士知開封府，前尹刻深爲治，先生以寬處之，既拜禮部尚書，握尚書右丞。純禮沈毅剛正，駙馬王詵誣其輒斥御名，罷爲端明殿學士，知潁昌府，提舉崇福宮。崇寧中，啓黨禁，貶試少府監，分司南京，又貶靜江軍節度副使，徐州安置，徙單州。五年，復左朝議大夫，提舉鴻慶宮，卒年七十六。

范純粹，字德孺，以蔭遷至贊善大夫、檢正中書刑房，與同列有爭，出知滕縣，遷提舉成都諸路茶場。元豐中，爲陝西轉運判官。元祐中，除寶文閣待制，再任召爲戶部侍郎，又出知延州。紹聖初，哲宗親政，御史郭知章論先生元祐棄所取夏地事，降直龍圖閣，明年，復以寶文閣待制知熙州，章

惇、蔡卞經略西夏，疑先生不與共事，改知鄧州，歷河南府滑州，旋以元祐黨人奪職，知均州。徽宗立，起知信州，尋以言者落職，知金州，又謫常州通判，鄂州安置。錮子弟不得擅入都，會赦，復領祠，久之，以右文殿修撰，提舉太清宮。黨禁解，復徽猷閣待制，致仕，年七十二卒。

文正公又有從子（侄子）名純誠，字子明，曾任衢州司理，文正創置義田、辦義田，具體事劾均由他一人經辦，並創規法而貽永久，是義莊的實際負責人。

文正公有女三人，長適殿中丞蔡交，次適封邱主簿賈蕃〔註16〕。孫三人，長孫正臣，宋將作監主簿，次孫正平，字子夷，「學行甚高，雖庸言必授《孝經》、《論語》。〔註17〕」紹聖中，為開封尉，戶部尚書蔡京因事蓄恨正平，及當國，乃言正平矯撰父遺表，下獄，後會赦得歸潁昌，退閑久，益工詩，尤長五言，以壽終。三孫正思，雖不以位獻，唯以學行，著譽於士林。

積善之家必有餘慶，有大德者其後必昌，文正公以忠孝傳家，本仁義之風，其子純仁貴為宰相，其子孫亦因文正之善行，而有善報。〈宋人軼事彙編〉說：

> 范希榮者，文正之裔孫，嘗與他商行貨，道遇暴客，見其姿美，問曰：「汝秀才耶？」曰：「然，吾范文正之後。」暴客曰：「好人子息也。」凡舟中之物，悉不取。

又說：

> 蘇人范文從，仲淹之的派也。洪武間拜御史，忤旨，下獄論死，太祖視獄案，見姓名籍貫，遽呼問曰：「汝非范文正後人乎？」對曰：「臣仲淹十二世孫也。」太祖默然，即命左右取帛五方來，御筆大書「先天下之憂而憂，後天下之樂而樂」二句，賜之。諭：「免汝五死」。

文正公的後裔，散布在海內外各地甚多，據朱明霞〈范仲淹族史研究〉自文正公迄今，千年以來在全國及世界上各地形成八大族系：

（一）以蘇州為核心，輻射到上海、杭州、北京等地。當年文正公所創設的義莊，至西元一九四九年仍具規模。最後幾任范氏義莊執事人如下：

〔註16〕 同註5。
〔註17〕 見《宋史》卷三一四，〈范仲淹傳〉。

1. 義莊主奉：范伯英（一九三九年亡故於北平）——范承昌。
2. 義莊棣管：范子平——范承昌（後升主奉為首席負責人）——范承通。
   （棣管者掌家法，教管族人。）
3. 義莊主計：范玉蓀。
   西元一九四九年，中共實施土地改革，田產等沒收，因而停止活動。
   以上范伯英、范子平、范玉蓀約屬文正之第二十九世孫。

（二）四川支

文正公第十五世孫范從寬，明正德十五年庚辰科進士，嘉靖廿一年出任四川潼州府尹，舉家遷往四川，形成本支，現已傳至第三十一世，均係純祐之後。

（三）雲南支

范從寬子原俊，字祖秀因受聘為雲南漢語教師，遂遷成雲南省威信縣，形成本支。

（四）貴州支

范原俊到雲南後，傳至文正公第二十九世孫，又於民國十二年（西元一九二三年）因經商遷居貴州，遂成本支，今已傳至三十一世「厚」輩。

（五）豫皖支

文正公逝於徐州，葬於河南府洛陽縣尹樊里萬安山下，清乾隆時，蘇州范氏一支遷洛陽守墓，遂成本支。

（六）閩粵支

文正公後裔南宋時已有移居福建省，廣東范氏即原住福建上杭，元兵南下時遷廣東潮州，明代范允臨任福建參議，遂成本支。

（七）台灣支

清乾隆十年壬戌（西元一七四二年），原居廣東惠州陸豐縣的范昌睦與兄范昌貴渡海來台，遂成台灣范氏的始祖，自此宗族枝蔓台灣各地，名士輩出，蔚為大族。

（八）海外支

范氏後裔何時遷往海外，事難詳考，然今已分散世界各地，形成海外范氏支脈。〔註18〕

〔註18〕 見《范仲淹研究論集》〈范仲淹族史研究〉。

據歐陽修《新唐書》宰相世系表中所述的范氏，其始祖爲范士會。《新唐書》云：

> ……士會食采於范，其地濮州范縣也，子孫遂爲范氏，至後漢博士滂，世居河內，唐有履冰。

范仲淹家族世系表

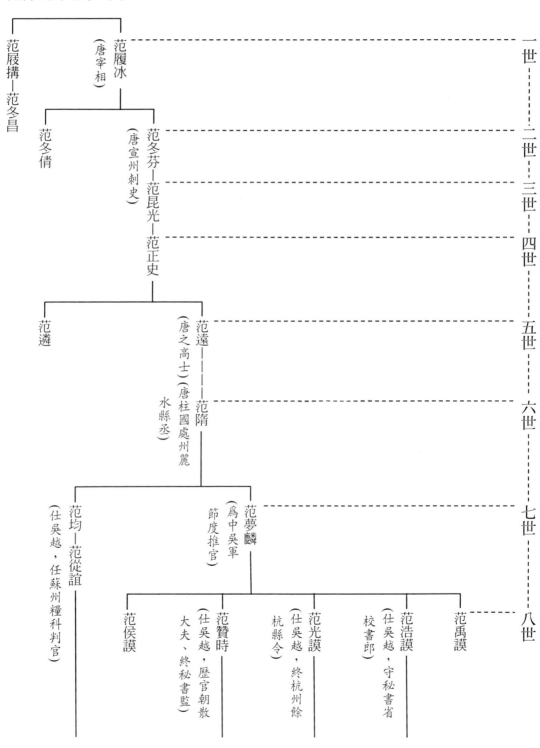

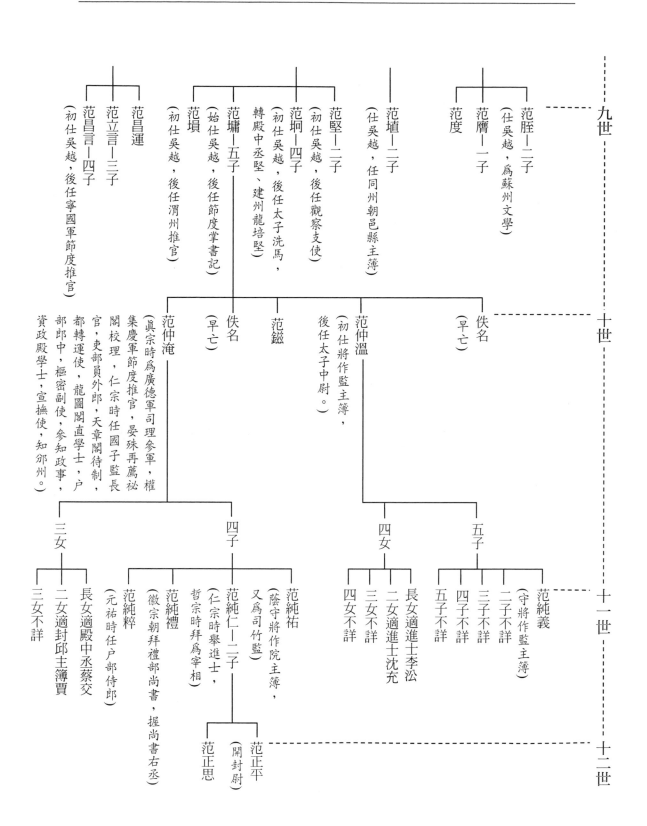

九世

范胼—二子（仕吳越，為蘇州文學）
范贗—一子
范度

十世

范埴—二子（仕吳越，任同州朝邑縣主簿）
范堅—二子（初仕吳越，後任觀察支使）
范坰—四子（初仕吳越，後任太子洗馬，轉殿中丞堅、建州龍培堅）
范墉—五子（始仕吳越，後任節度掌書記）
范塤（初仕吳越，後任渭州推官）
范昌運—三子
范立言
范昌言—四子（初仕吳越，後任寧國軍節度推官）

（早亡）
佚名
范鎡
（初仕將作監主簿，後任太子中尉）
范仲溫
（早亡）
佚名
范仲淹（真宗時為廣德軍司理參軍，權集慶軍節度推官，晏殊再薦祕閣校理，仁宗時任國子監長官，吏部員外郎，天章閣待制，都轉運使，龍圖閣直學士，戶部郎中，樞密副使，參知政事，資政殿學士，宣撫使，知邠州。）

十一世

四子　三女

五子　四女

范純義（守將作監主簿）
（二子不詳）
（三子不詳）
（四子不詳）
（五子不詳）
長女適進士李泓
二女適進士沈充
三女不詳
四女不詳

范純祐（蔭守將作院主簿，又為司竹監）
范純仁—二子（仁宗時舉進士，哲宗時拜為宰相）
范純禮（徽宗朝拜禮部尚書，握尚書右丞）
范純粹（元祐時任戶部侍郎）
長女適殿中丞蔡交
二女適封邱主簿賈
三女不詳

十二世

范正平（開封尉）
范正思

據此則文正公爲范士會之第四十一世孫，爲唐宰相范履冰的十世孫。若以文正公爲座標，則又已傳至文正公的第三十二世孫。目前范氏後裔中最小的爲文正公的第三十二世孫，最長的爲第二十九世孫，由《吳縣范氏家乘》及《台灣范氏大族譜》均能考察出范氏之根源。

第二節 范仲淹的生平

范仲淹，字希文，唐代宰相范履冰的第十世孫。祖先原是邠州（今陝西邠縣）人，後來遷徙江南，定居於蘇州吳縣。宋太宗端拱二年（西元九八九年）八月二日生於徐州，宋仁宗皇祐四年（西元一○五二年）五月，逝世於徐州，享年六十四歲，諡文正。

一、刻苦力學的讀書生活

范仲淹二歲父，父范墉時任武寧軍（徐州）節度掌書記。母子孤貧無依，母謝氏不得已乃改嫁淄川長史朱文翰，仲淹隨母前往朱家，因此從後父姓朱，名說。

朱文翰對待仲淹不薄，不但給予讀書，讓文正公奠定良好的學問基礎，還讓他西遊陝西終南，與王鎬、周德寶、屈元應等嘯詠於杜、鄠間。

宋眞宗大中祥符二年（西元一○○九年），文正與朱氏兄弟同時舉爲學究，他獨得諫議大夫姜遵的青睞，稱讚其爲奇士，認爲他日當立盛名於世。

他舉學究之後，在長白山〔註19〕醴泉寺〔註20〕僧舍，刻苦力學，每天作粥一器，等它凝固後，分爲四塊，早晚各取二塊，斷虀數莖，拌鹽而食，人不堪其苦，文正公不改其樂，如是者三年。〔註21〕

二十三歲時，文正公因見朱家兄弟浪費不節，自覺有責任教導他們，屢加以勸誡，不料朱家兄弟大爲不樂，反諷說：「我自用朱家的錢，干你何事？」聽後極爲震駭，知道身世後，決欲自立，於是佩琴劍，逕往睢陽應天府，謝夫人派人急追，他說：「期十年登第，來迎親」。

〔註19〕 長白山位於山東鄒平縣南二十里，東北屬長山，北屬鄒平，折而西屬章丘，南則淄川，盤繞四縣，最高處曰會仙峯。（見中國古今地名大辭典）。

〔註20〕 醴泉在山東鄒平縣西南二十二里，泉深丈許，旁有醴泉寺，相傳僧寶誌卓錫於此，又曰范公泉，蓋宋范仲淹讀書處也。其西有聖水井。（同上）。

〔註21〕 見《東軒筆錄》：公少與劉某，同上長白山僧舍修學，惟煮粟二升作粥一器，經宿遂凝，刀畫爲四塊，早晚取二塊，斷虀十數莖，糵汁半盂，入少鹽，煖而啗之，如此者三年。

　　河南商邱的應天書院，規模大，人才薈萃，是名學者戚同文所創辦的學府。

　　當時戚同文已逝，由其孫舜賓主府學，曹誠掌府助教，文正公在應天書院苦讀五年，未嘗解衣就枕，精神昏倦了，便用冷水沃面。他在睢陽生活非常貧困，往往饘粥不繼，同學送飯菜給他，他也一概拒絕。

　　文正在書院中專心讀書，從不為俗事所擾，當眞宗皇帝謁太清宮，駕次南京時，同學「皆往觀之」，他獨不動心，有人問他，說：「異日見之未晚〔註22〕」。

　　在睢陽苦學的日子裡，他自比於「人不堪其憂，回也不改其樂」的顏回。他有〈睢陽學舍書懷〉詩云：

　　　白雲無賴帝鄉遙，漢苑誰人奏洞簫。
　　　多難未應歌鳳鳥，薄才猶可賦鷦鷯。
　　　瓢思顏子心還樂，琴遇鍾期恨即銷。
　　　但使斯文天未喪，問松何必怨山苗。〔註23〕

文正公在睢陽苦讀了五年，於是大通六經之旨，深明古今興衰之理，尤其長於《易經》，凡為文章論說，必本之仁義孝弟忠信。歐陽修說：

　　　（文正）居五年，大通六經之旨，為文章論說，必本於仁義。⋯⋯
　　　公少有大節，於富貴、貧賤、毀譽、歡戚，不一動其心，而慨然有
　　　志於天下。常自誦曰：「士當先天下之憂而憂，後天下之樂而樂也。」
　　　其事上遇人，一以自信，不擇利害為趨捨，其所有為，必盡其力，
　　　曰：「為之自我者，當如是，其成與否，有不在我者，雖聖賢不能必，
　　　吾豈苟哉！」〔註24〕

二、忠君愛民的遊宦生活

　　宋眞宗大中祥符八年（西元一○一五年），二十七歲的文正公，通過了禮部的考試，和崇政殿的覆試，登進士第。歐陽修〈范公神道碑〉說：

　　　祥符八年，舉進士禮部選第一，遂中乙科，為廣德軍司理參軍。
　　　〔註25〕

〔註22〕見《年譜》二十六歲。
〔註23〕見《范文正公集》卷三。
〔註24〕見《范文正公集》《褒賢集》〈褒賢之碑〉及《歐陽文忠公集》卷二十。
〔註25〕同註24。

文正公中舉後，從此步入仕途，展開其「以天下為己任」的抱負。他被任命為廣德軍（今安徽廣德縣）司理參事，佐理刑獄事務。他幾乎每天都捧著刑獄案卷，與太守爭論是非，並且把爭論內容書寫在屏風上，等到離職時，屏風已經沒有空隙可以書寫了。他初入官場，已充分表現認真的處事態度，為正義真理奮戰不已的精神。

他到廣德軍之後，立即迎養母親於任所，距他離開朱家，逕往睢陽讀書只有四年時間，比之當時「期十年登第，來迎親」早了六年。到廣德之後，他延攬了三位學者做為老師，創辦了當時尚未普及的地方教育。最初廣德人不知求學做學問，經過文正提倡教育之後，才有人用心向學，陸續有考取科場，成為效命朝廷的儒生。

文正公廉節自持，離開廣德時，貧止一馬，後賣馬徒步而歸。二十九歲，遷文林郎，權集慶軍（即亳州，今安徽亳縣）節度推官，此時才奉母命上表請復為范姓，定名仲淹。表中，引用了范蠡改名陶朱公，范雎相秦改名張祿的典故，表明自己因母親改嫁而易朱姓之事。他說：

　　志在投秦，入境遂稱于張祿；名非霸越，乘舟乃效于陶朱。〔註26〕
此後，即以范仲淹的新名出現政壇，終而名震天下，成為一代名臣。

真宗天禧二年（西元一○一八年），文正公三十歲，為譙郡（今亳州）從事，當時上官必典譙郡，待之甚厚。三十三歲時，調任為「監泰州海陵西溪鎮鹽倉」泰州在長江北岸，揚州附近，即今江蘇泰縣，因海堰久廢不治，水災頻生，淹沒民田，百姓流離失所，文正公毅然肩負起修堤工作，堤成，百姓為建文正公祠堂於西溪，膜拜祝頌。

翌年，上書張右丞，自稱粗聞聖人之道，「知忠孝可以奉上，仁義可以施下，功名可存於不朽，文章可貽於無窮」表示自己「慨然有益天下之心，垂千古之志〔註27〕」，可是一般人都認為他只會「雕蟲之技」，沒有人認為他可言天下之道。過二年，遷大理寺丞，但職務仍掌西溪鹽監。

仁宗天聖三年（西元一○二五年），年三十七歲，夏四月二十日，有〈上時務書〉請救文弊、復武舉，重三館之選，賞直諫之臣，及革賞延之弊。這是他首次提出了詩文革新的主張。

〔註26〕見《年譜》，作「名非霸越，乘舟乃效于陶朱；志在投秦，入境遂稱于張祿。」疑誤倒。
〔註27〕見《范文正公集》卷八，〈上張右丞書〉。

　　仁宗天聖四年（西元一〇二六年），文正公三十八歲，母親謝太夫人病逝，他辭官退居南京（今河南商邱縣）守制。這一年，他作有〈唐異詩序〉，認為「詩之為意也，範圍乎一氣，出入乎萬物，卷舒變化，其體甚大。」並且進而抨擊缺乏真實感情，不問民生疾苦，沿承五代餘緒的商崑時文。他說：

　　　　五代以還，斯文大剝，悲哀為主，風流不歸。皇朝龍興，頌聲來復，
　　　　大雅君子，當抗心於三代。然九州之廣，庠序未振，四始之奧，講
　　　　議蓋寡，其或不知而作，影響前輩，因人之尚，忘己之實，吟詠性
　　　　情，而不顧其分，風賦比興，而不觀其時，故有非窮途而悲，非亂
　　　　世而怨，華車有寒苦之述，白社為驕奢之語，學步不至，效顰則多，
　　　　以至靡靡增華，惜惜相濫，仰不主乎規諫，俯不主乎勸誡，抱鄭衛
　　　　之奏，青虁曠之賞。游西北之流，望江海之宗有矣。〔註28〕

天聖五年（西元一〇二七年），樞密副使晏殊因忤逆皇太后意旨，降貶出知宣州（安徽宣城），不久改主應天府，於是晏殊以南京留守的身分，聘請文正在守制中出掌應天府學。

　　史稱「自五代以來，天下學校廢，興學自（晏）殊始。」事實上，默默耕耘的是文正，大力推行的也是文正。他在應天書院的教育工作，極為後世所稱道，不但重視言教，而且以身教為先，平日出題要學生作賦，必先自作一篇，一方面知其難易，一方面可為學生的範本。掌府學期間，他資助孫復生活費用，並補為學職，又授以《春秋》，日後孫復講學於泰山，成為一代宗師。

　　守喪期間，文正公仍然關心國事，自言：「不敢以一心之戚，而忘天下之憂」。上書執政，請求朝廷「固邦本、厚民力、重名器、備戎狄、杜奸雄、明國聽」，洋洋萬餘言，宰相王曾見而偉之，乃力促晏殊薦文正應試入館職，晏殊在推舉狀中極力讚揚文正「為學精勤，屬文典雅」，又說：「獨守貧素，儒者之行，實有可稱。」天聖六年（西元一〇二八年）十二月一日，服喪期滿，授為祕閣校理，進身館職。

　　南宋洪邁說：「館閣之選，皆天下英俊，但必先通過考試，然後任命。」「祕閣」是藏書的地方，「校理」係校勘書籍，「祕閣校理」在館職中屬於中等的官職，不過對文正公而言，能夠進京獲得一個頗負清望，又具潛力的官職，是重大的突破，由於接近皇帝，地位提升，他的理想，逐漸有較大的施

〔註28〕見《范文正公集》卷六，〈唐異詩序〉。

展空間。這一年，他四十歲，並撰有〈南京府學生朱從道名述〉，對於文與道的關係有精闢的闡述。

天聖七年（西元一○二九年），仁宗皇帝宣布要在冬至率百官向垂簾聽政的皇太后上壽，朝臣無人敢於反對，只有文正公上疏力言此事斷不可行，因為皇帝只能居南面而為人君，絕無北面而執人臣之儀，再者皇帝有事親之道，無為臣之禮，若皇帝與百官同列，將有虧君體，有損主威，立下「人主弱，母后強」的惡例，不足為後世所效法。

不久，文正公又鼓起勇氣，直逼問題核心，上疏奏請皇太后還政，並自請外調，年底詔命為河中府（今山西永濟）同判。

天聖八年（西元一○三○年），上書諫止侈運木材，停止修建太乙宮及洪福院，以順人心，以彰聖治。四月轉殿中丞，五月有〈上時相議制舉書〉認為五代「文章柔靡，風俗巧偽」，五代無法自救，當代應起而救之，主張命試之際，先六經，次正史，以培育安邦定國的輔佐之才。

天聖九年（西元一○三一年），文正公改遷太常博士，同判陳州（今河南淮陽縣）。明道元年仍知陳州，二年（西元一○三三年）三月，章獻皇太后崩，仁宗親政，四月被召赴闕，除右司諫，六月與范諷等人，同判刑院大理寺，詳定天下當配隸罪人刑名。七月，江、淮、京東一帶發生蝗旱災，他奉命安撫災民，所到之處，都開倉賑災，嚴禁淫祀，並奏請減免稅賦。冬天，因勸阻廢后，得罪宰相呂夷簡，貶知睦州（浙江桐廬郡）。

在謫守睦州期間，四十六歲的文正公寫了不少詩文，如〈謫守睦州作〉、〈赴桐廬淮上遇風詩〉、〈出守桐廬道中十絕〉、〈新定感興五首〉等。並鳩工在「嚴陵釣台」處建立嚴先生祠，以紀念這一位東漢的高士。祠堂建成，文正公寫下了有名的〈桐廬郡嚴先生祠堂記〉，對嚴光和漢光武帝都非常稱讚。

閏六月，文正公回故鄉蘇州任官，適時平治了為患多年的水患。知蘇州期間，他寫了不少的詩作，有〈蘇州十詠〉、〈天平山白雲泉〉、〈題常熟頂山僧居〉等。

回故鄉後，因居處狹陋，鄉人介紹錢氏之南園興建府第。翌年，將遷居時，陰陽家說：「此勝地也，必踵生公卿。」文正公說：「吾家有其貴，孰若天下之士，咸教育于此，貴將無已焉。」於是捐宅興學，奏請立為郡學。〔註29〕

〔註29〕見《年譜》仁宗景祐二年。

學校建成時，有人說蓋得太大了，他說：「吾恐異時患其隘耳。」他邀聘「以聖賢自期許」的胡瑗來此任教，並且命令長子跟著他受教，由於胡瑗教授得法，文教由此而興，蘇州府學從此揚名於天下。

景祐二年（西元一〇三五年）三月，四十七歲的文正公，奉召調回京師，任命爲禮部員外郎天章閣待制。

十二月癸亥（三十日），權知開封府。宋朝官員「知開封府」以包拯最爲有名，他比文正公小十歲，晚文正二十一年知開封府，三年後轉任御史中丞，由歐陽修接掌開封爲府尹。文正公在開封府的治績雖然沒有包拯那樣的戲劇化，但是治績不錯，深得民心，富弼稱：「公處之彌月，威斷如神，吏縮手，不敢侮其奸，京邑肅然稱治。」〔註30〕京師有歌謠說：「朝廷無憂有范君，京師無事有希文。」因此聲望日隆。

景祐三年（西元一〇三六年），文正公力陳治亂之道，認爲得人則治，失人則亂，用人的得失是宰相的責任，並繪製「百官圖」，按職級品位，排出合理、不合理的陞遷順序，因此得罪宰相呂夷簡，遭罷黜落職，出知饒州（今江西省鄱陽縣）。同時遭降黜的有余靖、歐陽修、尹洙。

詩人梅堯臣對文正之落職，深表同情，作〈寄饒州范待制〉詩，稱他是獨醒人，又作〈靈烏賦〉說：「事將乖而獻忠，人反謂多凶。」文正閱後，以同題回贈，有「寧鳴而生，不默而死」的名句，表達其勇於直言進諫的氣節。

當年秋八月，文正公到達饒州任所，當地是一個「繁劇之郡，多頑好鬥，吏校多梗〔註31〕」，他對百姓曉以教令，建立郡學，把饒州治理得可以「終日無事，優遊於政」，他自稱「雅得江山之助，頗有詩作」。

景祐四年（西元一〇三七年）十二月，調知潤州（今江蘇省鎮江縣），在循例所呈的謝表中，他特別表白「進則持堅正之方，冒雷霆而不變；退則守恬虛之趣，淪草澤以忘憂」的心迹〔註32〕。翌年，延聘李覯來郡，爲潤州辦理郡學，自己常去視察，並備菜餚與師生餐敘，他在這裡度過他五十歲的生日。

仁宗寶元元年（西元一〇三八年）十一月，調知越州（今浙江紹興），同樣以辦教育爲先，又修書請李覯來此講學，公餘之暇，則以詩酒自娛。〈越上聞子規〉詩云：

〔註30〕 見富弼撰〈墓誌銘〉。
〔註31〕 見《鄱陽遺事錄》〈郡齋〉。
〔註32〕 見《范文正公集》卷十五，〈潤州謝上表〉。

夜入翠煙啼，晝尋芳樹飛。

春山無限好，猶道不如歸。

雖然「春山無限好」，但是「處江湖之遠，則憂其君」的文正公，遙對京師，不免有「猶道不如歸」的感歎。

三、威震西夏的軍旅生活

寶元元年十月，西夏國主趙元昊僭號稱帝，一反其父德明的親宋政策，屢次發動侵略戰爭，從此邊疆多事。

康定元年（西元一○四○年）正月，駐守延州（在今陝西中部）的范雍為元昊所愚弄而慘遭大敗，趕來救援的劉平、石元孫力戰而亡，後來下了一場大雪，才解了延州之困。

此時，陝西形勢危殆萬分，朝廷降范雍為吏部侍郎兼知安州（今四川），陝西安撫使韓琦薦舉文正公，說他有將才，堪任邊事。三月，復為天章閣待制、知永興軍（陝西長安）。未到永興，又改授陝西轉運使、刑部員外郎。宰相呂夷簡上奏：「轉運使不預軍事，請超遷以寵之。」五月任命為龍圖閣直學士吏部員外郎與韓琦同為陝西經略安撫副使。六月，他辟舉歐陽修掌書記，但歐陽修辭謝未往。

對西夏的戰爭，韓琦主張大舉進擊，以便安固後世，振大宋之天聲。文正公的意見正好相左，他認為今日承平日久，中原已無宿將精兵，一旦興深入之謀，豈有勝算，不如加強邊城守禦，訓練士兵且守且訓，以戰養戰，既可穩定軍心，又可經由實際戰鬥經驗，使部隊壯大，再則可以從事持久戰，使敵人弓馬之勁無所施，而拖垮其境內經濟，使敵方眾叛親離，我方乘機討伐，可穩操勝算。

當時朝廷並沒有採納他的策略，反而笑他「區區過慎」，主張大舉西討，以致於慶曆元年二月，有好水川之役，全軍覆沒，此後乃採行文正公之議，建砦屯田，「養育」與「訓練」齊舉，「厚賞」與「律罰」並重，范、韓二人協力守邊，邊上百姓為之歌謠說：

軍中有一韓，西賊聞之心骨寒。

軍中有一范，西賊聞之驚破膽。

西北戰事，西夏希望速戰速決，文正公洞燭其奸，採取穩紮穩打的策略，嚴守邊疆，選擇險要之地築城，修復舊寨，建砦屯田，練兵積穀，培養戰力，

敵來則與之戰，敵退也不深追，積小勝為大勝，完全掌握了從不敗，進而致勝的關鍵。他有意以持久的戰略，把西夏弄得疲困不堪，以守為攻的實效目的，就是拖垮西夏，他過人的眼光和膽識，以及對戰略的執著，所產生的制敵效果，的確讓西夏為之心寒膽破。由於文正公經略西塞成功，夏主乃於慶曆三年正月，遣使請和。

四、慶曆新政的革新生活

慶曆三年（西元一○四三年）三月，晏殊取代呂夷簡為平章事（宰相）兼樞密使，宣布前陝西經略安撫使夏竦為樞密使，夏竦的任命引來羣臣的反對，說他當年在陝西，畏懦不肯盡力，巡邊時置侍婢於軍帳之內，差一點引起軍變，最後決定以杜衍取代夏竦為樞密使。四月宣布文正公與韓琦並為樞密副使，他們都同為執政大臣，另外，歐陽修、蔡襄、王素、余靖並為諫官。八月任文正為參知政事。

仁宗皇帝求治心切，每次召見文正公、富弼等人時都要求他們條奏當前時務，並請提出興革意見。文正公受命為參知政事的第二個月，特開天章閣，召集二府（宋制，中央政府分兩部分，一為樞密院，主軍事；一為中書令，主政事，謂之二府。同平章事即宰相，參知政事為副宰相）大臣和雜御史以上官員，朝謁太祖、太宗御容和觀看瑞物，然後問禦邊大略和施政得失，其後又賜坐及贈紙筆要求他們條列革新意見，他們都惶恐避席，召對結束後，范仲淹提出了十項綱領，作為革新的指標，這就是歷史上有名的「十事疏」。

這十項改革是：一曰明黜陟、二曰抑僥倖、三曰精貢舉、四曰擇長官、五曰均公田、六曰厚農桑、七曰修武備、八曰推恩信、九曰重命令、十曰減徭役。

大體言之，前五項屬於「澄清吏治」，六至八項，屬於「富國強兵」，後兩項屬於「勵行法治」。「精貢舉」係針對用人考試制度提出來的。對當代詩文革新，具有深遠的影響。

「慶曆新政」所陳的十事，事實上就是欲攘外必先安內；欲求強兵，必先富民；欲求富民，必先澄清吏治。所謂「澄清吏治」，等於是政府向全國官吏收回原來所給予的種種特權和優惠，也就是針對他所看到的宋朝不合理的陞遷制度和用人方法，提出解決辦法。

　　改革本是一條艱辛的路程，雖然此次革新來自聖意，但是既得利益者指責他們爲朋黨，更何況文正公的門人石介因一時之快，得罪夏竦等人，加上石介曾寫一封信給富弼，建議「行伊、周之事」，意即效法伊尹、周公輔弼天子，但是居心不良的夏竦，命女奴摹倣石介筆跡，把「伊、周」改爲「伊、霍」，如此則由「輔弼天子」變成「廢立天子」，仁宗看了雖不相信，但是文正公與富弼都十分恐懼，不敢自安於朝廷，紛紛請求外調，慶曆四年（元西一○四四年）六月，兼任陝西、河東路宣撫使，離開京師，稍後富弼爲河北宣撫使，二人都避開了這段讒言、毀謗的敏感時刻。十一月，文正公請辭參知政事，未准。次年正月再度請辭獲准。

　　慶曆三年八月，文正公被任命爲參知政事，九月上「十事疏」，次年六月被迫離開京師，慶曆五年正月改知邠州兼陝西四路緣邊安撫使。總計他擔任參知政事的期間一共有十八個月，但眞正在職只有十一個月，這段期間是他政治生涯的頂峯，可惜周遭的環培卻使他有志難伸，最後黯然求去，他心中的無奈與孤寂，形之於文字的是：

　　　　事久弊則人憚於更張，功未驗則俗稱於迂闊，以進賢援能爲樹黨，

　　　　以敦本抑末爲近名，洎忝二華之利，愈增百種之謗。〔註33〕

慶曆新政本是北宋王朝奠定國家富強的契機，無奈仁宗皇帝信心不足，不能貫徹始終，堅持到底，以致慶曆革新無疾而終，令人惋惜不已。然而他的貢獻與影響卻是肯定的。〈春安文正講義〉說：

　　　　而天章一疏，實將振起我宋一代之治，若使盡見實行，則後來無所

　　　　用其紛更，而國家蒙福，莫之與京矣。〔註34〕

慶曆新政是失敗了，但是影響到二十四年後（西元一○六九年）王安石的熙寧變法，甚至明代張居正的改革也可以看到慶曆新政的影子。

五、鞠躬盡瘁的晚年生活

　　慶曆五年（西元一○四五年），五十七歲的文正公爲資政殿學士知邠州（陝西邠縣），兼陝西四路緣邊安撫使。自從他黯然離開京城之後，從此再也沒有回到朝廷任事，直到終老。而夏竦等人更以無中生有的手法，攻擊文正公和

〔註33〕見《范文正公集》第四卷，〈遺表〉。
〔註34〕見《范文正公集》〈奉安文正講義〉。

富弼，說他們握有兵權在外，將有異謀，文正公因此自請解除兵權，十一月改調內郡，知鄧州（河南鄧縣）。

到鄧州之後，境內稱治，他依然以「興學育才」為職志，公餘之暇，常與賓客琴詩宴遊，頗有詩作。

慶曆六年，他寫了一篇膾炙人口的〈岳陽樓記〉，「仁人之心」的人生目標，「先天下之憂而憂，後天下之樂而樂」的名言，成為後世知識分子實現人生理想的最高目標。

在鄧州三年，文正公興利除弊，辦學育才，與民同樂，極得百姓的愛戴。

皇祐元年（西元一○四九年）正月，六十一歲的文正公調回家鄉附近的杭州。七月，加封為尚書禮部侍郎。

文正公在調任杭州不久之後，即與胞兄范仲溫商議，在故鄉置良田十頃，創設「義莊」嘉惠族人。他說：

> 吾吳中宗族甚眾，於吾固有親疏，然以吾祖宗視之，則均是子孫，固無親疏也……且自祖宗積德百餘年而始發於吾，得至大官，若獨饗富貴而不恤宗族，異日何以見祖宗於地下？今亦何顏以入家廟乎？

文正公所創辦的義莊，又附設有義田、義學，且經其子純仁的擴建及後人不斷的經營，一直保有到中共實施土地政策（西元一九四九年），才被廢止，九百多年來接濟過無數的范氏族人。

皇祐二年（西元一○五○年），吳中飢荒，他開倉賑災，並且募集民力，興辦各種利民建設。這一年，胞兄仲溫病逝，享年六十六，文正公哀慟悲切，「泣血灑毫」撰〈太子中舍墓誌銘〉說：

> 嗚呼！先公五子，其三早亡，惟兄與我，為家棟樑。兄又逝焉，我獨徨徨，諸稚在前，未知否臧。我其教之，俾從義方，積善不誣，厥後其昌。〔註35〕

皇祐三年（西元一○五一年），文正公以戶部侍郎徙知青州（山東益都縣），兼淄濰等州（淄即今山東淄川縣，濰即今山東濰縣）安撫使。暮年之時，他又回到當初母親改嫁，然後讀書成長的地方，命運之神彷彿為他作最後的巡禮。這一年十一月，他應蘇舜元之求，用黃素以小楷正書韓愈所作的〈伯夷頌〉相贈。柳貫說：

〔註35〕見《范文正公集》第十二卷，〈太子中舍墓誌銘〉。

> 文正公以寶元元年赴潤道，謁狄梁公廟，爲之作記立碑。又十三年，
> 皇祐三年，鎮青社，用黃素小楷書〈伯夷頌〉，寄蘇才翁。蓋去公薨
> 半歲耳。於是公屢以言事忤旨，出殿外服，知其道之莫可行也，將
> 以仰晞古人，而於伯夷之清風，梁公之大節，竊深慕焉，攬公之迹，
> 可以諒公之心矣。所謂百世以俟聖人而不惑者，茲非其徵乎。〔註36〕

文正公以衰暮多病之年，恭書〈伯夷頌〉，一則表其對伯夷之崇敬，一則乃爲
振士氣，倡名節，以力矯五代以來廉恥道喪的遺毒。以伯夷之清風，昌黎之
偉詞，文正公之墨寶，三者會而爲一，可稱爲人間罕見的三絕。董章說：

> 伯夷之行，昌黎頌之，文正書之，眞三絕也。〔註37〕

在青州期間，他看到了歲飢物貴，盜賊滿路，流民亟需救濟，以多病之軀，
大感力不從心，乃請求他調，冀使後來者能解救災民。

皇祐四年（西元一〇五二年）正月，徙知潁州（安徽阜陽），六十四歲高
齡的文正公，扶病就道，坐轎由北方向南方走，五月二十日在他出生之地徐
州逝世。

當文正公逝世的消息傳至京師之後，仁宗皇帝爲之輟朝一日，全國上下
聞之，莫不歎息。西北邠、慶二州人民及當地羌人，早先已因感恩爲他畫像，
立有生祠，逝世後羌酋數百人集會於佛寺，爲他舉哀，號哭如喪父，齋三日
而去。

十二月，葬於河南洛陽尹樊里的萬安山下，仁宗皇帝親篆「褒賢之碑」，
追封楚國公，諡文正，敕賜西京褒賢顯忠禪寺，及蘇州天平山白雲禪寺，永
燃文正公香火，賜「忠烈廟」額。

第三節　范仲淹的交遊

古今凡成大事業者，皆有賴於師友之助，因爲有良師益友之啓迪興發，
其憑藉益厚，所以成就益高。

范文正公生長在北宋積貧積弱的時代，但是他一生所親近的師友，所栽
培提攜的門人，都是當代最傑出的人物，因之益增切磋琢磨之功，而成就其
不朽的事業。

〔註36〕見《范文正公集補編》第三卷，〈題跋〉。
〔註37〕同註36。

一、師長

影響文正公一生最大的是應天書院的創辦人戚同文，《宋史》記載文正二十三歲這一年知道身世之後，感泣辭母而去，即逕赴河南商邱的應天書院「依戚同文學〔註38〕」。戚氏從小是個孤兒，由祖母「攜育於外氏」，遭遇與文正相似，所以文正公在應天書院讀書時，深受戚師的精神感召，以至於「（讀書）五年未嘗解衣就枕〔註39〕」這種晝夜苦讀的精神，正與當年戚同文「讀書累年不解帶〔註40〕」相同。〈高平學案〉說：

> （戚同文）始聞邑人楊愨教授生徒，日過其學舍，因受《禮記》，隨即成誦，日諷一卷，愨異而留之，不終歲，畢誦五經，愨即妻以女弟，自是彌益勤勵，讀書累年不解帶。〔註41〕

戚氏生長於五代，終身不仕，以教育後進為務，有志於促成天下的統一，所以取名「同文」。文正公登第以後，以興學育才，獎掖後進為務，慨然有志於天下，又提出一句響震千古的名言：「先天下之憂而憂，後天下之樂而樂」，企圖以救世的精神去改變時代，這種精神來自於應天書院的浸潤，也來自於書院創辦人戚同文所樹立的楷模典範。它孕育了文正公高貴的人格，也培養了他奮鬥的力量。

文正公一生不營居室，不積財富，凡有所得悉以濟助親族、部屬及鄉里鄰居，晚年又購置義田，建立義莊，辦理義學，贍養族人，這種仁心義舉，也是得自戚師的示範與啟發。〈高平學案〉說：

> （同文）先生純質尚信義，人有喪者，力拯濟之，宗族閭里貧者，周給之，冬月解衣裘與寒者。不積財，不營居室，或勉之，輒曰：「人生以有義為貴，焉用此為」，由是深為鄉里推服。〔註42〕

宋州睢陽於文正十八歲那年升為應天府，三年後（西元一〇〇九年）二月，因先前有府民曹誠，出資雇工，就睢陽書舍創辦人戚同文所居處，建造房舍一百五十間，聚書千餘卷，聚徒講習。應天府向朝廷啟奏，真宗皇帝賜名為「應天府書院」，命戚師的孫子戚舜賓主持院務，命出資人曹誠為府助教。文正公就讀於書院時，戚同文已逝，但是他的事蹟與精神，深深感動前來學習

〔註38〕見《宋史》卷三一四。
〔註39〕見申時方《范仲淹先生年譜新編》二十六歲下。
〔註40〕見黃宗羲撰《宋元學案上》卷三，〈高平學案〉。
〔註41〕同註2。
〔註42〕同註3。

的士子，文正日後成就非凡，正是戚師的啓發與影響，所以文正公一生行事之中，也頗有戚同文的遺風，因此〈宋元學案〉稱文正范希文先生仲淹爲睢陽所傳。

文正公二十一歲時（宋眞宗大中祥符二年，西元一○○九年），與朱家兄弟同時舉爲學究，此時最賞識他，並且對他鼓勵有加的是素以剛嚴聞名於世的諫議大夫姜遵。當文正與一大批人晉見時，姜遵待眾人告退後，特留下文正一人，引入中堂，對其夫人說：「朱學究年雖少，奇士也！」又說：「他日不唯爲顯官，當立盛名於世。」由文正正式參見，並設酒延款待，待之如骨肉。

步入仕途以後，一再幫助、提攜文正公的是宋初詞壇的領袖晏殊。天聖五年（西元一○二七年），他以南京留守的身分，聘文正出掌應天府學，其後又稱讚文正「爲學精勤，屬文典雅」，薦舉入試爲館職（館職係儲才之所。南宋人洪邁說：「館閣之選，都是天下英俊，但必須經過考試，方能任命」），授爲祕閣校理。由於晏殊對文正公的賞識與提拔，文正得以在官場上順利發展，他是文正的恩師，文正可說是他的門人。《宋史》說：

　　（晏殊）平居好賢，當世知名之士，如范仲淹、孔道輔皆出其門，

　　及爲相，益務進賢才，而仲淹與韓琦、富弼皆進用。〔註43〕

二、知交

文正公出將入相、功業顯赫，交遊甚廣，早年曾西遊終南與王鎬、周德寶、屈元應等嘯詠於杜、鄂之間。眞宗大中祥符八年（西元一○一五年）登進士第，與周驟、魏介之及後來重修岳陽樓的滕子京爲同年。

在官場上，他與余靖、尹洙、歐陽修並稱四賢，他們都是志同道合的知己。在對西夏用兵時，他與韓琦同時經略陝西，尹洙在范、韓幕下，他們三人出生入死，是患難與共的知交。

在學術界，他聘胡瑗爲蘇州教授，又薦以白衣應對崇政殿，授爲校書郎，經略陝西時又辟爲丹州推官，其後又薦爲學官，在京師講學，爲國子監直講。他濟助孫復，並授以《春秋》，又薦孫復泰山有經術，宜在朝廷，因除國子監直講，召爲邇英殿祇候說書。他們二人都因文正公的薦舉而有名於天下，成

〔註43〕 見《宋史》卷三百十一，〈列傳〉第七十。

為宋學的開山宗師，他們與文正公可以說是道義之交。《宋元學案》說他們兩人皆致力於儒學的宣揚，是范文正公的門客。

在文學界，他與宋詩開山祖的蘇舜欽、梅堯臣是知交好友，他們都支持文正公的詩文革新。蘇舜欽字子美，早在從穆修習古文，每屬文不敢雕琢以害正，凡為文章必歸之於道義，認為道德是文學的本質。他的古文，清人宋犖認為「雄健富奇氣，如其為人〔註44〕」，他的詩豪邁奔放，清新剛健，多屬於關心社會民生的作品。子美無論在政治上和詩文革新上都與文正公站在同一立場，不幸成為政爭的犧牲品，英年早逝，四十一歲因病而卒。

子美的兄長蘇舜元（才翁）也是文正公的好友，文正晚年曾應才翁的要求，以年衰多病之身，用黃素以小楷正書韓愈所作的《伯夷頌》相贈，以「伯夷之清風、昌黎之偉詞、文正之墨寶」薈而為一，稱為世間罕見的三絕。〔註45〕

梅堯臣，字聖俞，他反對「嘲風雪，弄花草」的作品，主張學《詩》三百篇，並學《春秋》。他的詩歌用極樸素的語言和高度的功力，表達極豐富、極深刻的思想，他的特色是意在言外，耐人尋味。他在政治上極同情文正公的革新，曾作《靈烏賦》寄贈文正，文正並以同題回贈，有「寧鳴而死，不默而生」的名句。

從穆修習古文的尹源、尹洙兄弟也都是文正公的好友，尹洙在政治上與文正公同進退，在生活上極得文正的照拂。尹洙尊敬文正如同師長，自稱義兼師友。文正公在詩文革新中最為推重尹洙，稱他上承穆修，下啟歐陽修，深有功於道。年四十七而逝，他的後事都是文正所辦理，並為他刊行文集，撰寫序文表彰他的文學貢獻。

有「梅妻鶴子」之稱的休逋，字君復，他結廬在西湖的孤山，文正公曾前往拜訪，並有詩歌酬答。此外以善書、善畫、善琴而有清名的唐異處士，也是文正的好友，文正公撰有〈唐異詩序〉，肯定唐異的為人和才藝，進而品評他的詩作。

詩人石曼卿也是文正公的好友。史載文正公次子純仁軼事說：

> 文正公在睢陽，遣先生（純仁）到姑蘇取麥五百斛，先生時尚少。既
> 還，舟次丹陽，見石曼卿，問：「寄此久何為？」曼卿曰：「兩月矣，

〔註44〕見宋犖〈蘇子美文集序〉。
〔註45〕見《范文正公集補編》卷三，董章語。

三喪在淺土，欲葬之而北歸，無可與謀者。」先生以所載舟麥付之，

單騎自長蘆捷徑而去。到家，拜起侍立良久，文正曰：「東吳見故人

乎？」對曰：「石曼卿爲三喪未舉，方留滯丹陽，時無郭元振，莫可

告者。」文正曰：「何不以麥舟與之？」曰：「已與之矣」。〔註46〕

在政治上，歐陽修與文正立場一致，他推崇文正公有宰輔之才，建議仁宗皇
帝重用文正，貫徹新政主張，使上不玷知人之明，下不失四海之望。文正公
在文壇上極力推崇歐陽修大振古文，天下文風爲之一變，儼然尊文忠公爲當
代的韓愈，文壇的盟主。

由上可知，文正公所結交的都是當代最傑出之士。

三、門人

文正公悉心栽培的門人，都是不世之材。如宋五子之一的關學宗師張載，
就是先生所激勵而裁成的。〈橫渠學案〉說：

（橫渠）少孤，自立，志氣不羣，慨然以功名自許，欲結客取洮西

之地，上書謁范文正公。公知其遠器，責之曰：「儒者自有名教可樂，

何事於兵？」手《中庸》一編授焉，遂翻然改志於道。已求諸釋老，

乃反求之六經。

張載由於文正公之激勵，乃反之六經，其名言：「爲天地立心，爲生民立命，
爲往聖繼絕學，爲萬世開太平」與文正公之「以天下爲己任」理脈相同，所
以全祖望稱「導橫入聖人之門，尤爲有功。」〔註47〕

宋代名臣富弼，也是文正公所栽培而成爲一代名相。他在掌南京府學時，
見富弼脩謹好學，乃推薦成爲晏殊的女婿。富弼心憚大科，在回耀州的途中，
文正公派人將他追回，爲他準備好房間和書籍，富弼因而登第。富弼〈祭范
文正公文〉說：

昔某初冠，識公海陵。顧我譽我，謂必有成，

我稔公德，亦已服膺，自是相知，莫我公比，

一氣殊息，同心異體。始未聞道，公實告之，

未知學文，公實教之。肇復制舉，我憚大科，

公實激之，既舉而仕，政則未諳，公實飭之。

〔註46〕見《言行拾遺事錄》卷第一。

〔註47〕見《宋元學案》卷三，〈高平學案〉。

富弼因文正公的賞識與栽培，步上仕途之後，於文正公逝世後三年，至和二年（西元一○五五年）拜同中書門下平章事，與文彥博並相，天下稱爲「富文」。

反對西崑時文及佛老最烈的石介，也是文正公的門人，他是一名詩文革新的悍將，著有〈怪說〉三篇。爲人樂善疾惡，文正公樂於推舉他入京師講學，但不敢舉爲諫官。文正公說：

> 若使爲諫官，必以難行之事責人君必行，少拂其意，則引裾折檻，
> 叩頭流血，無所不爲矣。

石介個性剛烈，小人尤嫉惡之，享年只有四十一歲。《四庫全書提要》及葉水心《習學記言》對他都有極中肯的評論。

學者稱爲「盱江先生」的李覯（泰伯），也是文正公的門人，文正公推薦他說：

> 建昌軍應茂才異等李覯，丘園之秀，實負文學，著《平土書》、《明堂圖》，鴻儒碩學，見之欽愛，講貫六經，莫不贍通，求於多士，頗出倫輩。〔註48〕

文正公先薦爲試太學助教，後爲直講。卒年五十一歲，著有《盱江集》三十七卷，《外集》三卷。

政治家張方平也是文正公的門人，文正掌南京府學時，於富弼（原名皐）、張方平（原名爲善）二人最爲賞識，晏殊屬文正爲其擇婿時，文正稱「富脩謹，張疎俊」，後晏殊擇富爲婿。文正公經略陝西時，曾舉張方平充經略書記稱讚方平「富於文學，復有才用〔註49〕」。神宗時累官參知政事，卒年八十五歲，有《樂全先生集》四十卷傳世。

理學家劉牧，字先之，號長民。年十六，舉進士不第，乃買書閉戶治之，及再舉，遂爲舉首，調州軍事推官，與州將爭公事，爲所擠，幾不免。及文正至，牧大喜曰：「此吾師也」，遂以爲師，又從孫復習《春秋》。及文正公撫河東，舉牧可治劇，於是爲兗州觀察推官。文正公有《送劉牧推官之兗州》詩。後累官荆湖北路轉運判官，治平元年卒，年五十四。著有《易解》，《卦德通論》一卷，《鈎隱圖》三卷。

理學家吳希哲，字原明，以蔭入官，卒年七十八。《宋元學案》，列爲高平門人。全祖望說：

〔註48〕 見《范文正公政府奏議》下卷〈奏爲薦胡瑗李覯充學官〉。
〔註49〕 見《范文正公集》卷十八，〈舉張方平充經略掌書記狀〉。

> 滎陽少年不名一師，初學於焦千之，盧陵之再傳也，已而學於安定，
> 學於泰山，學於康節，亦嘗學於王介甫，而歸於程氏，集益之功，
> 至廣且大，晚人年又學佛，則申公家學未醇之害也。要之，滎陽之
> 可以為後世師者，終得力於儒。

以上張載等七人，在《宋元學案》〈高平學案〉中列為高平門人。

　　綜觀范文正公一生，早年依戚同文學，其生平行誼，頗有戚氏之遺風。步入仕途以後，又得晏殊的激賞，乃得展現他的長才，終而出將入相。他所結交的都是當代傑出之士，他所獎掖的人才也都是才德兼備之人，由於師友門人相互激盪，因此能夠成就其不凡的事功，為當代詩文革新與政治革新做出了持久的努力，終而扭轉了士風，也改變了文風，為後世樹立了不朽的典範。

第四節　范仲淹的著作

　　范仲淹的著作，《宋史‧藝文志》載有《丹陽編》（《四庫全書總目》卷一五二《文正集提要》說：「是編本名《丹陽集》」，從晁公武的《郡齋讀書志》可以得到證明。）八卷、《文集》二十卷，《別集》四卷，《尺牘》二卷，《奏議》十五卷。

　　現在傳世的有《文集》二十卷，《別集》四卷與《宋史‧藝文志》合。而《奏議》今傳本只有二卷，與《宋史》不合，富弼撰《文正公墓誌銘》則稱《奏議》十七卷，其間出入甚大，不過陳振孫《書錄解題》卷二十二中已著錄《范文正奏議》二卷，可知南宋時所傳世的本子，即是今日流傳下來的本子。至於《尺牘》，則現存為三卷，陳氏《書錄解題》卻著錄五卷，「五」字恐為「三」之訛。

　　今日流傳的本子，有埽葉山房本、四部叢刊本、業書集成本三種。范文正公一千誕辰紀念，行政院文化建設委員會，委由王心均、朱桂、柯基良、李壽林四位先生主其事，李壽林先生負責執行編輯，編輯成《范仲淹研究資料彙編》上、下二輯。內容有《宋史‧范仲淹傳》、《范文正公集》二十卷，《范文正公別集》四卷、《范文正公政府奏議》上、下二卷、《范文正公尺牘》上、中、下三卷、《言行拾遺事錄》四卷、《宋人軼事彙編》、《范文正公鄱陽遺事錄、遺跡、吳中遺跡、白山遺跡、洛陽志、西夏堡寨》、《義莊規矩》、《褒賢集》、《褒賢祠記》、《朝廷優崇》、《遺文》、《贊頌論疏、諸賢論頌、詩頌、祭

文》、《文淵閣四庫全書范文正集之補編》五卷、《宋元學案・高平學案》、《范文正公年譜、年譜補遺》、《范文正公年表》，並有范仲淹研究參考書目，及編後小記，爲研究范文正公的學者，提供了相當完備的資料。

由上可見，他文學方面的作品相當豐富。他凡爲文章一百六十有五，皆闡明聖道之作，誠如蘇東坡所說：

> 其於仁義禮樂忠信孝弟，蓋如飢渴之於飲食，欲須臾忘而不可得，如火之熱，如水之濕，蓋其天性亦有不得不然者，雖弄翰戲語，率然而作，必歸於此，故天下信其誠，爭師尊之，孔子曰：有德者必有言，非有言也，德之發於口者也。〔註50〕

他有詩二百九十二首，或抒情，或議論，或以口語入詩，或以散文入詩，或以哲理入詩，每一首詩都是他高潔人格的投射。後世論宋詩以文入詩，以議入詩，以哲理入詩，這些特色都呈現在文正公的詩歌之中，他爲我國詩歌別開畦徑而大放異彩。

文正公一生功業彪炳，本無意在文壇上爭名，其所填之詞散佚頗多。據《東軒筆錄》云：「范文正公守邊日，作〈漁家傲〉歌數闋，皆以『塞下秋來』爲首句，頗述邊鎮之勞苦。」又敬齋《古今黈》云：「范文正自前二府鎮襄下營百花洲，親製〈定風波〉詞，第一首『羅綺滿城』云云。」今朱孝臧《彊村叢書》輯有《范文正詩餘》一卷，錄有詞六闋，其中〈憶王孫〉一闋經唐圭璋考定係李重元詞，實存〈蘇幕遮〉、〈漁家傲〉、〈御街行〉、〈剔銀燈〉、〈定風波〉五闋，可見他的作品散佚甚多。劉大杰說：

> 他的作品散佚，在宋代的詞史上，是一件可惜的事。因爲在他的詞裡，是兼長著婉約與豪邁的兩種風格，對於後代詞風的發展，有相當的影響。如《中吳紀聞》所載〈剔銀燈〉一闋，果爲范公所製，則蘇、辛一派的詞，范實爲其先導，同時也可見他的作品，是已超越南唐的藩籬，而啓示著詞境的開拓與解放的機運了。〔註51〕

他有辭賦三十六篇，除〈明堂賦〉、〈秋香亭賦〉、〈靈烏賦〉三篇古賦外，都是律賦，可見文正公於文學固然重視其教化仁義的功能，但是對於形式美仍以爲不可偏廢。日本學者鈴木虎雄《賦史大要》，稱文正公之作，猶帶有唐風，可見其才華甚高。鈴木虎雄說：

〔註50〕 見蘇軾撰〈范文正公集敘〉。
〔註51〕 見劉大杰《中國文學發展史》第十九章。

宋歐、蘇未出前，猶帶唐風，田錫、文彥博、范仲淹之作是也。

〔註52〕

可見文正公的著作相當豐富，對宋代文風的轉變，詩境的擴大，詞境的開拓，均有著深遠的影響。

〔註52〕 見日本鈴木虎雄《賦史大要》第五編〈律賦時代〉。

第三章　范仲淹的時代背景

　　范仲淹生於宋太宗端拱二年（西元九八九年），距趙匡胤黃袍加身，建立北宋王朝整整三十年，雖然五代八姓十三君共五十四年篡竊遞嬗的亂局已經結束，天下復歸統一，但是體質虛弱的王朝，不但積弊未改，而且百病叢生。

　　他出生在開國不久的太宗端拱年間，史稱：

　　　（太宗之時）干戈不息，天災方行，俘馘日至，而民不知兵，水旱

　　蝗螟，殆徧天下。

他九歲那年，太宗皇帝因十八年前在高梁河之役，被流矢射中的箭創復發而崩逝，宋眞宗趙恆即位。

　　眞宗景德元年（西元一○○四年），仲淹十六歲的時候，蕭太后及遼聖宗帶著二十萬大軍大舉南侵，當年十月，長驅南下，一直進攻到澶州，距離首都汴京北方大約一百公里左右，京師震動，樞密使陳堯叟勸皇帝駕幸成都，參知政事王欽若勸宋眞宗遷都金陵，唯獨宰相寇準力主天子御駕親征，才能提高士氣，轉危爲安。性格怯懦的皇帝，雖然御駕親征，但卻無心作戰到底，當年十二月，在不勝亦不敗的情況下，與遼訂下了喪權辱國的「澶淵之盟」。從此，契丹每年不費一兵一卒，就可以坐得三十萬歲幣〔註1〕。

　　范仲淹十八歲那年，一向反覆無常的西夏，奉表歸順北宋，受封爲平西王，同時也受遼封爲大夏國王，在宋遼兩大國之間，利用矛盾而獲得利益，並且逐漸培養國力，直到仲淹五十歲之後，開始大力侵宋。

〔註1〕見《宋史》卷二八一，〈寇準傳〉。

　　澶淵之盟後，北宋君臣雖然引爲奇恥大辱，卻又無力整軍經武。眞宗皇帝厭戰，聽信樞密院王欽若之言，認爲戎狄之性畏天而信鬼神，當托神道自重，使契丹畏服。

　　范仲淹二十歲這一年（眞宗大中祥符元年，西元一○○八年）正月，北宋君臣僞稱「天書」下降在皇城左承天門闕上，書「大中祥符」四字，於是改元大中祥符。當年十月，皇帝率羣臣封禪泰山，耗費了八百三十萬緡。爲了奉祀「天書」，眞宗皇帝建造玉清、昭應、崇禧、景靈等宮，日役數萬人。

　　仲淹二十六歲時，玉清宮建成，規模宏麗，所費鉅億萬，議者謂玉清之盛，開闢以來未之有也。眞宗如此轟轟烈烈的作爲，目的在於表明他是天命所歸的天子，藉機向契丹示威，希望換取遼人的尊敬，然而遼主並沒有被嚇著，眞宗反而把太祖、太宗二朝預備收復燕雲的儲蓄消耗殆盡。

　　翌年（宋眞宗大中祥符八年，西元一○一五年），二十七歲的范仲淹中舉進士，從此步入仕途，此後三十多年的仕宦生活中，他所看到的是積貧積弱、民生凋弊、文風卑弱的時代。

　　到了仁宗時代，內則因重稅而激起農民起義反抗，外則因連年與西夏作戰，致局勢杌隉，致危機四伏，以天下爲己任的文正公看到這種情景，不禁痛心的說：

> 我國家革五代之亂，富有四海，垂八十年，綱紀制度，日削月侵，
>
> 官壅於下，民困於外，夷狄驕盛，寇盜橫熾〔註2〕。

國家局勢杌隉如此，民生社會凋弊不安，令「先天下之憂而憂」的文正公更加憂心如焚，他的革新主張、慶曆新政、教育改革、詩文革新，都是針對時代的需求而發，最終目的則在挽救國家的危亡。時代的需要，使他成爲革新派的領袖，讀書人的自覺精神，也因范仲淹對時代的體認而清醒。

第一節　從國運看積貧積弱

　　北宋政治，史家一致認爲有兩大積弊，一是積弱，一是積貧。

一、積弱

　　就國防而言，後晉石敬瑭父事契丹，割贈燕雲十六州，中國北方天然

〔註2〕見《范文正公政府奏議》卷上，〈答手詔條陳十事〉。

防線盡失，大河北岸幾無屏障可言。宋太祖建國以來，爲了防止可能叛變
的武裝力量，採取了一連串的集中軍權、削弱藩鎭的措施。《續資治通鑑長
編》云：

> 初，上旣誅李筠及重進。一日，召趙普問曰：「天下自唐季以來，數
> 十年間，帝王凡易八姓，戰鬥不息，生民塗地，其故何也？吾欲息
> 天下之兵，爲國家長久計，其道何如？」普曰：「陛下之言及此，天
> 地人神之福也，此非他故，方鎭太重，君弱臣強而已。今所以治之，
> 亦無他奇巧，惟稍奪其權，制其錢穀，收其精兵，則天下自安矣。」
> 語未畢，上曰：「卿無復言，吾已喻矣。」

不久，即採行了「杯酒釋兵權」的方法，除去了侍衛與殿前兩軍首腦人物的
兵權，同時又進一步推行「強幹弱枝」的政策，集中全國精兵於京師，使朝
廷的中央禁軍，無論質量，都非地方所能抗衡，諸州鎭兵，在制度上成爲中
央禁軍的後備部隊，藩鎭兵權空無所有。

宋太祖又進一步實施「內外相雜」，使中央與地方駐兵，在力量上維持一
定比例。王應麟說：

> 藝祖平定天下，養兵止二十二萬，而京師十餘萬，明強幹弱枝之勢
> 也〔註3〕。

如此一來，京師的兵力可以控制外道，而各道兵力的總和又和京師的兵力相
當，也可以杜絕中央政權內部的騷亂。太祖又立「更戍法」，把京師的駐兵輪
番派遣到各地戍守，造成兵無常帥，帥無常師，兵不知將，將不知兵的局面，
防止兵士和將帥之間發生深厚的關係；又把京師的禁軍分給殿前都指揮使、
馬軍都指揮使、步軍都指揮使統領，使禁軍將官的權力因而削弱，同時設置
樞密使，掌調發國內軍隊之權，如此嚴密的防範措施之下，達到中央集權的
目的，也大大削弱了軍隊作戰的能力。宋范祖禹說：

> 祖宗制兵之法，天下之兵，本於樞密，有發兵之權，而無握兵之重；
> 京師之兵，總於三帥，有握兵之重，而無發兵之權，上下相維，不
> 得專制，此所以百三十餘年無兵變也。〔註4〕

北宋王朝的種種措施，在防範武人跋扈方面的確收到了實效，但是軍事力量
從此一蹶不振，也是不爭的事實。

〔註3〕 見《玉海》卷一三九。
〔註4〕 見《范太史集》卷二十六，〈論曹誦箚子〉。

　　太平興國四年（西元九七九年）六月，太宗親將伐遼，七月大戰於高梁河（今北平城西），宋軍大敗，死者萬人。雍熙三年（西元九八六年），宋太宗聽信邊將之言，以爲遼主新亡，女主當國，有機可乘，分三路大舉北征，結果三路大軍除田重進全師而還外，東西兩路大軍幾乎全沒，損失慘重。

　　端拱元年（西元九八八年），契丹攻陷涿州、邢州。端拱二年（西元九八九年）又下易州。《資治通鑑長編》卷三十，太宗端拱二年正月癸巳條，載戶部郎中張洎的奏議說：

　　　　涿州之戰，元戎不知將校之能否，將校不知三軍之勇怯，各不相管
　　　　轄，以謙謹自任，未聞賞一效用，戮一叛命者。

張洎的奏議，正是指明對遼戰爭，由於兵不識將，將不知兵，軍紀不明，以及號令不嚴，因而慘遭敗績。陳登原《國史舊聞》說：

　　　　北宋武力，所以不振，原因甚多，命出多門，權非一貫，一也；以
　　　　文取武，似狗捕鼠，二也；用將不專，兵與將離，三也；方面之官，
　　　　各有處分，四也；而溯其歷史淵源，則總由於重文輕武，疑忌武人。
　　　　〔註5〕

陳氏此言，說明了北宋軍事力量薄弱的種種原因，宋朝皇帝重文輕武，對武將的猜疑、牽制、防範，使得將帥不能因地制宜，隨機應變，因此從太平興國四年對遼的高梁河之役開始，在往後的歷次戰役之中，幾乎沒有一次不是以喪師失地而結束的，使得北宋一朝較歷代各朝顯得特別軟弱。

　　由於軍隊的缺乏作戰能力，「積弱」的結果，使得北宋王朝在遼、西夏和女眞的威脅下，只有求和、送禮，甚至撤防、割地。北宋從建國到覆滅，一直不能挺起腰桿，揚眉吐氣。

二、積貧

　　北宋統一後，人民得到了五代以來從未有過的安定環境，可以從事復健和生產的工作，全國的生產恢復得很快，朝廷也採取一些輕徭薄賦的措施，加速農村的發展，並且規定佃戶在購買到少量土地之後，可以脫離地主，自立戶名。這些措施，提高農民的生產興趣，加以農具的改良，國內荒地大量開闢，農作物的單位面積生產量也有所提高，展現農村由殘破而繁榮的蓬勃景象。

〔註5〕　見陳登原《國史舊聞》卷三十二，三八五，〈北宋武力所以不振〉。

可惜好景不常，宋太祖實施「強幹弱枝」的中央集權之後，隨著時間的增長，冗官、冗兵、冗費越來越多，國家負擔越來越重。朝廷爲了優賜功臣、宿將、降王、降臣以緩和內部的矛盾，維持龐大的官僚機構和軍隊組織以鞏固王朝的統治，不得不增加對農民的剝削。農民除向官莊、地主交租外，還受豪門大戶高利貸的重重剝削，因此王禹偁在上太宗《端拱箴》就指責宮廷的奢侈生活是建立在老百姓的膏血之上。當太宗在元宵張燈設宴，誇耀國家的太平繁盛之時，呂蒙正就指出「都城外不數里，飢寒而死者甚眾。〔註6〕」史稱宋太宗時「干戈不息，天災方行，俘馘日至，而民不知兵，水旱螟蝗，殆徧天下。」開國之初已是如此，以後便是每況愈下。

真宗繼位之後，景德元年（西元一○○四年）有「澶淵之盟」，宋朝每年輸銀十萬兩，絹二十萬匹給予遼國，從此年年納幣，以換取兩國之間的和平。

「澶淵之盟」後，君臣引爲奇恥大辱，卻又無力整軍經武，樞密院王欽若認爲戎狄之性，畏天而信鬼神，當托神道自重，使契丹畏服。大中祥符元年（西元一○○八年）十月，真宗率羣臣封禪泰山，耗費達八百三十萬緡；又造玉清、昭應、崇禧、景靈等宮祀天書，日役數萬人。大中祥符四年（西元一○一一年），又祀后土於汾陰（山西省榮河縣北故汾陰城）。大中祥符七年（西元一○一四年）十一月，玉清宮成，此宮自經始至告成凡十四年，規模壯麗，前古未有，於是太祖、太宗二朝蓄積，一時耗盡，諸路有水旱、人民有流亡，都不能救濟。《宋史》卷二八二，〈李沆傳〉說：

> 真宗以契丹既和，西夏納款，遂封岱祠汾，大營宮觀，蒐講墜典，靡有暇日。

如此糜爛，國窮民困，日甚一日，到了仁宗時代，冗官、冗兵、冗費，更形惡化。文正公說：

> 自真宗皇帝以太平之樂，與臣下共慶，恩意漸廣，大兩省至知雜御史以上，每遇南郊并聖節，各奏子充京官，少卿監奏一子充試衛：其正郎帶職員外郎，并諸路提點刑獄以上差遣者，每遇南郊，奏一子充齋郎。其大兩省等官，既奏得子充京官，明異於庶僚，大示區別。復更每歲奏薦，積成冗官。假有任學士以上，官經二

〔註6〕見《宋史》〈呂蒙正傳〉。

十年者，則一家兄弟子孫，出京官二十人，仍接次陞朝，此濫進
之極也。〔註7〕

由於宋王朝的「蔭任」之典，所以俸祿既廣、冗官至多，以至於「日增月益，遂至不可紀極」〔註8〕，形成政治上的臃腫毛病，造成「授任既輕，政事不舉」之弊，徒使政府失去威信與效率，又耗費國家的財力，文正公遂主張對蔭任制度加以限制。他說：

今後兩府并兩省官等，遇大禮許奏一子充京官，如奏弟姪骨肉即與
試銜外，每年聖節，更不得陳乞。如別有勳勞著聞於外，非時賜一
子官者，繫自聖恩。其轉運使及邊任文臣，初除授後，合奏得子弟
身事者，並候到任二年無遺闕，方許陳乞，如二年內非次移改者，
即許通計三年陳乞。〔註9〕

宋代建國之後，為了籠絡官僚，給予種種的優待和恩典，凡宗室後裔，四歲起就接受政府的供養，十五歲就可以任官。據馬端臨《文獻通考》卷二十四〈國用考〉指出，自真宗天禧元年（西元一○一七年）至仁宗慶曆元年（西元一○四一年），二十五年之間，宗室官員增加幾六千人；至於蔭任的恩典，凡中上級官員的子孫、兄弟，乃至親戚、朋友、門客、醫生，都可以無條件補官。宋朝政府如此大開倖進之門，官員人數逐年遞增，據戶部副使包拯奏疏，指出自真宗景德年間至仁宗皇祐初年，不到半世紀期間，中央官吏增加了一倍多，地方官吏也增加了三倍多，官吏增添之速，令包拯感歎說：

國計民力，安得不窘乏哉？〔註10〕

除此之外，北宋朝廷又有「磨勘」之制，文官三年一升，武官五年一升，賢與不肖並進，「故能政者十無二三，謬政者十有七八」〔註11〕。文正公剖析其中弊病，說：

今文職三年一遷，武職五年一遷，謂之「磨勘」。不限內外，不問勞
逸，賢不肖並進，此豈堯舜黜陟幽明之意耶？假如庶僚中有一賢於
眾者，理一郡縣，領一務局，思興利去害而有為也，眾皆指為生事，

〔註7〕 同註2，「二曰抑僥倖」下。
〔註8〕 見《廿二史劄記》卷二五，宋冗官冗費。
〔註9〕 同註7。
〔註10〕 見李燾《續資治通鑑長編》卷一六七，仁宗皇祐元年十二月戊子條。
〔註11〕 見《范文正公集》〈擇臣疏〉。

心嫉之、沮之、非之、笑之，稍有差失，隨而擠陷，故不肖者素餐尸祿，安然而莫有爲也。〔註12〕

北宋冗官的形成，一則是重文輕武，擴大皇帝的權力，分化官員的事權，使得官員間互相牽制；二則採行籠絡士大夫的政策，擴大取士的名額，以鞏固其政權。由於官員的名額，超過了常軌，又無良好的考核制度，因此成爲虛耗國家財用的冗祿，成爲北宋積貧的主因之一。

冗官之外，冗兵蠹害國家財政至深且鉅。北宋建國以來，邊患嚴重，自太宗太平興國四年以後，頻頻與契丹交兵；淳化年間，西夏李繼遷時叛時降，因此必須不斷的增廣兵員；到了眞宗景德元年（西元一○○四年）冬天，與契丹訂立澶淵之盟；三年（西元一○○七年）西夏降服稱臣，此時軍隊兵員已由太祖時征討四方的二十萬人，增加至九十一萬餘人，兵額日廣而軍費支出日繁。

和議之後，北宋王朝得到了喘息的機會，因爲朝廷重文輕武，軍政武備日趨廢弛，邊備不修，兵不習戰，習以爲常。文正公〈上執政書〉說：

今朝廷久無憂矣，天下久太平矣，兵久弗用矣，士曾未教矣，中外方奢侈矣，百姓反困窮矣。朝廷無憂，則苦言難入；天下久平，則倚伏可畏；兵久弗用，則武備不堅；士曾未教，則賢材不充；中外奢侈，則國用無度；百姓困窮，則天下無恩。苦言難入，則國聽不聰矣；倚伏可畏，則姦雄或伺其時矣；武備不堅，則戎狄或乘其隙矣；賢材不充，則名器或假於人矣，國用無度，則民力已竭矣；天下無恩，則邦本不固矣。〔註13〕

文正公〈上執政書〉，寫於仁宗天聖五年（西元一○二七年），正是丁母憂，守制南京的第二年，在書中請求「固邦本、厚民力、重名器、備戎狄、杜奸雄、明國聽」，洋洋萬餘言，此時文正公已看出了「兵久弗用，武備不堅」之害，又看出了「國用無度，民力已竭」之弊，並提出去冗之道，他說：

又古者兵在於民，且耕且戰，秦漢之下，官庫爲常，貴武勇之精，備征伐之急也。今諸軍老弱之兵，詎堪征伐？旋降等級，尚費資儲，然國家至仁，旨在存活，若詔諸軍年五十已上，有資產，願還鄉里者，一可聽之。稍省軍儲，復從人欲，無所歸者，自依舊典，此去

〔註12〕同註2，「一曰明黜陟」下。
〔註13〕見《范文正公集》第八卷，〈上執政書〉。

> 冗之一也。又諸道巡檢，所統之卒，皆本城役徒，殊非武士，使之
> 禁暴，十不當一，而諸州常患兵少，日旋招致，穀帛之計，其耗萬
> 億。以某觀之，自京四嚮千里之，所存之處，資以禁軍，訓練既精，
> 寇盜如取，況千里之內，抽發非難，又使之歷星霜，不至驕惰，彼
> 無用之卒，可減萬數，庶使諸郡節於招致，此去冗之次也。又京畿
> 三輔五百里內，民田多隙，農功未廣，既已開導溝洫，復須舉擇令
> 長，使詢訪父老，研求利病，數年之間，力致富庶，不破什一之稅，
> 繼以百萬之糴，則江淮饋運，庶幾減半，挽舟之卒，從而省焉，此
> 亦去冗之大也。〔註14〕

文正公深知冗兵之害，又提出解決之道，可惜積弊已深，未蒙採納。李彥遠
說：

> 被邊長吏，不復銓擇，高冠大袍，恥言軍旅。

由於北宋的重文輕武，恥言軍旅的結果，使軍備日形廢弛，一旦邊境戰事爆
發，只有募兵一途，於是冗兵之患，更趨嚴重。

宋初，「凡召募兵者，所在設旗給賞，長吏都監專視之」〔註15〕，歷朝沿
祖宗之制，以募兵數目的多寡為賞罰的標準，執行官吏為了領功求賞，勢必
濫君召募，連老弱不能戰者都召募入伍。宋室每當凶年，為了安撫飢荒流民，
又大量吸收飢民入伍，於是兵愈多而愈冗，愈冗而愈感不足，又募兵以益之。
到了仁宗慶曆年間，兵員人數已由太祖建國的二十二萬人，遽增到一百二十
五萬九千人，仍然感到不足，此即冗兵之弊。仁宗寶元中，天章閣侍制賈昌
朝說：

> 江淮歲運糧六百餘萬，以一歲之入，僅能充朝廷之用，三分之二在
> 軍旅，一在冗食。〔註16〕

張方平〈奏論國計事〉說：

> 臣在仁宗朝慶曆中充三司使，嘉祐初再領邦計，嘗為朝廷精言此事，
> 累有奏議，所陳利害安危之體，究其本原，冗兵最為大患。〔註17〕

可見軍費的支出，成為北宋財政的最大負擔，宋代財賦，大半耗於養兵，北
宋的積貧，直接來自於冗兵，間接則與強幹弱枝的中央集權政策有關。

〔註14〕同註13。
〔註15〕見《文獻通考》卷一五二，〈兵考〉四。
〔註16〕見李燾《續資治通鑑長編》卷一二三。
〔註17〕見《樂全集》卷二十四，〈奏論國計事〉。

　　北宋之所以積貧，冗官、冗兵之外，又有冗費與歲幣。冗費的開銷，主要是支付宗室的恩賞與郊祀蔭賞，宋室為管理宗室，設有大宗正司，對於諸宗室兩世祖、父俱亡而無官並貧乏者，則支給孤遺錢米。宗室後裔，四歲起就受政府供養，五歲賜名授官，年及十五歲便可計年轉官〔註18〕，蘇轍〈元祐會計錄收支敘〉云：

> 宗室之眾，皇祐節度使三人，今為九人矣，兩使留後一人，今為八人矣，觀察使一人，今為十五人矣，防禦使四人，今為四十二人矣。

〔註19〕

每個機構都添差宗室子弟，坐食俸祿，年深歲久，宗室愈蕃衍，愈增國家之負擔，所添差之吏員，大都是無用之官，對國家為害非淺。

　　宋代郊祀，每三年舉行一次，每至禮成，例頒賚羣臣衣帶鞍馬銀絹，軍校賜繒帛有差，耗費甚巨。韓琦《本論》說：

> 夫賞者所以酬勞也，今以大禮之故，不勞之賞，三年而一遍，所費八九十萬，有司不敢緩月日之期。兵之得賞不以無功知愧，乃稱多量少，比好嫌惡，小不如意，則持鋌而呼，羣聚欲擊天子之命吏，無事之時猶若此，以此知兵驕也。

除了這些普遍的賞賜之外，宋代每次親郊，大小官員皆得蔭子〔註20〕，清代史學家趙翼批評說：

> 宋制，每三歲一親郊，大小各官，皆得蔭子。趙思誠疏言：「寒士在部，須待數年之闕，今親祠之歲，任子約四千人，十年之後，須萬二千員，則寒士有三十年不得選者。」是郊祀恩蔭，已極冗濫。……
> 范鎮疏云：「賦役繁重，轉運使又於常賦外進羨錢以助南郊，無名斂率，不可勝數。」然則南郊之費，大概出於外僚科斂所進之餘羨，是又因百官之濫恩，而胶萬民之財力，立制抑何謬耶？

北宋王朝為了應付浩大的郊賞之費，只好向百姓聚斂，於是國用日乏，民生日困。

　　北宋與契丹、西夏的和戰，耗去龐大的兵費與戰費，和議之後，又得年納龐大的歲幣。真宗與遼訂立「澶淵之盟」，宋每年輸送絹二十萬匹，銀

〔註18〕 見《宋會要輯稿》〈宗室雜條〉帝系四之十二。
〔註19〕 同註18。
〔註20〕 見《宋史》卷一七○，《職官志》十，〈臣僚大禮蔭補〉條。

十萬兩。仁宗慶曆二年（西元一○四二年），西夏戰起，遼乘機索取十城之地，宋派富弼使遼力爭，結果每年增歲幣銀十萬兩，絹十萬匹，合爲銀二十萬兩、絹三十萬匹。仁宗慶曆三年（西元一○四三年），西夏趙元昊上書請和，宋封其爲「夏國主」，每年贈銀七萬二千兩，絹十五萬三千匹，茶三萬斤。

由於冗官、冗兵、冗費，以及歲幣的開支龐大，弄得府庫空竭，到了慶曆年間，每年入不敷出，差額在三百萬緡以上，可見積貧的形勢在仁宗時期已經完全形成了。

第二節　從經濟看民生凋弊

范文正公的一生，處於北宋貧弱局勢形成的過程中，冗官、冗兵、冗費，和支付遼、夏的大量歲幣，造成國家財政的困難。爲了解決財政困難，北宋朝廷通過各種苛捐雜稅，加強對農民的搜刮，沈重的賦稅和名目繁雜的徭役，加深了農民的負擔；大地主和大商人乘機兼併，大發橫財，又擴大了貧富的差距，他生長的時代，正是一個民生凋弊的時代。

北宋初年，太祖爲了怕功臣分權，在「杯酒釋兵權」時，即鼓勵他們成爲大地主，所以一般官僚最後的歸宿是：「多積金帛田宅，以遺子孫」，「擇便好田宅市之，爲子孫立永久之業」成爲一般官僚的目標。《宋史》卷一七四，《食貨志》二，〈賦稅〉云：

> （宋初）田制不立，甽畝轉易，丁口隱漏，兼併冒僞，未嘗考按，
> 故賦入之利，視前代爲薄。

由於官僚大地主佔了十分之七的土地，不納賦稅，不但影響了國家財政收入，而且加深了眞正農民的負擔。因爲稅負太重，農戶或售田給形勢之家，冒充佃戶；或賣田產給官戶；或棄田與人；或不敢加闢曠土。人民想盡辦法逃避苛征雜稅，一旦無法在本鄉立足時，便開始流浪、轉徙，這種情形在北宋初年，就很嚴重。太宗至道二年（西元九九六年），太常博士陳靖說：

> 民之流徙，始於貧困，或避私債，或逃公稅，亦旣亡遁，則鄉里檢
> 其資財，至於室廬什器，桑農材木，咸計其直。或鄉官用以輸稅；
> 或債主取以償逋，生計蕩然，還無所詣，以茲浮蕩，絕意歸耕。

賦稅太重，農民無力負擔，於是農田逐漸集中在豪官富室之手。《宋史》說：

　　勢官富姓，占田無限，兼并冒偽，習以成俗。〔註21〕

擁田的勢官富豪多而無力耕種，有力耕種者又無田地，因此良田荒蕪，耕地有減無增。《宋史》說：

　　淮南土皆膏腴，然地未盡闢，民不加多者，緣豪強虛與良田，而無
　　徧耕之力，流民襁負而至，而無開耕之地。〔註22〕

北宋墾田在眞宗天禧五年（西元一○二一年）達到頂點，當時墾田面積五百二十四萬七千五百八十四頃三十二畝，到仁宗皇祐年間，由於豪強的兼併，已經降到二百二十八萬公頃，足足減損一半有餘，田賦收入相對減少，國家財政陷入極端困難之中。

　　北宋建國，由於後晉石敬瑭父事契丹，割贈燕雲十六州，於是中國北方迤東天然國防全部喪失，大河北岸幾無屏障可守，太宗時代曾經利用天然湖泊，興堰作堤，引水入注，使其連接，稱爲「塘埭」，它的目的是使塞下積水瀰漫，使得敵騎無法折衝奔軼，既而達成「無南牧之患」的防敵措施。何承矩說：

　　臣幼侍先臣關南征行，熟知北邊道路川源之勢，若於順安岩西開易
　　河蒲口，導水東注於海，東西三百餘里，南北五七十里，資其陂澤，
　　築隄貯水爲屯田，可以過敵騎之奔軼。〔註23〕

眞宗咸平三年（西元九九五年），何承矩知雄州，又上疏說：

　　臣聞兵陣有二：日月風雲，天陣也；山陵水泉，地陣也；兵車士卒，
　　人陣也。今用地陣而設險，以泉水而作固，建設陂塘，綿互滄海，
　　縱有敵騎，安能折衝。昨者，契丹犯邊，高陽一路，東負海，西抵
　　順安，士庶安居，即屯田之利也。今順安西至西山，地雖數軍，路
　　繞百里，縱有邱陵岡阜，亦多川瀆泉源，因而廣之，制爲塘埭，自
　　可安邊患矣。〔註24〕

因其獻議適時可行，宋代塘埭設施因此興作。到仁宗時代，東北久安無事，塘埭開始荒廢，水利設施長期失修，因而災荒不斷。文正公〈奏災異后合行四事〉說：

〔註21〕見《宋史》卷一七三，《食貨志》上一，〈農田〉。
〔註22〕見《宋史》卷一七三，《食貨志》上一，〈農田〉。
〔註23〕見《宋史》卷二七三，〈何繼筠傳〉。
〔註24〕見李燾《續資治通鑑長編》卷四十七，〈宋史紀事本末〉卷二十一。

> 自祥符年后以至今日，火不上炎之災，已數十度，又累地震之異，
> 今夏蝗秋潦，人多妖言。〔註25〕

當時民生凋弊的情況，有「貧民多食草子，名曰烏昧，並取蝗蟲曝乾，摘去
翅足，和野菜合煮食〔註26〕」。仁宗明道二年（西元一○三三年）旱蝗爲災，
文正公進獻災民草食，堅請賑災。

> 江淮京東災傷，公奏請遣使巡行，未報。公請問曰：「宮腋中半日不
> 食當如何？今數日艱食，安可置而不卹？」八月甲申，遂命公安撫
> 江淮，所至開倉廩賑乏絕、禁淫祀、奏蠲廬舒折茶役、江東丁口鹽
> 錢。饑民有食烏昧草者，擷草進御，請示六宮貴戚，以戒侈心。又
> 陳救弊八事，上嘉納之。〔註27〕

文正公一生做官愛民如子，每到任所，即以賑災救民爲務，其到泰州則修海
堰以平水患。《續資治通鑑長編》云：

> 創築捍海堰於西溪之東，計長一百四十六里零六丈六尺，其高一丈，
> 其闊二丈爲則，用磚包砌，截海水於外，護良田於內。〔註28〕

因治水有功，使百姓受惠，居民乃立文正公祠堂於西溪，以報范公之德，並
於堂內裝塑賢像，用增感戴與崇敬。

文正知蘇州，則導河水入海，以平治水患成災之苦。《資治通鑑續長編》
云：

> 范仲淹知睦州，不半歲徙蘇州，州比大水，民田不得耕，仲淹疏五
> 河，導太湖注之海，募游手興作，未就，又徙明州，轉運使言，仲
> 淹治水有緒，願留以畢其役。庚子，詔仲淹復知蘇州。〔註29〕

蘇州水患經文正公之整治，此後「蘇湖常秀，膏腴千里」，以至成爲「國之倉
庾也」〔註30〕。

慶曆元年（西元一○四一年）五月，文正公由耀州徙知慶州，乃爲此一
久旱之地，解除水荒之苦。

〔註25〕見《范文正公政府奏議》卷上，〈奏災異後合行四事〉。
〔註26〕見《文淵閣四庫全書》，《范文正集補編》卷一，〈封進草子乞抑奢侈〉。
〔註27〕同註24。
〔註28〕見李燾《續資治通鑑長編》卷一○四。
〔註29〕見李壽《續資治通鑑長編》卷二五。
〔註30〕見《范文正公集》第八卷，〈上呂相公書三首〉。

是歲久旱，已而復雨，僉謂公之陰德，故天報之。郡以處高，艱於井飲舊矣；公至，乃以地勢迹之，命匠氏直城之西北，鑿及甘泉，幾百餘井，人無一金之費，日用以足。〔註31〕

仁宗皇祐元年（西元一〇四九年），文正公徙知杭州，時兩浙地區災況嚴重，人民流離失所，盜賊成羣，而路有餓殍，文正公到任體察民風、民俗，乃大興土木，增加就業機會，以刺激經濟之復甦，而導社會於安定。沈括對此，特表欽佩與讚賞。

皇祐二年，吳中大飢，殍殣枕路。是時，范文正領浙西，發粟及募民存餉，爲術甚備。吳人嘉競渡，好爲佛事，公乃縱民競渡，太守日出，宴於湖上，自春至夏，居民空巷出遊。又召諸寺主首，諭之曰：「飢歲工錢至賤，可以大興土土之役」。於是諸寺工作鼎興，又新敖倉吏舍，日役千夫。監司奏劾杭州不恤荒政，嬉遊不節，及公私興造，傷耗民力。公乃自條敘所以宴遊興造，皆欲以發有餘之財以惠貧者，貿易飲食工技服力之人仰食於公私者，日無慮數萬人，荒政之施，莫此爲大。是歲，兩浙惟杭州晏然，民不流徙，皆公之惠也。〔註32〕

天下至大，非文正公一人所能盡去其弊。災荒不斷，對北宋積弱積貧之形勢，有如雪上加霜；農村殘破，農民流離失業，迫於飢寒，往往鋌而走險。宋初，有王小波、李順在四川起事，眞宗咸平三年（西元一〇〇〇年），有益州戍卒趙延順的武裝叛變；仁宗慶曆三年（西元一〇四三年），有王倫佔據沂州起義；同年夏天，陝西大旱，飢民達二、三百萬人；八月，商州農民千餘人起義。

災荒不斷，政府又因「冗官」、「冗兵」、「冗費」的巨大開支，不得不加征名目繁多的賦稅，惡性循環的結果，導致農村殘破，人民鋌而走險，形成寇盜充斥，劫掠公行的局面，因此革新運動已成爲北宋朝廷最迫切的工作，而首先提出一連串革新方案的就是「先天下之憂而憂」的范文正公。

第三節　從學風看文風卑弱

范文正公所生長的時代，就學風而言，是一個文風卑弱的時代。

〔註31〕見《褒賢祠記》卷之二，〈范慶州祠堂碑陰記〉。
〔註32〕見沈括《夢溪筆談》，又見《范文正公年譜》六二歲下。

西元九六〇年，歲次庚申，元月四日，後周殿前都點檢趙匡胤在陳橋驛
（在開封東北四十里）兵變，黃袍加身，代周自立，登上最高統治者的王位，
建立了北宋王朝。

宋太祖趙匡胤登基以後，爲了消滅可能叛變的武裝力量，結束了五代政
權迅速更替的混亂局面，使得新王朝能夠福祚長久，於是在建國第二年就採
用大臣趙普的建議，逐步採取一系列集中軍權，削弱藩鎮力量的措施。

建隆二年（西元九六一年）七月，宋太祖在「杯酒釋兵權」中面告石
守信等宿將功臣，要他們「多積金錢，厚自娛樂，……擇便好田宅市之，
爲子孫立永遠不可動之業，多置歌兒舞女，日飲酒相懽以終其天年。（《續
資治通鑑長編》卷二）」。後來對西蜀和南方諸國的降王、降將，也都賜第
封官，賞賜優厚；同時集中諸國舊臣在館閣中編書，給予厚祿，使他們爲
大宋王朝粉飾太平。宮廷裡每有慶賞、宴會，皇帝常和侍從大臣唱和詩歌，
貴族官僚家中也常有文酒之會，佐以妓樂。在宋初開國的這種風氣之下，
北宋初期的文風，基本上是繼承晚唐、五代浮靡之風，刻意追求聲律的諧
協和詞采的華美。

宋初文風，前期多承五代餘緒，以駢儷爲文，文體卑弱，內容多爲歌功
頌德、粉飾太平，或花前月下、倚紅偎翠之作。趙景安《雲麓漫鈔》卷八云：

> 本朝之文，循五代之舊，多駢儷之詞。

趙匡胤結束五代十國的混亂局面，然而科舉制度，仍沿襲五代駢文取士的舊
制。宋陳同父〈論變文法〉云：

> 夫文弊之極，自古豈有踰於五代之際哉？卑陋萎弱，其可厭甚矣。
> 藝祖一興，而恢廓磊落，不事文墨，以振起天下之士氣；而科舉之
> 文，一切聽其所自爲，有司以一時尺度律而取之，未嘗變其格也。
> 〔註33〕

陸務觀《老學庵筆記》卷八云：

> 國初尚文選，當時文人專意此書，故草必稱王孫，梅必稱驛使，月
> 必稱望舒，山水必稱清暉。……方其盛時，士子至，爲之語曰：「文
> 選爛，秀才半。」

眞宗朝以後，楊億憎時文之卑弱，而欲稍復雅道。《續資治通鑑長篇》云：

〔註33〕 見《陳同父本集》卷十一。

上（眞宗）覽其（億）章，謂輔臣曰：「億之詞筆冠映當世，後學者皆慕之。」王旦曰：「如劉筠、宋綬、晏殊輩，相繼屬文，有正元、元和風格者，自億始也。」

宋初後期之文風，乃爲楊億主盟文壇的時代。

范文正公曰：

泊楊大年以應用之才獨步當世，學者刻辭鏤意，有希髣髴，未暇及古也。〔註34〕

楊億，字大年，建州蒲城人。宋太祖開寶七年（西元九七四年）生，宋眞宗天禧四年（西元一○二○年）卒。七歲時，（太宗太平興國五年），便善屬文，對客談有老成風；宋太宗雍熙初，試中童科，帝召見，試一賦二詩，頃刻而成。淳化三年（西元九九二年），十九歲登進士第，遷光祿寺丞；至道三年（西元九九七年），二十四歲，太宗崩，眞宗即位，以著作郎直集賢院左正言。

李燾《續資治通鑑長編》云：

上（眞宗）謂宰相曰：「朝行中，頗有淹滯之人，如梁周翰，夙負詞名，三十年擠於眾僚，甚可念也。朕在宮府，多令楊億草牋奏，文理精當，世罕偕者，宜加獎擢。」辛亥，以工部郎中史館修撰梁周翰爲駕部郎中知制誥，著作郎直集賢院楊億爲左正言，館職如故。故事，入西閣，皆中書召試制誥三篇：二篇各二百字，一篇一百字，惟周翰不召試而命焉。〔註35〕

眞宗喜好美文，對楊億恩寵有加。由以上記載，可知眞宗眞正愛護的對象是楊億，而非梁周翰，他們君臣相得之情，可以媲美於後來的神宗與王安石。

由於君王的喜好，駢儷之風又大爲盛行，而楊億主盟文壇的時代於焉開始。

眞宗一朝重要典籍的編修，楊億幾乎無不參與。如：

1. 咸平元年（西元九九八年），楊億年二十五，修《太宗實錄》書成八十卷，楊億獨草五十六卷。
2. 咸平三年（西元一○○○年）十月，二十七歲，受詔與修《續通典》。
3. 咸平四年（西元一○○一年）四月，奉敕撰〈試賢良方正科策〉二道。八月，又奉敕撰策一道。

〔註34〕見《范文正公集》第六卷，〈尹師魯河南集序〉。
〔註35〕見李燾《續資治通鑑長編》卷四十一。

4. 咸平五年（西元一○○二年）九月，奉敕撰〈試舉人策〉一道。十二月，與吏部侍郎陳恕並受命試流內詮選十五人，得館陶尉大名劉筠等七人，校三館書籍。

5. 景德二年（西元一○○五年），三十二歲，三月，奉敕撰〈試草澤劉牧策〉二道，又有〈試草澤策〉一道。九月，受詔預修《歷代君臣事迹》。

6. 景德三年（西元一○○六年）九月，奉敕撰〈試賢良方正能直言極諫科策〉一道。

7. 景德四年（西元一○○七年）八月，受詔預修國史。

8. 天禧四年（西元一○二○年）四月，以工部侍郎復拜翰林學士，與王曙受命詳覆《聖製述釋典文章箋注》。

楊億除參與編修重要典籍之外，又屢次奉敕撰科舉試策之題。天禧三年（西元一○一九年），四十六歲，以工部侍郎權知貢舉，參與掄才大典，而朝廷若需文章之士，往往詔楊億薦舉。可見眞宗一朝，舉凡文章之事，均與楊億有關，其對一代文風之影響，不言可喻。宋庠曰：

> 故翰林楊文公大年，在眞宗朝，掌內外制，有重名，爲天下學者所服。〔註36〕

楊億三十五歲，編《西崑酬唱集》，並作序。所謂西崑乃謂西方崑崙羣玉之府，相傳爲古帝王藏書處。卷首序曰：

> 余景德中，忝佐修書之任，得接羣公之遊。時今紫微錢君希聖，祕閣劉君子儀，並負懿文，尤精雅道，雕章麗句，膾炙人口，予得久遊其牆藩，而資其楷模。二君成人之美，不我遐棄，博約誘掖，寘之同聲，因以歷覽遺編，研味前作。挹其芳潤，發於希慕，更迭唱和，互相切劘。而予以固陋之姿，參酬繼之末，入蘭遊霧，雖復益以居多，觀海學山，歎知量而中止。……取玉山策府之名，命之曰《西崑酬唱集》云爾。

《西崑酬唱集》的作者有：楊億（作品七十四首）、劉筠（七十四首）、錢惟演（五十六首）、李宗諤（七首）、薛映（六首）、張秉（六首）、丁謂（五首）、劉騭（四首）、李維（三首）、舒雅（三首）、任隨（三首）、晁迥（二首）、張詠（二首）、刁衍（二首）、陳越（一首）、錢惟濟（一首）、崔遵度（一首）、

〔註36〕見《元憲集》卷三十五，〈談苑序〉。

王曾（一首，佚），他們迭相唱和，以「雕章麗句」為務，應舉之徒遂以此體為法，稱西崑為時文。

當時楊、劉齊名。劉筠，字子儀，大名人，生於宋太祖開寶四年（西元九七一年），卒於宋仁宗天聖九年（西元一〇三一年），自幼天才橫溢，能詩，進士及第，為祕閣校理，歷左司諫、知制誥，進翰林學士、禮部侍郎、樞密直學士、承旨兼龍圖閣直學士，初為楊億所識拔，後與之齊名，時號「楊、劉」。陳同父說：

> 及楊大年、劉子儀因其格而加以瑰奇精巧，……謂之崑體。〔註37〕

晁公武《郡齋讀書志》卷十九，〈劉中山刀筆〉條云：

> 自景德以來，劉筠與楊億以文章齊名，號為楊劉，天下宗之。

歐陽修說：

> 楊劉之作，號為時文，能者取科第、擅名聲，以誇榮當世。〔註38〕

《西崑酬唱集》在大中祥符元年（西元一〇〇八年）刊行，迅即流行，當時科舉以時文取士，於是「楊劉風采，聳動天下」。

楊劉之外，錢惟演也是當時文壇領袖之一。錢惟演，字希聖，是吳越王錢俶之子，少補牙門將，入宋以後，累遷翰林學士、樞密使，後為保大軍節度使，知河陽，入朝，加同中書門下平章事。西崑結集時，他們三人同在館職，而屬和者，也都是在朝著有聲望之士，因此對當時的文風影響甚大。

楊億所倡導的文風，雖然有意革除五代卑靡之風，而欲稍復雅道，但在形式上仍是師法晚唐李商隱的儷偶之風，羅根澤稱之為「晚唐體」，其《中國文學批評史》第六篇，〈南宋文學批評史〉第一章，二，說：

> （宋初）百年間的時文，前期是沿襲五代餘緒，可以稱為五代體；
>
> 後期是模仿溫、李詩文，可以稱為「晚唐體」。

馬端臨《文獻通考》卷二三二〈李商隱樊南甲集〉引葉石林說：

> 國初，錢文僖與楊大年、劉中山，皆傾心師尊……一時翕然從之，
>
> 好事者次為《西崑集》，所謂崑體者也。

西崑體以李商隱為宗，以「雕章麗句」為務，當時正值帝國安定，四海承平的盛世，這種富貴典雅的文字，正是臺閣體的典型。由於他們「更迭唱和」，成為一種應酬文字和誇奇爭艷的遊戲，慣以靡艷之意，著為靡艷之辭；或嘆

〔註37〕見《龍川文集》卷十一。

〔註38〕見《歐陽修全集》卷三，《居士外集》二，〈記舊本韓文後〉。

離惜別，或詠宮廷中事，並無風化價值，刊行之次年正月，即招來反對。《續長篇》卷七十一云：

> 御史中丞嗣宗言：「翰林學士楊億、知制誥錢惟演、祕閣校理劉筠，唱和宣曲詩，述前代掖庭事，詞涉浮靡。」上曰：「詞臣，學者宗師也，安可不戒其流宕？」乃下詔風勵學者，自今有屬詞浮靡，不遵典試者，當加嚴譴；其雕印文集，令轉運史擇部內官看詳，以可看錄奏。

當時正是承平時代，真宗皇帝既好美文，對楊億尤深恩寵，並無禁絕之意，因此他們的唱和之作，一時風從，愈演愈烈。《四庫全書總目提要》說：

> 《西崑酬唱集》，宗法唐李商隱，詞取妍華，效之者漸失本真，惟工組織，於是有優伶撏撦之譏。

這種批評是公允確當的，不過當時他們的地位如日中天，又負責知貢舉的掄才重任，因此風行了天下數十年。

第四章　范仲淹的文學

　　范文正公才兼文武，出將入相，不但是一位傑出的政治家、軍事家，也是一位傑出的文學家。

　　他的著作，《宋史‧藝文志》載有《丹陽編》八卷，《文集》二十卷，《別集》四卷，《尺牘》二卷，《奏議》十五卷。四庫叢刊本《范文正公集》除《文集》二十卷外，尚收有《別集》、《尺牘》、《政府奏議》，另外附有《年譜》、《言行拾遺事錄》、《褒賢集》。近人朱祖謀有《范文正公詩餘》一卷，收有詞六闋（據考證其中〈憶王孫〉係他人作品）。可見他的文學作品相當豐富。

　　他以「興復古道」為己任，凡為文章皆本之仁義，都是闡發聖道之作，具有令人感奮的力量。

　　他有詩二百九十二首，或抒情、或寫景、或議論，或以口語入詩，或以散文入詩，或以哲理入詩，這些特色都呈現在文正公的詩歌之中，為我國詩歌另闢畦徑。

　　他有辭賦三十六篇，除〈明堂賦〉、〈秋香亭賦〉、〈靈烏賦〉三篇古賦外，都是律賦，可見文正公於文學固然重視其教化仁義的功能，但是仍不偏廢文學的形式美。

　　他有詞五首，《蘇幕遮》〈懷舊〉、《漁家傲》〈秋思〉、《御街行》〈秋日懷舊〉、《剔銀燈》〈與歐陽公席上分題〉、《定風波》〈自前二府鎮穰下營百花洲親制〉，每一首都是佳作，公認為北宋豪放詞派的先驅。

　　以下分節敘述文正的文學思想及詩文成就。

第一節 范仲淹的文學思想

范文正公是我國歷史上一位極為傑出的人物。他「先天下之憂而憂，後天下之樂而樂」的胸襟抱負，振古鑠今，為中國讀書人樹立了崇高的人格。

他一生粹然無疵，得自於儒家「修、齊、治、平」的修養，他寫文章，必本之於仁義，不尚空言，正是孔子「吾與其載之空言，不如見之行事之深切著明也。」的力行實踐。

他不在唐宋八大家之列，但是他的文學思想、文學主張與文學創作卻對當代與後世造成深遠的影響。《四庫全書總目提要》說：

> 仲淹人品事業卓絕一時，本不借文章以傳，而貫通經術明達政體，凡所論著一皆有本之言，固非虛飾詞藻者所能，亦非高談心性者所及，蘇軾稱其天聖中所上執政萬言書，天下傳誦，考其平生所為無出此者，蓋行求無愧於聖賢，學求有濟於天下，古之所謂大儒者有體有用，不過如此，初不必說太極衍先天而後謂之能開聖道，亦不必講封建議井田而後謂之不愧王佐也。觀仲淹之人，與仲淹之文，可以知空言實效之分矣。〔註1〕

文正公的儒學修養，誠如富弼所言：

> 公為學好明經術，每道聖賢事業，輒跂聳勉慕，皆欲行之於己。

文正公主張「博識之士，當於六經之中，專師聖人之意〔註2〕」認為「忠孝可以奉上，仁義可以施下，功名可存於不朽，文章可貽於無窮〔註3〕」。由此可見，文正公的思想是師聖宗經，本之仁義，文道合一的儒家思想。

一、師聖宗經

范文正公自幼飽讀經書，「信聖人之書，師古人之行〔註4〕」，一生服膺聖道，立聖人之志，行程人之事。他說：

> 臣生而孤，少乃從學，游心儒術，決知聖道之可行。〔註5〕

《宋史》〈范仲淹傳〉說：

〔註 1〕 見《四庫全書總目提要》第四冊第 103 頁，台灣商務印書館。
〔註 2〕 見《范文正公集》第九卷，〈與歐靜書〉。
〔註 3〕 見《范文正公集》第八卷，〈上張右丞書〉。
〔註 4〕 見《范文正公集》第八卷，〈上資政晏侍郎書〉。
〔註 5〕 見《范文正公集》第十六卷，〈遺表〉。

仲淹泛通六經，尤長於《易》，學者多從質問，爲執經講解，亡所倦。

文正公一生志切救國救民，爲秀才時就有「以天下爲己任」的志向，所以說：

> 君子藏器於身，待時而動。〔註6〕

所謂「藏器」就是「飽讀聖賢書」，是君子主動學習的精神；「待時」則是被動的爲世所用，猶如孔子所說的「沽之哉！沽之哉！」文正公深明易理，所以爲學教人多主張「博識之士，當於六經之中，專師聖人之意〔註7〕」

六經是我國上古百代的菁華，人文的總薈。孔子周遊列國之後，授徒講學，爲了達到六藝教育的理想，刪《詩書》，訂《禮樂》，贊《周易》，著《春秋》。孔安國《尚書序》《文心雕龍》〈宗經論〉說：

> 先君孔子，生於周末，觀史記之煩文，懼覽者之不一，遂乃定禮樂，明舊章，刪詩爲三百篇，約史記而修春秋，讚易道以黜八索，述職方以除九丘。

我國上古的人文傑作，至孔子集其大成，編輯而成「辭約而旨豐，事近而諭遠」的六經。孟子私淑孔子，不禁浩然讚歎說：

> 自生民以來，未有盛於孔子也。

又說：

> 孔子謂集其大成，集其大成也者，金聲而玉振之也。

六經上法天地自然的文采，中驗事物發展的次序，並且窮極文章寫作的精髓，是自然美與人文美的結晶。劉彥和《文心雕龍》〈宗經篇〉說：

> 經也者，恆之之至道，不刊之鴻教也。故象天地，效鬼神，參物序，制人紀，洞性靈之奧區，極文章之骨髓者也。

又說：

> 夫子繼聖，獨秀前哲，鎔鈞六經，必金聲而玉振，雕琢性情，組織辭令，木鐸起而千里應，席珍流而萬世響，寫天地之輝光，曉生民之耳目。

六經是我國古聖先賢智慧的結晶，自孔子以來，已成爲儒家治國的寶典，也是我國文學的根源，所以文正公認爲「勸學之要，莫尚宗經」因爲經書中存著聖賢相傳之道，用六經中的大道至理薰陶學子，學者收穫越多，才能就越大，成就的事功也就更大。他說：

〔註6〕 見《范文正公集》第五卷，〈易義〉。

〔註7〕 同註4。

> 夫善治國者，莫先育才，育才之方，莫善勸學，勸學之要，莫尚宗
> 經，宗經則道大，道大則才大，才大則功大。蓋聖人法度之言存乎
> 《書》，安危之機存乎《易》，得失之鑒存乎《詩》，是非之辯存乎《春
> 秋》，天下之制存乎《禮》，萬物之情存乎《樂》。故俊哲之人，存乎
> 六經，則能服法度之言，察安危之機，陳得失之鑒，析是非之辯，
> 明天下之制，盡萬物之情。〔註8〕

文正公的意思，即是藉著對六經的研究，遠析聖人「刪詩書、定禮樂、贊周
易、修春秋」的心意，然後以聖人之心爲心，如此發之爲文章，則能有益於
教化，既是立身處世之本，又是國家治亂安危之所繫。

他又進一步主張國家考試選拔人才，應該「先之以六經，次之以正史，
該之以方略，濟之以時務」如此乃能培養更多的才俊之士。他說：

> 如能命試之際，先之以六經，次之以正史，該之以方略，濟之時務，
> 使天下賢俊，翕然修經濟之業，以教化爲心，趨聖人之門，成王佐
> 之器。〔註9〕

他又說：

> 學不通經，則無以致用。

聖人的思想，載之於經典，正是中國文學根源的所在。劉勰說：「道沿聖以垂
文，聖因文而明道」〔註10〕。文正公的文學思想即是師法聖人，以經典爲文
學本源的思想。

二、本之仁義

中國文學的傳統思想就是孔孟思想，孔曰仁，孟曰義，文正公一生「爲
文章論說，必本於仁義」，由此可見，他的文學思想乃是來自於儒家的孔孟思
想。

孔子的思想在於經典，經典的基本原理即是「道」，上承堯、舜、禹、湯、
文王、武王、周公之道，他們都是孔子的先驅聖賢，到了孔子才集其大成，
成一大聖。孟子說：

〔註 8〕 見《范文正公集》第九卷，〈上時相議制舉書〉。
〔註 9〕 同註 8。
〔註10〕 見劉勰《文心雕龍》〈原道篇〉。

孔子之謂集大成。集大成也者，金聲而玉振之也。金聲也者，始條
理也；玉振也者，終條理也。始條理者，智之事也，終條理者，聖
之事也。〔註11〕

孟子以音樂為比喻，以集眾者之小成而為大成之道理，說明孔子上集三大聖
（伯夷之清，伊尹之任，柳下惠之和）而為一大聖之事。

最足以表現孔子思想者，在於《論語》一書，書中論「仁」的共有五十
八章，「仁」字共有一○五個，可見「仁」是孔子的中心思想，一切德行都統
攝於「仁」。孔子論學是「依於仁」，論為人、為政、也都是「依於仁」，先師
高仲華先生認為孔子的學術思想，我們可以稱為「仁學」〔註12〕。

孔子死後一百餘年，有孟子誕生，他除了闡明孔子的「仁學」之外，又
強調一個「義」字，有時還「仁」「義」並舉。孟子說：

吾身不能居仁由義，謂之自棄也。仁，人之安宅也；義，人之正路
也。曠安宅而弗居，舍正路而不由，哀哉！〔註13〕

又說：

人皆有所不忍，達之於其所忍，仁也；人皆有所不為，達之於其所
為，義也。人能充無欲害人之心，而仁不可勝用也；人能充無穿踰
之心，而義不可勝用也。

自孔、孟以降，儒家學者即以仁義倡行於天下，無論修身、治國、為學、為
文都本之仁義。唐代韓愈提倡古文運動，主張文學為貫道之器，文學離開了
道就沒有價值，這個「道」即是「仁義」之道。韓愈說：

行之乎仁義之途，遊之乎詩書之源，無迷其途，無絕其源，終吾身
而已矣。

文正公一生寫文章，必本於仁義。誠如富弼所言：

（仲淹）作文章猶以傳道名世，不為空文。

蘇東坡說：

今其書二十卷，為詩賦二百六十八，為文一百六十五，其於仁義、
禮樂、忠信、孝悌，蓋如飢渴之於飲食，欲須臾忘而不可得，如火
之熱，如水之濕，蓋天性有不得不然者，確弄翰戲語，率然而作，

〔註11〕　見《孟子》〈萬章篇〉。
〔註12〕　見先師高仲華先生《禮學新探》〈禮記概說〉一禮記的價值。
〔註13〕　同註11。

必歸於此，故天下信其誠，爭師尊之。孔子曰：有德者必有言，非

有言也，德之發於口者也。〔註14〕

文正公的文學思想，上承孔孟，中繼韓愈，「游之乎詩書之源」並且「行之乎
仁義之途」。韓文公說：「非三代兩漢之書不敢觀，非聖人之志不敢存〔註15〕」。
文正公則說：「依經敏學，恥讀非聖之書」。

蔡增譽《范文正集敘》說：

文正非特文章不可及，其浩然之氣不可及。……其議論根本仁義，

其經濟兼資文武，當時識者皆以三代王佐許之。

文正公〈唐異詩序〉說：

羽翰乎教化之聲，獻酬乎仁義之醇，上以德於君，下以以風於民，

不然，何以動天地而感鬼神哉！

由此可見，文正公的文學思想，正是「本之仁義」，所以他所做的詩文都典雅
純實，有益於世道教化。

三、文與道合

文正公是政治改革家，也是詩文革新的倡導者，在政治上主張「以至仁
易不仁，以有道易無道〔註16〕」，認爲「聖人久於其道而天下化成〔註17〕」，
他一生「積學於書，得道於心〔註18〕」。在文學上，主張「文與學者，道之器
也〔註19〕」，所以凡爲詩作文都以傳道名世，不爲空疏無用之文。

他所秉持的「道」，即是孔子、孟子的「仁義」之道，文正公《四民詩》
〈士篇〉云：

道從仁義廣，名由忠孝全。

亦即是《孟子》〈盡心篇〉所謂的由堯、舜、禹、湯、文王、武王、周公傳至
孔子的道統。〈謝黃總太傅見示文集〉云：

願比周召風，達我堯舜知，致之諷諫路，升之誥命司。〔註20〕

〔註14〕見蘇軾〈范文正公集敘〉。
〔註15〕見韓愈〈答李翊書〉。
〔註16〕見《范文正公集》第五卷，〈易義〉。
〔註17〕見《范文正公集》第九卷，〈與周騤推官書〉。
〔註18〕見《范文正公集》第九卷，〈與周騤推官書〉。
〔註19〕見《范文正公集》第六卷，〈南京府學生朱從道名述〉。
〔註20〕見《范文正公集》第一卷，〈謝黃惣太傅見示文集〉。

〈太子賓客謝公夢讀史詩述〉云：

> 百年奇特幾張紙，千古英雄一窖塵，
>
> 惟有炳然周孔教，至今仁義浸生民。

由以上二詩，可見文正公念念不忘周孔之教，堯舜之風。對於三聖之一的伊尹，尤其嚮往，他爲秀才時就有「以天下爲己任」的志向，這種積極用世的人生觀，出自於伊尹。孟子說：

> 伊尹曰：何事非君？何使非民？治亦進，亂亦進。曰：天之生斯民也，使先知覺後知，使先覺覺後覺。予，天民之覺者也，予將以此道覺此民也，思天下之民，匹夫匹婦有不與被堯舜之澤者，若己推而內之溝中，其自任以天下之重也。

文正公說：

> 某聞先知覺後知，先覺覺後覺，伊尹之心也。哲人傳焉，故賢賢相與，其道不息。

文正公之道是聖賢相傳的道統，也是文統的道，二者合而爲一。對於「道之端」與「道之致」有精闢的闡釋。他說：

> 然則道者何？率性之謂也。從者何？由道之謂也。臣則由乎忠，子則由乎孝，行己由乎禮，制事由乎義，保民由乎信，待物由乎仁，此道之端也。子將從之乎，然後可以言國，可以言家，可以言民，可以言物，豈不大哉！若乃誠而明之，中而和之，揖讓乎聖賢，蟠極乎天地，此道之致也。〔註21〕

「率性」者，即是《中庸》所謂「率性之謂道，修道之謂教」，因此主張勸學宗經以成其大。他說：

> 勸學之要，莫尚宗經，宗經則道大，道大則才大，才大則功大。

劉勰說：「道沿聖以垂文，聖因文而明道〔註22〕」經典是聖人之作，是中國文學的本源，因此文正公主張「於六經之中，專師聖人之意」，學宗乎六經則「道」大，此「道」亦即韓愈〈原道〉一文中所謂的仁義道德之道。

　　宋人古文運動，以韓愈爲宗，文正公早在歐陽修之前，對於韓愈之古文運動，頗有肯定。他說：

〔註21〕　同註19。
〔註22〕　同註10。

予觀堯典舜歌而下，文章之作，醇醨迭變，代無窮乎！惟抑末揚本，
去鄭復雅，左右聖人之道者難之。近則唐正元、元和之間，韓退之
主盟于文，而古道最盛，懿僖以降，寖及五代，其體薄弱。(〈尹師
魯河南集序〉)

文正公的文學思想與韓愈頗有相似契合之處。韓愈反對六朝文，提倡古文，
文正則對北宋時文「不追三代之高，而尚六朝之細」的文弊，深感痛惡，為
之賦詩感慨：

禪窟方激揚，孔子甘寂寞，六經無光輝，反如日月蝕，

大道豈復興，此弊何時抑，末路競馳騁，澆風揚羽翼。(〈四民詩〉)

韓文公「非三代兩漢之書不敢觀，非聖人之志不敢存[註23]」，文正公則云：
「恥讀非聖之書[註24]」。韓文公認為文學反映現實，有不平則鳴。其〈送孟
東野序〉云：

大凡物不平則鳴，……人之於言亦然，有不得已而後言，其歌也有
思，其哭也有懷，凡出呼口而為聲者，其皆有弗平者乎？

文正公〈靈烏賦〉云：

寧鳴而死，不默而生。……君不見仲尼之云兮，予欲無言，纍纍四
方，曾不得而已焉，又不見孟軻之志兮，養其浩然，皇皇三月，曾
何敢以休焉？

文正公晚年以衰病之身，恭書韓愈〈伯夷頌〉，以「伯夷之清風、昌黎之偉詞、
文正之墨寶」三者會而為一。董章說：

伯夷之行，昌黎頌之，文正書之，真三絕也。[註25]

韓愈在中唐時期，提倡樸實的古文，洗盡了兩晉、六朝浮靡的風尚；文正
公在北宋中期，倡導詩文革新，終於盡去五代以來頹靡的文風，兩人前後
輝映。

第二節　范仲淹的散文

范文正公雖不以文章與八大家爭名，但是他的文章卻為當代及後世所推
重。周孔教說：

〔註23〕同註15。
〔註24〕見《范文正公文集》第七卷，〈奏上時務書〉。
〔註25〕見《范文正公集》《補編》卷三，董章語。

若夫大臣經世之文，其矩矱從律令中來，其精神從肺肝中流出，敷
宣陳告，動合典謨旁引曲喻，張弛文武，唯所用之，獨范文正一人
而已。〔註26〕

四庫全書《范文正公集提要》說：

仲淹人品、事業、卓絕一時，本不借文章以傳，而貫通經術，明達
政體，凡所論著，一一皆有本之言，固非虛飾詞藻者所能。〔註27〕

文正公的文章造詣深獲肯定。就文學根柢而言，宗乎六經典籍；就文學內涵
而言則本之仁義；就文學法度而言，則虛實互用、散中帶駢，佳句天成，有
一股正氣充沛其間，為散文藝術的極致，可說是中國文學的瑰寶。

一、范仲淹散文的內容

范文正公的文章，一一皆有本之言，他的散文作品不但言之有物，關懷
國計民生，而且聖賢懷抱，躍然紙上。讀其書，誦其文，往往折服其見識，
感動其悲天憫人的高貴情懷。

（一）言之有物

文學作品之所以有價值，而流傳千古，萬古傳誦，乃在於言之有物，言
之有序。清代方苞倡為古文義法，主張「義」即《易》所謂的「言有物」，「法」
即《易》所謂的「言有序」。「言有物」即言文章內容豐富，「言有序」即言文
章條理井然。

文正公「泛通六經，長於《易》〔註28〕」主張天下博識之士「當於六
經之中，專師聖人之意〔註29〕」所以凡「為文章論說必本之仁義〔註30〕」
不論「雄文大冊，小篇短章，靡不燦然一出於正〔註31〕」。《四庫全書提要》
說：

凡所論著，一一皆有本之言，固非虛飾詞藻者所能，亦非高談心性
者所及，觀仲淹之人與仲淹之文，可以知空言實效之分。〔註32〕

〔註26〕見《范文正公集》〈周孔教序〉。
〔註27〕見《四庫全書》《范文正公集提要》。
〔註28〕見《宋史》卷三一四，《列傳》第七十三，〈范仲淹傳〉。
〔註29〕見《范文正公集》第九卷，〈與歐靜書〉。
〔註30〕見《褒賢集》〈褒賢之碑〉。
〔註31〕見《褒賢集》卷三，〈吳郡建祠奉安文正公講義〉。
〔註32〕見《四庫全書》《集部》《別集》類五。

由此可見文正公之所論著，無論長篇短章，均內容豐富，言之有物。如寶元二年（四元一○三九年）知越州時作〈清白堂記〉，全文記得井之經過與泉水之甘美，而名之以「清白」者，蓋「有德義，爲官師之規」，他以《易經》井卦之卦象辭，隱括其義，以入之文中，正與〈桐廬郡嚴先生祠堂記〉徵引《易經》屯卦之初九入文，同一機樞。清代曾文正公論此意說：

> 知道者時有憂危之意，其臨文也亦然。仲尼稱「易之興也，其於中古乎？作者其有憂患乎？」又曰：「於稽其類，其衰世之意耶？」蓋深有鑒於前聖之危心遠慮，而揭其不得已而言之，故即夫子之釋咸四、困三，解上下等十一卦之爻辭，抑何其惕屬而深至也！〔註33〕

〈清白堂記〉以「清白」爲名，乃在垂戒來者，居清白堂，登清白亭，當以此自惕自勉，正與〈岳陽樓記〉先憂後樂之旨趣相同，可見文正公之爲文深於《易》而有憂患意識，不爲空文，而重實效，一一可見。

又如〈近名論〉，旨在駁斥老子以無名爲教，莊子「爲善無近名」的缺失，如此一來，則賞罰無所勸，爵祿無所加，終必形成是非不分，善惡不明，以致天下大亂。本文與〈上晏侍郎書〉互爲表裡。〈上晏侍郎書〉說：

> 名教不崇，則爲人君者，謂堯舜不足慕、桀紂不足畏，謂八元不足尚、四凶不足恥。天下豈復有善人乎？人不愛名，則聖人之權去矣。〔註34〕

文正公認爲教化之道，莫先於名，其作〈桐廬郡嚴先生祠堂記〉即在表彰子陵大有功於名教。他說：

> 蓋先生之心，出乎日月之上；光武之器，包乎天地之外。微先生不能成光武之大，微光武豈能遂先生之高哉？而使貪夫廉，懦夫立，是大有功於名教也。〔註35〕

〈南京書院題名記〉則記戚同文之隱居講學，府民曹誠之捐資興學。此文與〈邠州建學記〉、〈上時相議制舉〉、〈易義〉等文題旨相近，皆在論述教育建學之重要。〈邠州建學記〉說：

> 國家之患，莫患於乏人。……庠序者，俊乂所由出焉。……用此道以長養人材，材不乏而天下治，天下治而王室安。〔註36〕

〔註33〕見《曾文正公全集》〈雜著〉。
〔註34〕同註4。
〔註35〕同註4，第七卷，〈桐廬郡嚴先生祠堂記〉。
〔註36〕見《范文正公集》第七卷，〈邠州建學記〉。

其〈上時相議制舉書〉說：

> 勸學之要，莫尚宗經，宗經則道大，道大則才大，才大則功大。
> 〔註37〕

〈易義〉說：

> 天子之道也，在於道，不在於權，故日聖人久於其道而天下化成。
> 〔註38〕

綜覽文正公之論著，都是內容豐富，言之有物，有益於世道教化的文學創作，誠如富弼所言：「（文正公）作文章猶以傳道名世，不爲空文。〔註39〕」

（二）聖賢懷抱

文正公人品、文品卓絕千古，「信聖人之書，師古人之行。〔註40〕」一生臨事以敬，待人以恕，其爲學則以達天下之志，爲文則有以鼓天下之動，有諸內而形諸外，其胸中所蘊積者爲不可磨滅的識見，因此形之於文字，則聖賢懷抱，躍然紙上，人品之高，文德之美，無出其右。

蔡增譽說：「有文正之蕭寺虀鹽，而後有文正之文章功業〔註41〕」文正公早年讀書長白山醴泉寺，刻苦力學，「斷虀畫粥」傳爲美談。魏泰《東軒筆錄》說：

> 公與劉某同在長白山醴泉寺僧舍讀書，日作粥一器，分爲四塊，朝
> 暮取二塊，斷虀數莖，入少鹽以啗之。〔註42〕

文正公刻苦讀書，爲秀才時就有「以天下爲己任」的大志，所以「凡爲文章論說，必本於仁義〔註43〕」。如《帝王好尚論》則推崇堯、舜、禹、湯、文王、周公、鄭武公、燕昭王等聖帝明王，《選任賢能論》則認爲「王者得賢傑而天下治，失賢傑而天下亂」，《近名論》則倡導「聖人敦獎名教，以激勵天下」，《推委臣下論》則認爲聖帝明王常精意於求賢則當以孔門四科，德行、政事、言語、文學以辨之。富弼讚美文正公說：

〔註37〕　同註8。
〔註38〕　同註4，第五卷，〈易義〉。
〔註39〕　見富弼撰〈墓誌銘〉。
〔註40〕　同註4。
〔註41〕　見《范文正公集》〈蔡增譽序〉。
〔註42〕　並見《范文正公年譜》眞宗大中祥符三年，二十二歲下。
〔註43〕　見《范文正公集》〈毛一鷺序〉。

公爲學好明經術，每道聖賢事業，輒跂聳勉慕，皆欲行之於己。

〔註44〕

由於文正公「游心儒術，決知聖道之可行〔註45〕」所以「居廟堂之高，則憂其民；處江湖之遠，則憂其君。〔註46〕」一心盼望以周召之德，達成堯舜之治。詩云：

願此周召風，達我堯舜知。

致之諷諫路，陞之誥命司。〔註47〕

他對於東漢風氣之美，光武帝器量之大，嚴子陵之高風亮節，深所嚮往，因此特表揚之，既爲子陵建祠，又撰寫《桐廬郡嚴先生祠堂記》。

文正公以聖人之心爲心，以聖人之志爲志，因此說：

信聖人之書，師古人之行，上誠於君，下誠於民。〔註48〕

又說：

博識之士，當於六經之中，專師聖人之意。〔註49〕

〈易義〉說：

聖人之新，爲天下也。夫何盛焉？莫盛乎享上帝，而養聖賢也。享上帝而天下順，養聖賢而天下治。〔註50〕

他的文章之中，「聖賢」二字處處可見。歐陽修說：

公少有大節，於富貴、貧賤、毀譽、歡戚，不一一動其心，而慨然有志於天下。常自誦曰：「士當先天下之憂而憂，後天下之樂而樂也。」

〔註51〕

《古文觀止》眉批云：

以聖賢憂國憂民心地，發而爲文章，非先生其孰能之。

由此可見文正公聖賢淑世救人的懷抱。

〔註44〕同註39。

〔註45〕同註4，第十六卷〈遺表〉。

〔註46〕見《范文正公集》第七卷，〈岳陽樓記〉。

〔註47〕同註20。

〔註48〕同註4。

〔註49〕同註29。

〔註50〕同註38。

〔註51〕見歐陽修撰〈范文正神道碑〉。

二、范仲淹散文的章法

（一）結構綿密

文章者積字以成句，積句以成章。文章的結構，通常不外首尾起結，中間鋪敘。陳師曾說：

> 爲文之法，頭起欲緊而重，腹中欲滿而曲折多，欲健而快，凡結欲
> 輕而意足。〔註52〕

喬夢符論套曲的作法說：

> 曰鳳頭、豬肚、豹尾是也。大概起要美麗，中要浩蕩，結要響亮，
> 尤貴在首尾異串，意思清新。

文正公的文章，文成法立，都有規矩法度可觀，以〈岳陽樓記〉爲例，首段爲「序」，敘明慶曆四年春，滕子京謫守巴陵郡，政通人和，重修岳陽樓，囑仲淹作記，點出時間、人物、地點及作記原因，以「謫守」二字，確立一篇的主題。

第二段總說巴陵郡的勝景。他說：

> 予觀夫巴陵勝狀，在洞庭一湖。銜遠山，吞長江，浩浩蕩蕩，橫無
> 際涯，朝暉夕陰，氣象萬千，此則岳陽樓之大觀也，前人之述備矣。

以「前人之述備矣」，表明前人的詩文已有描述，無庸贅言；其下則用「然則」二字引出「北通巫峽，南極瀟湘。」，表明此地是交通上的輻輳之點；以「遷客騷人，多會於此。」說明本地也是人文薈萃的地方；再用「覽物之情，得無異乎」八字開啟以下三、四段雨悲晴喜的兩種境界。

第三、四段爲文章的腹中，正所謂腹滿而曲折多，敘景、抒情、議論，兼而有之。第三段寫「雨悲」，以「若夫霪雨霏霏，連月不開」，照應「氣象萬千」的陰雨景色。描繪雄偉、壯闊的景象，以「滿目蕭然，感極而悲」作結。第四段寫「晴喜」之景，描繪清麗、幽靜的景象，以「把酒臨風，其喜洋洋」作結。

《文心雕龍》說：「人稟七情，應物斯感，感物吟志，莫非自然〔註53〕。」又說：「情動而言形，理發而文見〔註54〕。」文正公乃性情中人，他以真性情作文，所以這兩段文字，深得陽剛與陰柔之美，足見功力深厚。

〔註52〕 見陳師曾撰〈文法論〉。
〔註53〕 見劉勰撰《文心雕龍》〈明詩篇〉。
〔註54〕 見《文心雕龍》，〈體性篇〉。

文章的末段，稱爲「豹尾」，所謂「結欲輕而意足」。〈岳陽樓記〉的結尾如左：

> 然則何時而樂耶？
> 其必曰：
> 「先天下之憂而憂，
> 後天下之樂而樂歟！」
> 噫！微斯人，吾誰與歸？

陸機《文賦》說：「立片言而居要，乃一篇之警策」，文章有警語，如同詩歌之有詩眼、警句一樣，足以提振全文，使得詩、文爲之生動有致。文正公「先天下之憂而憂，後天下之樂而樂」這兩句名言，不但使得全文生輝，而且千古傳誦，成爲後世讀書人胸懷天下，關心黎民百姓、國計民生的典範。

在修辭學上，行文之中，由平敘語變爲詢問語，稱爲「設問」，其用在篇首，足以提起全篇主旨；用於篇末，可以使得文章餘味無窮；文正公〈岳陽樓記〉用設問在篇末，正得此妙趣。

由於文正公的文章章法綿密，深得文章義法，所以爲後世所津津樂道而傳誦千古。

再以〈選任賢能論〉爲例，此篇係政論性文章，起句以「王者得賢傑而天下治，失賢傑而天下亂。」破題，開門見山，立即點出選任賢能的重要。此即所謂「鳳頭」也，亦即是「頭起欲緊而重」。

中間鋪敘，有如豬肚，腹要滿，文正公在此文中，先舉史例說明得士的重要。他說：

> 張良、陳平之徒，秦失之亡，漢得之興。房、杜、魏、褚之徒，隋失之亡，唐得之興。故曰：得士者昌，失士者亡。

次言求才之急，他說：

> 《書》曰：先王昧爽丕顯，坐以待旦，旁求俊彥，啓迪後人。其勤求人材，如是之急也。

再言求才之道，不可一端。他說：

> 然則求材之道，不可一端，皋陶贊禹曰：「亦行有九德。乃言曰：載采采。」禹曰：「何？」皋陶曰：「寬而栗，柔而立，愿而恭，亂（亂、治也，有治而能謹。）而謹，擾（擾、順也，致果爲毅。）而毅，直而溫，簡而廉，剛而塞，疆而義。彰厥有常，吉哉。」孔子之門

人，目以四科：一曰德行，謂顏淵、閔子騫也。二曰政事，冉有、季路也。三曰言語，宰我、子貢也。四曰文學，子游、子夏也。此所謂求人之道，非一端也。

末段說：

又《書》之〈說命篇〉曰：「旁求俊乂，列於庶位。」是朝廷庶位，惟俊乂是求。唐太宗曰：「天下英雄，落吾彀中。」語曰：「邦有道則智，邦無道則愚。」智則可與治國家，安天下。愚則可與避怨惡，而全一身。故聖人以俊乂爲得，不以柔訥爲行。如以柔訥爲行而寵之，則四海英雄，無望於時矣。使英雄失望於時，則秦失張、陳，隋失房、杜，豈不誤天下之計哉！

本文結構嚴謹，前後呼應，末段總結前言曰：「聖人以俊乂爲得，不以柔訥爲行。」再舉「張、陳」「房、杜」爲例，與前段「張良、陳平之徒，秦失之亡，漢得之興，房、杜、魏、褚之徒，隋失之亡、唐得之興」相互呼應，益彰顯「得士則昌、失士則亡」的重要。

（二）言之有序

文學作品要求做到嚴謹縝密，條理井然，古今中外皆然。《易經》艮卦，早就提出了「言有序」的說法，主張文章要寫得有條不紊，井然有序。

文正公爲文，極重視文章之義法。天聖四年（西元一○二六年）丁母憂，守制南京時，晏殊請其掌府學，即以文章課督諸生。

出題使諸生作賦，必先自爲之，欲知其難易及所當用意，亦使學者準以爲法。〔註55〕

由此可見文正公對文章寫作的要求，必求合乎法度，所以爲文論說，不但言之有物，而且言之有序。以〈岳陽樓記〉第四段寫晴喜之境觀之，則遠近、上下、日景、夜景、客觀、主觀，層次分明，條理井然。其寫日景，遠觀則「春和景明，波瀾不驚，上下天光，一碧萬頃」；近觀則「沙鷗翔集，錦鱗游泳，岸芷汀蘭，郁郁青青」。寫夜景，仰觀則「長煙一空，皓月千里」；俯瞰則「浮光躍金，靜影沈璧」；客觀之境則爲「漁歌互答，此樂何極」；主觀之境則「心曠神怡，寵辱偕忘，把酒臨風，其喜洋洋者矣。」

再以〈清白堂記〉爲例，就敘事而言，由發現井之始末爲之鋪排次第，就會稽府署至廢井所在之位置，乃由大至小，而至井之一點，層次井然有序。

〔註55〕見《宋元學案》〈高平學案〉附錄。

會稽府署，據臥龍山之南足，北上有蓬萊閣，閣之西，有涼堂，堂之西，有巖焉，巖之下，有地方數丈，密蔓深叢，莽然就荒。一日，命役徒而闢之，中獲廢井，即呼工出其泥滓，觀其好惡，曰嘉泉。〔註56〕

本文寫其位置，由南、北，而西，如同繪畫，歷歷在目。其後又以大暑、嚴冬分寫泉清色白，其味甘美。

當大暑時，飲之若餌白雪，咀輕冰，凜如也；

當嚴冬時，若遇愛日，得陽春，溫如也。

又如〈近名論〉：

我先王以名爲教，使天下自勸。湯解網，文王葬枯骨，天下諸侯聞而歸之，是三代人君，已因名而重也。太公直釣以邀文王，夷齊餓死于西山，仲尼聘七十國，以求行道，是聖賢之流，無不涉乎名也，孔子作《春秋》即名教之書也。善者褒之，不善者貶之，使後世君臣愛令名而勸，畏惡名而慎矣。

此段文字論名教之重要，有條不紊，先舉明王人君因名而重，次舉聖賢因名行道，再舉孔子著《春秋》即名教之書也。最後結論爲「善者褒之，不善者貶之，使後世君臣愛令名而勸，畏惡名而慎矣。」文意層層漸進，極富說服力。

再如〈桐廬郡嚴先生祠堂記〉寫光武之顯赫，嚴先生之高風，由小而大，層次漸進。其文云：

及帝握赤符，乘六龍，得聖人之時，臣妾億兆，天下孰加焉。

既而動星象，歸江湖，得聖人之清，泥塗軒冕，天下孰加焉。

此段文字兩兩相對，由小而大，層層鋪敘，豁人心目。文正公文章言之有序，條理井然，其長篇者亦復如此，蘇軾即盛讚文正公天聖年間的萬言書（實則七千六百字），天下爲之傳誦。蘇軾〈范文正公集敘〉說：

公在天聖中，居大夫人憂，已有憂天下致太平之意，故爲萬言書以遺宰相，天下傳誦。

文正公深得文章法度，因之無論抒情、寫景、議論，均能流傳千古，爲後世所激賞。

〔註56〕同註4第六卷，〈清白堂記〉。

三、范仲淹散文的句法

　　文正公散文的另一特色是駢散互用，他雖然反對西崑文學的浮艷不實，但並不反對駢偶、排比的應用，而適當的使用，不但無妨於文體的純淨，反能增添文章的典麗贍美，進而有強化文學藝術的力量。

　　以〈岳陽樓記〉為例，其對偶句如左：

第二段

　　　銜遠山，吞長江。

　　　北通巫峽，南極瀟湘。

　　　檣傾楫摧，虎嘯猿啼。

第三段

　　　陰風怒號，濁浪排空。

　　　日星隱耀，山岳潛形。

第四段

　　　沙鷗翔集，錦鱗游泳。

　　　長煙一空，皓月千里。

　　　浮光躍金，靜影沈璧。

第五段

　　　不以物喜，不以己悲。

　　　居廟堂之高，則憂其民；處江湖之遠，則憂其君。

　　　先天下之憂而憂，後天下之樂而樂。

這些對句，無論是單句對，如「銜遠山，吞長江」；當句對，如「檣傾楫摧」，「虎嘯猿啼」；隔句對，如「居廟堂之高，則憂其民；處江湖之遠，則憂其君」；事異義同的正對，如「沙鷗翔集，錦鱗游泳」；理殊趣合的反對，如「先天下之憂而憂，後天下之樂而樂」，在本文各段之中，都表現得恰到好處，而且都是警句，使文章更為警策動人。

　　以〈桐廬郡嚴先生祠堂記〉為例，其排偶句如左：

　　　及帝握赤符、乘六龍，得聖人之時，臣童億兆。

　　　既而動星象、歸江湖，得聖人之清，泥塗軒冕。

　　　先生之心，出乎日月之上；

　　　光武之器，包乎天地之外。

　　　微先生，不能成光武之大；

微光武，豈能遂先生之高。

貪夫廉，懦夫立。

本文以「先生」與「光武」，互相映襯，相得益彰。一「握赤符、乘六龍，臣妾億兆」，一「動星象、歸江湖，泥塗軒冕」，一「出乎日月之上」，一「包乎天地之外」，正是以「微先生不能成光武之大」的「大」字與「微光武豈能遂先生之高」的「高」字，互相襯托，經由此一對照，乃能顯示光武器識的廣大，子陵心志的高潔。文正公應用排偶句法，彰顯二人均極偉大，筆法誠屬高妙，既褒光武，又讚子陵，不但造句精切，行文有力，而且寓意深遠，令「貪夫廉，懦夫立」。〈說春秋序〉，也有佳句如下：

謹聖帝明皇之法，峻亂臣賊子之防。

游夏既無補於前，公穀蓋有失於後。

王夢鷗先生論〈岳陽樓記〉結構之特色說：

其為文體，則駢散互用，敘事實則運散體之文，振其輪廓，言景象則以排偶之言，繪其細部。〔註57〕

文正公駢散互用，佳句天成，純粹是順乎自然，福至心靈之作，並非刻意為之。然而前人卻頗有微詞，如南宋陳師道說：

范文正為〈岳陽樓記〉，用對語說時景，世以為奇。尹師魯讀之，曰：「傳奇體爾。」傳奇，唐裴鉶所著小說也。〔註58〕

高涉瀛《唐宋文舉要》說：

其中二段寫情景處，殊失古澤，故或以為俳。然先天下而憂，後天下而樂，實為千古名言，故姚選不取，而雜鈔錄入也。

陳、高二氏之論，係以古文家立場論說，事實上先秦文章即係駢散互用，奇偶相生，高下相須，自然成對，因此益增文章之優美，並非疵病也。

四、范仲淹散文的修辭

（一）情采動人

《文心雕龍》〈情采篇〉說：

立文之道，其理有三：一曰形文，五色是也；二曰聲文，五音是也；三曰情文，五性是也。

〔註57〕 見王夢鷗撰《唐人小說研究》。
〔註58〕 見《後山居士詩話》卷一，〈百川學海本〉。

文正公乃是一個有思想、有抱負的至情至性之人，所以發而為文章，則內容豐富，情采動人，見之文字，則形文、聲文、情文三者兼備，聲色俱美。

茲再以〈岳陽樓記〉為例，其見之形文者，如描繪「雨悲」，則有水中之景；「陰風怒號，濁浪排空」。有陸上之景：「日星隱耀，山岳潛形。」描繪「晴喜」，仰觀則「上下天光，一碧萬頃」；遠眺則「沙鷗翔集」；俯視則「錦鱗游泳」；近觀則「岸芷汀蘭，郁郁青青」。其繪夜景，仰觀則「長煙一空，皓月千里」；俯視則「浮光躍金，靜影沈璧」，極盡視覺之美。

其見之聲文者，則有「陰風怒號」之大自然音響，進而又有「虎嘯猿啼」之動物音響，又有「漁歌互答」之人類唱和歌聲，極盡聽覺之美。

其見之情文者，「雨悲」則有「憂讒畏譏，滿目蕭然」之情，「晴喜」則有「心曠神怡，寵辱偕忘，把酒臨風，其喜洋洋」之境。

文末則有「先天下之憂而憂，後天下之樂而樂」之千古不可磨滅的名言，聖人懷抱，見之文辭；救世之心，溢於文辭。

文正公之政論性文章，則善用「層遞法」，行文依大小輕重比例，層層遞進，如〈上時相議制舉書〉：

夫善國者，莫先育材；

育材之方，莫先勸學；

勸學之要，莫尚宗經；

宗經則道大，道大則才大，才大則功大。

此文如聯珠貫玉，層層漸進，循序排列。它既是層遞法，也是頂真法，下句首字直承上句末字，不容稍微分割，音韻和諧，字字抑揚有致，自然動人心目，益增文章之震撼力及說服力。

（二）自鑄新詞

文正公「積學於書，得道於心〔註59〕」，極善於提煉古聖先賢有生命之語言，而自鑄新詞，其文集中名句頗多，美不勝收。如「寧鳴而死，不默而生」、「文以鼓天下之動，學以達天下之志」、「朝廷無過，生靈無怨」、「有益天下之心，垂千古之志」、「公罪不可無，私罪不可有」、「學經綸之盛業，為邦家之大器」、「樂道忘憂，雅對江山之助，含忠履潔，敢移金石之心」，又如千古傳誦的「以天下為己任」、「先天下之憂而憂，後天下之樂而樂」即係從《孟子》書中，改造而成生動、凝鍊、精粹的新語，頗有點鐵成金之妙。

〔註59〕同註17，〈與周騤推官書〉。

「以天下爲己任」其語出自伊尹。《孟子》〈萬章篇〉下云：

> 伊尹曰：「何事非君？何使非民？」治亦進，亂亦進。曰：「天之生
> 斯民也，使先知覺後知，使先覺覺後覺。予，天民之先覺者也，予
> 將以此道覺此民也。」思天下之民，匹夫匹婦有不與被堯舜之澤者，
> 若己推而內之溝中，其自任以天下之重也。

文正公讀聖賢書，得聖賢之心傳，立志以先知覺後知，其〈上張右丞書〉說：

> 某聞先知覺後知，先覺覺後覺，伊尹之心也。伊尹之心，哲人傳焉，
> 故賢賢相與，其道不息，若顯若隱者，則惟時爾，使伊尹之心邈乎無
> 傳，則賢賢相廢，歷代以降，豈復有致君堯舜，覺天下之後覺者哉。

伊尹之道，乃文正一心行道所欽慕效法的對象，因此提煉其「自任以天下之
重也」，而重鑄新詞爲「以天下爲己任」。

「先天下之憂而憂，後天下之樂而樂」這句振古鑠今的不朽名句，則出
自《孟子》〈梁惠王篇〉下：

> 齊宣王見孟子於雪宮。王曰：「賢者亦有此樂乎？」孟子對曰：「有。
> 人不得，則非其上矣。不得而非其上者，非也。爲君上而不與民同
> 樂者，亦非也。樂民之樂者，民亦樂其樂，憂民之憂者，民亦憂其
> 憂。樂以天下，憂以天下，然而不王者，未之有也。」

文正公這句名言，即是將孟子對齊宣王所說的：

> 樂以天下，
> 憂以天下。

引申擴充而成爲：

> 先天下之憂而憂。
> 後天下之樂而樂。

他擷取孟子原意，加以改造，使其意義更加顯豁深入，語調更爲響亮有力，
而成爲千古不朽的名言。又如韓愈說：「非三代兩漢之書不敢觀」，文正公則
說：「恥讀非聖之書」較韓文更爲簡鍊有力。再如屈子賦：「既余心之所善兮，
雖九死其猶未悔。」文正公則曰：「理或當言，死無所避」。可見文正公的確
是一位自鑄新詞的高手。這種點化前人的句意，重鑄新詞，稱爲「奪胎換骨」
法，不改變其原意而造新語，稱爲「換骨法」，規摹其意而形容之，稱爲「奪
胎法」。這種技巧，必須是讀書有「新得」者，才能變化前人的語意，使得新
造詞語更爲警策有力，而達到「點鐵成金」的妙效。又如《岳陽樓記》的「錦

鱗游泳」，鱗是魚鱗，怎會游泳呢？原來文正公應用修辭方法的「借代格」，在這裡，錦鱗就是五彩美麗的魚兒，「錦鱗游泳」自然比「眾魚游泳」更為傳神而且美麗。

五、范仲淹散文的風格

古人為文，重在養氣，孟子說：「我善養吾浩然之氣」，孟子文章之所以寬厚宏博，吐屬自然，沛然莫之能禦，即在於其善於養氣。

曹丕《典論論文》主張文章「以氣為主」。他說：

> 文以氣為主，氣之清濁有體，不可力強而致，譬諸音樂，曲度雖均，節奏同檢，至於引氣不齊，巧拙有素，雖在父兄，不能以移子弟。
> 〔註60〕

劉勰《文心雕龍》有〈養氣篇〉說：

> 是以吐納文藝，務在節宣，清和其心，調暢其氣，煩而即捨，勿使壅滯。

韓愈為文重視氣勢，〈答李翊書〉說：

> 氣盛，則言之短長與聲之高下皆宜。

韓愈文「氣勢雄健」，蘇洵謂其文「如長江大河，渾浩流轉，魚鱉蛟龍，萬怪惶惑，而抑遏蔽掩，不使自露，而人望見其淵然之光，蒼然之色，亦自畏避，不敢迫視」。

文正公論文、論詩都主張以氣為主，〈太清宮九詠序〉說：

> 文以氣為主。〔註61〕

〈唐異詩序〉說：

> 詩之為意也，範圍乎一氣，出入乎萬物，卷舒變化，其體甚大。故夫喜焉如春，悲焉如秋，徘徊如雲，崢嶸如山，高乎如日星，遠乎如神仙，森如武庫，鏘如樂府。〔註62〕

所謂「氣」，蓋指作者所具備的精神內涵，不但作品要有充實的內容，正確的思想，還要一股浩然正氣，有如孟子「予豈好辯哉，予不得已也」的氣概，亦即是對自己所論的問題要先有「自以為是」的精神。

〔註60〕見《昭明文選》卷五，魏文帝〈典論論文〉。
〔註61〕〈范文正公集〉第六卷，〈太清宮九詠序〉。
〔註62〕〈范文正公集〉〈唐異詩序〉。

　　文正公自稱為孤寒之士，深通六經，尤長於《易》，對時代具有高度的憂患意識，見之於文章，都是有為之作，敢於發別人之所不敢發，道別人之所不敢道。因此他的文章都寫得氣勢雄健有力。

　　孔子說：「有德者必有言〔註63〕」，文正公說：「儒者報國，以言為先〔註64〕」。《宋史》說：

　　　　每感激論天下事，奮不顧身，一時士大夫矯勵尚風節，自仲淹倡之。

他敢言的精神是「理或當言，死無所避〔註65〕」，敢言的決心是「寧鳴而死，不默而生〔註66〕」。他的政論性文章，如有名的四論：〈帝王好尚論〉、〈選任賢能論〉、〈近名論〉、〈推委臣下論〉都是出自肺腑之言，就事論事的作品，所論之事，觀點明確，結論有如刀劈斧砍。他的書表、奏議都是義正辭嚴，理直氣壯，誠如他在〈讓觀察使第一表〉所說：

　　　　每觀詔令之下，或有非便，必極力議論，覆奏不已，期於必正。

他自稱「雷霆日有犯，始可報君親〔註67〕」，他的心中充滿了正氣感和救世報國之心，形之於文字，見之於文章多顯得氣勢磅礡，不同凡響，有一種震懾人心，感人肺腑的偉大力量。「氣盛言宣」正是文正公文章的特色。

　　由於他主張「文以氣為主」，所以他的文學創作，正如行雲流水，自有一股浩然正氣貫注其間，常行於所當行，止於所當止。其文之長者，如長江萬里，山重水複，氣象萬千，引人入勝；其文之短者，又如龍現一爪，而神味已足。

　　天聖五年（西元一○二七年）作〈上執政書〉，論述周、漢兩代之興亡，闡述固邦本、厚民力、重名器、備戎狄、杜奸雄、明國聽之興革大計，文章旁徵博引，筆力萬鈞，振人心魄，這篇萬言書，不但受到宰相王曾所器重，而且天下朝野為之傳誦。

　　景祐元年（西元一○三四年）出守桐廬，作〈桐廬郡嚴先生祠堂記〉，文字僅二百二十字，既褒嚴子，又贊光武，謝无量《實用文章義法》稱其為「字少意多者」。他說：

〔註63〕　見《論語》〈憲問篇〉。
〔註64〕　見《范文正公集》〈讓觀察使第一表〉。
〔註65〕　見《范文正公集》第十五卷，〈睦州謝上表〉。
〔註66〕　見《范文正公集》第一卷，〈靈烏賦〉。
〔註67〕　見《范文正公集》第三卷，〈出守桐廬十絕〉。

古之所稱爲字少意多者，如韓退之〈獲麟解〉，范文正〈嚴先生祠堂記〉，司馬溫公〈諫院題名記〉，皆文簡理詳。〔註68〕

《古文觀止》引過商侯說：

題目只是嚴先生與光武對講，正是先生占地步。字少意多，筆力老健。

膾炙人口，傳誦千古的〈岳陽樓記〉，文僅三百七十四字，章法綿密，無懈可擊，敘事、抒情、寫景、議論兼而有之，氣勢雄渾，冠絕古今。過商侯說：

首尾布置，與中間狀物之妙，不可及矣。尤妙在文後憂樂一段，見得惟賢者而後有眞憂，亦惟有賢者而後有眞樂。樂以憂而廢，憂不以樂而忘。此雖文正自負之詞，而期子京，隱然言外，必如是始得斯文本旨。

文正公的文章氣勢雄健，文氣充沛，因之無論文之短長、聲之高下，皆渾然天成，自成佳構。蔡增譽說：

文正非特文章不可及、其浩然之氣亦不可及。……其議論根本仁義，其經濟兼資文武，當時識者皆以三代王佐許之。……蓋公非得之煅練組織，得之浩然之氣全耳。〔註69〕

第三節　范仲淹的詩歌

范文正公一生雖不以詩名，但仍存有詩二百九十二首。他的詠懷詩，多恬淡自然；寫景詩，則細緻秀麗。所作〈野色〉、〈牡丹〉諸詩，與西崑詩體迥異，廣受歷代詩論家的青睞，而以文入詩，以理爲詩，呈現了與唐詩迥然不同的風貌。

一、范仲淹的詩論

天聖四年（西元一〇二六年），文正公撰〈唐異詩序〉，推崇唐異的詩作「意必以淳，語必以眞。」能上媲騷雅而無愧，全文五百四十六字，其中有三百三十六字的議論文字。他說：

詩之爲意也，範圍乎一氣，出入乎萬物，卷舒變化，其體甚大。故

〔註68〕見《實用文章義法》第五章下〈篇法論〉第十四節。
〔註69〕見《范文正公集》蔡增舉序。

夫喜焉如春，悲焉如秋；徘徊如雲，崢嶸如山，高乎如日星，遠乎如神仙；森如武庫，鏘如樂府；羽翰乎教化之聲，獻酬乎仁義之醇，上以德於君，下以風於民；不然，何以動天地而感鬼神哉！而詩家者流，厥情非一，失志之人其辭苦，得意之人其辭逸，樂天之人其辭達，覯閔之人其辭怒，如孟東野之清苦，薛許昌之英逸，白樂天之明達，羅江東之憤怒，此皆與時消息，不失其正者也。五代以還，斯文大剝，悲哀爲主，風流不歸，皇朝龍興，頌聲來復，大雅君子，當抗心於三代，然九州之廣，庠序未振，四始之奧，講議蓋寡，其或不知而作，影響前輩，因人之尚，忘己之實，吟詠性情而不顧其分，風賦比興而不觀其時，故有非窮途而悲，非亂世而怨，華車有愁苦之述，白社爲驕奢之語，學步不至，效顰則多，以至靡靡增華，惛惛相濫，仰不主乎規諫，俯不主乎勸誡，抱鄭衛之奏，責夔曠之賞，游西北之流，望江海之宗者有矣。〔註70〕

由這段詩論，可知文正公對於詩歌的見解，是詩以意爲先，以氣爲主。詩人之情雖有不同，但以眞淳爲正。詩歌的功能，在於仁義教化。五代以來，詩歌作品失去眞淳，仰不主乎規諫，俯不主乎勸誡，喪失羽翼教化的功能。序文中「不知而作，影響前輩，因人之尚，忘己之實」，隱然係指西崑詩體而言。

二、范仲淹詩的內容

文正公二百九十二首詩中，就內容而言，有歌詠山水自然者，有關心民生疾苦者，有倡言忠君愛民者，有砥礪高風亮節者，有記錄家世經歷者。

（一）歌詠山水自然

文正公說：「吾師仁智心，愛茲山水音〔註71〕」，他是一位山水自然的知音，在六十多首歌詠風景山川之美的作品中，寄託了個人的人格理想，表現了仁者樂山，智者樂水的仁智本性。

桐廬郡是他所喜愛的地方，這裡有烏龍山、子陵釣臺，他爲漢代高士嚴光建嚴先生祠堂，並爲之記。有〈蕭灑桐廬郡〉詩十首，雖是五言絕句的小詩，卻清新可喜，意趣盎然。每一首都以「蕭灑桐廬郡」五字起句，茲錄其中六首如左：

〔註70〕見《范文正公集》第六卷，〈唐異詩序〉。
〔註71〕見《范文正公集》第二卷，〈留題常熟頂山僧居〉。

蕭灑桐廬郡，烏龍山靄中。
史君無一事，心共白雲空。

又

蕭灑桐廬郡，開軒即解顏。
勞生一何幸，日日面青山。

又

蕭灑桐廬郡，全家長道情。
不聞歌舞事，遠舍石泉聲。

又

蕭灑桐廬郡，家家竹隱泉。
令人思杜牧，無處不潺湲。

又

蕭灑桐廬郡，春山半是茶。
新雷還好事，驚起雨前芽。

又

蕭灑桐廬郡，千家起畫樓。
相呼採蓮去，笑上木蘭舟。〔註72〕

文正公在詩文革新中，反對雕章鏤句，無益於世道的文學，因此他所作的詩歌都曉暢明白。絕句之作更是一篇一意，清麗脫俗，他在〈蕭灑桐廬郡〉詩中，讚美桐廬的風光，那裡有「家家竹隱泉」、「春山半是茶」、「千家起畫樓」，每一首詩就像一幅畫，歷歷在目，如見其景；「遠舍石泉聲」、「無處不潺湲」、「相呼採蓮去，笑上木蘭舟」彷彿身入其境，如聞其聲，令人深所嚮往；「心共白雲空」，表達他的閒逸安適，他「日日面青山」、「開軒即解顏」，陶醉在青山白雲之中，頗有李白「相看兩不厭，只有敬亭山」的意境。

他又有〈蘇州十詠〉，分別歌詠蘇州十景：泰伯廟、木蘭堂、洞庭山、虎丘山、閶門、靈巖寺、太湖、伍相廟、觀風樓、南園。茲以〈太湖〉詩為例：

有浪即山高，無風還練靜。
秋宵誰與期，月華三萬頃。〔註73〕

〔註72〕見《范文正公集》第三卷，〈蕭灑桐廬郡十絕〉。
〔註73〕第四卷，〈蘇州十詠〉。

此詩前兩句,一寫「有浪即山高」,一寫「無風還練靜」,寫太湖「風平浪靜」
與「濁浪排空」的對比之美,頗能描繪太湖的雄奇;後兩句寫「秋月」,最後
以「月華三萬頃」作結,又寫出了太湖的壯闊,寥寥二十個字,能寫出如此
雄奇壯闊的意象,令人為之激賞。

再以〈觀風樓〉為例:

> 高壓郡西城,觀風不浪名,山川千里色,語笑萬家聲,
>
> 碧寺煙中靜,紅橋柳際明,登臨豈劉白,滿目見詩情。

此詩清新可誦,對仗工整,用字雅潔,頗有劉、白韻致。

文正公樂山樂水,徜徉於山水之間,游心於塵埃之外,能得天地之心,
而忘天下之情。其〈和人遊嵩山十二題〉之十二〈中峯〉詩,可為代表:

> 嵩山最高處,逸客偶登臨,迴看日月影,
>
> 正得天地心,念此非常遊,千載一披襟。[註74]

文正公的風景詩,有歌詠北方名山的雄奇者,如〈和人遊嵩山十二題〉,讚美
中岳:「太室何森聳,少室欲飛動,相對起雲霞,恍如遊仙夢」,又說:「不來
峻極遊,何能小天下。」有讚賞南方名山的峻秀者,如〈遊廬山作〉:「五老
閑遊倚舳艫,碧梯嵐逕好程途,雲開瀑影千門掛,雨過松黃十里鋪。」

有歌詠水鄉湖泊之明媚者,如〈和僧長吉湖居五題〉:「湖山滿清氣,賞
心甲吳越,晴嵐起片雲,晚水連初月,漁父得意歸,歌聲等閑發。[註75]」

有藉景抒寫個人剛正不阿,直道而行之精神者,如《瀑布》詩:

> 迴與眾流異,發源高更孤,下山猶直在,到海得清無。
>
> 勢鬥蛟龍惡,聲吹雨電轟,晚來雲一色,詩句自圖成。[註76]

藉瀑布表達自己直師古聖先賢,直道而行,不與俗流為伍,「下山直猶在」與
惡勢力搏鬥,表現正氣凜然,無怨無悔的大無畏精神。

綜觀文正公歌詠山水自然之作,純是直抒胸臆,怡養性靈之作。

(二)關心民生疾苦

文正公的詩歌之中,有關心民生疾苦的作品著,如〈書扇示門人〉詩:

> 一派青山景色幽,前人田地後人收。
>
> 後人收得休歡喜,還有收人在後頭。[註77]

〔註74〕見《范文正公集》第二卷,〈和人遊嵩山十二題〉〈中峯〉。

〔註75〕見《范文正公集》第二卷,〈和僧長吉湖居五題〉。

〔註76〕見《范文正公集》第四卷,〈瀑布〉。

〔註77〕見北京大學出版社《全宋詩》第三冊。

文正公關懷社會民生，對於當時土地的兼併，大地主吞沒小地主，新興豪富吞沒沒落地主，深不以為，他這首詩用平民百姓的口語，希望做暮鼓晨鐘，喚醒貪婪人的覺悟。又如〈江上漁者〉：

> 江上往來人，但愛鱸魚美。
>
> 君看一葉舟，出沒風波裡。〔註78〕

本詩之作，文正公以悲天憫人的心胸，同情打魚人出沒風波的辛苦。這首二十言的小詩中，隱伏惜物和憫人的兩種情懷，惜鱸魚的得來不易，憫漁夫的艱辛生活。

文正公關心民生疾苦，為太守時，則思「長使下情達，窮民奚不伸」。在百花洲飲到了美酒，就想到「但願天下樂，一若樽前身。（〈依韻答提刑張太博嘗新醞〉）」。當他看到了久旱不雨，二麥無望時，就憂從中來，一旦瑞雪紛飛，就欣喜若狂。他的「賀雪」、「嘉雪」、「對雪」的詩歌，充分表達了憂樂天下的胸懷。

如〈依韻和提刑太傅嘉雪〉詩云：

> 南陽風俗常苦耕，太守憂民敢不誠。
>
> 今秋與冬數月旱，二麥無望愁編珉。
>
> 龍遁雲藏不肯起，荒祠巫鼓徒轟轟。
>
> 昨宵天意驟回復，繁陰一布飄寒英。
>
> 裁成片片盡六出，化工造物何其精。
>
> 散亂狂飛若倚勢。徘徊緩舞如含情。
>
> 千門競掃明月色，萬水都拆寒梅英。
>
> 天上風流忽爾在，人間險阻無不平。
>
> 因松偶作琴瑟調，過竹徐移環珮聲。
>
> 江天鳴雁畏相失，龍庭奔馬豪如驚。
>
> 丞相沙堤初踏練，將軍紫髯渾綴瓔。
>
> 巖前饑煞嘯風虎，海上凍死吞舟鯨。
>
> 我有高樓擎雲上，雙瞳一開千里明。
>
> 羣閣逐去疫癘遠；長遠壓下塵埃清。
>
> 當知有年可坐致，東皋父老休營營。
>
> 因招大使賞天瑞，醉把羲黃向上評。

〔註78〕同註 71，〈江上漁者〉。

窮通得喪了無事，莊老器宇何難並。

君起作歌我起和，天地和氣須充盈。

當年此樂不可得，與雪對舞攄平生。

共君學取雪好處，平施萬物如權衡。〔註79〕

文正公此詩作於慶曆六年貶知鄧州之時，當時自秋天到冬天，全郡乾旱成災，歲末終於瑞雪紛飛，他欣喜之餘，奮筆作此七言四十句二百八十字的古詩。他一生憂國憂民，自稱：「今之刺史古諸侯，孰敢不分天子憂（〈依韻答賈黯監丞賀雪〉首句）對民生疾苦關懷備至，以紓解生民苦難為職志。本詩前四句即點出太守之憂，五、六句敘述人民至誠求雨，「荒祠巫鼓徒轟轟」用疊字「轟轟」表明求雨之急之切。鼓聲頻頻，轟轟之聲不絕於耳，生民的赤忱終於感動了天意，「昨宵天意驟回復，繁陰一布飄寒英」，於是文正公以歡欣鼓舞的心情，將寒雪描繪得如花似錦，飛舞的雪花，如同摽梅的少女，徘徊緩舞，脈脈含情。這種內在精神的外化，正與杜甫「安得廣廈千萬間，大庇天下寒士俱歡顏）的胸懷相同。第十三句以後，他用六個對句對瑞雪做了最高的禮讚，最後還要「共君學取雪好處，平施萬物如權衡」充分表現了文正公的仁者之心。

（三）倡言忠君愛民

文正公一生希聖希賢，恥讀非聖之書，在詩歌之中自然流露出對聖賢的崇敬，頗多見賢思齊、倡言忠君愛民的作品。如《寄題峴山羊公祠堂》詩：

休哉羊叔子，輔晉功勳大。化行江漢間，恩被疆場外。

中國倚而安，治為天下最。開府多英僚，置酒每高會。

徘徊臨峴首，興言何慷慨。此山自古有，游者千萬輩。

堙滅皆無聞，空悲歲月邁。公乎仁澤深，風采獨不昧。

于今墮淚碑，觀之益欽戴。卓有王源叔，文學偉當代。

借麾來襄陽，高懷極恬退。山姿列雲端，江響拂天籟。

行樂何逍遙，覽古忽感概。不見叔子祠，蕪沒民疇內。

千金贖故基，廟貌重營繪。襄人復其祀，水旱有攸賴。

太守一興善，比戶皆歡快。源叔政可歌，又留千載愛。〔註80〕

〔註79〕 同註71，〈依韻和提刑太傅嘉雪〉。

〔註80〕 同註71，〈寄題峴山羊公祠堂〉。

此詩對西晉羊祜深致崇敬之意，而爲之歌頌。羊祜字叔子，晉武帝時出鎮襄陽，忠君愛民，在鎮時常輕裘緩帶，身不披甲，與吳陸抗對境，對百姓有恩，甚得江漢民心，死後襄陽百姓爲之建碑立廟，歲時饗祭，望其碑者無不流涕，杜預因名之爲「墮淚碑」，又名「峴山碑」。本詩前段論羊叔子輔晉之功勳，後段述王源叔憐其荒蕪湮沒，「千金贖故基」重新修廟立祠，其追念先賢，表彰時賢，忠君愛民之思，溢於詩歌之間。

他對於堯、舜之君，羲黃之民，深所嚮往。《依韻答提刑張太傅嘗新醞》詩云：

> 但願天下樂，一若樽前身，長戴堯舜主，
>
> 盡作羲黃民，耕田與鑿井，熙熙千萬春。〔註81〕

《堯廟》詩云：

> 千古如天日，巍巍與善功，禹終平洚水，
>
> 舜亦致薰風，江海生靈外，乾坤揖讓中。〔註82〕

文正公一心盼望朝廷大臣做到致國君如堯舜般的賢明，也希望百姓如羲黃般的安樂，使得國君無過，百姓無怨。小他三十三歲，效法文正公革新變法的王安石有「深知帝力同天地，能使人間白日長」的名句，正與前者「熙熙千萬春」的意境相同。

《謝黃惣太傅見示文集》詩：

> 松桂有嘉色，不與眾芳期。金石有正聲，詎將羣響隨。
>
> 君子著雅言，以道不以時。仰止江夏公，大醇無小疵。
>
> 孜孜經緯心，落落教化辭。上有帝皇道，下有人臣規，
>
> 邈與聖賢會，豈以富貴移。誰言荆棘滋，獨此生蘭芝，
>
> 誰言黿鼉繁，獨此蟠龍龜，豈徒一時異，將爲千古奇。
>
> 願此周召風，達我堯舜知。致之諷諫路，陞之誥命司，
>
> 二雅正得失，五典陳雍熙，頌聲格九廟，王澤及四夷，
>
> 自然天下文，不復迷宗師。〔註83〕

本詩開首即言「松桂有嘉色，不與眾芳期……君子著雅言，以道不以時」表明了匡時濟世之心，也說明了君子不隨波逐流的高潔品格。其後「願此周召風，達我堯舜知」又傳達了「以詩載道」的精神。

〔註81〕 同註71，〈依韻答提刑張太傅嘗新醞〉。

〔註82〕 同註72，〈堯廟〉。

〔註83〕 見《范文正公集》第一卷，〈謝黃惣太傅見示文集〉。

（四）砥礪高風亮節

文正公眾多詩作之中，頗多砥礪高風亮節之作，他對東漢的嚴光和當代的林逋，特表崇敬之意。他出守桐廬郡時，爲建嚴先生祠堂，並爲之記，又作〈釣臺詩〉：

> 漢包六合網英豪，一箇冥鴻惜羽光，
>
> 世祖功臣三十六，雲臺爭似釣臺高。〔註84〕

詩中末句「雲臺爭似釣臺高」，其對嚴光之推崇，可謂至矣。

他曾多次拜訪杭州的林逋隱士，也常有詩歌往來，表達敬意。〈寄林處士〉詩云：

> 片心高與月徘徊，豈爲千鍾下釣臺。
>
> 猶笑白雲多事在，等閒爲雨出山來。〔註85〕

又〈送邢昂處士南遊〉詩云：

> 落落崆峒一大儒，四方心逸憶江湖。
>
> 東南賴有林君復，萬里清風去不孤。〔註86〕

前詩讚美林逋高蹈不仕，其心與月高。次首讚美邢處士是崆峒一大儒，此番南遊與南方的林逋（字加復），正是「萬里清風」此去不孤。

文正公對於古聖今賢既多禮讚，對於象徵堅貞志節的松竹也頗多讚賞，蘇州天平山范氏祖居，庭有二松對植，文正名其西齋爲「歲寒堂」，松曰「君子樹」，閣曰「松風閣」，並分別賦詩。其〈松風閣〉詩云：

> 此閣宜登臨，上有松風吟，非絃亦非匏。自起簫韶音。
>
> 明月萬里時，何必開綠琴，鳳凰下雲霓，鏘鏘鳴中林，
>
> 淳如葛天歌，太古傳至今，潔如庖羲易，洗人平生心，
>
> 安得嘉賓來，當之共披襟，陶景若在仙，千載一相尋。〔註87〕

其《寄題孫氏碧鮮亭》詩，則爲詠竹之詩，盛讚竹爲聖賢魄，高節見直清。詩云：

> 天地何風流，復生王子猷：黃金買碧鮮，綠玉排清秋。
>
> 非木亦非草，東君歲寒寶，耿耿金石性，雪霜不能老。
>
> 清風乃故人，徘徊過此君，冷冷鈞天音，千載猶得聞，

〔註84〕 見《范文正公別集》第四卷，〈釣臺詩〉。
〔註85〕 同註72，〈寄林處士〉。
〔註86〕 同註72，〈送邢昂處士南遊〉。
〔註87〕 同註83，〈歲寒堂三題〉。

應是聖賢魄，鍾爲此標格，高節見直清，靈心隱虛白，

粉筠多體貌，錦籜見兒童。上交松桂枝，下結蘭蕙叢，

秀氣藹晴嵐，翠光凝綠水，明月白露中，靜如隱君子，

不願湘靈泣，不求伶倫吹，鳳皇得未晚，蛟龍起何時，

蕭蕭雲水間，良與主人宜，紅塵滿浮世，何當拂長袂，

坐嘯此亭中，行歌此亭際，逍遙復逍遙，不知千萬歲。〔註88〕

（五）記錄家世經歷

文正公記錄家世經歷的作品，如〈歲寒堂〉詩：

我先本唐相，奕世天衢行，子孫四方志，有家在江城。

雙松儼可愛，高堂因以名，雅知堂上居，宛得山中情。

目有千年色，耳有千年聲，六月無炎光，長如玉壺清。

于以聚詩書，教子脩誠明。于以列鐘鼓，邀賓樂昇平，

綠煙亦何知，終日在簷楹，太陽無偏照，自然虛白生，

不向搖落地，何憂歲崢嶸，勗哉肯構人，處之千萬榮。〔註89〕

文正公〈歲寒堂三題〉寫其蘇州天平山范氏祖居，庭前有雙松對植，幹勁枝茂，文正公名其齋曰：「歲寒堂」。他認爲「堯舜受命於天，松柏受命於地，則物之有松柏，猶人之有堯舜也。」認爲松「可以爲友，可以爲師。持松之清，遠恥辱矣；執松之勁，無柔邪矣；稟松之色，義不變矣，揚松之聲，名彰聞矣；有松之心，德可長矣。」他希望子子孫孫，勿剪勿伐，由此可見文正公高潔的人格及其對後代子孫的勗勉。

三、范仲淹詩的形式

（一）語言特性

白居易〈與元九書〉中說：「詩者，根情、苗言、華聲、實義。」可見語言的重要性。文正公詩的語言特性有：

1. 以口語入詩

眾所公論爲文正公詩代表作的〈江上漁者〉，表現了口語化的特色，不事雕飾，而傳達力頗爲強烈。〈江上漁者〉：

〔註88〕 同註83，〈一寄題孫氏碧鮮亭〉。

〔註89〕 同註87。

> 江上往來人，但愛鱸魚美。
>
> 君看一葉舟，出沒風波裡。〔註90〕

此詩一作〈贈釣者〉，作者用淺白如話的語言，描寫漁民冒著風浪，出生入死的打魚，文正公以悲憫的心情寄語喜愛品嘗鱸魚美味的食客，也應體恤打魚人的艱苦生活，是一篇「言近而旨遠，詞淺而意深」的佳作。

文正公以國士兼文士，他在作品中既關心國家治亂，又對於勞苦的社會大眾，寄以極深的憐憫與同情，如〈桐廬郡淮上遇風〉三首中也同樣表達了對於出沒風波裡的人，寄以尊敬和關心，茲錄三首之一，如左：

> 一棹危於葉，傍觀亦損神。
>
> 他時在平地，無忽險中人。〔註91〕

本詩清新明白，如同白話，語言簡練易曉。

2. 以文入詩

在文正公二百九十二首詩歌之中，〈四民詩〉頗具獨特的風格，依士、農、工、商各作一篇，長短不等，共計一二六行，是一首以文入詩，以議論入詩的五言古詩。

〈士〉篇是〈四民詩〉的首篇，前八句闡述古聖先賢用士之道，以德為先，仁人志士，以仁義發揚道統，以忠孝博取名節，君王以爵祿酬庸之，使得忠奸美惡分明。其後則寄以感慨，論述今日士風不振，離經叛道，隨波逐流，而以「昔多松柏心，今皆桃李色」表明作者深沈的痛心，為何堅貞有如松柏的志士仁人，今天竟然成為如同桃李般的阿諛小人，最後他希望造物主能夠扭轉乾坤，改變局面。表露了「以天下為己任」的憂心，也透露了改革政治的心志。全詩如左：

> 前王詔多士，咸以德為先。道從仁義廣，名由忠孝全。
>
> 美祿報爾功，好爵縻爾賢。黜陟金鑑下，昭昭媸與妍。
>
> 此道日以疏，善惡何茫然。君子不斥怨，歸諸命與天。
>
> 術者乘其隙，異端千萬惑。天道入指掌，神心出胸臆。
>
> 聽幽不聽明，言命不言德。學者忽其本，仕者浮於職，
>
> 飭義為空言，功名思苟得。天下無所勸，賞罰幾乎息。
>
> 陰陽有變化，其神固不測。禍福有倚伏，循環亦無極。

〔註90〕見《范文正公集》第二卷，〈江上漁者〉。

〔註91〕同註72，〈赴桐廬郡淮上遇風三首〉，第三首〈又〉。

前聖不敢言，小人爾能臆。神竈方激揚，孔子甘寂默。

六經無光輝，反如日月蝕。大道豈復興，此弊何時抑。

末路競馳騁，澆風揚羽翼。昔多松柏心，今皆桃李色。

願言造物者，回此天地力。〔註92〕

〈農〉篇首言聖人發明耒耜，耕織生產，國俗儉淳，人足家給，次言官府家奢侈無度，橫征暴斂，對於農民的辛苦寄以同情，結語說：如果神農與后稷有靈的話，也會為此哭泣。〈農〉篇如左：

聖人作耒耜，蒼蒼民乃粒。國俗儉且淳，人足而家給。

九載襄陵禍，此戶猶安輯。何人變清風，驕奢日相襲。

制度非唐虞，賦斂由呼吸。傷哉田桑人，常悲大絃急。

一夫耕幾隴，游墮如雲集。一蠶吐幾絲，羅綺如山入。

太平不自存，凶荒亦何及。神農與后稷，有靈應為泣。〔註93〕

〈工〉篇首先讚歎先王教百工，作為天下器，《周禮》〈考工記〉且稱百工為聖人，次言後世統治者如秦皇奴役工匠建造阿房宮，窮極奢華，風氣日壞，直至今日佛老之徒，興建寺觀，依然浪費無度，全詩對當時之社會風氣，頗具諷諫之意。〈工〉篇如下：

先王教百工，作為天下器。周旦意不朽，刊之考工記。

嗟嗟遠聖人，制度日以紛。窈窕阿房宮，萬態橫青雲。

熒煌甲乙帳，一朝那肯焚。秦漢驕心起，陳隋益其侈。

鼓舞天下風，滔滔弗能止。可甚佛老徒，不取慈儉書。

竭我百家產，崇爾一室居。四海競如此，金碧照萬里。

茅茨帝者榮，今為庶人恥。宜哉老成言，欲攑般輸指。〔註94〕

〈商〉篇對商業的功能與商人的地位，給予肯定，他說：「周官有常籍，豈云逐末人」，次言地痞流氓對商人無端勒索敲詐，官僚豪富對商人的剝削，士人對商人的貶抑，最後用「何日用此言，皇天豈不仁。」做為結語，可見文正公對於商人的溝通有無，繁榮社會的貢獻，深所瞭解，其經國濟民的胸襟躍然紙上，令人為之肅然起敬。〈商〉篇如後：

嘗聞商者云，轉貨賴斯民。遠近日中合，有無天下均。

上以利吾國，下以藩吾身。周官有常籍，豈云逐末人。

〔註92〕同註83，〈四民詩〉，〈士篇〉。

〔註93〕同註83，〈農篇〉。

〔註94〕同註83，〈工篇〉。

天意亦何事，狼虎生貪秦。經介變阡陌，吾商苦悲辛。

四民無常籍，茫茫偽與眞。游者竊吾利，墮者亂吾倫。

淳源一以蕩，頹波浩無津。可堪貴與富，侈態日日新。

萬里奉綺羅，九陌資埃塵。窮山無遺寶，竭海無遺珍。

鬼神爲之勞，天地爲之貧。此弊已千載，千載猶因循，

桑柘不成林，荊棗有餘春。吾商則何罪，君子恥爲鄰。

上有堯舜主，下有周召臣。琴瑟願更張，使我歌良辰。

何日用此言，皇天豈不仁。〔註95〕

〈四民詩〉這首五言長篇古詩，直抒胸臆，用鋪陳的手法，評士、農、工、商應有的職責，抨擊腐敗官僚既影響士風，又對農、工、商等勞苦大眾帶來痛苦，因此寄語統治者要改絃更張，力誡奢侈，以求得家給戶足，國泰民安，他尤其寄望讀書的士子，要尊崇六經，興復古道，以匡正習俗，振作士風。

3. 以理入詩

何大復《漢魏詩序》云：「宋詩言理」，嚴羽《滄浪詩話》說：「本朝尚理而病於理」。事實上，「尚理」也是一種特色，由此又擴大了詩的境界。

文正公的作品中，也常隱含哲理，細細咀嚼，如嚼甘欖，頗有味道。如〈明月謠〉：

明月在天西，初如玉鈎微，一夕增一分，堂堂有餘輝，

不掩五星耀，不礙浮雲飛。徘徊河漢間，天色若可湌。

清風起叢桂，白露生墀蘭，高樓望君時，爲君拂金徽，

奏以堯舜音，此音天上稀，明月或可聞，顧我亦依依，

月有萬古光，人有萬古心，此心良可歌，憑月爲知音。〔註96〕

文正公對月似乎情有獨鍾，他愛明月的秀美潔淨沒有玷污，「月有萬古光，人有萬古心」意境深遠。如〈依韻酬葉道卿中秋對月〉寫秋空無寸雲，冰輪高懸空中，詩人不惜衣沾露，最後發問：「處處樓臺競歌宴，的能愛月幾人同」。其〈依韻酬葉道卿中秋對月〉二首如左：

天遣今宵無寸雲，故開秋碧掛冰輪，

詩人不悔衣沾露，爲惜清光豈易親。

〔註95〕同註83，〈商篇〉。

〔註96〕同註83，〈明月謠〉。

孤光千里與君逢，最愛無雲四望通，

處處樓臺競歌宴，的能愛月幾人同。〔註97〕

其他詠月之作，尚有〈水月〉、〈八月十四夜月〉、〈江城對月〉諸作。他的每一首詠月詩都頗有寒山詩：「吾心似秋月，碧潭清皎潔。」的意境。

文正公愛「月」，宋代道學派、理學家的詩，也頗受影響，如邵雍〈清夜吟〉：

月到天心處，風來水面時。

一般清意味，料得少人知。〔註98〕

此詩意境高妙，頗富佛理禪機。此中境界似乎來自文正公「詠月」諸作的啟發。

其《古鑑》詩云：

磨此千年鑑，朱顏清可覽。

君看日月光，無求照人膽。〔註99〕

此詩寥寥二十字，清新雋永，令人有一番省思。

（二）句法修辭

1. 重疊

重疊法，係用兩個相同的字摹擬其物形或物聲。這種重言疊字的應用，既可使語氣充暢，意義完整，又何使聲調動聽，以加強詩歌的吟詠功能。如文正公〈寄題孫氏碧鮮亭〉詩，這是一首詠竹的詩歌，他用「泠泠」二字傳達「竹韻」之聲從天上而來；〈依韻酬吳春卿二首〉之一的詠〈松〉詩，他用「亭亭」二字形容松樹之高，用「蕭蕭」二字形容「松韻」之聲，「蕭蕭遠韻和於樂，密密清陰意在人〔註100〕」意象極為優美。「泠泠」、「蕭蕭」都是摹聲的疊字。又如〈謝黃惣太博見示文集〉詩云：「孜孜經緯心，落落教化解〔註101〕」，「孜孜」、「落落」都是加重語氣的疊字。

疊字有用於首句者，如〈松〉詩：「亭亭百尺棟梁身」形容松樹之高壯，起句即見不凡。有用於腹中者，如〈過太清宮〉詩云：「渺渺雲霞開絳節，離

〔註97〕 同註73，〈依韻酬葉道卿中秋對月二首〉。

〔註98〕 見邵雍撰〈清夜吟〉。

〔註99〕 同註83，〈古鑑〉。

〔註100〕 見《范文正公集》卷〈依韻酬吳春卿〉二首。

〔註101〕 見《范文正公集》同註83。

雊鸑鳳答空歌〔註102〕」，又如〈依韻和延安龐龍圖柳湖〉詩：「雙雙朔乳燕，兩兩睡馴鷗〔註103〕」，以上「渺渺」、「雊雊」、「雙雙」、「兩兩」的疊字用在腹中，使得詩歌有安適悠閒之境。有用於尾聯者，如〈送眞元二上人歸吳中〉詩：「願結虎溪社，休休老此身」〔註104〕，如〈出守桐廬道中十絕〉之十：「始見神龜樂，憂憂尾在泥〔註105〕」，又如〈齋中偶書〉：「此意誰相和，寥寥鶴在陰」，以上「休休」、「憂憂」、「寥寥」這些疊字用在尾聯，使詩境更爲深遠，有「言有盡而意無窮」之妙。文正公詩集中有頗多疊字的應用，茲臚列如左，以供參考：〔註106〕

　　鼓舞天下風，滔滔弗能止。〔註107〕（〈四民詩〉〈工篇〉）

　　四民無常籍，茫茫偽與眞。〔註108〕（〈四民詩〉〈商篇〉）

　　耿耿金石性，霜雪不能老。〔註109〕（〈寄題孫氏碧鮮亭〉）

　　泠泠鈞天音，千載猶得聞。〔註110〕（〈寄題孫氏碧鮮亭〉）

　　蕭蕭雲水間，良與主人宜。〔註111〕（〈寄題孫氏碧鮮亭〉）

　　一夕增一分，堂堂有餘輝。〔註112〕（〈明月謠〉）

　　冉冉去紅塵，飄飄凌紫煙。〔註113〕（〈上漢謠〉）

　　飄飄度清漢，浮雲安在哉。〔註114〕（〈清風謠〉）

　　循循自飲啄，往往相逢迎。〔註115〕（〈馴鷗詠〉）

　　皎皎月爲鑑，飄飄霓作裳。〔註116〕（〈玉女窗〉）

〔註102〕見《范文正公集》第三卷，〈過太清宮〉。
〔註103〕見《范文正公集》第四卷，〈依韻和延安龐龍圖柳湖〉。
〔註104〕見《范文正公集》第三卷，〈送眞元二上人歸吳中〉。
〔註105〕同註67。
〔註106〕見《范文正公集》第三卷，〈齋中偶書〉。
〔註107〕同註94。
〔註108〕同註95。
〔註109〕同註88。
〔註110〕同註88。
〔註111〕同註88。
〔註112〕同註83。〈明月謠〉。
〔註113〕同註83，〈上漢謠〉。
〔註114〕同註83，〈清風謠〉。
〔註115〕同註83，〈馴鷗詠〉。
〔註116〕見《范文正公集》第二卷，〈和人遊嵩山十二題〉。

光精璨璨奪劍戟，清寒拂拂生衣裘。〔註117〕（〈依韻答賈黯監丞賀雪〉）

兩兩鳧雁侶，依依江海瀕。〔註118〕（〈依韻答提刑張太傅嘗新醞〉）

悠悠乘畫舸，坦坦解朝紳。〔註119〕（〈依韻答提刑張太傅嘗新醞〉）

翩翩幕中畫，落落席上珍。〔註120〕（〈送河東提刑張太博〉）

2. 映襯

所謂映襯，是用兩個比較性的詞彙或句子，相互對比襯托，使得意象倍加明顯，使襯出者，成爲強而有力的對照。

一心回主意，十口向天涯。〔註121〕（〈謫守睦州作〉）

千年風采逢明主，一寸襟靈慕昔賢。〔註122〕（〈依韻答胡侍郎見寄〉）

豈辭雲水三千里，猶濟瘡痍十萬民。〔註123〕（〈依韻酬吳安道學士見寄〉）

萬頃湖光裡，千家橘熟時。〔註124〕（〈洞庭山〉）

以上是數字的對比，是常見的映襯方法。

昔見虎耽耽，今爲佛子巖。〔註125〕（〈虎丘山〉）

生能酬楚怨，死可報吳恩。〔註126〕（〈伍相廟〉）

以上今昔的對比，生死的對比，由於時空的轉換，使得詩境更爲深遠。

3. 頂真

所謂「頂眞」就是前一句的結尾，作下一句的起頭。如：

北里南鄰競歌舞，競歌舞，何時休。〔註127〕（〈聽眞上人琴歌〉）

前人田地後人收，後人收得休歡喜。〔註128〕（〈書扇示門人〉）

〔註117〕見《范文正公集》第二卷，〈依韻答賈黯監丞賀雪〉。
〔註118〕同註81。
〔註119〕同註81。
〔註120〕見《范文正公集》第二卷，〈送河東提刑張太傅〉。
〔註121〕見《范文正公集》第三卷，〈謫守睦州作〉。
〔註122〕見《范文正公集》〈依韻答胡侍郎見寄〉。
〔註123〕見《范文正公集》第四卷，〈蘇州十詠〉，〈洞庭山〉。
〔註124〕見《范文正公集》第四卷，〈依韻酬吳道安學士見寄〉。
〔註125〕見《范文正公集》〈虎丘山〉。
〔註126〕見《范文正公集》〈伍相廟〉。
〔註127〕見《范文正公集》第二卷，〈聽眞上人琴歌〉。

人復不言天，天亦不傷人。〔註129〕（〈上漢謠〉）

何以狎溪人，溪人澹無營。〔註130〕（〈馴鷗詠〉）

4. 對偶

語文中上下兩句，字數相等，句法相似，平仄相對的，稱爲「對偶」。在文正公詩中頗多精美的對偶句。如：

雲開瀑影千門掛，雨過松黃十里鋪。〔註131〕（〈遊廬山作〉）

偶尋靈草逢芝圃，卻叩眞關借玉書。〔註132〕（〈移舟陽郡先遊茅山作〉）

心憐好鳥來幽院，目送微雲過別山。〔註133〕（〈依韻酬李光化見寄〉）

萬里天聲揚紫塞，十年人望在黃樞。〔註134〕（〈和并州大資政鄭侍郎秋晚書事〉）

此日神仙丁令鶴，幾年霖雨武侯龍。〔註135〕（〈和太傅鄧公歸遊武當寄〉）

自傅歌詩傳海外，晉公桃李滿人間。〔註136〕（〈即席呈太傅相公〉）

首會雲龍游少海，親扶日月上中天。〔註137〕（〈紀送太傅相公歸闕〉）

樓閣春深來海燕，池塘人靜下仙鳧。〔註138〕（〈依韻答王源叔憶百花洲見寄〉）

百花爭窈窕，一水自漣漪。〔註139〕（〈獻百花洲圖上陳州晏相公〉）

親逢英主開前席，力與皇家正舊章。〔註140〕（〈依韻答青州富資政見寄〉）

〔註128〕同註77。
〔註129〕同註113。
〔註130〕同註83。
〔註131〕見《范文正公集》第四卷，〈遊廬山作〉。
〔註132〕見《范文正公集》〈移丹陽郡先遊茅山作〉。
〔註133〕見《范文正公集》〈依韻酬李光化見寄〉。
〔註134〕見《范文正公集》〈和並州大資政鄭侍郎秋晚書事〉。
〔註135〕見《范文正公集》〈和太傅鄧公歸遊武當見寄〉。
〔註136〕見《范文正公集》〈即席呈太傅相公〉。
〔註137〕見《范文正公集》〈紀送太傅相公歸闕〉。
〔註138〕見《范文正公集》〈依韻答王源叔憶百花洲見寄〉。
〔註139〕見《范文正公集》〈獻百花洲圖上陳州晏相公〉。
〔註140〕見《范文正公集》〈依韻答青州富資政見寄〉。

風韻應如舊，精明迥絕倫。〔註 141〕（〈依韻答并州鄭大資見寄〉）

氣艷未勞橫玉笛，風光先合倒金罍。〔註 142〕（〈又和賞梅〉）

談文講道渾無倦，養浩存真絕不衰。〔註 143〕（〈過陳州上晏相公〉）

騰凌大鯤化，浩蕩六鰲遊。〔註 144〕（〈和運使舍人觀潮〉）

破浪功難敵，驅山力可并。〔註 145〕（〈和運使舍人觀潮〉）

碧嶂淺深驕晚翠，白雲舒卷看春晴。〔註 146〕（〈和沈書記同訪林處
士〉）

白鳥忽點破，夕陽還照開。〔註 147〕（〈野色〉）

山川千里色，語笑萬家聲。〔註 148〕（〈觀風樓〉）

月明魚競躍，春靜柳閑垂。〔註 149〕（〈獻百花洲圖上陳州晏相公〉）

5. 重出

一字再現，或數字再現，稱為「重出」，劉勰《文心雕龍》已有「權重出」的主張，並且說：「重出者，同字相犯者也。」行文遣字，有時宜避免重出，但運用得適當，反能增其意象之美，使得詩文更形活澄。文正公詩中不乏運用「重出」的詩句。如：

月有萬古光，人有萬古心。〔註 150〕（〈明月謠〉）

一子貴千金，一路重千里。〔註 151〕（〈贈慕者〉）

月宿滄洲靜，日浴滄浪清。〔註 152〕（〈馴鷗詠〉）

徘徊兩無猜，何慕復何驚。（〈馴鷗詠〉）

此心未忘者，天機非殺機。（〈馴鷗詠〉）

〔註 141〕見《范文正公集》〈依韻答並州鄭大資見寄〉。
〔註 142〕見《范文正公集》〈又和賞梅〉。
〔註 143〕見《范文正公集》〈過陳州上晏相公〉。
〔註 144〕見《范文正公集》，〈和運使舍人觀潮〉。
〔註 145〕見《范文正公集》，〈和運使舍人觀潮〉。
〔註 146〕見《范文正公集》第三卷，〈和沈書記同訪林處士〉。
〔註 147〕見《范文正公集》第三卷，〈野色〉。
〔註 148〕同註 123，〈觀風樓〉。
〔註 149〕同註 5，〈獻百花洲圖上陳州晏相公〉。
〔註 150〕同註 112。
〔註 151〕見《范文正公集》第一卷。
〔註 152〕同註 115。

目有千年色，耳有千年聲。〔註153〕（〈歲寒堂〉）

多愁多恨信傷人，今年不及去年身。〔註154〕（〈和葛閎寺丞樓花歌〉）

逍遙復逍遙，不知千萬歲。〔註155〕（〈寄題孫氏碧鮮亭〉）

6. 用典

詩人善於用典，可以使詩意凝鍊、深婉，用最精簡的語言文字表達最豐富，最曲折的思想、感情。文正公詩中用典頗多，如〈出守桐廬郡道中〉詩云：

素心愛雲水，此日東南行。

笑解塵纓處，滄浪無限情。〔註156〕

此詩暗用《孟子》〈離婁篇〉孺子歌的典故，亦是屈子《漁父》之意，以水的清濁，比喻人品。《孟子》〈離婁篇〉云：

有孺子歌曰：滄浪之水清兮，可以濯我纓；滄浪之水濁兮，可以濯我足。孔子曰：小子聽之，清斯濯纓，濁斯濯足矣，自取之也。

〔註157〕

文正公《和韓布殿丞》三首之三〈漁父〉詩云：

月色滿滄波，吾生樂事多。

何人獨醒者，試聽濯纓歌。〔註158〕

此作之詩意與前詩意境相同，用典切當，頗能表達文正公高潔的心志。又如〈野色〉詩，應用晉朝名臣山簡的典故，表達個人戍邊的心境，詩意深婉典雅。〈野色〉詩云：

非煙亦非霧，羃羃映樓臺，白鳥忽點破，夕陽還照開。

肯隨芳草歇，疑逐遠帆來。誰謂山公意，登高醉始回。〔註159〕

此詩《林下偶談》評為：

不下司馬池〈行色〉〔註160〕之作，梅聖俞所謂寫難狀之景，如在目前也。

〔註153〕同註87。

〔註154〕見《范文正公集》第二卷。

〔註155〕同註88。

〔註156〕見《范文正公集》第四卷，〈出守桐廬道中十絕〉。

〔註157〕見《孟子》〈離婁篇〉。

〔註158〕見《范文正公集》第三卷，〈和韓布殿丞三首〉〈漁父〉。

〔註159〕見《范文正公集》〈野色〉。

〔註160〕司馬池〈行色〉詩云：「冷於陂水淡於秋，遠陌初窮到渡頭。賴是丹青不能畫，畫成應遣一生愁。」

本詩當係寫於文正公鎮守邊關，防禦西夏之時，詩中的「山公」，即晉朝名臣山簡，曾爲征南將軍，當其與敵人對峙之時，爲安定軍心，鼓舞士氣，故意在野外張帳宴飲。文正公對抗西夏入寇，在敵軍窺伺之下，也曾登上煙霧迷濛的山上樓臺中，與幕僚部屬暢飲一番，尾聯「誰會山公意，登高醉始回」，暗示了身爲統帥的責任，也表明了具有克敵制勝的膽識與勇氣，因之邊上百姓歌謠說：「軍中有一范，西賊聞之驚破膽。」

（三）章法結構

所謂「章法結構」，係指作品的佈局安排而言，詩的章法結構，若能搭配得宜，首尾呼應，脈絡完整，自能豁人心目，增強詩歌的感人力量。

文正公的絕句短詩，語氣自然，層次分明，頗有劉、白韻致。例如，〈南園〉詩云：

> 西施臺下見名園，百草千花特地繁。
>
> 欲問吳王當日事，後來桃李若爲言。〔註161〕

〈登表海樓〉詩云：

> 一帶林巒秀復奇，每來憑檻即開眉。
>
> 好山深會詩人意，留得夕陽無限好。〔註162〕

〈越上聞子規〉詩云：

> 夜入翠煙啼，晝尋芳樹飛。
>
> 春山無限好，猶道不如歸。〔註163〕

文正公長篇之作，如〈和章岷從事鬥茶歌〉，結構縝密，有如常山蛇勢，宛轉回復，首尾相應。與〈和葛閎寺丞接花歌〉詩性質相同，都是清新感人的長篇歌行。〈和章岷從事鬥茶歌〉云：

> 年年春自東南來，建溪先暖冰微開。
>
> 溪邊奇茗冠天下，武夷仙人從古栽。
>
> 新雷昨夜發何處，家家嬉笑穿雲去，
>
> 露牙錯落一番榮，綴玉含珠散嘉樹。
>
> 終朝採掇未盈襜，唯求精粹不敢貪，
>
> 研膏焙乳有雅製，方中圭兮圓中蟾。

〔註161〕同註123，〈南園〉。
〔註162〕見《范文正公集》第四卷，〈登表海樓〉。
〔註163〕見《范文正公集》第三卷，〈越上聞子規〉。

北苑將期獻天子，林下雄豪先鬥美。

鼎磨雲外首山銅，瓶攜江上中冷水。

黃金碾畔綠塵飛，紫玉甌心雪濤起。

鬥余味兮輕醍醐，鬥余香兮薄蘭芷。

其間品第胡能欺，十目視而十手指，

勝若登仙不可攀，輸同降將無窮恥，

于嗟天產石上英，論功不愧堦前蓂，

眾人之濁我可清，千日之醉我可醒，

屈原試與招魂魄，劉伶卻得聞雷霆，

盧仝敢不歌，陸羽須作經，森然萬象中，焉知無茶星。

商山丈人休茹芝，首陽先生休采薇，

長安酒價減千萬，成都藥市無光輝。

不如仙山一啜好，泠然便欲乘風飛，

君莫慕花間女郎只鬥草，贏得珠璣滿斗歸。〔註164〕

文正公有律詩一百首，其起句如「開門見山，突兀崢嶸」，其頷聯，如梅堯臣所言：「欲似驪龍之珠，善抱而不脫也。」第三聯則轉折自然，誠如范梈所言：「轉處要變化，戒落魄」。第四聯結處，如梅堯臣喻結法所云：「如高山放石，一去不迴」，在緊要處收束全文，然餘韻嫋嫋，言有盡而意無窮也。如〈遊烏龍山寺〉詩云：

高嵐指天近，遠溜出山遲。萬事不到處，白雲無盡時。

異花啼鳥樂，靈草隱人知。信是棲真地，林僧半雪眉。〔註165〕

如〈過餘杭白塔寺〉詩云：

登臨江上寺，遷客特依依。遠水欲無際，孤舟曾未歸。

亂峯藏好處，幽鷺得閒飛。多少天真趣，遙心結翠微。〔註166〕

以上二詩清新脫俗，頗有王維詩之意境。其詠物詩，如〈依韻酬吳春卿二首〉詠鶴、松各一首，章法綿密，亦多有可觀。〈鶴〉詩云：

華亭孤立病時身，終日徘徊尚海濱，

露掌思高還警夜，芝田音斷欲傷春，

〔註164〕 見《范文正公集》第二卷，〈和章岷從事鬥茶歌〉。

〔註165〕 見《范文正公集》第三卷，〈遊烏龍山寺〉。

〔註166〕 見《范文正公集》第四卷，〈過餘杭白塔寺〉。

千年靈氣何求藥，八變奇姿已過人，

莫厭在陰猶寡和，九皋非晚見精神。〔註167〕

〈松〉詩云：

亭亭百尺棟梁身，寂寞雲根與澗濱，

寒冒雪霜寧是病，靜期風月不須春，

蕭蕭遠韻和於樂，密密清陰意在人，

高節直心時勿伐，千秋爲石迺知神。〔註168〕

（四）聲韻和諧

　　詩歌是音樂文學，是一幅用聲音寫成的圖畫，平仄的定式與選韻的確當，不僅能夠使得聲音悅耳動聽，而且能夠輔助情境畢現，達到聲與聲的諧和、聲與情的和諧，使詩歌到達了最優美的境界。周濟說：

東眞韻寬平，支先韻細膩，魚歌韻纏綿，蕭尤韻感慨，各有聲響，

莫草草亂用。〔註169〕

王易說：

韻與文情關係至切，平韻和暢，上去韻纏綿，入韻迫切，此四聲之

別也。東董寬洪，江講爽朗，支紙縝密，魚語幽咽，佳蟹開展，眞

軫凝重，元阮清新，蕭篠飄灑，歌哿端莊，麻馬放縱，庚梗振屬，

尤有盤旋，侵寢沈靜，覃感蕭瑟，屋沃突兀，覺藥活潑，質術急驟，

勿月跳脫，合盍頓落，此韻部之別也。〔註170〕

文正公二百九十二首詩中，用韻方面，以十一眞最多，計有三十二首。如〈詠史五首〉之一〈陶唐氏〉詩：

純衣黃冕曆星辰，白馬形車一百春。

莫道茅茨無復見，古今時有致堯人。〔註171〕

〈西溪見牡丹〉：

陽和不擇地，海角亦逢春。

憶得上林色，相看如故人。〔註172〕

〔註167〕見《范文正公集》，〈依韻酬吳春卿二首〉，〈鶴〉。

〔註168〕同註167，〈松〉。

〔註169〕見周濟《介存齋詩話》。

〔註170〕見王易《漢語史稿》。

〔註171〕見《范文正公集》第三卷，〈詠史五首〉，〈陶唐氏〉。

〈出守桐廬道中十絕〉：

　　　隴上帶經人，金門齒諫臣，

　　　雷霆日有犯，始可報君親。〔註173〕

以上都抽真韻，真韻寬平凝重的感受，加濃了詩歌的典雅凝重。

　　又正文公〈遊烏龍山寺〉、〈洞庭山〉、〈邵齋即事〉、〈登表海樓〉等詩，他都選用了四支韻，傳達了細膩縝密的詩境。〈洞庭山〉詩云：

　　　吳山無此秀，乘暇一遊之，萬頃湖光裡，千家橘熟時，

　　　平看月上早，遠覺鳥歸遲，近古誰真賞，白雲應得知。〔註174〕

〈泰伯廟〉、〈觀風樓〉、〈京口即事〉、〈和運使舍人觀潮〉、〈依韻和魏介之同遊玉仙壇〉等詩用八庚韻，有振厲的效果。〈泰伯廟〉詩云：

　　　至德本無名，宣尼一此評，能將天下讓，知有聖人生，

　　　南國奔方遠，西山道始亨，英靈豈不在，千古碧江橫。〔註175〕

觀察文正公詩歌用韻，所選之韻以典雅凝重的真韻最多，其次為振厲的庚韻、細膩縝密的支韻，可見他的人格特質，特別喜好典雅厚重，他的心思縝密，好與人為善，因此對於有激勵作用的庚韻也有所偏愛。

四、范仲淹詩的風格

　　宋代初年承五代擾攘的局面，詩道零落，詩人多係唐、五代的遺臣，所以都無法擺脫唐、五代的風氣，《寬夫詩話》說：「國朝初沿襲五代之餘，士大夫皆宗白樂天，王黃州主盟一時。」大抵自宋太祖建隆元年至仁宗天聖初，流行的是王黃州的白體詩。太宗雍熙以後，又有晚唐體的一派與白體並轡馳聘於其間，真宗以後，則有楊億、錢惟演、劉筠的西崑體盛行於世，《中山詩話》說：「楊大年、錢文僖、晏元獻、劉子儀為詩，皆宗尚李義山，號西崑體。」西崑詩體宗法義山，工於對偶求其嚴整，用事甚多，求其豐腴，喜用麗字求其富艷，喜好近體求其鏗鏘，然而過求嚴整而尚雕琢，用事多而難免堆砌，太講求格律，反而失去自然。《風月堂詩話》說：「西崑體句律太嚴，無自然態度。」劉後村〈跋刁通判詩卷〉說：「本朝詩，崑體過於雕琢，性情寖遠。」

〔註172〕見《范文正公集》〈西溪見牡丹〉。

〔註173〕同註56。

〔註174〕同註123。

〔註175〕同註123，〈泰伯廟〉。

　　文正公生當西崑詩體盛行之世，他大力批判西崑詩文的「靡靡增華，惽惽相濫，仰不主乎規諫，俯不主乎勸誡。」反對徒有華麗外表，缺乏教化功能的文學，主張文質並重，他說：「聖人之理天下也，文弊則救之以質，質弊則救之以文，質弊而不救，則晦而不彰，文弊而不救，則華而將落。」因此文正公的詩歌寫作，一反西崑體的浮艷，而歸於沖澹閒適。黃庭堅〈跋范文正公詩〉說：「范文正公在當時諸公間，第一人品也。故余每於人家見尺牘寸紙，未嘗不愛賞彌日，想見其人。所謂先天下之憂而憂，後天下之樂而樂，此文正公飲食起居之間，先行之而載於言者也。」文正公詩如其人，文以人傳，黃山谷愛賞其作品，又稱其書法「痛快沈著」（此四字後為《滄浪詩話》取作詩文二大風格之一）、「清勁有精神」，亦可見其風格之一斑。綜觀文正公詩之風格，有以下特色：

（一）沖澹閒適

　　詩歌之作，沖澹之味，如太羹玄酒；沖澹之境，如春風曙月。文正公的詩歌作品，抒情則有恬澹自然之妙，寫景則有閒適安逸之情，作品中景中寓情，情中有景，結語又復情景交融，言有盡而意無窮。如〈過餘杭白塔寺〉詩：

　　　　登臨江上寺，遷客特依依，遠來欲無際，孤舟曾未歸。

　　　　亂峯藏好處，幽鷺待閒飛，多少天真趣，遙心結翠微。〔註176〕

又如〈江城對月〉詩：

　　　　南國風波遠，東門冠蓋回。

　　　　多情是明月，相逐過江來。〔註177〕

〈登表海樓〉詩：

　　　　一帶林巒秀復奇，每來憑檻即開眉。

　　　　好山深會詩人意，留得夕陽無限時。〔註178〕

再如〈郡齋即事〉詩：

　　　　三出專城鬢如絲，齋中蕭灑勝禪師。

　　　　近疏歌酒緣多病，不負雲山賴有詩，

　　　　半雨黃花秋賞健，一江明月夜歸遲。

〔註176〕同註166。
〔註177〕見《范文正公集》第四卷，〈江城對月〉。
〔註178〕同註162。

世間榮辱何須道，塞上衰翁也自知。〔註179〕

〈送常熟錢尉〉詩云：

姑蘇臺下水如藍，天賜仙鄉奉旨甘。

梅淡柳黃春不淺，王孫歸思滿江南。〔註180〕

以上各詩皆曉暢明白，景中寓情，情中有景，充滿了詩情畫意，卻沒有雕鏤造作的痕跡，完全超脫了西崑浮艷的唯美詩風。在創作上把詩歌導引向質樸淡雅的途徑。

林和靖詩「澄澹高遠」，文正公與和靖有詩歌往來，也頗能傳達其沖澹高遠的意境。〈寄西湖林處士〉詩云：

蕭索遠家雲，清歌獨隱淪，巢由不願仕，堯舜豈遺人。

一水無涯靜，羣峯滿眼春，何當伴閑逸，嘗酒過諸鄰。〔註181〕

（二）痛快沈著

文正公一生立朝剛正，風骨凜然，表現在詩作上，自有其雄渾磅礴的氣勢，有「痛快沈著」的風格。如〈和運使舍人觀潮〉詩二首：

何處潮偏盛，錢塘無與儔，誰能問天意，獨此見濤頭。

海浦吞來盡，江城打欲浮，勢雄驅島嶼，聲怒戰貔貅。

萬疊雲才起，千尋練不收。長風方破浪，一氣自橫秋。

高岸驚先裂，羣源怯倒流，騰凌大鯤化，浩蕩六鼇遊，

北客觀猶懼，吳兒弄弗憂，子胥忠義者，無覆巨川舟。〔註182〕

又

把酒問東溟，潮從何代生，寧非天吐納，長途月虧盈。

暴怒中秋勢，雄豪半夜擊。堂堂雲陣合，屹屹雪山行。

海面雷霆聚，江心瀑布橫。巨防連地震，羣檣望風迎。

踊若蛟龍鬥，奔如雨雹驚。來如千古信，迴見百川平。

破浪功難敵，驅山力可并。伍胥神不泯，憑此發威名。〔註183〕

錢塘江，海天遼闊，風濤萬頃；錢塘潮，驚濤駭浪，洶湧澎湃。文正公這兩首〈觀潮〉詩，剛正之氣貫穿其間，氣勢磅礴，深具陽剛雄壯之美。「勢雄驅

〔註179〕見《范文正公集》第四卷。

〔註180〕見《范文正公集》第三卷。

〔註181〕見《范文正公集》第三卷，〈寄西湖林處士〉。

〔註182〕同註114。

〔註183〕同註144。

島嶼，聲怒戰貔貅」澎湃之聲如在耳際，「萬疊雲才起，千尋練不收」雄壯之景如在眼前，「海面雷霆聚，江心瀑布橫」寫得有聲有色，讀其詩，彷如身入其境，在觀潮之中聽其雷霆貫耳之聲，見其波濤壯闊之景。兩首詩均以波濤之神伍子胥作爲結語，既讚歎伍相威靈顯赫，並希望以他的忠義庇佑子民。

　　文正公又作有〈伍相廟〉詩一首，推崇伍子胥的爲忠爲孝，具有置死生於度外的氣魄。詩云：

　　　胥也應無憾，至哉忠孝門，生能酬楚怨，死可報吳恩。

　　　直氣海濤在，片心江月存，悠悠當日者，千載祇懣魂。〔註184〕

此詩氣勢雄渾，「直氣海濤在，片心江月存」，凜然的正氣貫注於字裡行間。周景王二十三年（西元前五二二年）伍子胥父奢，兄尚爲楚平王所殺，子胥爲報父仇，入吳得到吳王闔閭的信任，助吳國整軍經武，終於在周敬王十四年（西元前五〇六年）伐楚，攻入郢都。其後夫差繼位，不聽子胥諫言而許楚國議和，並在周敬王三十五年（西元前四八五年）賜死子胥，用皮袋盛了屍體投入錢塘江中，任他隨水漂流，吳人憐憫之，打撈遺體埋在吳山（今爲胥山），爲之立祠建廟，據說他死後化爲波濤之神，常常激起錢塘怒潮。文正公此十個字，最足以描繪伍子胥的千秋凜然正氣。他又有〈瀑布〉詩二首，表達其爲正義、公理直道而行的精神。〈廬山瀑布〉詩云：

　　　靈源何太高，北斗想可挹，凌日五光直，逗雲千仞急。

　　　白虹下澗飲，寒劍倚天立，闊電不得瞬，長雷無敢蟄，

　　　萬丈巖崖坼，一道林巒濕，險逼飛鳥墜，冷束山鬼泣，

　　　須當截海去，獨流不相入。〔註185〕

又〈瀑布〉詩云：

　　　迥與眾流異，發源高更孤，下山猶直在，到海得清無，

　　　勢鬥蛟龍惡，聲吹雨雹麤，晚來雲一色，詩句自成圖。〔註186〕

文正公憂國憂民，不與俗流爲伍，誓與惡勢力搏鬥，借〈瀑布〉詩，傳達其爲天下蒼生勇敢奮鬥，敢於建言，勇於任事，忠而不隱的精神，「須當截海去，猶流不相入」、「發源高更孤，下山猶直在」正是他忠心報國，剛正不阿、直道而行的寫照。

〔註184〕同註73。
〔註185〕見《范文正公集》第二卷，〈廬山瀑布〉。
〔註186〕同註76。

（三）溫馨莊穆

文正公一生公忠體國，仁民愛物，表現在詩歌作品上，都是仁者之心的溫馨莊穆。如〈依韻和蘇之翰對雪〉詩：

> 江干往往臘不雪，今喜紛紛才孟冬，
>
> 迺知王澤寖及遠，益明天意先在農。
>
> 有年預可慰四海，大瑞且當聞九重，
>
> 況此湖山滿清思，與君交唱若爲慵。〔註187〕

又如〈赴桐廬郡淮上遇風〉詩：

> 一棹危於葉，傍觀亦損神。
>
> 他時在平地，無忽險中人。〔註188〕

〈對雪〉詩充分表現了因久旱無雨的憂民之誠，一旦瑞雪紛飛，就欣喜若狂，〈遇風〉詩，對於舟中人寄以深切的同情，仁者之心，躍然紙上。又如〈清風謠〉則祈禱清風「願此陽春時，勿使飄暴生，千靈無結慍，萬卉不摧榮。」凡此皆可看到文正公詩風之溫馨莊穆，具有仁者悲天憫人之胸懷。

第四節　范仲淹的詞

一、范仲淹傳世的詞作

文正公雖有詞作，但不甚愛惜，以致散佚頗多。朱孝臧《彊存叢書》輯有《范文正詩餘》一卷，錄有詞六闋，其中〈憶王孫〉，據唐圭璋考定係李重元詞，實存〈蘇幕遮〉、〈漁家傲〉、〈御街行〉、〈剔銀燈〉、〈定風波〉五首，均收入今本《全宋詞》中。

二、范仲淹詞的風格

詞是一種音樂文學，它所表現的風格，一如詩歌一般，有陽剛之美者，也有陰柔之美者，詩的風格有「雄壯」與「秀麗」，詞則有「豪放」與「婉約」。文正公所流傳的詞雖然不多，僅有寥寥五首而已，但每一闋詞都是珠玉精品，其詞風，在溫婉中，帶有豪宕之氣。如〈漁家傲〉抒寫邊塞風光，氣概宏偉，

〔註187〕見《范文正公集》第四卷，〈依韻和蘇之翰對雪〉。

〔註188〕同註91。

在溫婉中蘊含悲壯蒼涼之氣，上接李白〈憶秦娥〉的雄偉，下開蘇、辛詞派豪放詞的先聲。如〈蘇幕遮〉婉約偉麗，抒寫旅人的幽思，離情別緒，纏綿動人。如〈御街行〉寫懷人之情，由景入情，終至情景交融，「酒未到，先成淚」，即使鐵石心腸，也為之感動涕零。如〈剔銀燈〉、〈定風波〉，或借酒澆愁，抒發詼諧語氣；或借春暮尋桃源仙境，風格平淡自然，耐人尋味，每一首詞都有不同的藝術境界。

三、范仲淹詞的體裁

詞，因調有定格，字有定數，每個詞牌的調格字數各自不同，乃有種種體裁的區別。就字數多寡而言，可分小令、中調與長調。小令係指全詞字數在五十八字以內者；中調又稱「引」、「近」，指字數在五十九字至九十字者；長調一名「慢詞」，指字數在九十一字以上者。宋翔鳳《樂府餘論》說：「詞之分小令、中調、長調者，以當筵伶伎依字之多寡，分調之長短，以應時刻之久暫，如今京師演劇分大齣、中齣、小齣相似。」又說：「不曰令、曰引、曰近、曰慢，而曰小令、中調、長調者，取流俗易解，又能包括眾題也。」

文正公所作的五闋詞，都屬於中調。〈漁家傲〉一調始自晏殊，因其詞有「神仙一曲漁家傲」句，遂取以為名。《東軒筆錄》說：「范希文守邊日，作〈漁家傲〉數首，皆以『塞上秋來風景異』為首句，述邊鎮之苦，歐陽公常呼窮塞主之詞。」此調六十二字，分兩疊，前、後片句法同。〈蘇幕遮〉同樣為六十二字，分兩疊，前、後片句法同，《新唐書》說：「北方坊邑，相率為渾脫隊，駿馬胡服，名曰蘇莫遮。」可見其本為胡樂，唐時傳入中國，遂為胡曲之一。〈御街行〉本調又名〈孤雁兒〉，御街之名，始於宋代，指京都之御街，北宋指汴都自宣德樓一直南去，約闊二百餘步，兩邊之御廊。此調七十八字，分二疊，前、後片句法平仄相同。〈剔銀燈〉此調七十八字，分二疊，前、後片句法平仄相同。〈定風波〉彊村叢書本《范文正公詩餘》〈補遺〉注云：「按此闋即〈漁家傲〉。敬齋亦云：與〈漁家傲〉相同。」因此彊村本上半闋「浦映花」後，「花映浦」前補一空格，則為六十二字，分兩疊，後片句法平仄相同。

四、范仲淹詞的用韻

文正公傳世的五闋詞均用仄聲韻。〈漁家傲〉全首連句押第三部仄韻：異、

意、起、裡、閉、里、計、地、寐、淚。〈蘇幕遮〉同樣押第三部仄韻：地、翠、水、外、思、睡、倚、淚。〈御街行〉也是押第三部韻：砌、碎、地、里、醉、淚、味、避。〈剔銀燈〉也一樣用第三部韻：志、備、地、思、醉、歲、悴、繫、金、避。〈定風波〉用第四部仄韻：暮、去、浦、路、豫、數、舞、緒。

五、范仲淹詞的結構

詞的結構，和詩文一樣，式樣甚多，實無定法，亦無定格，就常見而言，則有虛實法，凡目法。所謂虛者，指的是「無」，是「抽象」的；所謂實者，指的是「有」，是「具象」的。在詞章上，又可分為三類：一是指情、景而言，抒情是「虛」，寫景是「實」；二就空間而言，凡眼前所見的是「實」，透過想像是「虛」；三就時間而言，凡抒情、寫景、敘事，只限於過去或當前的是「實」，透過想像伸向未來的是「虛」。所謂「凡」者是指「總括」而言，「目」即是「條分」。

文正公傳世的五闋詞，它的結構都採用了上半寫景，下半抒情，一景一情，兩層疊敘。

〈漁家傲〉上半寫邊塞風光與內地不同，文正公用「長煙落日」寫塞外風景的壯闊，「孤城閉」寫當時形勢的緊張，上半闋實寫邊塞的蕭瑟景色，下半寫情，「濁酒一杯家萬里」、「一杯」與「萬里」成了強烈對比，最後則引出了「將軍白髮征夫淚」的悲壯蒼涼，此詞一實一虛，前後糅襯，刻畫得非常逼真。就結構而言，即是「先實後虛法」。

〈蘇幕遮〉抒寫羈旅愁思的感情，上半實寫秋景，下半虛寫思鄉之情，就結構而言，是「先實後虛法」，就章法而言，上半闋講求空間秩序的經營，由近而遠，一一鋪陳，予人以強烈的感受，是「遠近法」。其上半闋如左：

> 碧雲天，黃葉地（最近），秋色連波，波上寒煙翠（次近）。山映斜
> 陽天接水（次遠）。芳草無情，更在斜陽外（最遠）。

就修辭而言，則採用了「頂真」的手法，一環一環將所見的秋月寂寥景色，由近而遠，一一抒寫，寫天連水，水連天，山連芳草；天帶碧雲，水帶寒煙，山帶斜陽，引人進入詩情畫境，誠如唐圭璋所言：「自上及下，自近及遠，純是一片空靈境界，即畫亦難到。」

　　下半闋就結構而言，是「先目後凡式」：「黯鄉魂（目一），追旅思（目二），夜夜除非，好夢留人睡（目三），明月樓高休獨倚（目四），酒入愁腸（目五），化作相思淚（凡）」。

　　〈御街行〉是一首秋日懷人的作品，上半寫秋夜冷寂的景象，寂靜到連落葉聲都聲聲入耳，景象由近及遠，先是落葉飄香砌及玉樓空寂的近景，再到天上明月的遠景，下半寫情，化一切愁苦為相思之淚。就結構而言，上半闋「紛紛墜葉飄砌，夜寂靜，寒聲碎。真珠簾捲玉樓空，天淡銀河垂地」是實寫眼前之景，「年年今夜，月華如練，長是人千里」是虛寫「今夜」如此，「年年」如此，透過想像伸向未來，倍覺淒苦，乃引出下半闋「孤眠滋味」的種種愁苦之情，是實寫當前之景，可說是「雙實夾虛式」。

　　〈剔銀燈〉上半實寫展讀《三國志》的感想，下半感歎人生的短暫，是一首「先實後虛」，兼具「反諷」性質的作品。〈定風波〉上半實寫遊百花洲眼前所看的花光濃爛之景，下半即景抒情，也是一首「先實後虛式」的作品。以下分別論述並作分析。

（一）漁家傲

　　塞下秋來風景異，衡陽雁去無留意。

　　四面邊聲連角起，千嶂裡、長煙落日孤城閉。

　　濁酒一杯家萬里，燕然未勒歸無計。

　　羌管悠悠霜滿地，人不寐、將軍白髮征夫淚。〔註189〕

〈漁家傲〉一詞，悲壯蒼涼，是作者在仁宗康定元年（西元一○四○年）八月，任陝西經略安撫副使兼知延州（今陝西中部），治理邊疆，防禦西夏入寇時所作，「將軍白髮征夫淚」萬古悲涼，自來論詞者咸以為此詞一變低沈婉轉之調，而為慷慨雄放之聲，遂開蘇、辛豪放詞派的先河。

　　上半闋著重寫景，起句「塞下秋來風景異」，即見不凡，「塞下」二字點出了戍守邊關的延州，乃是防止西夏入侵的重鎮。「秋來」點明了季節，「風景異」寫出了邊疆與內地不同的風光。文正公是南方蘇州人，對邊塞的季節變化，特別敏感，著上一個「異」字，含有訝異，不同之情，神情鮮明逼真，豁人心目。宋人魏泰《東軒筆錄》說，仲淹守邊時，作〈漁家傲〉歌數闋，皆以「塞下秋來」為首句，惜傳至今日只此一首。

〔註189〕見《范文正集補編》卷一，〈詩餘〉。

　　「衡陽雁去無留意」用眼前之景，敘北雁南飛，已是秋涼季節，古代傳說雁南飛至衡陽即止。因此王勃〈滕王閣序〉有「雁陣驚寒，聲斷衡陽之浦」的名句。「無留意」三字，筆力遒勁，抒寫寒風蕭瑟，雁兒驚寒，振翅南飛，毫無眷戀之情，而戍守之人，卻有家歸不得，眼前所見的是「雁去」，耳邊所聽的即下句的「四面邊聲連角起」，此聲是戰地的號角聲，也是異地的「邊聲」。李陵〈答蘇武書〉所云：

　　　涼秋九月，塞外草衰，夜不能寐，側耳遠聽，

　　　胡笳互動，牧馬悲鳴，吟嘯成羣，邊聲四起。〔註190〕

邊聲淒淒，秋風蕭瑟，環顧四周，在層層的山嶺環抱之中，所看到的是「長煙」、「落日」、「孤城閉」的景象。「長煙落日」寫出塞外風景的壯闊，「孤城閉」三字透露出當時的軍事形勢。當時陝西形勢危殆萬分，朝廷又分攻、守二派，文正公主張穩紮穩打，認爲與其深入作戰，不如加強邊城防禦，且守且訓，以戰養戰，以逸待勞，從事持久戰，以拖垮敵人的境內經濟。戰爭初期，文正公的深謀遠慮未得採納，以致有好水川之敗，任福、任懷亮父子戰死陣中，全軍覆沒。其後乃採用文正公防守之策，建砦屯田，練兵積穀，培養戰力，敵來則與之戰，敵退亦不深追，如此積小勝爲大勝，西夏將士互相警戒說：「今小范（仲淹）老子腹中有數萬甲兵，不比大范（雍）老子可欺（范雍爲趙元昊所欺，劉平、石元孫戰死）也。」文正公經略西塞三年，終於把西夏弄得計窮力窘，疲憊不振，百姓爲之歌謠說：「軍中有一范，西賊聞之驚破膽」，夏主趙元昊終於去其帝號，上表請和。可知「孤城閉」三字筆力千鈞，表現了當時敵我的形勢，爲下半闋的抒情作了伏筆。唐圭璋說：「此首，公守邊日作。起敘塞下秋景之異，雁去而人不得去，語已悽然。『四面』三句，實寫塞下景象，蒼茫無際，令人百感交集。千嶂落日，孤城自閉，其氣魄之大，正與『風吹草低見牛羊』同妙。加之邊聲四起，征人聞之，愈難爲懷。換頭抒情，深歎征戰無功，有家難歸。『羌管』一句，點出入夜景色，霜華滿地，嚴寒透骨，此時情況，較黃昏日落之時，尤爲淒悲。末句，直道將軍與三軍之愁苦，大筆凝重而沈痛。（唐宋詞簡釋）」

　　此詞上半闋寫景，下半闋寫情，是標準的「前實後虛式」的結構。「濁酒一杯家萬里，燕然未勒歸無計」，詞人見景傷情，雁南飛，人不能南回，只有借酒澆愁，然而「一杯」酒，消不了「萬里」鄉愁，「一杯」與「萬里」成了

〔註190〕見李陵《答蘇武書》。

強烈的對比，隨後立即道出有家歸不得的原因，乃是「燕然未勒」，當年竇憲北伐匈奴，登燕然山（即蒙古境內杭愛山），勒石紀功而返，如今對西夏戰事，尚未獲得勝利，又如何有「歸計」呢？此時思鄉愛國的情懷縈繞心中，耳中所聽到的，又是淒淒切切，抑揚哀怨的羌笛聲，眼前所看到的是大地鋪滿了白白的秋霜，使得先憂後樂的文正公愁思難寐，「人未寐」三個字點出了征人的憂思，自己身爲鎮邊主帥，身繫守土重責，國難鄉愁交織於胸中，令人髮爲之白，涕泗爲之縱橫，因而興起了「將軍白髮征夫淚」的感歎。此詞蒼茫萬古，《遠志齋詞衷》說：

> 將軍白髮征夫淚，亦復蒼涼悲壯，慷慨生哀。〔註191〕

譚獻〈譚評詞辨〉說：

> 沈雄似張巡五言。

以上二家之評，堪稱確當。文正公此作蒼涼沈鬱，可稱爲不朽的名作。

（二）蘇幕遮

> 碧雲天，黃葉地，秋色連波，波上寒煙翠。
>
> 山映斜陽天接水，芳草無情，更在斜陽外。
>
> 黯鄉魂，追旅思，夜夜除非，好夢留人睡。
>
> 明月樓高休獨倚，酒入愁腸，化作相思淚。〔註192〕

文正公此詞抒寫羈旅愁思之情。「碧雲天，黃葉地」爲家喻戶曉的名句。當時鎮守邊疆，有感於國家民族之危亡，眼見深秋蒼茫之景色，不禁興起離鄉之愁，去國之憂，通篇通過秋景之描繪，寫出相思之離愁。

本詞上半寫秋景，時屆深秋，作者用穠麗的色彩，描繪碧藍的青天，金黃的大地，整個天地籠罩在濃濃的秋意之中，整片秋色一直向遠方伸展，連接著天地盡頭的淼淼江水，江波上罩著一層翠色的寒波，起句用了「碧」、「黃」、「翠」三種色彩，極富詩情畫意。王實甫《西廂記》〈長亭送別〉一折改寫爲「碧雲天，黃花地」，同樣富有詩意和畫境之美。

「山映斜陽天接水」，時近黃昏，夕陽映照遠處的山峯，水連天，天連水，一抹斜陽把整個天際薰染得更爲動人。「芳草無情，更在斜陽外」描繪芳草淒淒，無盡的延伸，一直隱沒到斜陽所映照不到的天邊。

〔註191〕見鄒祇謨《遠志齋詞衷》。
〔註192〕同註189。

　　上半闋景色遼闊濃麗，由上而下，由近及遠，層層推進，有碧藍的雲彩，黃金的落葉，瀲灩的江波，翠色的寒煙，紅色的夕陽，以及無盡的秋草，色彩鮮活，構成一幅美麗壯闊的秋景圖畫。這種講求空間秩序的經營方式，就章法而言，稱為「遠近法」。唐圭璋說：

> 上片，寫天連水，水連山，山連芳草；天帶碧雲，水帶寒煙，山帶斜陽。自上及下，自近及遠，純是一片空靈境界，即畫亦難到。

〔註193〕

　　下半闋「黯鄉魂，追旅思」，鄉愁、旅思，上下對舉，鄉愁濃烈，黯然銷魂，羈旅憂思，父相纏繞，重疊相續，一波已去，一波又來，自始至終排遣不去，也無從擺脫。

　　「夜夜除非，好夢留人睡」，用假設語氣，除非有團圓美夢，表明正是沒有「好夢」，以致長夜漫漫，不能入睡。既不能入眠，只好獨倚在明月照射的高樓下，奈何遣愁愁更愁，不由自主的發出了「休獨倚」的喟歎。夜既不能寐，愁又不能已，只有舉杯澆愁，無奈的是舉杯消愁愁更愁，酒入愁腸，都化成了相思的眼淚。下半闋就結構而言是「先目後凡式」，可說是「歸納法」。「黯鄉魂（目一），追旅思（目二），夜夜除非，好夢留人睡（目三），明月樓高休獨倚（目四），酒入愁腸（目五），化作相思淚（凡）」。

　　這首詞上半寫景，下半抒情，由白天，描繪至黃昏夕照，再由斜陽寫到明月高照，朝朝暮暮都是相思之情，上半秋景壯闊，用色艷麗，下半愁思沈鬱，情不能止，化一切愁苦成為相思的眼淚。〈金粟詞話〉說：

> 范希文〈蘇幕遮〉一調，前段多入麗語，後段純寫柔情，遂成絕唱。

〔註194〕

《詞綜偶評》說：

> 「酒入愁腸」二句，鐵石心腸人亦作銷魂語。〔註195〕

唐圭璋《唐宋詞簡釋》說：

> 下片，觸景生情。「黯鄉魂」四句，寫在外淹滯之久與鄉思之深。「明月」一句陡提，「酒入」兩句拍合。「樓高」點明上片之景為樓上所見。酒入腸化淚亦新。譚復堂評此首為「大筆振迅」之作。予謂此

〔註193〕見唐圭璋《唐宋詞簡釋》。
〔註194〕見彭孫遹〈金粟詞話〉。
〔註195〕見許昂霄《詞綜偶評》。

及〈御街行〉、〈漁家傲〉諸作皆然也。又此首曰：「化作相思淚」；〈御
街行〉曰：「酒未到，先成淚」；〈漁家傲〉曰：「將軍白髮征夫淚」，
三首皆有「淚」，亦足見公之眞情流露也。〔註196〕

（三）御街行

紛紛墜葉飄香砌，夜寂靜、寒聲碎。

眞珠簾捲玉樓空，天淡銀河垂地。

年年今夜，月華如練，長是人千里。

愁腸已斷無由醉，酒未到，先成淚。

殘鐙明滅枕頭敧，諳盡孤眠滋味。

都來此事，眉頭心上，無計相迴避。〔註197〕

本闋是一首秋日懷人之作，上半寫秋夜冷寂的景象，「紛紛墜葉飄香砌」表明
作者獨居在外，夜深人靜，落葉紛紛飄墜在殘花飄香的石階上，秋夜淒冷，「寒
聲碎」三字極爲傳神，落葉聲入耳分明，客觀上是秋聲之寒，主觀上是感情
之寒，著一個「碎」字，物境與心境合而爲一，令人心碎，象徵一位孤寒之
人（文正公二歲而孤，自稱「孤寒之人」），羈旅在外的落寞之情。

由聽覺轉入視覺的是空寂的玉樓，天上的明月。詞人高捲珠簾，環視天
宇，引出以下「天淡銀河垂地」六字，頗有杜甫「星垂平野闊」的氣勢。呈
現出天宇遼闊，星光燦爛，銀河直垂大地的磅礴氣象。然而「年年今夜，月
華如練，長是人千里」，又道出詞人「今夜」如此，「年年」如此，千里共明
月，年復一年，相思之苦，淒楚至極，乃引出下半闋孤眼愁思的情懷。

下半闋，由景入情，作者想借酒澆愁，可見柔腸已斷，縱有美酒也無由
入口。「愁腸已斷，酒未到，先成淚」，比之上一首「酒入愁腸化作相思淚」，
更深一層；酒尚未到，卻已經淚流滿面，寫得十分沈痛。

室外明月如畫，室內殘燈明滅，一明一暗，兩相對照，淒寒之情，躍然
紙上。枕頭斜敧，獨對孤燈，較之曹丕《雜詩》：「輾轉不能寐，披衣起徬徨」，
更見眞確，寫出了作者的愁思難寐，輾轉反側。「諳盡孤眠滋味」十分入情，
較之「人不寐」三字更爲含蓄，更富有感人的力量。

「都來此事，眉頭心上，無計相迴避」，懷舊相思之情是無法迴避的，不
是在心頭上縈繞，就是在眉頭上攢蹙，在內是愁腸已斷，心緒淒苦，在外是

〔註196〕同註193。
〔註197〕同註189。

眉峯碧聚，愁思滿面，纏綿悱惻。李清照〈一剪梅〉：「此情無計可消除，才下眉頭，又上心頭」，即是由此脫化而來。

〈草堂詩餘稿〉說：

> 月光如畫，淚深於酒，情景兩到。〔註198〕

楊慎《詞品》，因之稱文正公〈御街行〉極有「情致」，此言洵然。

（四）剔銀燈

> 昨夜因看蜀志，笑曹操、孫權、劉備。
>
> 用盡機關、徒勞心力，只有三分天地。
>
> 屈指細尋思，爭如共、劉伶一醉？
>
> 人世都無百歲，少癡騃、老成尪悴。
>
> 只有中間、些子少年，忍把浮名牽繫？
>
> 一品與千金，問白髮、如何迴避？〔註199〕

這一闋詩是文正公與歐陽修在酒席上，分題助興而作。他一生志在匡時濟世，凡為文章必本之仁義，充滿積極奮鬥，鞠躬盡瘁的精神，但這一闋詞卻是惟一詼諧、無奈、兼具反諷的作品。龔明之說：

> 范文正與歐陽文忠公席上分題，作〈剔銀燈〉，皆勸世之意。〔註200〕

原來文正公一心效忠朝廷，體恤蒼生百姓，一生危言危行，就是希望做到「致君於無過，致百姓於無怨」的地步，所以居廟堂之高則憂其民，處江湖之遠，則憂其君。慶曆三年，主持新政，秉持著「公罪不可無，私罪不可有」的態度，銳意革新政治，奈何北宋朝政因循日久，積重難返，他所主張的裁抑僥倖，均公田，尤其受到既得利益的官僚所反對，加上門人石介作〈慶曆慶德詩〉：「眾賢之進，如茅斯拔，大奸之去，如距斯脫。」直指夏竦為大奸，於是夏竦聯合反對者日進讒言，指文正公、韓琦、富弼、歐陽修等人為朋黨，終於使得文正公與韓琦等人紛紛求去，此詞當寫於此時，各地反對浪潮洶湧，直撲京師而來，仁宗皇帝也失去了信心，正是「憂讒畏譏，滿目蕭然，感極而悲」的時候，發而為詩歌，只有借重歷史的記錄，澆自己胸中的塊壘，一如《紅樓夢》開卷詩所云：「滿紙荒唐言，一把辛酸淚，都云作者癡，誰解其中味」。

〔註198〕見李子鱗〈草堂詩餘稿〉。
〔註199〕同註189。
〔註200〕見龔明之《中吳紀聞》卷五。

　　本詞上半闋直抒展讀《三國志》的感想，不禁笑起曹操、孫權、劉備等人用盡心機權謀，只是枉費心力，弄個三分鼎立的局面，對天下蒼生並無助益，如果眞個如此，不如效法西晉的狂士劉伶，博得狂飲大醉，對黑暗政治做無言的抗議。

　　下半闋感慨人生短暫，一如白居易〈狂歌詞〉所云：「五十已後衰，二十已前癡，晝夜又分半，其間幾何時，生前不歡樂，死後有餘貲，焉用黃壚下，珠衾玉匣爲？」文正公則說人生不滿百，少年時癡騃不懂事，老年時又是衰老無爲，只有中間的青壯之年，卻被功名所牽絆，即使做到一品大官，累積了千金財富，也敵不過歲月的摧殘，白髮的來到。全首上下，一氣呵成，感歎時光的匆促，任何人也無法迴避生老病死的自然定律，信手寫來頗見英雄的無奈，壯志未酬的悲傷。

（五）定風波

　　　羅綺滿城春欲暮，百花洲上尋芳去。

　　　浦映花花映浦。無盡處，恍然身入桃源路。

　　　莫怪山翁聊逸豫，功名得喪歸時數。

　　　鶯解新聲蝶解舞，天賦與，爭教我輩無歡緒。〔註201〕

疆村叢書本《范文正公詩餘》〈補遺〉注云：「按此調即漁家傲。敬齋亦云：與漁家傲相同。」疆村本上半闋「浦映花」後，「花映浦」前，補一空格。

　　本詞係作者於慶曆新政失敗之後，謫貶鄭州時所做，上半闋寫景敘事，「羅綺滿城春欲暮」寫暮春時節，滿城紅男綠女盛裝出遊，「先憂後樂」的文正公，強抑政壇上的不如意，熙熙然與民同樂，「百花洲上尋芳去」，眼前所見的是一片花光濃爛，洲渚水邊，浦映花，花映浦，彷彿到了陶淵明所描繪的桃花仙境，有一種經歷過宦海波濤浮沈，陶然忘機的恬適之樂。

　　下半闋即景抒情，描寫我這個山野老翁，有此閒情逸興，尋訪芳蹤，乃是我把功名得失，以及人世間的一切成敗看成自有定數，所以說：「莫怪山翁聊逸豫，功名得喪歸時數」。此時耳邊所聽到的是黃鶯放歌啓新聲，眼中所見的是蝴蝶翩翩而飛舞，它們在人世間的大花園裡，載歌載舞，這是上天所賦與的權利，「不以物喜，不以己悲」的我，又怎能陷入英雄失路的悲傷情緒呢？「鶯解新聲蝶解舞」，一個「解」字透露無限的「生機」，連接下句「爭教我

〔註201〕同註189。

輩無歡緒」，正是所謂高層次的矛盾統一，抒情如此巧妙，不愧爲詞家的大手
筆。

六、范仲淹詞的修辭

一篇動人的詩詞，必須要有豐富的情思和修辭的技巧，《禮記》〈表記篇〉
說：「情欲信，辭欲巧。」文正公詞的修辭，善於摹寫與夸飾。

（一）善於摹寫

對於事物的各種感受，加以形容描述，稱爲「摹寫」，又稱「摹狀」，摹
寫的對象不僅視覺印象，也包括聽覺、嗅覺、味覺、觸覺等等的感受。

文正公所流傳的這五闋詞，它所摹寫的意境，頗富聲色之美。

1. 視覺美

〈蘇幕遮〉上半闋，用穠麗的色彩，描繪秋天的景色。有碧藍的雲彩，
黃金的落葉，瀲灔的江波，翠色的寒煙，紅色的夕陽，以及無盡的秋草，構
成一幅美麗壯闊的秋景圖畫。

〈定風波〉上半寫景敘事：「羅綺滿城春欲暮，百花洲上尋芳去。浦映花、
花映浦，無盡處，恍然身入桃源路。」寫暮春時節，紅男綠女出遊百花洲，
一片花光濃爛，洲渚水邊，浦映花，花映浦，構成了一幅桃花源的仙境，極
富視覺之美。

2. 聽覺美

〈漁家傲〉上半「四面邊聲連角起」，下半「羌管悠悠霜滿地」，耳邊所
聽到的是戰地的號角聲以及淒切哀怨的羌笛聲，這些都是異地的「邊聲」，有
一種邊城戰地的淒美。

〈御街行〉起句：「紛紛墜葉飄香砌，夜寂靜，寒聲碎」，描繪夜深人靜
的落葉聲，入耳分明，「寒聲碎」三字極爲傳神，客觀上是秋寒的聲音，主觀
上是詞人心境的寒冷，物境與心境合而爲一，令流落他鄉的遊子爲之心碎。

3. 視聽皆美

文正公詞摹寫情景，頗能掌握視覺與聽覺兩者，使其臻於聲色、視聽皆
美的境界。如〈御街行〉先寫聲，再寫景，由聽覺的「落葉聲」、「寒聲碎」
轉入視覺的空寂玉樓，天上明月，高捲珠簾，進而仰視天際「天淡銀河垂地」，

呈現了天宇遼闊、星光燦爛、銀河垂地的磅礴，極富聲色之美，既有聽覺的境界，也有視覺的效果。

（二）長於夸飾

　　詩文中誇張舖飾，超越了客觀事實，稱為「夸飾」，它的效果可以滿足讀者的好奇心理，主觀的因素則是作者能「出語驚人」。

　　李白〈秋浦歌〉有「白髮三千丈」的名句，即是長度的夸飾。《古詩十九首》有「西北有高樓，上與浮雲齊」，是空間上的夸飾。文正公〈御街行〉：「愁腸已斷無由醉，酒未到，先成淚」則是時間上的夸飾。李子鱗《草堂詩餘稿》說此詞：「月光如畫，淚深於酒，情景兩到」。〈漁家傲〉：「四面邊聲」、「千嶂裡」，「四面」與「千嶂」是數量的夸飾。

　　除以上「摹寫」、「夸飾」之外，〈蘇幕遮〉：「秋色連波，波上寒煙翠」，用的是「頂眞」的手法。〈剔銀燈〉下半：「一品與千金，問白髮，如何迴避？」用的是「設問」的修辭。

七、范仲淹詞的貢獻

　　文正公是北宋的一流人物，他的作品也是第一流的，雖然詞作只有寥寥五首，卻是字字珠玉，每一首都是傑作。他的作品置之宋詞諸大家之中毫無遜色，他的恩人晏殊，在詞作方面擺脫了花間集的濃艷浮華，把詞寫得清新流麗，而文正公又突破了晏殊的風格，擴大了詞的境界，既能作壯語，又能作綺語，既能豪放，又能婉約幽默，宋詞諸多流派的軌跡，都可以從此看出端倪，由此可知，文正公對宋詞所做的貢獻。

第五節　范仲淹的辭賦

　　宋代為文章的全盛時代，自歐陽修、蘇東坡之後，以散文的方法作賦，專門抒情說理而不拘泥於字句、格律，是為賦的散文化，稱為「文賦」。如歐陽修的〈秋聲賦〉，蘇東坡的〈赤壁賦〉等皆為典型的文賦。李調元《賦話》卷二比較唐宋試賦之特質與短長說：「宋人所尚者，清便流轉好用現成語，乏鍛鍊刻琢之功，欲語雷同，畦町不化，所以不逮唐人也。」〔註202〕又說：「制

〔註202〕見李調元《賦話》卷二。

誥表啓，咸以四六爲之，清便流轉，直達己見，更以古藻錯綜其間，便是作家。律賦雅近於四六，而麗則之旨，不可不知。則而不麗，仍無取也。宋人四六，上掩前哲，賦學則不逮唐人，良由清切有餘，而藻績不足耳。宋歐陽修〈畏天者保其國賦〉，雖前人推許，然終是制誥體，未敢爲法〔註203〕。」日本鈴木虎雄《賦史大要》說：「宋歐、蘇未出前，猶帶唐風。田錫、文彥博、范仲淹之作是也。」〔註204〕

一、范仲淹的賦論

文正公有辭賦三十六篇，並作有〈賦林衡鑑序〉一篇，可見他並非輕賦而重文。在這篇序文中既強調文學的教化功能。也重視文學的形式與格律。他說：

> 人之心也，發而爲聲，聲之出也，形而爲言，聲成文而音宣，言成文而詩作。聖人稽四始之正，肇而爲經，考五聲之和，鼓以爲樂。足故言依聲而成象，詩依樂以宣心，感於人神，穆乎風俗，昭昭六義，賦實在焉，及乎大醇既醨，旁流斯激，風雅條散，故態屢遷，律呂脈分，新聲間作，而士衡名之體物，聊舉於一端，子雲語以雕蟲，蓋尊其六籍。降及近世，尤尚斯文，律體之興，盛於唐室，貽于伐者，雅有存焉，可歌可謠以條以貫，或祖述王道，或褒贊國風，或研究物情，或規戒人事，煥然可警，鏘乎在聞。〔註205〕

此段文字論述賦之由來，無非六義之風，其目的乃在於「祖述王道，褒贊國風，研究物情，規戒人事。」其後文正公又在此序中強調規格、詞律不可「鄙而不攻」，也不可以「攻而弗至」，他說：

> 國家取士之科，緣於此道，九等斯辨，寸長必收。其如好高者，鄙而弗攻，幾有肴而不食，務近者，攻而弗至，若以莛而撞鐘，作者幾稀，有司大患。雖炎炎其火，玉石可分，而滔滔者流，涇渭難見，曷嘗求備，且務廣收。故進者豈盡其木，而退者愈惑於命。臨川者鮮克結網，入林者謂可無虞。士斯不勤，文何以至。〔註206〕

〔註203〕見李調元《賦話》卷二。
〔註204〕見日本鈴木虎雄《賦史大要》。
〔註205〕見《范文正公別集》第四卷，〈賦林衡鑑序〉。
〔註206〕同註205。

唐、宋國家科舉以辭賦取士，不但要精於格律，而且要重視文辭中的思想內涵。
宋初太宗、眞宗雖以辭賦取士，然極重視士子的器識，如徐鼎、王曾均以器識
不凡而取爲第一，因此文正公主張思想與形式並重，乃合乎雅正之音。他說：

> 庶乎文人之作，由有唐而復兩漢，由兩漢而復三代。斯文也，旣格
> 乎雅頌之致；斯樂也，亦達乎韶夏之和。〔註207〕

他又分析律體爲二十類。他說：

> 敍吾人之事者，謂之敍事。
> 頌聖人之德者，謂之頌德。
> 書聖賢之勳者，謂之紀功。
> 陳邦國之體者，謂之贊序。
> 緣古人之意者，謂之緣情。
> 明虛理之理者，謂之明道。
> 發揮源流者，謂之祖述。
> 商榷指義者，謂之論理。
> 指其物而詠者，詠物。
> 述其理而詠者，謂之述詠。
> 類可以廣者，謂之引類。
> 事非有隱者，謂之指事。
> 究精微者，謂之析微。
> 取比象者，謂之體物。
> 強名之體者，謂之假象。
> 兼舉其義者，謂之旁喻。
> 敍其事而體者，謂之敍體。
> 總其數而述者，謂之總數。
> 兼明二物者，謂之雙關。
> 詞有不羈者，謂之變態。〔註208〕

可知文正公對於自漢、晉歷隋、唐，以迄宋代以辭賦取士的文體，頗有精深
之研究，既重視其致雅頌教化之功，又明其體製，並強調形式、詞律的重要。
由此可見文正公雖然重視宗經致用，但也不偏廢文學的形式與格律。

〔註207〕同註205。
〔註208〕同註205。

二、范仲淹辭賦的體裁

（一）古賦

文正公有古賦三篇：〈明堂賦〉、〈秋香亭賦〉與〈靈烏賦〉。

三篇中，〈明堂賦〉為長篇之古賦，〈秋香亭賦〉於始有序，位於中間者為賦之本部，於末有歌，結構凡成三部。〈靈烏賦〉則有序無歌。

三篇古賦中，以〈靈烏賦〉最為有名，其寫作動機，是景祐三年（西元一〇三六年），文正權知開封府尹，力陳用人得失，治亂之道。繪畫「百官圖」品評用人之公與私，並且說明用人得失是宰相的責任，因而得罪宰相呂夷簡，遭罷黜，落職，出知饒州，好友梅堯臣因作〈靈烏賦〉寄贈文正公，文中有言曰：「事將乖而獻忠，人反謂多凶」，對文正之落職深表同情而有所勸勉。文正公乃以同題作賦，表達其勇於建言的志節。其文曰：

> 靈烏！靈烏！爾之為禽兮，何不高翔而遠翥？何為號呼於人兮，告吉凶而逢怒，方將折爾翅而烹爾軀，徒悔焉而亡路。彼啞啞兮如愬，請臆對而心諭。我有生兮，累陰陽之含育；我有質兮，處天地之覆露。長慈之危巢，託主人之佳樹。斤不我伐，彈不我仆。母之鞠兮孔艱，主之仁兮則安，度春風兮，既成我以羽翰，眷杪兮，欲去君而盤桓，思報之意，厥聲或異於未形，恐於未熾。知我者，謂吉之先，不知我者，謂凶之類。故告之則反災于身，不告之則稔禍于人，主恩或忘，我懷靡臧，雖死而告，為凶之防，亦由桑妖于庭，懼而脩德，俾王之興，雉怪于鼎，懼而脩德，俾王之盛。天聽其逈，人言曷病。彼希聲之鳳皇，亦見譏於楚狂。彼不世之麒麟，亦見傷於魯人。鳳豈以譏而不靈？麟豈以傷而不仁？……寧鳴而死，不默而生。……君不見仲尼之云兮，予欲無言，纍纍四方，曾不得而已焉。又不見孟軻之志兮，養其浩然，皇皇三月，曾何敢以休焉？此小者優優，而大者乾乾，我烏也勤於母兮，自天。愛於主兮，自天。人有言兮，是然。人無言兮，是然。〔註209〕

本文乃藉靈烏以明志，其體國忠君之誠，出於天性，亦師法孔、孟聖賢之心。「寧鳴而死，不默而生」自文正公鑄造此詞後，常為政治人物忠而進諫者所引用，成為千古傳誦的名言。

〔註209〕見《范文正公集》第一卷，〈古賦〉。

（二）律賦

范文正公有律賦三十三篇，載之《范文正公集》有十篇，其篇目如左：

〈老人星頌〉、〈老子猶龍賦〉、〈蒙以養正賦〉、〈禮義爲器賦〉、〈今樂猶古樂賦〉、〈省試自誠而明謂之性賦〉、〈金在鎔賦〉、〈臨川羨魚賦〉、〈水車賦〉、〈用天下心爲心賦〉。

見之《別集》卷二，有十一篇：

〈堯舜率天下以仁賦〉、〈君以民爲體〉、〈六官賦〉、〈鑄鐵戟爲農器賦〉、〈任官惟賢材賦〉、〈從諫如流賦〉、〈聖人大寶曰位賦〉、〈賢不家食賦〉、〈窮神知化賦〉、〈乾爲金賦〉、〈王者無外賦〉。

見之《別集》卷三，有十二篇：

〈易兼三材賦〉、〈淡交若水賦〉、〈養言乞言賦〉、〈得地千里不如一賢賦〉、〈體仁足以長人賦〉、〈陽禮教讓賦〉、〈天驥呈才賦〉、〈稼穡惟寶賦〉、〈天道益謙賦〉、〈聖人抱一爲天下式賦〉、〈政在順民心賦〉、〈水火不相入而相資賦〉。

由以上三十三篇之篇名，可知其內容都是有關治道、開發性理之作。同時這三十三篇律賦，也都沿承唐代以來科舉取士的「試體賦」，不但要求對仗工整，平仄協諧，而且每篇都出八個韻字，標舉在題目之下，稱爲「題韻」，如〈老人星賦〉以「明星有爛、萬壽無疆」爲題韻，作者必須將此八字依序嵌入文中。又如〈堯舜率天下以仁賦〉以「堯舜仁化、天下從矣」八字爲韻。再如〈君以民爲體賦〉則以「君育黎庶、如彼身體」爲韻，茲錄其全文如左，以見其體式及用韻。

〈君以民爲體賦〉

君育黎庶、如彼身體

聖人居域中之大，爲天下之君（題韻）。育黎庶而是切，喻肌體而可分。正四民而似正四支，每防怠墮。調百姓而如調百脈，何患糾紛。先哲格言，明王佩服。愛民，則因其根本。爲體，則厚其養育（題韻）。勝殘去殺，見遠害而在斯。勸勉農人，戒不勤而是速。善喻非遠，嘉猷可稽。謂民之愛也，莫先乎四體。謂國之保也，莫大乎羣黎（題韻）。使必以時，豈有嗟於盡瘁。治當未亂，寧有悔於噬臍。莫不被以仁慈，躋於富庶（題韻）。教禮讓而表其修飾，立刑政而防其逸豫。蒸人有罪，諒責己之情深。慶澤無私，訏潤身之德著。豈

> 不以君也者，舒慘自我。體也者，屈伸在予。心和則其體儴若。君
> 惠，則其民晏如（題韻）。永賀休戈，攸若息肩之際。乍聞擊壤，樂
> 如鼓腹之初。彼以芻狗可方，草芥為此，一則強名於老子，一則見
> 識於孟子。曷若我如屬辭而比事，終去此而取彼（題韻）。觀其可設，
> 猶指掌以何疑。視之如傷，豈髮膚而敢毀。大哉一人養民，四海咸
> 賓。求瘼而膏肓。曷有采善，而股肱必臻。修兆人之紀綱，何殊修
> 已。觀萬民之風俗，豈異觀身（題韻）。今我后化洽風行，道光天啓。
> 每視民而如子，復使臣而以禮。故能以六合而為家，齊萬物於一體
> （題韻）。〔註210〕

本文字字扣緊主題「君以民為體」無論單對，如「一一人養民，四海咸賓」，
雙對如「謂民之愛也，莫先乎四體；謂國之保也，莫大乎羣黎。」均極工整，
以「聖人居域中之大，為天下之君」破題，以「故能以六合而為家，齊萬物
於一體」總結全文，一氣呵成，首尾呼應，洵為佳構。

三、范仲淹辭賦的內容

（一）闡揚易理

《宋元學案》說：「（文正公）泛通六經，尤長於易」，他的易學思想，著
重於闡發義理。在理論上，他繼承了王弼的易學傳統；在方法上，他主張意
象統一，言意並舉，把直覺體悟、理性思維和道德實踐相結合。在〈易兼三
才賦〉中認為易學的根本精神在於「天人會同」。他說：

> 大哉！易以象設，象由意通。兼三材而窮理盡性，重六畫而原始要
> 終，二氣分儀，著高卑於卦內。五行降秀，形動靜於爻中。所以明
> 乾坤之化育，見天人之會同者也。〔註211〕

他把《易傳》和《中庸》緊密地結合起來，用以提高人的地位，以進入「天
人合一」的理想境界。《省試自誠而明謂之性賦》說：

> 性以誠著，德由明發，其誠也感於乾坤，其明也配乎日月。〔註212〕

以誠為本，以明德為現象，「自明而誠」乃由自我本性之認識，而返回至誠之
性。

〔註210〕見《范文正公別集》第二卷。
〔註211〕見《范文正公別集》第三卷。
〔註212〕同註209，第二十卷，〈賦〉。

文正公認爲「變通」是易傳的根本思想，也是易學的精神所在，他在〈窮神知化賦〉說：

> 惟神也感而遂通，惟化也變在其中，究神明而未昧，知至化而無窮。通幽洞微，極萬物盛衰之變，鈞深致遠，明二儀生育之功。……莫不廣生之謂化，妙用之謂神，視其體則歸於無物，得其理則謂之聖人。〔註213〕

他在〈水火不相入而相資賦〉認爲凡相反之物，必有相成之一面，正因爲相反，因之能夠相濟，此即「質本相違，義常相濟〔註214〕」的道理，他認爲剝極必復，否極泰來，都必須由人來實現，因此君子「窮則變，變則通，通則久」。

（二）重視人才

文正公生當五代干戈擾攘之後，認爲欲挽救國家命運於積弱之後，非長養人才，不可爲功。他積極提倡教育，獎掖人才。他認爲「天下治亂，繫之於人，得人則治，失人則亡」，〈選任臣民能論〉說：

> 王者得賢傑而天下治，失賢傑而天下亂，張良、陳平之徒，秦失之亡，漢得之興。房、杜、魏、褚之徒，隋失之亡，唐得之興。故曰得士者昌，失士者亡。〔註215〕

文正公認爲得一賢才勝過拓地千里，因此特撰寫〈得地千里不如一賢賦〉。他說：

> 唯賢也，其功莫料；唯地也，於用如何？自欲得人之盛，豈須拓地之多。……賢之得雖少必貴，地之有雖多曷能。捨地得賢兮，邦基以立，失賢有地兮，國難隨興。是故治亂咸繫，古先足徵，鴻溝割而楚亡，惟賢不用，昌國去而燕奪，何地堪矜。在乎啓土罔資，虛襟是急，皇明由是以彌遠，鴻業於焉而允緝。若然，則議賢者之深功，何百城而能及。〔註216〕

他的〈任官惟賢材賦〉也同樣的表達了賢材的重要性。他說：

> 官也者，名器所守，賢也者，才謀不羣。當建官而公共，惟任賢而職分。……非賢不入，得士則昌，度其才而後用，授其政而必

〔註213〕同註205，第二卷。
〔註214〕同註205，第三卷。
〔註215〕見《范文正公集》第五卷，〈論〉。
〔註216〕同註214。

當。……惟君子之是任，政教昭宣，致王業之不愆，庶績咸若。
〔註217〕

（三）崇尚仁政

文正公一生信聖人之書，師古人之行，上誠於君，下誠於民，以仁人之心，而崇尚仁者之政，其〈政在順民心賦〉說：

彼患困窮，我則躋之於富庶；彼憂苛虐，我則撫之以仁慈，于以見百姓為心萬邦，惟慶無一物不得其所，無一夫不遂其性，所以感其和氣，所以謂之善政。〔註218〕

〈體仁足以長人賦〉說：

聖人受天命，體乾文，既克仁而是務，遂長人而不羣，法元善之功，可處域中之大。奉博施之德，宜為天下之君。……不曰仁，何以見為生之妙，不曰長，何以見居上之美。〔註219〕

〈堯舜率天下以仁賦〉說：

穆穆虞舜，巍巍帝堯，伊二聖之仁化，致四海之富饒。協和萬邦，蓋安人而為理，肆覿羣后，但復禮以居朝。……然則帝者民之宗焉，仁者教之大也，帝居大於域內，仁為表於天下。〔註220〕

〈用天下心為心賦〉說：

至明在上，無遠弗賓，得天下為心之要，亦聖王克己之仁，政必順民，蕩蕩洽大同之化。……德澤浹于民庶，仁聲播于雅頌，通天下之志，靡靡而風從，盡萬物之情，忻忻而日用。〔註221〕

文正公在〈用天下心為心賦〉中特別闡明「不以己欲為欲，而以眾心為心」的政治理念，所以他在所做的辭賦中特別歌頌堯、舜的仁政。他一生的革新奮鬥都在於解除民困，〈君以民為體賦〉說：「求瘼而膏肓，曷有，采善，而股肱必臻。〔註222〕」這種愛民如子的胸懷，使他發而為文章，必本之仁義，見之辭賦也都是闡發聖道之作。

〔註217〕同註212。
〔註218〕同註213。
〔註219〕同註214。
〔註220〕同註214。
〔註221〕同註213。
〔註222〕同註212。

四、范仲淹辭賦的章法

文正公的律賦章法嚴謹，字字矜愼，叶韻嚴整，歷來評價甚高，在歐陽修之上。《賦話》說：

> 論宋朝律賦，當以表聖（田錫）、寬夫（文彥博）爲正則，元之（王禹偁）、希文（范仲淹）次之、永叔（歐陽修）而降，皆橫騖別趨，而俪唐人之規矩者。〔註223〕

日本學者鈴木虎雄《賦史大要》說：

> 宋歐、蘇未出前，猶帶唐風。田錫、文彥博、范仲淹之作是也〔註224〕。

李調元《賦話》說：

> 宋初人之律賦，最夥者，田（錫）、王（禹偁）、文（彥博）、范（仲淹）、歐陽（脩）五公，黃州（王禹偁）一往清泚，而諫議（田錫）較琢鍊，文正（范仲淹）游行自得，而潞公（文彥博），尤謹嚴，歐公（歐陽修）佳處，乃似箋表中語，難免於陳無己以古爲俳之誚。
> 〔註225〕

文正公三十三篇律賦，均係結構謹嚴，對仗工整者。茲舉〈金在鎔賦〉爲例，以明其用韻，結構及對句之精工。

〈金在鎔賦〉以「金在浪冶，求鑄成器」爲韻。

> { 天生至寶，
> { 時貴良金（題韻）！

> { 在鎔之姿可觀，
> { 從革之用將臨。

> { 熠耀騰精，乍躍洪鑪之內。
> { 縱橫成器，當隨哲匠之心。

> 觀其，

> { 大冶既陳，
> { 滿籝斯在（題韻）。

> { 俄融融而委質，
> { 勿曄曄而揚彩。

〔註223〕同註202。
〔註224〕同註204。
〔註225〕同註202。

英華既發，雙南之價彌高。
鼓鑄未停，百鍊之功可待。

況乎

六府會倉，我稟其剛，
九牧納貢，我稱其良（題韻）。

因烈火而變化，
逐懿範而圓方。

如今區別妍媸，願爲軒鑑，
儻使削平禍亂，請就干將。

國之寶也，有如此者。

欲致用於君子，
故假手於良冶（題韻）。

時將禁害，夏王之鼎可成，
君或好賢，越相之容必寫。

是知，

金非工而弗用，
工非金而曷求（題韻）。

觀此鎔金之義，
得乎爲政之謀。

君諭冶焉，自得化人之旨。
民爲金也，克明從上之由。

彼以

披沙見尋，
藏山是務。

一則求之而未顯，
一則棄之而弗顧。

曷若

動而愈出，既踊躍以求伸。
用之則行，必周流而可鑄（題韻）。

羨夫

五行之粹，
三品之英。

　　昔麗水而隱晦，
　　今躍冶而光亨。

　　流形而不縮不盈，出乎其類。
　　尚象而無小無大，動則有成（題韻）。

　　士有

　　鍛鍊誠明，
　　範圍仁義。

　　俟明君之大用，
　　感良金而自試。

　　居聖人天地之鑪，

　　亦庶幾於國器（題韻）。〔註226〕

文正公此賦就對仗而言，有單對，如「因烈火而變化，逐懿範而圓方」；有雙對，如「時將禁害，夏王之鼎可成；君或好賢，越相之容必寫」。就句法而言，單對有四字句，如「大冶既陳，滿纜斯在」，六字句如「俄融融而委質，勿曄曄而揚彩」。有七字者如「一則求之而未顯，一則棄之而弗顧」。雙句對有上四下六者，如「爛耀騰精，乍躍洪鑪之內；縱橫成器，當隨哲匠之心」，有上六下四者，「如令區別妍媸，願為軒鑑；儻使削平禍亂，請就干將」，亦有上七下四者，如「流形而不縮不盈，出乎其類；尚象而無小無大，動則有成」。文正公文采風流，因此在通篇之中，其句法與對仗均能變化有方，因之讀其文有起伏，有頓挫、有波瀾，有長短錯綜之妙。就章法而言，以「天生至寶，時貴良金」為起句，除轉接詞之外，均以對句貫穿其間，其起句既有力，而腹中亦復飽滿，以「金在鎔」比喻國家之陶冶人才，其名句「如令區別妍媸，願為軒鑑；若使削平禍亂，請就干將」誠如吳處厚《青箱雜記》所言：「觀此，仲淹負將相器業，文武全才，亦見於此賦矣〔註227〕」。范文正公一生勤政愛民，以天下為己任，心中自有一股千古不磨之定見，形之文章，自然段段有力。末段：「士有鍛鍊誠明，範圍仁義，俟明君之大用，感良金而自試，居聖人天地之鑪，亦庶幾於國器」與起筆相互呼應。綜覽全文，其辭氣充沛，對仗工整，識見不凡，確是一篇不可多得的律賦。

〔註226〕同註212。
〔註227〕見吳處厚《青箱雜記》。

　　文正公夙負救國濟民之志,《能改齋漫錄》曾記敘其年輕時祈禱靈祠願為良相,良醫之事〔註228〕。觀此賦,其器識之遠,希聖希賢之心,躍然紙上,其格律嚴謹,字斟句酌,如珠如玉,煥發光彩,可見他的辭賦確有唐人餘風,文章內容與文章格律兩者兼美。

〔註228〕見吳曾《能改齋漫錄》。

第五章　范仲淹與北宋的詩文革新

　　范文正公是一位政治改革家，也是一位詩文革新的領導人，他在政治上和保守派抗爭，在文學上和西崑派抗爭，他的目的是拯救文弊、興復儒學、振作士風，最後目的是喚起讀書人的自覺精神，鼓勵他們輔佐王道，挽救國家於危亡。

　　在他之前，有柳開、王禹偁、穆修等人倡為詩文革新，可惜他們的地位、德望不足以號召大眾，直到文正公出現之後，才掀起了詩文革新的高潮。

　　文正公對詩文革新的努力，頗令人感動，他奮鬥了二十餘年，可謂鞠躬盡瘁死而後已。基於時代的使命感，他奮力批判五代餘緒時文的流毒，從天聖三年（西元一○二五年）他首次提出詩文革新主張，以迄主持慶曆新政主張廣設學校於郡縣，以六經教育學子，以策論取士，他與他的朋友尹洙、梅堯臣，以及他所提攜薦舉的胡瑗、孫復、蘇舜欽、門人石介等人，形成一股有力的詩文革新集團，共同為扭轉文風、提振士氣而努力，最後由歐陽修集其大成。

　　文正公不但在文學理論上和政治上推動詩文革新，而且在文學創作上力行實踐，用以貫徹他的革新主張。趙孟堅說：

> 皇朝文明代興，慶曆以前，六一公歐氏未變體之際，王黃州、范文正諸公充然富瞻，宛然盛唐之制，亦其天姿之奐，已脫去五季瑣俗之陋，一陽動於黃鐘，厥維有本。〔註1〕

〔註 1〕　見趙孟堅《彝齋文編》卷三，〈凌愚谷集序〉。

可見文正公的創作，已然脫去五代文風的流弊，是一位詩文革新的倡導者，也是一位詩文革新的實踐者。

第一節　范仲淹以前的詩文革新

北宋初年文風卑弱，因循晚唐、五代餘緒，多以浮艷之辭爲勝，其後楊億主盟文壇，西崑詩文風行天下，同樣以儷偶爲文，以雕章麗句爲能事，無益於世道，令有識之士深以爲憂。

文正公在所撰的〈唐異詩序〉中有深入的剖析。他說：

五代以還，斯文大剝，悲哀爲主，風流不歸。皇朝龍興，頌聲來復。大雅君子，當抗心於三代，然九州之廣，庠序未振，四始之奧，講議蓋寡，其或不知而作，影響前輩，因人之尚，忘己之實。吟詠性情，而不顧其分，風賦比興，而不觀其時，故有非窮途而悲，非亂世而怨。蓽車有寒苦之述，白社爲驕奢之語，學步不至，效顰則多，以至靡靡增華，惛惛相濫，仰不主乎規諫，俯不主乎勸誡，抱鄭衛之奏，責夔曠之賞，游西北之流，望江海之宗者，有矣！〔註2〕

宋初文體卑弱，起而倡導詩文革新的代表人物爲柳開、王禹偁、穆修。

一、柳開的詩文革新

北宋文風的轉變，眾所公認，柳開（九四七～一〇〇〇）首變其風，成爲北宋詩文革新的前驅人物。文正公說：

懿僖以降，寖及五代，其體薄弱，皇朝柳仲塗（開）起而麾之，髦俊率從焉，仲塗門人能師經探道，有文於天下者多矣。〔註3〕

尹師魯本傳說：

文章自唐末歷五代，氣格卑弱，至本朝柳開始爲古學。〔註4〕

穆伯長本傳說：

自五代文蔽，國初柳開始爲古文。〔註5〕

〔註2〕見《范文正公集》第六卷，〈唐異詩序〉。
〔註3〕見《范文正公集》第六卷，〈尹師魯河南集序〉。
〔註4〕見《宋史》卷二九五本傳，《河南先生文集》卷二十八。
〔註5〕見《安陽集》卷四十七，墓誌。並見《河南先生集》卷二八附錄，及朱子《五朝名臣言行錄》九之六。

韓魏公表尹師魯墓云：

> 文章自唐末歷五代，日淪淺俗，寖以大敝，本朝柳公仲塗，始以古
> 道發明之。〔註6〕

柳開，字仲塗，大名人。宋太祖開寶六年進士，累拜殿中侍御史，性倜儻重義，善射，喜奕棋，有《河東集》十五卷，附錄一卷。

柳開原名肩愈，字紹元，其意乃以韓愈、柳宗元之繼承者自任。張景說：

> 時韓之道，獨行於公，遂名肩愈，字紹元。〔註7〕

他從事古文，係受天水趙生之啓發。《能改齋漫錄》說：

> 本朝承五季之陋，文尚麗偶，自柳開首變其風。始天水趙生，老儒
> 也，持韓文數十篇授開，開歎曰：「唐有斯文哉！」因謂文章宜以韓
> 爲宗，遂名肩愈，字紹元，亦有意於子厚耳。故張景謂「韓道大行，
> 自開始也。」〔註8〕

柳開古文，宗法韓愈，對韓文公亦步亦趨，《東都事略》說：

> 自五代以來，學者少尚義理，有趙生者，得韓文數十篇，未達，乃
> 攜以示開，開一見，遂知爲文之趣，自是屬辭必法韓愈。〔註9〕

張景〈柳公行狀〉說：

> 天水趙生，老儒也，持韓愈文數十篇授公曰：「質而不麗，意若難曉，
> 子詳之何如？」公一覽，不能捨，歎曰：「唐有斯文哉，其餘不足觀
> 也。」因爲文章，直以韓爲宗尚。〔註10〕

其後，柳開獨尊韓愈，認爲柳不如韓，蓋一爲儒，一雜釋也。〈東郊野夫傳〉說：

> 或問退之，子厚優劣。野夫曰：「文近而道不同。」或人不諭，野夫
> 曰：「吾祖多釋氏，……不迨韓也。」〔註11〕

後他又改名爲開，字仲塗，其意要開聖賢之道，越韓愈而直紹孔子，以開闢仲尼聖道之塗爲己任。他說：

> 將開古聖賢之道於時也，將開今人之耳目使聰且明也，必欲開之，

〔註6〕 見韓琦《韓魏公集》〈尹公墓表〉。
〔註7〕 見張景〈柳公行狀〉。
〔註8〕 同註1。
〔註9〕 見王偁《東都事略》。
〔註10〕 同註7。
〔註11〕 見柳開《河東先生集》卷二，〈東郊野夫傳〉。

爲其塗矣，使古今由於吾也，……吾欲達於孔子者也。(〈補亡先生
傳〉) 〔註12〕

柳開以聖賢之道爲己任，既學韓文，又習六經，務求發揚儒家之道於當世。
他說：

吾之道，孔子、孟軻、揚雄、韓愈之道；吾之文，孔子、孟軻、揚
雄、韓愈之文也。〔註13〕

他師法韓愈〈原道〉的精神，主張教民以道德仁義，因此文章的目的在於垂
教於民。〈應責篇〉說：

古之教民，以道德仁義；今之教民，亦以道德仁義。是今與古，胡
有異哉？古之教民者，得其位，則以言化之，是得其言也，眾從之
矣；不得其位，則以書於後，傳授其人，俾知聖人之道易行，尊君
敬長，孝乎父，慈乎子，大哉斯道也，非吾一人之私者也，天下之
至公者也。……以此道化於民，若鳴金石於宮中……。〔註14〕

他認爲文章是道的工具。〈上王學士第三書〉說：

文章爲道之筌也，筌可妄作乎？〔註15〕

他又認爲文章應有益於政令，〈上王學士第四書〉說：

文籍之生於今也久矣，天下有道，則用而爲常法；無道，則存而爲
具物，與時偕者也。夫所以觀其德也，亦所以觀其政也……號令於
民者，其文矣哉。……發于內而主于外，其心之謂也；形於內而應
于外，其文之謂也。〔註16〕

柳開在〈應責篇〉闡釋古文的意義，說：

古文者，非在辭澀言苦，使人難讀誦之；在于古其理，高其意，隨
言短長，應變作制，同古人之行事，是謂古文也。〔註17〕

他所說的「古其理」，即是古人之道，亦即是「古之教民，以道德仁義；今之
教民，以道德仁義(〈應責篇〉)」的仁義之道；「高其意」即是高出於「今人
之文」的意思；所謂「隨意短長」，亦即是韓愈所說的「氣盛則言之短長與聲

〔註12〕 見柳開《河東先生集》，〈補亡先生傳〉。
〔註13〕 見柳開《河東先生集》卷一，〈應責篇〉。
〔註14〕 同註13。
〔註15〕 見柳開《河東先生集》卷五，〈上王學士第三書〉。
〔註16〕 同註15，〈上王學士第四書〉。
〔註17〕 同註14。

之高下者皆宜」的意思；「應變作制，同古人之行事」是要求取法前修，「以言化於人（〈應責篇〉）」的政教責任。

　　柳開在理論上主張古文不應艱澀，但本身卻無力配合，其後學者不免走上了「辭澀言苦」的途徑，陳振孫《直齋書錄解題》卷十七，說：

　　　　本朝爲古文自柳開始，然其體艱澀。〔註18〕

范文正公說：「仲塗門人，能師經探道有文於天下者，多矣。〔註19〕」但後世多不傳，較有名者僅張景、李迪二人而已。張景之文雖優於其師柳開，但以後人觀之，其文猶嫌拙澀。《夢溪筆談》卷十四云：

　　　　往歲士人多尚對偶對文，穆修、張景輩始爲平文，當時謂之古文。

　　　　穆、張嘗同造朝，待旦於東華門外，方論文次，適見有奔馬踐死一

　　　　犬，二人各記其事以較工拙。穆修曰：「馬逸，有黃犬遇蹄而斃」。

　　　　張景曰：「有犬死奔馬之下。」時文體新變，二人之語皆拙澀，當時

　　　　已謂之工，傳之至今。〔註20〕

至於李迪，除以其弟之子妻孫復外，似乎不見與古文運動有任何密切的關係，可見柳開的古文病在艱澀，而且聲勢不大。

二、王禹偁的詩文革新

　　王禹偁（九五四～一○○一）字元之，濟州鉅野人。宋太宗太平興國八年進士，官至翰林學士知制誥，有《小畜集》三十卷。

　　他在文學的觀念上，主張文章的目的在於傳道。〈答張扶書〉說：

　　　　夫文傳道而明心也。……今爲文而捨六經，又何法焉。〔註21〕

〈答張扶書〉是王禹偁文論的代表作，他主張心之所在即道之所在，特別闡說「傳道明心」的功能，乃是「不得已而言之」，爲的是「懼乎言之易泯也。」他說：

　　　　夫文，傳道而明心也。古聖人不得已而爲之也，且人能一乎心至乎

　　　　道，修身則無咎，事君則有立。及其無位也，懼乎心之所有，不得

　　　　明乎外，道之所畜，不得傳乎後，於是乎有言焉；又懼乎言之易泯

　　　　也，於是乎有文焉。〔註22〕

〔註18〕見陳振孫《直齋書錄解題》卷十七。
〔註19〕同註3。
〔註20〕見沈括《夢溪筆談》。
〔註21〕見王禹偁《小畜集》卷十八，〈答張扶書〉。
〔註22〕同註21。

又說：

> 既不得已而爲之，又欲乎句之難道邪？又欲乎義之難曉邪？〔註23〕

他爲文尚平易，反對艱澀，不喜「模其語而謂之古」的文章。主張遠師六經，近師韓愈，以通暢易曉的古文爲寫作的準則。〈答張扶書〉說：

> 近世爲古文之主者，韓吏部而已。吾觀吏部之文，未始句之難道也，未始義之難曉也，……故吏部曰：「吾不師今，不師古，不師難，不師易，不師多，不師少，惟師是爾。」……若能遠師六經，近師吏部，使句之易道，義之易曉；又輔之以學，助之以氣，吾將見子之文顯於時也。〔註24〕

王禹偁與柳開最大的不同，即在提倡平易的古文，而且在創作實踐上身體力行。他的文章簡雅澹遠，〈黃岡竹樓記〉，尤其膾炙人口，千古傳誦；在詩歌方面，自稱「本與樂天爲後進，取期子美是前身」（〈前賦村居雜興詩二首〉），是北宋最早提倡繼承杜甫、白居易寫實主義的詩人。

他對北宋初年浮薄的詩風深致感歎：

> 可憐詩道日已替，風騷委地何人收。（〈還揚州許書記集〉）〔註25〕

他對杜甫詩的博大精深和寫實主義，「篇篇但歌生民痛」的內容，具有獨特的認識和禮讚。稱讚「子美集開詩世界」（〈日長簡仲咸〉），他本身的作品，也對「室無環堵」、「地無立錐」的廣大人民，寄以無限的同情。如〈感流亡〉詩云：

> 謫居戲云暮，晨起廚無煙，賴有可愛日，懸在南榮邊，
> 高舂已數丈，和暖如春天。門臨商於路，有客憩檐前，
> 老翁與病嫗，頭鬢皆皤然，呱呱三兒泣，惸惸一夫鰥。
> 道糧無斗粟，路費無百錢，聚頭未有食，顏色頗飢寒。
> 試問「何許人」？答云「家長安，去歲關輔旱，逐熟入穰川。
> 婦死埋異鄉，客貧思故園，故園雖孔邇，秦嶺隔藍關。
> 山深號六里，路峻名七盤。襁負且乞丐，凍餒復險艱，
> 惟愁大雨雪，僵死山谷間」。我聞斯人語，倚戶獨長歎；
> 爾爲流亡客，我爲冗散官，在官無俸祿，奉親乏甘鮮，

〔註23〕同註21。

〔註24〕同註21。

〔註25〕見王禹偁〈還揚州許書記集〉。

因思筮仕來，倏忽過十年，峨冠蠹黔首，旅進長素餐。

文翰皆徒爾，放逐固宜然，家貧與親老，睹爾聊自寬。〔註26〕

他的詩作關懷民生的疾苦，特別是古體長篇大都是單行素筆，直抒胸臆，初步表現了宋詩議論化、散文化的特徵。

王禹偁爲後世所津津樂道者，乃是其對後進之提拔不遺餘力，且極力稱揚。《宋史》說：

所與游，必儒雅後進，有詞藝者，極意稱揚之。〔註27〕

他對孫何、丁謂二人，尤其獎掖有加。司馬光《涑水紀聞》說：

翰林學士王禹偁見其（孫何、丁謂）文，大賞之，贈詩云：「三百年來文不壞，直從韓柳到孫丁，如今便好合修史，二子文章似六經。」〔註28〕

《東都事略》卷四十七〈孫何傳〉說：

孫何字漢公，蔡州汝陽人，幼嗜學，與丁謂齊名，王禹偁尤所題獎，以爲自唐韓柳三百年有孫、丁也。〔註29〕

《宋史》卷二八三〈丁謂傳〉說：

丁謂字謂之，後更字公言，蘇州長州人，少與孫何友善，同袖文謁王禹偁，禹偁大驚，重之。以爲自唐韓愈、柳宗元後二百年始有此作，世謂之孫丁。〔註30〕

王禹偁對後進提攜有加，但是他所提拔的孫、丁二人卻不爲世所稱。丁謂且被目爲奸邪小人。由於他的個性剛強，又喜歡臧否人物，因之不能爲世所容。《宋史》本傳說：

其爲文著書，多涉規諷，以是頗爲流俗所不容，故屢見擯斥。〔註31〕

《涑水紀聞》說：

禹偁性剛狷，數忤權貴，宦官尤惡之，上累命執政召至中書戒諭之，禹偁終不能戒。〔註32〕

〔註26〕見王禹偁〈感流亡〉。

〔註27〕見《宋史》。

〔註28〕見司馬光《涑水紀聞》。

〔註29〕同註9，卷四十七〈孫何傳〉。

〔註30〕見《宋史》卷二八三，〈丁謂傳〉。

〔註31〕見《宋史》本傳。

〔註32〕同註28。

王禹偁因爲個性剛強，又獎掖非人，因此不能領袖儒林，成爲詩文改革的宗主，但是他鼓勵後進，主張「句易道、義易曉」的寫作方向，對後來的詩文革新，有相當的啓示和影響。

三、穆修的詩文革新

繼柳開、王禹偁之後，穆修（九七九～一○三二）的古文對詩文革新有相當的貢獻。

穆修字伯長，鄆州人。眞宗祥符時賜進士出身，初授泰州司理參軍，官終潁、蔡二州文學掾，有《穆參軍集》三卷。

他生於宋太宗太平興國四年，卒於仁宗明道四年，正當楊億西崑詩文籠罩天下之時，他以堅役不拔的精神，倡爲古文，終有不可忽視的成就。《四庫提要》說：

> 宋之古文，實柳開與修爲倡，然開之學及身而止，修則一傳爲尹洙，
> 再傳爲歐陽修，而宋之文章於斯極盛，則其功亦不尠矣。〔註33〕

穆修倡爲古文，從之游者有尹源、尹洙兄弟。文正公說：

> 洎楊大年以應用之才，獨步當世，學者刻辭鏤意，有希髣髴，未暇
> 及古也。其間甚者，專事藻飾，破壞大雅，反謂古道不適於用，廢
> 而弗學者久之。洛陽尹師魯，少有高識，不逐時輩，從穆伯長游，
> 力爲古文，而師魯深於春秋，故其文謹嚴，辭約而理精，章奏疏議，
> 大見風采，士林方從慕焉。〔註34〕

邵子文〈易學辨惑〉云：

> 時學者，方從事聲律，未知爲古文，伯長首爲之倡。其後尹源子漸、
> 洙師魯兄弟始從之學古文，又傳其春秋學云。〔註35〕

《東都事略》卷一一三〈穆修傳〉說：

> ……尹源與其弟洙始從之（穆修）學古文，又傳其《春秋》學。
> 〔註36〕

從穆修游者，又有蘇舜元、蘇舜欽兄弟及祖無擇、李之才等人。《宋史》卷四四二穆伯長本傳說：

〔註33〕見《四庫提要》。
〔註34〕同註3。
〔註35〕見邵子文〈易學辨惑〉。
〔註36〕同註9，卷一一三，〈穆修傳〉。

楊億、劉筠尚爲聲偶之辭，天下學者靡然從之，修於是時獨以古文稱，蘇舜欽兄弟從之游。〔註37〕

《邵氏聞見前錄》卷十六說：

祖無擇字擇之，蔡州人，少長穆伯長爲古文。〔註38〕

穆修之古文，原自韓、柳。《穆參軍集》卷二〈唐柳先生集後序〉云：

予少嗜觀二家之文，常病柳不全見於世，出人間者，殘落纔百餘篇。韓則雖目其全，至所缺墜、忘字、失句，獨於集家爲甚。志欲補其正而傳之，多從好事訪善本，前後累數十，得所長輒加注竄。遇行四方遠道，或他書不暇持，獨齎韓以自隨。幸會人所寶有，就假取正。凡用力於斯已踰二紀外，文始幾定。久惟柳之道，疑其未克光明于時，何故伏眞文而不大耀也！求索之莫獲，則既已矣于懷，不圖晚節遂見其書，聯爲八九大編，夔州前序其首，以卷別者凡四十有五，眞配韓之鉅文與？書字甚朴，不類今迹，蓋往昔之藏書也，從考覽之，或卒卷莫迎其脫誤。有一二廢字，由其陳故勵減，讀無甚害，更資研證就眞耳。因按其舊錄爲別本，與隴西李之才參讀累月，詳而後止。〔註39〕

穆修生當楊、劉儷偶之風聳動天下之時，獨宗韓柳，倡爲古文，其處境艱難，仍奮力爲之，其〈答喬適書〉說：

蓋古道息絕不行，于時已久。今世士子，習尚淺近，非章句聲偶之辭，不置耳目；浮軌濫轍，相迹而奔，靡有異途焉。其間獨敢以古文語者，則與語怪者同也。眾又排詬之，罪毀之，不目以爲迂，則指以爲惑，謂之背時遠名，闊于富貴，先進則莫有譽之者，同儕則莫有附之者，其人苟無自知之明，守之不以固，持之不以堅，則莫不懼而疑、悔而思、忽焉且復去此而即彼矣。噫！仁義忠正之士豈獨多出于古，而鮮出于今哉！亦由時風眾勢遭溺染之，使不得從乎道也。〔註40〕

由於穆修有堅毅自信的精神，乃能死守善道，爲古文運動做持續不懈的努力。〈答喬適書〉又說：

〔註37〕見《宋史》卷四四二，穆伯長本傳。
〔註38〕見《邵氏聞見前錄》卷十六。
〔註39〕見《穆參軍集》卷二，〈唐柳先生集後序〉。
〔註40〕見穆修〈答喬適書〉。

> 夫學乎古者所以爲道，學乎今者所以爲名。道者仁義之謂也，名者
> 爵祿之謂也。然則行道者有以兼乎名，中名者無以兼乎道，……有
> 其道而無其名，則窮不失爲君子；有其名而無其道，則道不失爲小
> 人，與其爲名達之小人，孰若爲道窮之君子？……學之正偏有分，
> 則文之指用自得。〔註41〕

穆修提倡韓柳古文，不遺餘力，以二十餘年時間從事韓、柳文集之校訂、整
理，又爲之募工鏤刻，刊行於市。

邵子文〈易學辨惑〉說：

> 穆參軍老益家貧，家有唐本韓柳集，乃丐於所親厚者，得金募工，
> 鏤板印數百集，攜入京師相國寺，設肆鬻之。伯長坐其旁，有儒生
> 數輩至其肆，輒取閱，伯長奪取，怒視謂曰：「先輩能讀一篇，不失
> 一句，當以一部爲贈。」自是經年不售。〔註42〕

魏泰《東軒筆錄》卷三，說：

> 晚年得《柳宗元集》，募工鏤刻，印數百帙，攜入京師相國寺，設肆
> 鬻之，……曰：「汝輩能讀一篇，不失句讀，吾當以一部贈汝。」其
> 忤物如此，自是經年不售一部。〔註43〕

穆修個性易與人齟齬，《宋史》卷四四二本傳云其「剛介，好論斥時病，詆誚
權貴，人欲與交結，往往拒之。」蘇子美〈哀穆先生文〉說：

> 穆伯長……爲文……根柢于道，然恥以文干有位，以故困甚。張文
> 節守亳，亳之士豪者作佛廟，文節使以騎召先生作記。記成，竟不
> 竄士名，士以白金五斤遺之曰：「枉先生之文，願以此爲壽。」又使
> 周旋者曰：「士所以遺者，乞載名於石，圖不朽耳。」既而亟召士讓
> 之，投金庭下，遂促裝去，郡士謝之，終不受，嘗語人曰：「寧區區
> 餬口爲旅人，終不爲匪人辱吾文也。」〔註44〕

其個性狷急如此，倘非如此，則古文或及早風行於世，亦未可知。然其授尹
洙以古文及《春秋》學，使尹洙文章具簡古之風，對後來文風之改變有重大
之影響，而整理韓、柳文集刊行於世，尤有助於古文運動之勃興，於詩文之
革新甚有助益。朱夫子說：

〔註41〕 同註 40。
〔註42〕 同註 35。
〔註43〕 見魏泰《東軒筆錄》卷三。
〔註44〕 見蘇軾〈哀穆先生文〉。

韓、柳之文因伯長而後行。〔註45〕

《宋史》卷四四二本傳說：

脩雖窮死，然一時士大夫稱能文者，必曰穆參軍。〔註46〕

四、宋初柳開等人對詩文革新的貢獻

　　北宋初年詩文革新的代表人物，他們的共同點是反對承襲五代餘緒的西崑時文，他們都尊韓宗韓，提倡古文，主張以道德仁義教化人民。

　　就個別性而言，他們對於詩文革新的貢獻，茲歸納如左——

（一）柳開在北宋詩文革新的貢獻有三：

　1. 他是北宋提倡詩文革新的第一人，他主張教民以道德仁義，文章的目的在於垂教於民。

　2. 他志在繼承韓愈的道與文，宋人尊韓的思想來自他的影響。

　3. 他以文章為道之筌，啓發宋人「文以載道」的思想。

（二）王禹偁對北宋詩文革新的貢獻如左：

　1. 他主張遠師六經，近師韓愈，文學寫作的目的在於傳道而明心。

　2. 他提倡「句易道、義易曉」的古文寫作準則，有助於其後古文運動的發展。

　3. 他的詩歌單行素筆，直抒胸臆，表現了議論化、散文化的傾向，對宋代的詩風有所影響。

（三）穆修在北宋詩文革新的貢獻：

　1. 他主張道為仁義之謂，對宋人古文運動提出了文學寫作的目的。

　2. 他以古文及《春秋》傳授尹源、尹洙兄弟，蘇舜元、蘇舜欽兄弟以及祖無擇、李之才等人，對於其後古文運動的勃興，深具貢獻。

　3. 他整理刊行韓、柳文集，對於宋人繼承韓、柳而倡為北宋古文運動助益甚鉅，頗為有功。

　　宋初詩文革新以柳開、王禹偁、穆修為代表，因為他們的本身創作較多，影響較大。除此之外，尚有高錫、梁周翰、范杲，以及其後的趙湘、孫何、張詠、丁謂、姚鉉、智圓等人。其中又以姚鉉、智圓較具影響，茲略述如後。

〔註45〕見《河南穆公集》附遺事，引《朱子名臣言行錄》。惟今本《名臣言行錄》無。

〔註46〕見《宋史》卷四四二本傳。

　　姚鉉在大中祥符四年（西元一○一一年）編有《唐文粹》百卷，其選文標準是「止以古雅爲命，不爲雕琢爲工，故侈言蔓辭，率皆不取」。在其《唐文粹序》中極力讚揚韓愈使「孔子之道，炳然懸諸日月」，他對韓愈的推崇、對唐代古文運動的肯定，後來頗受高平門人石介的稱道。《四庫提要》說：

　　　　于歐、梅未出前，毅然矯五代之弊，與穆修、柳開相應者，實自鉉
　　　　始。〔註47〕

僧人智圓，自號「中庸子」，他力倡古文，以周孔爲宗，著有《閒居編》，其自序云：

　　　　於佛教外，好讀周、孔、楊、孟書，往往學爲古文以宗其道，又愛
　　　　吟五七言詩以樂其性。〔註48〕

智圓在〈錢塘聞聰師詩集序〉一文中指斥當時之文弊說：

　　　　風雅道息，雕篆叢起，變其聲偶其字，逮於今亦已極。〔註49〕

他主張古文就是遵古道而立言，所謂古道即是孔子所傳的仁義五常。其〈送庶幾序〉說：

　　　　夫所謂古文者，宗古道而立言，言必明乎古道者也。古道者何，聖
　　　　師仲尼所行之道也。昔仲尼祖述堯舜，憲章文武，六經大備，要其
　　　　所歸，無越仁義五常也。仁義五常謂之古道也。〔註50〕

由上可知，宋初西崑時文風靡一時之際，仍然有人默默爲詩文革新付出了心力，他們的地位都不高，因此在當時不能造成風潮，但是詩文革新已經萌芽了，只要時機成熟，終必會開花結果。

第二節　范仲淹詩文革新的主張

　　范文正公在北宋的政壇和文壇上是一位勇敢堅毅的改革者，他看到宋初文壇沿承五代的餘緒，文體卑靡，無益於教化，因此他起而反對承襲晚唐、五代的西崑時文，他主張文學應以六經典籍爲根柢，以仁義教化爲內涵，以輔佐王道爲目的。

〔註47〕見《四庫提要》。
〔註48〕見智圓《閒居編》。
〔註49〕見智圓〈錢塘聞聰師詩集序〉。
〔註50〕見智圓〈送庶幾序〉。

他做秀才時就有「以天下爲己任」的抱負，使他成爲一個政治的改革者和文學的革新者，而他詩文革新的目的仍在於輔佐政治，他的一生就是改革的奮鬥史。

從他的詩文與一生行誼中可以探討他詩文革新的主張，現在分項說明如後。

一、文道合一

文正公自稱：「積學於書，得道於心〔註51〕」《四民詩》〈士篇〉云：

　　道從仁義廣，名由忠孝全。〔註52〕

古詩〈謝黃惣太傅見示文集〉云：

　　君子著雅言，以道不以時。〔註53〕

富弼撰〈墓誌銘〉：

　　（文正公）作文章猶以傳名世，不爲空文。〔註54〕

文正公所秉持的道，即是孔、孟的仁義之道，也是韓文公〈原道篇〉的仁義道德之「道」。

我國道統的觀念，起自於《孟子》〈盡心篇〉，即是由堯、舜傳至湯，由湯傳至文、武、周公、孔子之道。文統的觀念則濫觴於《論衡》〈超奇篇〉：

　　文王之文在孔子，孔子之文在仲舒，仲舒既死，豈在長生之徒歟？

〔註55〕

至唐韓愈出而主盟文壇，文統觀念並不取於王充《論衡》，而是與道統合而爲一，韓愈〈原道篇〉說：

　　堯以是傳之舜，舜以是傳之禹，禹以是傳之湯，湯以是傳之文、武、

　　周公，文、武、周公傳之孔子，孔子傳之孟軻，軻之死不得其傳焉。

〔註56〕

文正公的文學思想與韓愈有頗多契合之處，韓愈「非三代兩漢之書不敢觀，非聖賢之志不敢存」文正公則「恥讀非聖之書」，並且對北宋時文「不追三代

〔註51〕見《范文正公集》第九卷，〈興周驟推官書〉。
〔註52〕同《范文正公集》第一卷，〈四民詩〉〈士篇〉。
〔註53〕同註51，〈謝黃惣太傅見示文集〉。
〔註54〕見《范文正公集》附錄《褒賢集》，富弼撰〈墓誌銘〉。
〔註55〕見王充《論衡》〈超奇篇〉。
〔註56〕見韓愈〈原道篇〉。

之高，而尙六朝之細」深感痛惡，與韓文公反對六朝浮豔文風相似，對於文統與道統的觀念也相一致。

在文學創作方面，後世都稱讚文正公「凡爲文章，必本之仁義」。富弼說：

> 作文章猶以傳道名世，不爲空文。〔註57〕

蘇東坡說：

> 其於仁義、禮樂、忠信、孝弟，蓋如飢渴之於飮食，欲須臾忘而不可得，如火之熱、如水之濕，蓋其天性有不得不然者，雖弄翰戲語，率然而作，必歸於此。〔註58〕

朱熹說：

> 到范文正等人，漸漸刊落枝葉，務去理會政事，思學問見於用處。
> 〔註59〕

由於文正公主張以仁義教化爲文學之內涵，文學的目的乃在於輔佐王道，因此郭紹虞《中國文學批評史新編》稱他爲政治家文論：「政治家則於經中求其用」〔註60〕，羅根澤《中國文學批評史》則稱他爲經術派文論，認爲「經術派既然於重術，由是對政治要求王霸並用，對文學要求闡述政教〔註61〕」；事實上，文正公固然主張學以致用，但並未重道而輕文。相反的，他不但重視文章的內涵美，也重視文章的形式美。

二、反對西崑時文

北宋建國之後，爲了防止中、晚唐以來的藩鎮割據，宋太祖在奪取後周政權的第二年，即採行趙普的建議，實施中央集權措施，在「杯酒釋兵權」中面告石守信等宿將功臣，要他們「多積金帛田宅以遺子孫，置歌兒舞女以終天年」。在統治者的刻意粉飾太平之下，宋初建國就沒有漢唐興國時的恢宏氣象。在文壇上，繼承了晚唐五代的浮靡作風，片面追求聲律的諧協和詞采的華美。

〔註57〕 同註4。
〔註58〕 見蘇東坡〈范文正公集敘〉。
〔註59〕 見朱熹《朱子語類》卷一二○，〈訓門人〉。
〔註60〕 見郭紹虞《中國文藝思潮史——中國文學批評史新編》。
〔註61〕 見羅根澤《中國文學批評史》第六篇〈兩宋文學批評史〉第五章〈王安石及其他經術派的政教文學說〉，一〈范仲淹的崇經術與黜詩賦〉。

　　當時帝王將相、達官貴人、巨商豪富，日夜飲宴，過著窮奢極侈的生活。他們賦詩作文、唱和酬答，大都是歌功頌德、粉飾太平，或花前月下，倚紅偎翠、淺酌低唱的作品，而領袖文壇的是楊億、劉筠、錢惟演等人。

　　楊億編有《西崑酬唱集》二卷，參與酬唱的有劉筠、錢惟演、李宗諤、陳越、李維、劉隲、丁謂、刁衎、張詠、錢惟濟、任隨、舒雅、晁迥、崔遵度、薛映、劉秉等人。他們所作詩文，一以李商隱為宗，極盡豔麗雕鏤之能事。

　　自《西崑集》刊行之後，時人爭相仿效，「楊、劉風采，聳動天下〔註62〕」，他們的作品都是「綴風月，弄花草，淫巧侈麗，浮華纂組〔註63〕」，無益於世道教化，與西崑詩文對抗的就是詩文革新運動。

　　首先發難攻擊西崑詩文的是柳開，他說：

　　　　代言文章者，華而不實，取其刻削為工，聲律為能。刻削傷於樸，

　　　　聲律薄於德，無樸與德，於仁義禮知信也何？〔註64〕

其後相繼倡為詩文革新的，尚有王禹偁、穆修等人，文正公敘述宋初文風之革新過程說：

　　　　唐正元、元和之間，韓退之主盟於文而古道最盛。懿僖以降，寖及

　　　　五代，其體卑弱。皇朝柳仲塗（開）起而麾之，髦俊率從焉，仲塗

　　　　門人能師經探道，有文於天下者多矣。洎楊大年（億）以應用之才，

　　　　獨步當世，學者刻辭鏤意，有希劈戞，未暇及古也。其間甚者，專

　　　　事藻飾，破碎大雅，反謂古道不適於用，廢而弗學者久之。洛陽尹

　　　　師魯（洙）少有高識，不逐時軰，從穆伯長（修）游，力為古文。

　　　〔註65〕

西崑詩文內容空洞，外表華麗，缺乏真實感情，不問民生疾苦，文正公深惡痛之。他以政治家的弘毅與膽識，在銳意革新政治的同時，奮力抨擊西崑時文的流毒，批評他們的作品是學步效顰，忘己之實，又變本加厲，增華相濫，失去了詩文的諷勸作用和教化功能。他說：

　　　　五代以還，斯文大剝，悲哀為主，風流不歸。皇朝龍興，頌聲來復，

　　　　大雅君子，當抗心於三代。然九州之廣，庠序未振，四始之奧，講

〔註62〕見歐陽修《六一詩話》。

〔註63〕見《正誼堂全書》《石守道先生集》卷下，〈怪說〉。

〔註64〕見《河東集》第五卷，〈上王學士第三書〉。

〔註65〕見《范文正公集》第六卷，〈尹師魯河南集序〉。

議蓋寡，其或不知而作，影響前輩，因人之尚，忘己之實，吟詠性
情而不顧其分，風賦比興而不觀其時，故有非窮途而悲，非亂世而
怨，華車有寒苦之述，白杜爲驕奢之語，學步不至，效顰則多，以
至靡靡增華，惜惜相濫，仰不主乎規諫，俯不主乎勸誡，抱鄭、衛
之奏，責夔曠之賞，游西北之流，望江海之宗者，有矣。〔註66〕

文正公〈奏上時務書〉說：

我聖朝千載而會，惜手不追三代之高，而尚六朝之細。〔註67〕

由此可見文正公反對沿襲六朝、五代餘緒的西崑時文，因爲他們只是一味的
追求文采華美，而無益於世道教化。值得注意的是文正公反對西崑時文，但
對楊億本人卻十分尊敬，除稱讚他「以應用之才，獨步當世」之外，更有〈楊
文公寫眞贊〉一文，大加推重：

楊公以武夷之靈，降於我宋，在太宗朝以神童被召，三命至著作佐
郎，直集賢院。在眞宗朝，薦當清近，終翰林學士、工部侍郎。公
以斯文爲己任，繇是東封西祀之儀，修史修書之局，皆歸大手，爲
皇家之盛典，當時臺閣英游，蓋多出於師門矣。而命世之才，其位
不允，故天下知公之文，而未知其道也。〔註68〕

可知文正公並不反對楊億其人，其所反對著乃是後學者學步效顰，摸擬失眞，
專事藻飾，破壞大雅，無益於教化的文學作品。

三、以六經爲根柢

中國文學的根源在於聖人所傳的經典，亦即孔子所刪述的《易》、《書》、
《詩》、《禮》、《樂》、《春秋》六經。其後《樂經》亡於秦火，漢置五經博士，
即以《易》、《書》、《詩》、《禮》、《春秋》爲五經。劉勰《文心雕龍》〈宗經篇〉
說：

皇世三墳，帝代五典，重以八索，申以九丘，歲歷綿曖，條流粉糅。
自夫子刪述，而大寶咸耀。於是《易》張十翼，《書》標七觀，《詩》
列四始，《禮》正五經，《春秋》五例，義既極乎性情，辭亦匠於文
理，故能開學養正，昭明有融。〔註69〕

〔註66〕 見《范文正公集》第五卷，〈唐異詩序〉。
〔註67〕 見《范文正公集》第七卷，〈奏上時務書〉。
〔註68〕 同註51，第五卷，〈讚〉。
〔註69〕 見劉勰《文心雕龍》〈宗經篇〉。

我國第一位文學理論家劉勰在此正式標舉了《易》、《書》、《詩》、《禮》、《春秋》為中國文學的本源。

　　六經係孔子所刪述者，雖然樂經已不存在，但是「樂」的中正和平，可以陶冶人的性情，所以歷來的學者、作家仍然是「六經」並舉。西漢大文學家、大史學家司馬遷作《史記》，他在〈太史公自序〉說：

> 《易》，著天地陰陽四時五行，故長於變。《禮》，經紀人倫，故長於行。《書》，紀先王之事，故長於政。《詩》，紀山川谿谷，牝牡雌雄，故長於風。《樂》，樂所以立，故長於和。《春秋》，辨是非，故長於治人。是故《禮》以節人，《樂》以發和，《書》以道事，《詩》以達意，《易》以道化，《春秋》以道義。撥亂世，反之政，莫近於《春秋》。〔註70〕

經典是中國文學的根源，也是中國文學創作的源泉，《文心雕龍》〈宗經篇〉說：

> 文能宗經，體有六義：一則情深而不詭，二則風清而不雜，三則事信而不誕，四則義貞而不回，五則體約而不蕪，六則文麗而不淫。〔註71〕

文正公少孤而力學，游心儒學，為大通六經之士，《宋元學案》〈高平學案〉說：

> 先生泛通六經，尤長於《易》，學者多從質問，為執經講解，亡所倦，並推其俸以食四方游士，士多出其門下。〔註72〕

文正公精通六經，他革新詩文的動機乃是看到當時學者不根乎經典，以致於文庫不振，文風卑弱。他說：

> 今文庫不振，師道久缺，為學者，不根乎經籍，從政者，罕議乎教化，故文章柔靡，風俗巧偽。〔註73〕

因此，他一再主張「勸學宗經」〈上時相議制舉書〉說：

> 善國者，莫先育材，育材之方，莫先勸學；勸學之道，莫尚宗經，宗經則道大，道大則才大，才大則功大。蓋聖人法度之言存乎《書》，安危之幾存乎《易》，得失之鑒存乎《詩》，是非之辯存乎《春秋》，

〔註70〕　見司馬遷《史記》，〈太史公自序〉。
〔註71〕　同註69。
〔註72〕　見《宋元學案》〈高平學案〉。
〔註73〕　見《范文正公集》，〈上時相議制舉書〉。

> 天下之制存乎《禮》，萬物之情存乎《樂》，故俊哲之人入乎六經，
> 則能服法度之言，察安危之幾，陳得失之鑒，析是非之辯，明天下
> 之制，盡萬物之情。〔註74〕

又說：

> 傅識之士，當於六經之中，專師聖人之意。〔註75〕

文正不但主張在教育上教以六經，以培養學士深厚之根柢，又進一步主張在
國家考試掄才之時，先之以六經，次之以正史。他說：

> 如能命試之際，先之以六經，次之以正史，該之以方略，濟之以時
> 務，使天下賢俊，翕然修經濟之業，以教化爲心，趨聖人之門，成
> 王佐之器，十數年間，異人傑士，必穆穆於王庭矣。〔註76〕

後來文正公主持慶曆新政在〈答手詔條陳十事〉「知貢舉」一項中仍然強調他
的主張，可見文正公深切明瞭六經是中國文學的根源，也是中國文學創作的
根柢，學者能夠宗經，必能求得經中之意，無論爲學、爲政、爲詩、爲文、
爲教，都可以無施而不可，無入而不自得。

四、以仁義教化爲內涵

《詩經》〈大序〉說：

> 治世之音，安以樂；亂世之音，怨以怒；亡國之音，哀以思。〔註77〕

文風與國運互爲表裡，一般而言，興國的氣運，常是向上而且進步；亡國的
風氣，常是消極而且姑息，所以治世的文學，雍容而有太平的氣象；亂世的
文學，多是激越而有悲痛的韻致。文正公深明其中道理，他說：

> 文章以薄，則爲君子之憂，風俗其壞，則爲來者之資。〔註78〕

他認爲文章是風化的代表，其〈上時相議制舉書〉說：

> 某聞前代盛衰，與文消息。觀虞夏之純，則可見王道之正，觀南朝
> 之麗，則知國風之衰。惟聖人質文相救，變而無窮，前代之季，不
> 能自救，則有來者，起而救之。〔註79〕

〔註74〕 同註73。
〔註75〕 見《范文正公集》第九卷，〈與歐靜書〉。
〔註76〕 同註73。
〔註77〕 見《詩經》〈大序〉。
〔註78〕 同註73。
〔註79〕 同註78。

在〈奏上時務書〉中也提出同樣的看法。他說：

> 臣聞國之文章，應於風化；風化厚薄，見乎文章。是故觀虞夏之書，
> 足以明帝王之道，覽南朝之文，足以知衰靡之化，故聖人之理天下
> 也，文弊則救之以質，質弊則救之以文。質弊而不救，則晦而不彰；
> 文弊而不救，則革而將落。前代之季，不能自救，以至于大亂，乃
> 有來者，起而救之。〔註80〕

爲了拯救文弊，他主張由教育入手，以充實學子之內涵。使其辨之以文、行、
忠、信。他說：

> 當太平之朝，不能教育，俟何時而教育哉！……先於都督之郡，復
> 其學校之制，約周官之法，與闕里之俗，辟文舉掾，以專其事，教
> 之以《詩》、《書》、《禮》、《樂》，辨之以文行忠信。〔註81〕

他又主張應用政治力量，以改變文風。他說：

> 然文章之列，何代無人？蓋時之所尚，何能獨變？大君有命，孰不
> 風從？可敦諭詞臣，興復古道，更延博雅之士，布於臺閣，以救斯
> 文之薄，而厚其風化也。〔註82〕

文正公一心志在「興復古道」，此道即是仁義之道，他常以「涉道素淺」、「涉
道尙淺」自我惕勵，他自稱：「少乃從學，游心儒術，決知聖道之可行〔註83〕」
又說：「積學於書，得道於心〔註84〕」，爲三十餘年，他一心一意希聖希賢，
希望做到「致君於無過，致民於無怨」〔註85〕，因此他的態度是「思苦口以
進言，勵清心而守道〔註86〕」。又說：「古人之道可行，明主之恩必報〔註87〕」。
他對於當時士風不能以誠存心，而致喪失古道，深表不滿，他說：

> 今士材之間，患不稽古，委先王之典，宗叔世之文，詞多纖穢，士
> 惟偷淺，言不及道，心無存誠。〔註88〕

他以「道」稱許有功於詩文革新的學者，他說：

〔註80〕　同註67。
〔註81〕　見《范文正公集》第八卷，〈上執政書〉。
〔註82〕　同註67。
〔註83〕　見《范文正公集》第十六卷，〈遺表〉。
〔註84〕　同註51。
〔註85〕　見《范文正公集》第八卷，〈上資政晏侍郎書〉。
〔註86〕　見《范文正公集》第十七卷，〈謝賜鳳茶表〉。
〔註87〕　同註86。
〔註88〕　見《范文正公集》第八卷，〈上執政書〉。

韓退之主盟於文，而古道最盛。〔註89〕

又說：

遽得歐陽永叔，從而大振之，由是天下之文一變，而其深有功於道
歟！〔註90〕

文正公一再所強調的「道」，即是存於六藝經典的古聖先賢之道，亦即是孔孟
的仁義之心。

教化仁義之道，莫先於名，因爲「聖人崇名教，而天下始勸」，他說：

孔子作春秋，即名教之書，善者褒之，不善者貶之，使後世君臣愛
令名而勸，畏惡名而懼矣。〔註91〕

他守桐廬郡時，即構嚴子陵祠堂而爲之記，乃是表彰其高潔人品。文正公獎
掖人才，亦以名教爲重，如奏薦胡瑗、李覯充學官，奏薦杜杞、孫復等充館
職〔註92〕，又如啓發張載說：「自有儒者名教可樂，何事於兵〔註93〕」，因此
導之「以入聖之室〔註94〕」。

對於文學創作，文正公主張以仁義教化爲內涵，乃能感天地而動鬼神，
他說：

詩之爲意也，範圍乎一氣，出入乎萬物，卷舒變化，其體甚大，故
夫喜焉如春，悲焉如秋，徘徊如雲，崢嶸如山，高乎如日星，遠乎
如神仙；森如武庫，鏘如樂府；羽翰乎教化之聲，獻酬乎仁義之醇；
上以德於君，下以風於民。不然，何以動天地而感鬼神哉！〔註95〕

文正公既以「仁義教化」爲文學之內涵，所以他本身的文學創作都本之仁義，
不作空疏無本之文。富弼撰〈墓誌銘〉說：

作文章猶以傳道名世，不爲空文。〔註96〕

毛一鷺〈范文正公集序〉說：

爲文章論說，必本之仁義。

〔註89〕同註65。
〔註90〕同註65。
〔註91〕見《范文正公集》第八卷，〈上資政晏侍郎書〉。
〔註92〕見《范文正公政府奏議》下卷，〈奏爲薦胡瑗李覯充學官〉、〈奏杜杞等充
館職〉。
〔註93〕見《宋元學案》卷三，全祖望〈高平學案〉序錄。
〔註94〕同註93。
〔註95〕見《范文正公集》第六卷，〈唐異詩序〉。
〔註96〕同註54。

蘇軾〈范文正公集〉說：

> 今其集二十卷，爲詩賦二百六十八，爲文一百六十五。其於仁義禮
> 樂、忠信孝悌，蓋如飢渴之於飲食，欲須臾忘而不可得，如火之熱、
> 如水之濕，蓋其天性有不得不然者，雖弄翰戲語，率然而作，必歸
> 於此。

由於文正公志在興復古道，獻酬乎仁義教化，因之「文以鼓天下之動，學以
達天下之志〔註97〕。」

五、以輔佐王道爲目的

文正公是一代大政治家，他的政治革新與詩文革新互爲表裡，相輔相成，
最終目的則在於輔佐王道。

他在天聖三年（西元一〇二五年）第一次提出詩文革新的主張，乃是他
深切明白文學與國家興盛衰亡的關係。他說：

> 是故觀虞夏之書，足以明帝王之道。覽南朝之文，足以知衰靡之化。
> 〔註98〕

因此他主張拯救文弊，以厚其風化。他說：

> 惟聖帝明王，文質相救，在乎己，不在乎人。易曰：窮則變，變則
> 通，通則久，亦此之謂也。……可敦諭詞臣，興復古道，更延博雅
> 之士，布於臺閣，以救斯文之薄，而厚其風化也。天下幸甚！〔註99〕

拯救文弊，必須以六爲根柢，以仁義教化爲內涵，如此乃能輔佐王道。他說：

> 故俊哲之人，入乎六經，則能服法度之言，察安危之幾，陳得失之
> 鑒，析是非之辯，明天下之制，盡萬物之情。使斯人之徒，輔成王
> 道，復何求哉。〔註100〕

〈唐異詩序〉說：

> 羽翰乎教化之聲，獻酬乎仁義之醇，上以德於君，下以風於民。不
> 然，何以動天地而感鬼神哉！〔註101〕

〔註97〕見《范文正公集》第八卷〈上張右丞書〉。
〔註98〕同註67。
〔註99〕同註67。
〔註100〕見《范文正公集》第九卷〈上時相議制舉書〉。
〔註101〕同註66。

文正公在此指出文學創作的目的乃是「上以德於君，下以風於民」，亦即是文學的終極目的，必須具有輔佐王道，羽翼教化的功能。

文正公詩文革新與教育革新、政治革新的目標都是一致的，最後是培養俊傑之士，成為王佐之器。他說：

> 使天下賢俊，翕然修經濟之業，以教化為心，趨聖人之門，成王佐之器。〔註102〕

他本身的文學創作正足貫徹他的詩文革新主張，而奉行不渝，《范文正公集》蔡增譽〈序〉說：

> 文正公非特文章不可及，其浩然之氣不可及。……其議論根本仁義，其經濟兼資文武，當時識者皆以三代王佐許之。

《四庫提要》說：

> 仲淹人品事業，卓絕一時，本不借文章以傳，而貫通經術，明體達用。凡所論著，一一皆有本之言，固非虛飾詞藻者所能，亦非高談心性者所及。觀仲淹之人與仲淹之文，可以知空言、實效之分矣。
> 〔註103〕

可見文正公一生為學、作文不尚空言，誠如朱熹所說的「思學問見於用處」，詩文改革的最後目的亦如政治改革相同，以輔佐王道為其目的。

第三節　范仲淹詩文革新的目的

范文正公是政治改革家，也是詩文革新運動的倡導人，他改革詩文的主張與刷新政治的策略相輔相成，互為表裡。

他一生「以天下為己任」，具有「先憂後樂」的憂患意識。他憂國憂民，憂的是政風頹靡、文風卑弱、士風不振，因此提倡教育、興復古道、改革文弊，希望藉助文風的改善，以提振士風，振興政風，以達到國強民富的境地。

文正公從事詩文革新運動的主要目的有三：一為拯救文弊，二為興復儒學，三為振作士風，以下我們進一步分析。

〔註102〕同註100。
〔註103〕見《四庫全書》集部，別集，類五。

一、拯救文弊

西元九六○年，宋興，結束了五代十國的混亂局面。趙匡胤在陳橋兵變，黃袍加身，登上帝位的第二年，為了防止可能的武裝叛變，採取了大臣趙普的建議，實施中央集權，削弱藩鎮力量，在「杯酒釋兵權」中，面告石守信等宿將功臣，要他們「多積金錢，厚自娛樂」，「多置歌兒舞女，日夕飲酒相歡，以終天年。」於是君王將相、達官貴人、巨商富賈，竟日宴飲歡樂、唱和酬答，歌舞昇平，倚紅偎翠，文風頹靡卑弱可以想見。

基本上，宋初開國，在文壇上仍然承襲著五代的浮靡文風。陳同父說：

> 夫文弊之極，自古豈有踰於五代之際哉？卑陋萎弱，其可厭甚矣。

宋初文風，承五代餘緒，以駢儷為文，極盡豔麗雕鏤之能事。由於帝王的提倡，主唱臣和，晚唐五代以來的浮靡文風仍然繼續的發展。趙景安《雲麓漫鈔》卷八云：

> 本朝之文，循五代之舊，多駢儷之詞。

《四庫提要》卷一五二〈孫明復小集提要〉亦云：

> 宋初承五代之弊，文體卑靡。〔註104〕

真宗時代，楊億、劉筠、錢惟演等人以李義山為宗，酬唱吟詠，時有「江東三虎」之稱。他們三人時相標榜，大中祥符元年（西元一○○八年），楊億編《西崑酬唱集》，並自作序云。

> 余景德中，忝佐修書之任，得接羣公之遊。時今紫微錢君希聖，祕閣劉君子儀，並負懿文，尤精雅道。雕章麗句，膾炙人口。予得久遊其牆藩，而資其楷模。二君成人之美，不我遐棄。博約誘掖，真之同聲，因以歷覽遺編，研味前作。挹其芳潤，發於希慕。更迭唱和，互相切劘。而予以固陋之姿，參酬繼之末。入蘭遊霧，雖復益以居多。觀海學小，歎知量而中止。……取玉山第府之名，命之曰《西崑酬唱集》云爾。〔註105〕

在《西崑集》中，包含作家十七人，都以四六文見長，以「雕章麗句」為能事。「以漁獵掇拾為博，以駢儷鬥豔為工，嬌然華美，而骨氣不存」，是其特色。自編出後，時人爭相效顰，號稱「西崑體」，為之風靡一時。金人元好問詩云：

〔註104〕見《四庫提要》卷一五二，〈孫明復小集提要〉。
〔註105〕見楊億《西崑酬唱集》。

望帝春心託杜鵑，佳人錦瑟怨華年。

詩家總愛西崑好，獨恨無人作鄭箋。〔註106〕

可見其艱澀費解之弊，徒然競逐靡豔之辭而已。他們的作品組織華麗，用事精確，對偶工整，但是內容空洞，缺乏真實感情，不問民生疾苦，根本談不上教化諷諫的功能。

> 文正公志在救世救民，主張為詩為文必須有益於教化，他對於楊億等人的西崑詩文，提出強而有力的批判，認為他們「專事藻飾，破碎大雅〔註107〕」又進而批評他們，或不知而作，影響前輩，因人之尚，忘己之實。吟詠性情，而不顧其分；風賦比興，而不觀其時。故有非窮途而悲，非亂世而怨，華車有寒苦之述，白社為驕奢之語，學步不至，效顰則多，以至靡靡增華，惛惛相濫。(〈唐異詩序〉)
> 〔註108〕

文正公認為五代之所以衰亡與文風的頹靡，有不可分離的關係。他說：

> 五代以還，斯文大剝，悲哀為主，風流不歸。(〈唐異詩序〉)〔註109〕

他批判承繼晚唐五代的西崑詩文作品，「仰不主乎規諫，俯不主乎勸誡。〔註110〕」主張文章是風化的代表。他說：

> 國之文章，應於風化，風化厚薄，見乎文章。是故觀虞夏之書，足以明帝王之道；覽南朝之文，足以知衰靡之化。故聖人之理天下也，文弊則救之以質，質弊則救之以文。質弊而不救，則晦而不彰；文弊而不救，則華而將落。前代之季，不能自救，以至於大亂，乃有來者，起而救之。故文章之薄，則為君子之憂。風化其壞，則為來者之資。惟聖帝明王，文質相救，在乎己，不在乎人。易曰：窮則變，變則通，通則久，亦此之謂也。(〈奏上時務書〉)〔註111〕

文正公以當代「不追三代之高，而尚六朝之細」為憾，進而主張以政治力量，拯救斯文之薄。他說：

〔註106〕見元好問詩。

〔註107〕見《范文正公集》第六卷，〈尹師魯河南集序〉。

〔註108〕同註66。

〔註109〕同註108。

〔註110〕同註107。

〔註111〕見《范文正公集》第七卷，〈奏上時務書〉。

> 伏望聖慈，與大臣議文章之道，師虞夏之風。況我聖朝，千載而會，
> 惜乎不追三代之高，而尚六朝之細。然文章之列，何代無人？蓋時
> 之所尚，何能獨變？大君有命，孰不風從？可敦諭詞臣，興復古道，
> 更延博雅之士，布於臺閣，以救斯文之薄，而厚其風化也。（〈奏上
> 時務書〉）〔註112〕

文正公以拯救文弊，扭轉文風爲己任。他說：

> 某聞前代盛衰，與文消息：觀虞夏之純，則可見王道之正，觀南朝
> 之麗，則知國風之衰；惟聖人質文相救，故變而無窮。前代之季，
> 不能自救，則有來者起而救之。是故文章以薄，則爲君子之憂……
> 是將復小爲大，抑薄歸厚之時也。斯文丕變，在此一舉。（〈上時相
> 議制舉書〉）〔註113〕

由此可見詩文革新的目的，乃是拯救文弊，以厚其教化。

二、振興儒學

　　《宋史》〈忠義傳序〉云：「士大夫忠義之氣，至於五季，變化殆盡。宋
之初興，范質、王溥猶有餘憾，況其他哉！」北宋雖興，但五代頹靡之風延
申而未戢，全祖望稱自北宋太祖開國，歷太宗、眞宗，至仁宗，六十餘年，
可以稱爲「儒林之草昧」時期。

　　然而此一「儒林之草昧」時期，因范文正公登高一呼，出而振興儒學，
在高平講友胡安定、孫泰山、周敦頤，高平同調韓琦、歐陽修、哲嗣純祐、
純仁、純禮、純粹及高平門人富弼、張方平、張載、石介、李覯、劉牧、呂
希哲，師友門人相互激盪，振衰起弊，草昧中露出曙光，北宋學風終於在文
正公的砥礪鼓舞中躍然興起，煥發出耀眼的光芒。全祖望說：

> 有宋眞仁二宗之際，儒林之草昧也。當時濂洛之徒，方萌芽而未出，
> 而睢陽戚氏在宋，泰山孫氏在齊，安定胡氏在吳，相與講明正學，
> 自拔於塵俗之中。亦會值賢者在朝，安陽韓忠獻公，高平范文正公，
> 樂安歐陽文忠公，皆卓然有見於道之大概，左提右挈，於是學校徧
> 於四方，師儒之道以立。〔註114〕

〔註112〕同註111。
〔註113〕見《范文正公集》第九卷，〈上時相議制舉書〉。
〔註114〕見全祖望《五先生書院記》。

文正公是一位刻苦力學、飽讀詩書、大通六經之士，他從事詩文革新的目的乃在於振興儒學。他在〈上時相議制舉書〉中說：

> 今文庠不振，師道久缺，爲學者，不根乎經籍，從政者，罕議乎教
> 化，故文章柔靡，風俗巧僞。〔註115〕

北宋建國以來，文風卑弱，士風頹廢，文正深以爲憂，因爲「文庠不振，師道久缺」，所以他以「興學育才」「興復古道」爲己任。二十七歲中舉進士，首次步入政壇，被派爲廣德軍司理參事時，即請來了三位名士做爲老師，爲廣德地方興辦教育。三十八歲丁母憂，守制南京時，出掌應天府學，以六經教導學生。司馬光在《涑水紀聞》中稱讚他「訓督學者，皆有法度，勤勞恭謹，以身先之。」文正志在振興儒學，既身教之，又言教之，由是四方學者輻輳，宋人以文學有聲名於場屋朝廷者，都出自他的門下。司馬光說：

> 晏丞相殊留守南京，仲淹遭母憂，寓居城下，晏公請掌府學，仲淹
> 嘗宿學中，訓督學者，皆有法度，勤勞恭謹，以身先之。夜課諸生，
> 讀書寢食，皆立時刻，往往潛至齋舍詞之，見有先寢者詰之，其人
> 給云：「適疲倦暫就枕耳。」仲淹問：「未寢之時觀何書？」其人亦
> 妄對，仲淹即取書問之，其人不能對，乃罰之。出題使諸生作賦，
> 必先自爲之，欲知其難易，及所用意，使學者準以爲法。由是四方
> 從學者輻輳，其後宋人以文學有聲名於場屋朝廷者，多其所教也。
>
> 〔註116〕

文正重視教育，興學育才，以身教爲先，目的在培植振興儒學之士，以樹立優良學風。

四十六歲（景祐元年，西元一○三四年），文正返回故鄉蘇州任官，興建府第，翌年（景祐二年）將遷居時，因陰陽家說：「此勝地也，必踵生公卿。」文正認爲「吾家有其貴，孰若天下之士咸教育於此，貴將無已焉。」乃捐宅興學，奏請立爲郡學，禮聘胡瑗來此任教。《年譜》云：

> 景祐二年，公在蘇州，奏請立郡學。先是公得南園之地，既卜築而
> 將居焉，陰陽家謂必踵生公卿。公曰：吾家有其貴，孰若天下之士

〔註115〕同註113。
〔註116〕見司馬光《涑水紀聞》卷十。

咸教育於此，貴將無已焉。遂即地建學，既成，或以爲太廣。公曰：
吾恐異日患其隘耳。〔註117〕

胡瑗是一位微寒而苦讀出身的飽學之士，〈安定學案〉說：

家貧無以自給，往泰山與孫明復、石守道同學，攻苦食淡，終夜不
寢，一坐十年不歸，得家書，見上有平安二字，即投之澗中，不復
展，恐擾心也。〔註118〕

胡瑗到職之後，學規良密，督教甚嚴，諸生多不率教，文正乃將其長子純祐
送入郡學，盡行其規，以爲諸生之模範，引導諸生向學向善。《宋史》說：

（純祐）性英悟自得，尚節行，方十歲，能讀諸書，爲文章，籍籍
有稱。父仲淹守蘇州，首建郡學，聘胡瑗爲師，瑗立學規良密，生
徒數百多不率教，仲淹患之，純祐尚未冠，輒自入學，齒諸生之末，
盡行其規，諸生隨之，遂不敢犯，自是蘇學爲諸郡倡。〔註119〕

胡瑗講學以君臣、父子、仁義、禮樂爲體，以詩、書、史、傳、子、集爲文，
以能潤澤斯民歸於皇極者爲用。他在蘇州郡學樹立了優良的學風，其後又演
變爲湖州學規。慶曆年間，建太學於京師，仁宗特命官員到湖州取胡瑗的教
學方法，作爲太學的制度，明令施行。《文獻通考》說：

安定先生胡瑗自慶曆中教學於蘇湖間二十餘年，束脩弟子前後以數
千計，是時方尚辭賦，獨湖學以經義及時務。學中故有經義齋、治
事齋。經義齋者，擇疏通有器局者居之；治事齋者，人各治一事，
又兼一事，如邊防、水利之類。故天下謂湖學多秀彥，其出而筮仕，
往往取高第，及爲政多適於世用，若老於吏事者，由講習有素也。
〔註120〕

景祐二年（西元一〇三五年），文正薦胡瑗對崇政殿，授爲祕書省校書郎〔註
121〕。慶曆四年（西元一〇四四年）又薦舉胡瑗說：

臣竊見前密州觀察推官胡瑗，志窮墳典，力行禮義，見在湖州郡學
教授，聚徒百餘人，不惟講論經旨，著撰詞業，而常教以孝弟，習

〔註117〕見《范文正公集》，〈范文正公年譜〉，景祐二年條。
〔註118〕見《宋元學案》，〈安定學案〉。
〔註119〕見《宋史》卷三一四，〈范仲淹傳〉，附錄子純祐傳。
〔註120〕見《文獻通考》卷四十六，〈學校〉七，頁431～432。
〔註121〕見《宋元學案》，〈胡安定傳〉。

> 以禮法，人人嚮善，閭里歎伏，此實助陛下之聲教，為一代之美事，
> 伏望聖慈，特加恩獎，升之太學，可為師法。〔註122〕

胡瑗因文正公之一再薦舉，先講學於蘇、湖，再講學於太學，又奉命為光祿寺丞，再調職為大理寺丞兼國子監直講，學生逾千人，大興儒學，成為宋代學術之開山祖師。

另一位為《宋元學案》列為宋學開山祖的孫復，早年也受到文正的接濟與激勵。〈泰山學案〉說：

> 范文正在睢陽掌學，有孫秀才者，索游，上謁文正，贈錢一千。明
> 年，孫生復過睢陽，謁文正，又贈一千。因問：「何為汲汲於道路？」
> 生戚然動色曰：「母老無以為養，若日得百錢，甘旨足矣。」文正曰：
> 「吾觀子辭氣，非乞客也，二年僕僕，所得幾何，而廢學多矣。吾
> 今補子學職，月可得三千以供養，子能安於學乎？」生大喜，於是
> 授以《春秋》，而孫生篤學不舍晝夜。明年，文正去睢陽，孫生亦辭
> 歸。後十年，聞泰山下有孫明復先生，以《春秋》教授學者，道德
> 高邁，朝廷召至，乃昔日索游孫秀才也。〔註123〕

文正公振興儒學，愛才如渴，其創立蘇州郡學，曾致書邀請孫復來蘇州講學。〈與孫明復書〉云：

> 足下未嘗遊浙中，或能枉駕，與吳中講貫經籍，教育人材，是亦先
> 生之為政，買山之圖，其在中矣。以來者眾，未易他謀也。之武、
> 公綽二君子，皆持服在此，冬景向嚴，萬萬自愛。〔註124〕

《宋史》稱「瑗治經不如復，而教養諸生過之。〔註125〕」孫復以儒家正統自居，自漢至唐，特別推崇董仲舒、揚雄、王通、韓愈，其春秋學在北宋儒學復興運動中，可說是開風氣之先，他的高弟石介，傳其學，著《春秋說》，是一位北宋詩文革新運動的健將。

文正公自己講學於睢陽，在故鄉蘇州創辦郡學，又主張廣興學校於郡國。他說：

> 古者庠序列於郡國，王風云邁，師道不振，斯文銷散，由聖朝之弗
> 救乎？當太平之朝，不能教育，俟何時而教育哉！……當深思治本，

〔註122〕同註121。
〔註123〕見《宋元學案》，〈泰山學案〉。
〔註124〕見《范文正公集》，〈范文正公尺牘〉卷下，〈孫明復〉一帖。
〔註125〕見《宋史》卷四三二，〈儒林傳〉，二。

漸降古道，先於都督之郡，復其學校之制，約周官之法，與閭里之
俗，辟文學掾，以專其事，教之以詩書禮樂，辨之以文行忠信，必
有良器，蔚爲邦材。〔註126〕

興學育才乃振興儒學之最直接、最有效之方法。文正乃屢次上書，力陳興學
之重要。慶曆四年，仁宗皇帝終於採行其議，下詔令州縣皆立學，我國地方
教育由是蓬勃發展，盡除「文庠不振，師道久缺」的弊病，儒學由此振興，
人才因之鼎盛。

　　爲了革除文弊，振興儒學，提振士風，文正又主張勸學宗經，教之以六
經。他說：

勸學之要，莫尚宗經，……蓋聖人法度之言存乎書，安危之機存乎
易，得失之鑒存乎詩，是非之辨存乎春秋，天下之制存乎禮，萬物
之情存乎樂。故俊哲之人，存乎六經，則能服法度之言，察安危之
機，陳得失之鑒，析是非之辨，明天下之制，盡萬物之情。〔註127〕

爲了達到學者關心教化，能夠經世致用的目的，文正進一步在慶曆新政革新
的十事疏第三項「精貢舉」中，主張命試之際，先之以六經，次之以正史。
他說：

如能命試之際，先之以六經，次之以正史，該之以方略，濟之以時
務，使天下賢俊，翕然修經濟之業，以教化爲心，趨聖人之門，成
王佐之器。十數年間，異人傑士，必穆穆于王庭矣！何患俊乂不允，
風化不興乎？〔註128〕

讀經可以究天人之際，讀史可以通古今之變，循此乃能革除晚唐五代以來頹
靡不振的文風，從而振興儒學。文正公爲官三十餘載，每到一任所，即興辦
學校教育人才，其本意亦在於此。

　　文正公爲振興儒學，獎掖儒士不遺餘力，他推薦胡瑗、孫復、李覯、杜
杞、章岷、尹源、張掞、王益柔、呂士昌、蘇舜欽、楚建中、姚嗣宗、石介
等人蔚爲國用，因此眾多的弟子和志同道合的師友，成爲詩文革新的龐大集
團。他們都是反對西崑時文的健將，也是以興復儒學爲己任的學者，由於師
友的相互激盪、推波助瀾，彼此呼應，終於掃除了晚唐、五代以來的卑弱文
風，從此學者士子不尚雕章麗句的無用之學，而崇尚矯屬士風的儒學。

〔註126〕見《范文正公集》第八卷，〈上執政書〉。
〔註127〕見《范文正公集》第九卷，〈上時相議制舉書〉。
〔註128〕同註127。

三、振作士風

「士」是四民之首，是爲崇高理想奮鬥的讀書人。士風的良窳，關係著國家的盛衰，而文風的振靡又與士風互爲表裡。文正公說：

> 國之文章，應於風化，風化厚薄，見之文章。……故文章之薄，則爲君子之憂，風化好壞，則爲來者之資。〔註129〕

我國五代之時，長期喪亂，君已非君，臣已非臣，文風卑弱，士風頹靡。降至宋初，太祖、太宗以來，雖有名相李沆、王旦諸公，修謹厚重，尚且不能轉移風氣。

文正公對於北宋建國以來，士風澆薄。深感憂慮。其〈四民詩‧士〉云：

> 學者忽其本，仕者浮於職，節義爲空言，功名思苟得。
>
> 天下無所勸，賞罰幾乎息。〔註130〕

他一心以轉移社會風氣爲己任，自奉甚儉，食不重肉，妻子僅給衣食而已。所秉持的，乃是孔子「士志於道，而恥惡衣惡食者，未足與議也〔註131〕」的理念。

文正公自做秀才時，便有「以天下爲己任」的抱負，常常自誦：「士當先天下之憂而憂，後天下之樂而樂。」曾子曰：「士不可以不弘毅，任重而道遠，仁以爲己任，不亦重乎？死而後已，不亦遠乎？〔註132〕」曾子之言，可以說是文正公一生以仁爲己任，鞠躬盡瘁，死而後已的寫照。

他在外任官三十餘年，先後經歷了廣德軍、泰州、睦州、蘇州、饒州、潤州、越州、延州、邠州、鄧州、杭州、青州等地。所到之處，無論任期久暫，都以興學延師，作育英才爲先，他的目的就是弘揚名教，振作士風。

仁宗景祐元年，知睦州，到任不到半年，除擴建郡學外，並在距城五十里的子陵釣臺，爲嚴光立祠，並爲之記，云：

> 先生之心，出乎日月之上；光武之器，包乎天地之外。微先生，不能成光武之大。微光武，豈能遂先生之高哉？而使貪夫廉，懦夫立，是有大功於名教也。某來守是邦，始搆堂而奠焉。迺復其爲後者四家以奉祠事。又從而歌曰：雲山蒼蒼，江水泱泱，先生之風，山高水長。〔註133〕

〔註129〕同註111。
〔註130〕見《范文正公集》第一卷，〈四民詩〉，〈士〉篇。
〔註131〕見《論語》〈里仁篇〉。
〔註132〕見《論語》〈泰伯篇〉。
〔註133〕見《范文正公集》第七卷，〈桐廬郡嚴先生祠堂記〉。

文正公建嚴先生祠，作〈桐廬嚴先生祠堂記〉之用意，旨在表彰嚴光之氣節，藉以崇尚名教，振作士風，以改善社會風氣。

　　北宋士風，企慕富貴和耽於獨樂，非常普遍。達官貴人都樂於買園置宅，頤養天年，洛陽園林之盛，爲各地之冠，如趙普有韓王園、呂蒙正有文穆園，董氏有東西園。晚於文正公者，如司馬光有獨樂園、文彥博有東田等，購園建宅，蔚爲風尚，惟文正公拒絕在洛陽置園之議。他說：

> 人苟有道義之樂，形骸可外，況居室乎？吾今年踰六十，生且無幾，乃謀樹第治圃，願何時而居乎？吾之所患，在位高而難退，不患退而無居也。且西都士大夫園林相望，爲主人者莫得常游，而誰獨障吾游者，豈必有諸己而後爲樂也？〔註134〕

文正公不願獨樂，乃爲砥礪士風，爲天下倡導。皇祐三年，以衰病之身，恭書韓愈所撰之〈伯夷頌〉，一則表其對伯夷之景仰崇敬，一則倡導名節，振作士風，以力矯五代以來廉恥道喪的餘毒。臺哈巴哈說：

> 魏國文正范公，在宋朝爲名臣稱首，當時論者，或直以爲聖人，……然公不他書，而書韓子伯夷頌者，尤見公切切於綱常世教，未嘗一日而忘也，披玩再三，令人斂衽起敬。（〈補編〉卷三、臺哈巴哈）
> 〔註135〕

柳貫說：

> 皇祐三年領青社，用黃素小楷書〈伯夷頌〉寄蘇才翁，蓋去公薨半歲耳。〔註136〕

郭隉書云：

> 其平生特立獨行之志，夷險一節，老且死不變，而見於心畫者如此。
> 與守桐廬日，祠嚴子陵祠同意，清風凜乎其相劘也。〔註137〕

文正公一生爲人、處事、爲學、從政、讀書、寫字都本之仁義，其心其志，乃欲倡節義，而振士氣也。誠如張伯淳所言：

> 幸獲睹范公之所書，義士仁人，壯顏毅色，凜在心目間。使頑者懦者一見，且泚汗破膽，知畏議論。〔註138〕

〔註134〕見《歷代名臣言行錄》卷一。
〔註135〕見《范文正公集補編》卷三，〈題跋〉，〈跋文正公手書伯夷頌墨蹟〉。
〔註136〕見文淵閣《四庫全書》《范文正公集》附之《補編》。
〔註137〕同註136。
〔註138〕同註136。

文正公〈四民詩〉〈士篇〉開首八行即在闡明古聖王明主用士之道，以德爲先，仁人志士以仁義發揚道統，以忠孝博得名節，君王則賞罰分明，使得美惡昭然明白。詩云：

前王詔多士，咸以德爲先。道從仁義，名由忠孝全。

美祿報爾功，好爵縻爾賢，黜陟金鑑下，昭昭孋與妍。

此道日以疏，善惡何茫然，君子不斥怨，歸諸命與天，

術者乘其隙，異端千萬感。天道入指掌，神心出胸臆，

聽幽不聽明，言命不言德。學者忽其本，仕者浮於職，

飭義爲空言，功名思苟得，天下無所勸，賞罰幾乎息。

陰陽有變化，其神固不測，禍福有倚伏，循環亦無極，

前聖不敢言，小人爾能臆。禪竈方激楊，孔子甘寂默，

六經無光輝，反如日月蝕，大道豈復興，此弊何時抑，

末路競馳騁，澆風揚羽翼，昔多松柏心，今皆桃李色，

願言造物者，回此天地力。〔註139〕

〈四民詩〉〈士篇〉先闡明「士」當以發揚聖道仁義爲己任，君王用人亦以德行爲先，繼而指出今日士風頹廢，離經叛道，不講求修身養性，不顧全忠孝名節，使得六經無光輝。最後感慨昔日的士人，都是像松柏一般堅貞的仁人志士，今日多的是阿諛取悅於人的桃李顏色。結尾說：「願言造物者，回此天地力。」雖然託言造物者回此天地力，但文正公卻以一身擔任此一重任，提振士風成爲他一生奮鬥的目標，可見文正公革新文風的目的正是振作士風。

日人麓保孝撰《北宋に於ける儒學の展開》，認爲文正公遭逢「五代以還，詞令尚華靡」的時代，他居然能重振士氣，復歸道統，以爲北宋正學的「中核」之首，誠屬古今難得的傑才。

《宋史》說：

（范仲淹）每感激論天下事，奮不顧身，一時士大夫矯厲尚風節，

自仲淹倡之。〔註140〕

文正公「進亦憂，退亦憂」，表現在詩文上是「本之仁義，不尚空言」，形之奏章是「寧鳴而死，不默而生〔註141〕」，忠誠許國，敢行敢言，剛正不阿，屢

〔註139〕同註130。

〔註140〕見《宋史》卷三一四，列傳第七十三。

〔註141〕見《范文正公集》，〈靈烏賦〉。

犯天顏，因之，開北宋論政之風，影響所及，士風丕變，知所慕效。《宋史》
說：

范文正公初以忠言讜論聞於中外，天下賢士爭相稱慕。

五代以來，長期的士風頹靡不振，由於文正公的登高一呼，興學育才，教以
六經，改革詩文，以名節相高，以廉恥相尚，乃大振士風，盡去五代的陋習。
朱熹說：「本朝惟范文正振作士大夫之功最多」洵爲知言。

第六章　范仲淹在北宋詩文革新的地位和影響

　　「以天下爲己任」的范文正公，立志以先知覺後知，以先覺覺後覺。「尤長於《易》」，使他對時代充滿了憂患意識。積弱、積貧的時代，使他成爲一個改革家，在政治上，希望澄清吏治，使國君如堯舜般的賢明，使百姓和羲皇之民般的快樂；在文學上，他希望改革文弊，振作士風，使得文學能夠羽翼教化，輔佐王道。

　　他無意在文壇上爭名，但是在北宋詩文革新運動中，既有理論主張，也有方法步驟，是一位理論家，也是一位實踐家，同時又是一位創作家，他的地位和影響值得探討和肯定。

第一節　范仲淹在北宋詩文革新的地位

一、承先啓後的關鍵地位

　　范文正在北宋詩文革新中是一位承先啓後的關鍵人物。在他之前，有大他四十二歲的柳開（九四七～一〇〇〇）、大他三十五歲的王禹偁（九五四～一〇〇一）以及大他八歲的穆修（九七九～一〇三二）相繼倡爲詩文革新，可惜他們的地位不高，德望不足以號召天下。

　　在他之後，則有小他十八歲的歐陽修繼起，由於文正已經在詩文改革中做好了鋪路的工作，終於促成歐陽修的主盟文壇，詩文革新因而成功，爲宋代文學展開了嶄新的風貌。

他畢生從事詩文革新的努力，「文以鼓天下之動，學以達天下之志」，一生為此奔走呼喚，興學育才，上書執政、朝廷，聯絡朋輩，獎掖後進，不遺餘力，造就了不少傑出的人才。

天聖三年（西元一〇二五年）四月二十日，他在〈奏上時務書〉首次提出了詩文革新的主張。他說：

> 國之文章，應於風化。風化厚薄，見乎文章，是故觀虞夏之書，足以明帝王之道，覽南朝之文，足以知衰靡之化。故聖人之理天下也，文弊則救之以質，質弊則救之以文。質弊而不救，則晦而不彰；文弊而不救，則華而將落。前代之季，不能自救，以至大亂，乃有來者，起而救之，故文章之薄，則為君子之憂，風化其壞，則為來者之資。惟聖帝明王，文質相救，在乎己，不在乎人。易曰：窮則變，變則通，通則久，亦此之謂也。〔註1〕

他進而批評時文不尚三代之高，而尚六朝之細，因此建議皇帝「興復古道」以拯救文弊。他說：

> 況我聖朝，千載而會，惜乎不追三代之高，而尚六朝之細。然文章之列，何代無人？蓋時之所尚，何能獨變？大君有命，孰不風從？可敦諭詞臣，興復古道，更延博雅之士，布於臺閣，以救斯文之薄，而厚其風化也。〔註2〕

天聖五年（西元一〇二七年），他在〈上執政書〉中，進一步主張「呈試之日，先策論以觀其大要，次詩賦以觀其全才」。他說：

> 今士林之間，患不稽古。委先王之典，宗叔世之文，詞多纖穢，士惟偷淺，言不及道，心無存誠，既於入宮，鮮於教化，……儻使呈試之日，先策論以觀其大要，次詩賦以觀其全才。以大要定其去留，以全才升其等級。有講貫者，別加考試，人必強學，副其精舉，復當深思治本，漸隆古道。〔註3〕

文正公對於當時士風「患不稽古」、「言不及道」、「鮮於教化」深致感慨，因此主張廣興教育，重振師道，以培育人刀。〈上執政書〉說：

> 古者庠序列於郡國，王風云邁，師道不振，斯文銷散，由聖朝之

〔註1〕 見《范文正公集》第七卷，〈書〉，〈奏上時務書〉。
〔註2〕 同註1。
〔註3〕 見《范文正公集》第八卷，〈書〉，〈上執政書〉。

> 弗救乎？當太平之朝，不能教育，俟何時而教育哉！……先於都
> 督之郡，復其學校之制，約周官之法，與闕里之俗，辟文舉掾，
> 以專其事，教之以詩書禮樂，辨之以文行忠信，必有良器，蔚為
> 邦材。〔註4〕

文正公認為要拯救文弊，必須從教育人才入手，育才之道在於勸學、宗經。
他在〈上時相議制舉書〉中說：

> 夫善國者莫先育才，育才之方，莫先勸學，勸學之要，莫尚宗經，
> 宗經則道大，道大則才大，才大則功大。〔註5〕

他主張士人「當於六經之中，專師聖人之意〔註6〕」，其目的乃在於致用，所
以說：「學不通經，無以致用〔註7〕」。文正公論述六經的好處說：

> 蓋聖人法度之言存乎《書》，安危之機存乎《易》，得失之鑒存乎《詩》，
> 是非之辯存乎《春秋》，天下之制存乎《禮》，萬物之情存乎《樂》。
> 故後哲之人，存乎六經，則能服法度之言，察安危之機，陳得失之
> 鑒，析是非之辯，明天下之制，盡萬物之情。〔註8〕

文正公的宗經思想，誠如朱熹所說：「到范文正等人，漸漸刊落枝葉，務去理
會政事，思學問見於用處。〔註9〕」也就是郭紹虞所說：「政治家則於經中求
其用〔註10〕」。

　　文正公極力呼籲「崇儒敦古，古文致化」，認為文章重在教化，可以輔佐
王道。他說：

> 使天下賢俊翕然修經濟之業，以教化為心，趨聖人之門，成王佐之
> 器。〔註11〕

文正公在詩文革新運動中，除了建立文學理論外，又透過教育和政治的力量
以拯救文弊。在教育方面，也主張興學育才，廣設學校於郡國，並且教之以
六經。《范文正集補編》〈宋太師中書令兼魏國公文正公傳〉說：

〔註4〕同註3。
〔註5〕見《范文正公集》第九卷，〈書〉，〈上時相議制舉書〉。
〔註6〕見《范文正公集》〈與歐靜書〉。
〔註7〕同註6。
〔註8〕見《范文正公集》第八卷，〈上張右丞書〉。
〔註9〕見朱熹《朱子語類》卷一二〇，〈訓門人〉。
〔註10〕見郭紹虞《中國文藝思潮史——中國文學批評史新編》。
〔註11〕見《范文正公集》第九卷，〈上時相議制舉書〉。

> 初,仁宗以前,天下州縣未嘗立學,公自始筮仕,以迄參大政,其間
> 歷守諸州郡,所在必開設學校,率先訓督,教育多士,首以吳郡卜居
> 之宅,奏請立郡學,至慶曆四年,詔州縣皆立學,從公請也。〔註12〕

文正公不但是一個教育理論家,也是一位教育實踐家,天聖五年應晏殊邀請,主持應天府書院。〈涑水紀聞〉說:

> 仲淹嘗宿學中,訓督學者,皆有法度,勤勞恭謹,以身先之。〔註13〕

由於文正公督教嚴格,又能循循善誘,因此應天府學聲名大振。〈言行拾遺事錄〉說:

> 由是四方從學者輻輳,宋人以文學有聲名於場屋朝廷者,多其所教
> 也。〔註14〕

景祐二年,文正公在蘇州捐宅興學,奏請立蘇州府學,延聘胡安定任教於此。《宋史》〈胡瑗傳〉說:

> 瑗教人有法度,科條纖悉備具,以身先之,雖盛暑必公服坐堂上,
> 嚴師弟子之禮,視諸生如其子弟,諸生亦信愛如其父兄,從之遊者
> 常數百人。〔註15〕

《宋元學案》卷一,〈安定學案〉說:

> 二十餘年,專切學校,始於蘇、湖,終於太學,出其門者,無慮數
> 千人。〔註16〕

與胡安定同列於宋學開山祖的孫復,也是受文正公的提拔和薦舉,而成為一代宗師。孫復字明復,早年在應天書院受文正公的接濟,並且授以《春秋》,後來講學於泰山,極為時人所推崇,文正公薦舉為國子監直講。

景祐四年,文正公調知潤州,則修書李覯,請其屈節教授。〈與李泰伯書〉說:

> 今潤州初建郡學,可能屈節教授,又慮遠來,難為將家。蘇州掌學
> 胡瑗祕校,見明堂圖亦甚奉仰,或能挈家,必有經畫,請示音為幸。
>
> 〔註17〕

〔註12〕 見《范文正公集補編》卷二,〈宋太師中書令兼尚書令魏國公文正公傳〉。
〔註13〕 見司馬光《涑水紀聞》。
〔註14〕 見《范文正公集》《言行拾遺事錄》卷第一,〈言行拾遺事錄〉。
〔註15〕 見《宋史》〈胡瑗傳〉。
〔註16〕 見《宋元學案》卷一,〈安定學案〉。
〔註17〕 見《范文正公尺牘》卷中。

文正公擔任地方官吏三十餘載，先後經歷廣德軍、泰州、睦州、蘇州、饒州、潤州、越州、延州、邠州、鄧州、杭州等地，每一到任所，立即延攬明師，興學育才，他又樂於薦舉人才，弟子們分散全國各地，自然形成一股龐大的力量，對於士風的改變，文風的轉移，詩文的革新，產生了莫可抵擋的威力。他所薦舉的人才，如胡瑗、孫復、杜杞、尹源、蘇舜欽、楚建中、姚嗣宗等人和他的門人張方平、石介、李覯、劉牧等凝聚共識，在師友相互激盪之間，形成了詩文革新的有力集團。

　　改革運動，不但要有理論的依據，學者的支持，更需要有政治力量的推動，文正公在天聖五年（西元一〇二七年）〈上執政書〉中主張以策論取士，正是希望借重國家考試，達成詩文革新的目的，他的意見雖然沒有獲得採納，但卻受到了重視，朝廷也體會到了端正文風的重要。天聖七年（西元一〇二九年），仁宗皇帝下詔申儆士人說：

> 當念文章所宗，必以理實為要，探經典之旨趣，究作者之楷模，用復溫純，無陷媮薄，應有裨於國教，期增闡於儒風。〔註18〕

慶曆三年（西元一〇四三年），文正公任為參知政事，主持慶曆新政在上疏條陳改革意見中的第三項「精貢舉」即主張國家考試取材以策論為先，希望藉此提倡平實樸素的文風。他上疏說：

> 國家專以詞賦取進士，以墨義取諸科士，皆捨大方而趨小道，雖濟濟盈庭，求有才有識者十無一二。況天下危困，乏人如此，固當教以經濟之業，取以經濟之才，庶可救其不逮。……臣請……進士先策論而後詩賦，諸科墨義之外，更通經旨，使人不專詞藻，必明理道，則天下講學必興，浮薄知勸。〔註19〕

文正公企圖以國家的掄才大典改變文風，可惜這項科舉的改革隨著慶曆新政的失敗而告取消，直至他的好友歐陽修知貢舉時，才付之實現，徹底的打敗了西崑時文的頹靡風氣，以及後起者的一切險怪奇澀的文風。

　　由上可知，文正公的語文革新，既有方法，也有步驟，有羣眾，也有幹部。他的文學觀，遠師六經，上承柳開、王禹偁、穆修，重視文與道的合一，反對西崑時文，力為質樸易曉的古文，以教化仁義為文學內涵，以致用輔佐王道為文學目的。在北宋詩文革新中，對古文最具貢獻的尹洙是他的生死之

〔註18〕　見《宋會要輯稿》〈選舉〉三之一六。
〔註19〕　見《范文正公政府奏議》〈答手詔條陳十事〉。

交,被劉克莊譽爲宋詩開山祖的蘇舜欽、梅堯臣是他的好友,反對西崑時文最激烈的石介是高平門人,被後世稱爲宋代學術開山宗師的胡瑗、孫復都是因他的薦舉、提攜而有名於天下,他們都是高平講友,宋代古文運動的領袖歐陽修,也是高平同調,可見文正公在北宋時文革新運動中,不但具有承先啓後的地位,同時也是一位革新成功的關鍵人物。

二、詩文革新的核心人物

南宋中書舍人陳傳良《止齋文集》舉文正公與歐陽修、周敦頤爲北宋學術的關鍵人物,然而歐陽修爲高平同調,周敦頤爲高平講友,可見他在歐、周二子之中,仍爲核心人物,他的學術地位如此,在詩文革新中的地位亦復如此。

北宋詩文革新的代表人物,前有柳開、王禹偁、穆修諸先驅人物的倡導。他們的文學觀有頗多相似之處,他們都尊韓,而反對西崑時文的華靡不實。在文與道方面,柳開主張「文章爲道之筌也〔註20〕」;王禹偁認爲「道與位并,則敷而爲業……道高位下,則垂之於文章〔註21〕」,認爲教民、治民與位之高下有關,得位則立可行其道,不得位,則著之文章以垂之後世;穆修主張「道者仁義之謂也〔註22〕」。在文學目的方面,柳開主張「教民以道德仁義,文章目的在於垂教於民〔註23〕」,王禹偁主張「夫文,傳道而明心也〔註24〕」,穆修主張文學寫作在於傳仁義之道。范文正的文學觀,同樣是尊韓,認爲「韓退之主盟於文,而古道最盛〔註25〕」,同樣反對西崑時文的「專事藻飾,破碎大雅〔註26〕」,他主張「文與學者,道之器也〔註27〕」,主張詩文寫作「羽翰乎教化之聲,獻酬乎仁義之醇〔註28〕」,可見文正公的革新主張是前有所本,與北宋詩文革新的先驅主張相互呼應。

〔註20〕 見《河東先生集》卷五,〈上王學士第三書〉。
〔註21〕 見王禹偁《小畜集》卷十九,〈東觀集序〉。
〔註22〕 見河南《穆公集》卷三,〈答喬適書〉。
〔註23〕 見《河東先生集》卷一,〈應責篇〉。
〔註24〕 見王禹偁《小畜集》卷十八,〈答張扶書〉。
〔註25〕 見《范文正公集》第六卷,〈尹師魯河南集序〉。
〔註26〕 同註25。
〔註27〕 見《范文正公集》第六卷,〈南京府學生朱從道名述〉。
〔註28〕 見《范文正公集》第六卷,〈唐異詩序〉。

其後詩文革新的代表人物，都與文正公有極深的淵源，他們都以文正公爲核心，在詩文革新中發揮了深遠的影響力。

首先是尹洙。對北宋詩文革新最具貢獻的古文家是尹洙，他上承穆修，下啓歐陽修，爲文古峭勁潔。他的文學觀與文正公相同，主張文學的目的在於垂教化於後世。他說：

> 古人立言之著者，今而稱之曰文章。蓋其用也，行事澤當時以利後世，……立言矯當時以法後世，世傳焉，從而爲文章。〔註29〕

他小文正公十二歲，敬文正如師，自稱義兼師友，先文正六年而逝，文正公爲他辦理後事，編印文集，撰寫序文，表彰他的貢獻。

其次是胡瑗。被尊爲宋代學術開山祖的胡瑗，他先因文正公的邀聘講學於蘇州，又因文正的推薦，入京師管理太學，又調職爲大理寺丞兼國子監直講。

文正公主張以六經爲文學的根柢，胡瑗教學則設有經義、治事二齋，講求實用之學，力矯當時浮華的文風，澆薄的士風，由於教學得法，當時禮部錄取的人材中，十之四五都是他的學生，宋代理學大師程頤，即是他的門人。

胡瑗的教育主張與方法與文正公的理想相互吻合，也與文正公的詩文革新主張相互呼應，他的高弟劉彝說：

> 臣師胡瑗，以道德仁義教東南諸生，……二十餘年專切學校，始於蘇湖，終於太學，出其門者，無慮數千餘人，故今學者明夫聖人體用，以爲政教之本，皆臣師之功。〔註30〕

由於胡瑗的教育，使得文正公的理想與主張，落實於學子之中，終而改變文風，扭轉士風，而大振儒學。

再其次是孫復。與胡瑗並列爲宋學開山祖的孫復，早年曾接受文正公的接濟，並授以《春秋》，後來苦學有成，講學於泰山，成爲一代宗師。

他的文學主張與文正公互爲表裡，相互發明。文正主張「文與學者，道之器也。」，他說：

> 文者，道之用；道者，教之本也。〔註31〕

〔註29〕見《尹師魯河南集》卷四，〈志古堂記〉。
〔註30〕見朱子《五朝名臣言行錄》，並見《宋元學案》〈安定學案〉。
〔註31〕見孫復《孫明復小集》〈答張洞書〉。

文正公主張凡爲文章必本之仁義，學者當於六經之中，專師聖人之意，孫復也有相同的觀點。他說：

> 是故《詩》、《書》、《禮》、《樂》、《大易》、《春秋》之文也，總而謂之經者，……斯聖人之文也。……無一言及於教化者，此非無用贅言，徒污簡冊者乎？〔註32〕

孫復因文正公的薦舉，而任爲國子監直講，最大的成就即是在著書與教學。

又其次是石介。石介在《宋元學案》中列爲高平門人，他是孫復的學生，在北宋詩文革新運動中，是一名反對西崑詩文最激烈的悍將。他認爲楊億的文章是盲天下人的耳目。他說：

> 昔楊翰林欲以文章爲宗於天下，憂天下未盡信己之道，於是盲天下之目，聾天下之耳。

文正公主張以教化仁義爲文學之內涵，石介也有相似的見解。他說：

> 必本於教化仁義，根於禮樂刑政，而後爲之辭。〔註33〕

又說：

> 學爲文，必本仁義，凡淫碎章句，淫巧文字，利誘勢逐，寧就於死，曾不肯爲。〔註34〕

由於石介著書、立說、講學一再批判西崑詩文之流毒，他在太學中以師道自居，對「時文」打擊最大，確有摧陷廓清之功。

再爲蘇舜欽。蘇舜欽小文正公十九歲，他在政治上和詩文革新的主張完全與文正公站在同一立場。文正凡爲文章必本之仁義，蘇舜欽凡爲文章，必歸之於道義。他說：

> 言也者，必歸於道義，道與義澤於物而後已，至是則斯爲不朽矣。
>
> 〔註35〕

他以「道德」爲文學的本質。他說：

> 夫道也者，性也，三皇之治也。德也者，復性者，二帝之迹也。文者，表而已矣，三代之采物也。

他早年從穆修習古文，是一位致力於古歌詩雜文的作家，他的詩作豪邁奔放、清新剛健，關心民生疾苦，劉克莊稱他爲宋詩的開山祖。

〔註32〕 同註31。
〔註33〕 見石介《徂徠集》卷十二，〈上趙先生書〉。
〔註34〕 見石介《徂徠集》卷十六，〈與范思遠書〉。
〔註35〕 見《蘇學士文集》卷九，〈上三司副使段公書〉。

慶曆六年，文正公作〈岳陽樓記〉，蘇舜欽爲之繕事，邵竦篆額，滕子京修樓，時人稱爲四絕，可見他們的關係非淺，因此他也成爲當時政爭中的犧牲品，但是他對詩文革新所奉獻的心力和成就，頗爲後世所肯定。

再其次爲梅堯臣。梅堯臣小文正公十三歲，長於歐陽修五歲，他的詩與蘇舜欽齊名，歐陽修認爲他們的作品各具特色，不能優劣。《六一詩話》說：

> 聖俞、子美齊名於一時，而二家詩體特異，子美筆力豪儁，以超邁橫絕爲奇。聖俞覃思精微，以深遠閒淡爲意。各極其長，雖善論者，不能優劣。

梅堯臣在政治上和詩文革新方面也是站在文正公這一邊。景祐三年，文正公因言事得罪宰相，致與余靖、尹洙、歐陽修同遭貶黜時，他以詩表達同情與慰問之意，又作〈靈烏賦〉寄贈文正，文正公亦以同題回贈，表示「寧鳴而死，不默而生」的志節。

他主張學《詩》三百篇，學《春秋》，反對「嘲風雪，弄花草」的作品，與文正公詩文革新的意旨不謀而合，歐陽修稱他「學乎六經仁義之說，其爲文章簡古純粹〔註36〕」亦與文正公的主張相同，他的詩歌不但平熄了西崑詩風，也創新了宋詩的特色，對後代詩風有深遠的影響。

最後是歐陽修。一代文宗歐陽修，小文正公八十歲，《宋元學案》稱他爲高平同調，他始終站在文正這一邊，共同爲政治改革和詩文革新協力奮鬥。

在政治上，景祐三年，歐陽修爲文正公仗義執言，與余靖、尹洙、文正公同遭貶官，時人稱爲「四賢」，慶曆革新，他也與文正同進同退。

在文學上，文正公尊韓，歐公也尊韓，文正公在〈尹師魯河南集序〉中，稱韓文公主盟文壇古道最盛，又力讚歐公大振古文，文風爲之一變，推崇歐公爲當代文壇之盟主。

在北宋的詩文革新中，文正公爲歐陽修做好了鋪路的工作，歐陽修也完成了文正公革新詩文的宏願。

由以上七位代表人物與文正的深厚關係，可以窺知在宋代詩文革新運動的過程中，文正公的確是一位關鍵性的人物，也是他們之間的核心人物。毛一鷺〈范文正集序〉說：

> 公不欲與文苑儒林傳爭名，又不喜師友僚類鼓作氣勢、互相推挽、以尊其名於天下。

〔註36〕見歐陽修〈梅聖俞詩集序〉。

雖然文正公無意在文壇上爭名，但是他的地位和貢獻，卻爲當代與後世所肯定。

第二節　范仲淹詩文革新對當代的影響

任何革新工作都必須有志同道合者的此呼彼應，推波助瀾，才能蔚爲風潮，造成時勢，文學革新運動亦復如此。文正公以政治家的弘毅與膽識，大力呼喚、倡導之下，對當代文壇確實產生了不可磨滅的影響。

對北宋詩文革新深具貢獻的尹洙，敬文正公如同師長，自稱義兼師友；被後人尊爲宋代學術開出祖的胡瑗、孫復，一爲文正所薦舉，一爲文正所提攜濟助而卓然有成。反對西崑時文最激烈的石介，是他的門人。對詩歌創作有卓越成就的梅堯臣、蘇舜欽二人，都是他的好友，爲後世尊爲北宋古文運動領導人的歐陽修，也是他的好友，《宋元學案》稱歐陽修爲高平同調。他們的關係非淺，也深受文正公的影響。以下論述其關係與影響。

一、范仲淹與尹洙的關係及影響

尹洙（一○○一～一○四六），字師魯，河南人（北宋京西北路河南府河南縣，今河南省洛陽縣治），世稱「河南先生」。著有《河南集》二十七卷，《五代春秋》兩卷，《書判》一卷。仁宗天聖二年（西元一○二四年），舉進士及第，時年二十四，慶曆七年四月十日，病逝均州（湖北均縣），享年四十七歲。

文正公在詩文革新的過程中，最爲推崇尹師魯。其《尹師魯河南集序》說：

> 予觀堯典舜歌而下，文章之作，醇醨迭變，代無窮乎！惟抑末揚本，去鄭復雅，左右聖人之道者難之。近則唐貞元元和之間，韓退之主盟於文，而古道最盛；懿僖以降，寖及五代，其體薄弱。皇朝柳仲塗起而麾之，髦俊率從焉；仲塗門人能師經探道有文於天下者多矣！洎楊大年以應用之才，獨步當世，學者刻辭鏤意，有希琴瑟，未暇及古也，其間甚者，專事藻飾，破碎大雅，反謂古道不適於用，廢而弗學者久之。洛陽尹師魯少有高識，不逐時輩，從穆伯游，力爲古文，而師魯深於《春秋》，故其文謹嚴，辭約而理精，章奏疏議，

　　　　大見風采，士林方聳慕焉！遽得歐陽永叔，從而大振之，由是天下

　　　　之文一變，而其深有功於道歟！〔註37〕

文正公在此一序文中，極力推崇唐代韓愈主盟文壇之時，古道最盛。晚唐以
至宋初文體卑弱，最後讚美尹洙古文謹嚴，辭約而理精，他力挽狂瀾，上承
穆修，下啓歐陽修，終於恢復古道。

　　尹洙平日修身立言，爲學從政，皆以古聖賢之道爲典範。他在《上陝倅
尙屯田書》卷六說：

　　　　執事立言樹教，以古聖賢爲師法，某雖淺陋，未能窺執事畛域，然

　　　　素有志於是。〔註38〕

他的道亦即是韓愈所謂的堯、舜、禹、湯、文、武、周公、孔子、孟軻之道，
是柳開所好的古道，也是文正公所言「宗經則道大，道大則才大〔註39〕」，「積
學於書，得道於心〔註40〕」，「聖人久於其道而天下化成〔註41〕」，「游心儒術，
決知聖道之可行〔註42〕。」的道。

　　他爲文章，完全贊同文正公拯救文弊，以垂教化於後世的主張。他在〈志
古堂記〉說：

　　　　夫古人行事之著者，今而稱之曰功名；古人立言之著者，今而稱之

　　　　曰文章。蓋其用也，行事澤當時以利後世，世傳焉，從而爲功名；

　　　　其處也，立言矯當時以法後世，世傳焉，從而爲文章。〔註43〕

尹洙與文正公情誼甚篤，自稱與文正義兼師友，景祐三年（西元一〇三六年）
五月，文正上〈百官圖〉，責宰相呂夷簡序遷近臣失當，惹惱呂夷簡，致坐「言
事惑眾、離間君臣、自結朋黨、妄有薦引、知府區斷任情〔註44〕」等罪。遭
落職，出知饒州，時滿朝百官無人敢仗義聲援，惟獨尹洙慷慨上疏，願從降
黜。〈乞坐范天章狀〉說：

　　　　伏睹朝堂榜示范仲淹落天章閣待制、知饒州，敕辭內有「自結朋黨」

　　　　「妄有薦引」之言，臣知慮闇昧，嘗以其人忠亮有素，義兼師友。

〔註37〕　同註25。
〔註38〕　見尹洙《上陝倅尙屯田書》卷六。
〔註39〕　見《范文正公集》第九卷，〈上時相議制舉書〉。
〔註40〕　見《范文正公集》第九卷，〈與周騤推官書〉。
〔註41〕　見《范文正公集》第五卷，〈易義〉。
〔註42〕　見《范文正公集》第十六卷，〈遺表〉。
〔註43〕　同註29。
〔註44〕　見《宋會要輯稿》卷三八八三，〈職官〉六四之三六。

自其被罪，朝中口語籍籍，多云臣亦被薦論，未知虛實。仲淹若以
他事被譴，臣固無預，今觀敕意，乃以朋比得罪，臣與仲淹義分既
厚，縱不被薦論，猶當從文正公政，況如眾論，臣則負罪實深。雖
然國恩寬貸，無所指名，臣內省于心，有靦面目。況余靖自來與仲
淹蹤迹比臣絕疏，今來止因上言，獲以朋黨被罪，臣不可免，願從
降黜，以昭明憲。〔註45〕

尹洙因此與余靖、歐陽修、文正公同遭降黜，當時反對文正之代表為高若訥，
蔡襄有感於朝臣缺乏正義，是非不分，乃作〈四賢一不肖詩〉歌頌文正等四
賢，譴責高若訥一不肖。一時京城人士，爭相傳抄，由此亦可見尹洙之折服
於文正。尤袤在〈跋文正公與尹師魯手啓墨蹟〉中說：

方范文正因與呂文靖爭論上前，貶饒州時，尹舍人實上書願得俱貶，
監郢州酒稅，此一卷帙，情義諄諄，不啻兄弟，蓋二公愛君憂國，
道合志同，相與之厚，自應爾耳。〔註46〕

文正公對尹洙關愛有加，曾薦尹洙為陝西路經略安撫判官，當西塞用兵之際，
二人共理邊事。其後又奏請轉官，以伸其才幸。

臣竊見尹洙才業操行搢紳所推，由埼閣進用，便可直入兩制，若邊城
驟遷，則有未便。緣去年春是太常臣，在路分都監許遷、張肇之下，
去年秋轉司諫兼管勾經略司公事，在鈐轄安俊之上，纔方半年，若就
除待制，又遷在部署狄青之上，既不因功勞，又不改路分，偏愛寵權，
眾情非便，於體未安。如須合進擢，即今將入夏，邊上無事，且包召
尹洙赴闕，令條奏邊事，觀其陳述，可采即與改職，卻令馳往邊上，
亦未為晚。既因啓沃而受殊恩，邊臣聞之，不為越次。〔註47〕

文正奏請轉官，事雖未成，但其愛才之心，舉才之切躍然紙上。文正對尹洙
之日常生活亦多所照拂，尹洙謫知漢東時，即寄邠酒與花蛇散並配方予尹洙，
望其多加珍愛。其〈與尹師魯書〉云：

熱中得回問，知漢東尤甚。然西洛上京皆苦熱，宜下開井救喝者，
此可知矣。三兩日來，因雨微涼，彼亦然矣。折支已差人許州般取，
到即走報，不易不易。請見錢者，猶煎熬不足，蓋日給外，月月有

〔註45〕見尹洙〈乞坐范天章狀〉。
〔註46〕見《范文正公集補編》卷三，〈跋文正公與尹師魯手啓墨蹟〉。
〔註47〕見《范文正公集》《范文正公政府奏議》上，〈治體〉，〈奏議尹洙轉官〉。

橫費處，家家如之，邠酒四瓶，近寄來，請收檢。鄧醞已竭，候新
著送去，合得花蛇散，空心可日一服，甚有功，恐疑之，和方寄上，
希多愛多愛。〔註48〕

元東陳胡助〈跋文正公與尹師魯手啓墨蹟〉說：

此二帖，乃文正公與尹師魯書也。交情古誼，百世之下尚可想見，
視他帖尤當珍愛，學士大夫所願見而不可得者，……賢子孫永宜寶
之。〔註49〕

尹洙與文正公二人相交甚深，且屬生死之交。明張采敬說：

師魯貧，公語之以樂道，惟樂道則貧安，此絕難。……公生平極辨
明黨，與師魯患難交，且屬生死。〔註50〕

當尹洙舁疾來南陽時，即以後事託付文正，文正終不負所託，竭力為其發喪，
並護送其妻孥返歸洛陽，又恐其生前文章散佚，乃為之編次文集，撰序文以
志其淑世益道的貢獻。

文正對尹洙極為照拂，而對其文材，又極推崇。近人丁傳靖《宋人軼事
彙編》卷八引畢仲詢《幕府燕閒錄》說：

范文正嘗為人作墓誌銘，已封，將發，忽曰：「不可不使師魯見之。」
明日以示師魯，……。希文撫几曰：「賴以示子，不然，吾幾失之。」
〔註51〕

尹洙為古文名重當世，北宋古文運動領袖歐陽修本以駢文起家，因服其為文
簡古，乃從之游，習為古文。《宋史》〈歐陽修傳〉說：

（歐陽修）舉進士，試南宮第一，擢甲科，調西京推官，始從尹洙
游，為古文，議論世事，迭相師友。〔註52〕

蘇轍〈歐陽文忠公神道碑〉說：

（公）兩試國子監，一試禮部，皆第一人，遂中甲科，補西京留守
推官。始從尹師魯遊，為古文，議論當世事，迭相師友；與梅聖俞
遊，為歌詩相唱和，遂以文章名冠天下。〔註53〕

〔註48〕　見《范文正公集》《范文正公尺牘》卷下，〈尹師魯〉二帖。
〔註49〕　同註46。
〔註50〕　同註46。
〔註51〕　見丁傳靖《宋人軼事彙編》卷八，引畢仲詢《幕府燕閒錄》。
〔註52〕　見《宋史》卷三百十九，〈歐陽修傳〉。
〔註53〕　見蘇轍〈歐陽文忠公神道碑〉。

邵伯溫《邵氏聞見錄》卷八說：

> （錢惟演）命永叔、師魯作記。永叔文先成，凡千餘言，師魯曰：
> 某止用五百字可記。及成，永叔服其簡古，永叔自此始爲古文。
> 〔註54〕

由以上可知歐陽公與尹洙淵源甚深，何以撰〈尹師魯墓誌銘〉僅以「簡而有法」四字輕輕帶過，是否有意貶尹，成爲千古公案。歐公雖有〈論尹師魯墓誌銘〉之長篇論辯，但後人並不盡信。明楊愼《丹鉛總錄》卷十〈大顚〉條說：

> 昔歐陽公不以始倡古文許尹師魯，評者謂如善奕者嘗留一著，歐公
> 之於師魯，留一著也。〔註55〕

當時范文正公對歐公所撰〈尹師魯墓誌銘〉亦有所遺憾，即修書韓琦，請稍作修補，〈與韓魏公書〉說：

> 近永叔寄到師魯墓誌，詞意高妙，固可傳於來代，然後書事實處，
> 亦恐不滿人意，請明公更指出，少修之。永叔書意不許人改也，然
> 他人爲之雖備，卻恐其文不傳於後，或有未盡事，請明公於墓表中
> 書之，亦不遺其美。又不可過高，恐爲人攻剝，則反有損師魯之名
> 也，乞審之。〔註56〕

尹洙與韓琦過往甚密，交誼非淺。韓琦義不容辭在〈尹公墓表〉一文中頌揚尹洙對宋代文風革新的貢獻：

> 文章自唐末，歷五代，日淪淺俗，寖以大敝。本朝柳公仲塗始以古
> 道發明之，後卒不能振。天聖初，公獨與穆參軍矯時所尚，力以古
> 文爲主，次得歐陽永叔以雄詞鼓動之，於是後學大悟，文風一變，
> 使我宋之文章，將踰唐、漢，而追三代者，公之功爲最多。〔註57〕

北宋詩文革新運動，尹洙於古文卓然有成，貢獻良多，其成就爲後世所肯定。李慈銘《越縵堂讀書記》說：

> 尹師魯卒年僅四十七，而樹立卓然，文章亦底於成，非特論事深刻
> 可喜，其言多類知道者，此杜牧之所不及也。〔註58〕

〔註54〕見邵伯溫《邵氏聞見錄》。
〔註55〕見楊愼《丹鉛總錄》卷十，〈大顚〉。
〔註56〕同註12，卷中，〈與韓魏公〉。
〔註57〕見韓琦《安陽集》卷六十四，〈尹公墓表〉。
〔註58〕見李慈銘《越縵堂讀書記》卷八，〈文學〉。

紀昀《四庫全書總目》〈河南集提要〉說：

> （洙）所爲文章，古峭勁潔，繼柳開、穆修之後，一挽五季浮靡之
> 習，尤卓然可以目傳。〔註59〕

尹洙雖宦途多艱，屢遭貶黜，但其文章之貢獻，改變五代以來頹靡之文風，誠如文正公所言「深有功於道歟」。

二、范仲淹與胡瑗的關係及影響

胡瑗（九九三～一○五九），字翼之，泰州如皋（今江蘇省）人。先生原居陝西安定，學者稱他爲安定先生。

他七歲能文，十三歲時讀通五經。家貧，不能自給，便往泰山與孫復、石介一起讀書。〈安定學案〉說：

> 胡瑗家貧無以自給，往泰山與孫復、石守道同學，攻苦食淡，終夜
> 不寢，一坐十年不歸，得家書，見上有平安二字，即投之澗中，不
> 復展，恐擾心也。〔註60〕

他學有所成之後，在吳中（今江蘇吳縣）教授經學，文正公知道他是個有學有德之士，愛而敬之，景祐二年聘爲蘇州教授。當時郡學初創，諸生多不率教，於是文正將其長子純祐送入郡學，使其「盡行其規」以爲諸生之楷模。《宋史》說：

> （純祐）性英悟自得，尚節行，方十歲，能讀諸書，爲文章，籍籍
> 有稱。父仲淹守蘇州，首建郡學，聘胡瑗爲師，瑗立學規良密，生
> 徒數百多不率教，仲淹患之，純祐尚未冠，輒自入學，齒諸生之末，
> 盡行其規，諸生隨之，遂不敢犯，自是蘇學爲諸郡倡。〔註61〕

胡瑗教學極重視生活教育，學規甚嚴。〈安定學案〉說：

> 徐積初見先生，頭容少偏，先生屬聲云：「頭容直！」積猛然自省，
> 不特頭容要直，心亦要直，自是不敢有邪心。〔註62〕

他又極注重休閒活動，常集合學生合雅樂歌詩，至夜始散。《宋元學案》說：

> 先生在學時，每公私試罷，掌儀率諸生會於肯善堂，合雅樂歌詩，
> 至夜乃散，諸齋亦自歌詩奏樂，琴瑟之聲徹於外。〔註63〕

〔註59〕 見紀昀《四庫全書總目》〈河南集提要〉。
〔註60〕 見《宋元學案》卷一，〈安定學案〉。
〔註61〕 見《宋史》卷三一四，〈范仲淹傳〉，附子〈范純祐傳〉。
〔註62〕 同註60。
〔註63〕 同註60。

胡瑗後來又改任湖州（今屬浙江省）教授，他的教育目標在明體達用，他的教學方法是設立經義、治事二齋，講求經典大義和實用的學問，與當時西崑時文，尚文而醉心於浮華辭藻的風氣大異其趣。對於詩文的改革，提倡實用之學，頗有助益。《文獻通考》說：

> 安定先生胡瑗自慶曆中教學於蘇湖間二十餘年，束脩弟子前後以數千計。是時方尚辭賦，獨湖學以經義及時務。學中故有經義齋，治事齋。經義齋者，擇疏通有器局者居之；治事齋者，人各治一事，又兼一事，如邊防、水利之類。故天下謂湖學多秀彥，其出而筮仕，往往取高第，及爲政，多適於世用，若老於吏事者，由講習有素也。〔註64〕

他在蘇湖地區任教二十餘年，他的分齋教育很像現代的分科教育，因爲常常與學生討論，知道他們的材性高下，而分別教導和啓發，所以他所教的學生大多成材。他又能夠以身作則，因此學生敬之如父兄。〈安定學案〉說：

> 先生倡明正學，以身先之，雖盛暑必公服坐堂上，嚴師弟子之禮，視諸生如子弟，諸生亦愛敬如父兄。〔註65〕

文正公對胡安定先生至爲敬愛，先聘爲蘇州府學教授，景祐二年又因文正之薦，以白衣應對崇政殿，授爲校書郎。慶曆興學，開始建太學於京城，仁宗特命朝廷官員到湖州盡取胡瑗的教學方法，作爲太學的制度，明令施行，文正公趁機薦其爲學官。〈奏爲薦胡瑗李覯充學官〉說：

> 臣竊見前密州觀察推官胡瑗，志窮墳典，力行禮義，見在湖州郡學教授，聚徒百餘人，不惟講論經旨，著撰詞業，而常教以孝弟，習以禮法，人人嚮善，閭里嘆伏，此實助陛下之聲教，爲一代美事，伏望聖慈，特加恩獎，升之太學，可爲師法。〔註66〕

由於文正公的薦舉，胡瑗被召入京師管理太學，四方學者蜂擁而至，當時禮部所錄取的人材中，十之四五都是他的學生。他的學生都有一種特別的風格和氣度，他們走在街上，別人一看就知道是胡瑗的學生，可見他的感化力之強，可以變化學生的氣質。

〔註64〕 見《文獻通考》卷四十六，〈學校〉七，頁 431～432。
〔註65〕 同註60。
〔註66〕 同註47，下，〈薦舉〉，〈奏爲薦胡瑗李覯充學官〉。

皇祐四年（西元一〇五二年）十月，胡瑗被任命爲光祿寺丞，隨後又調職爲大理寺丞兼國子監直講，走向他一生中事業的頂峯。他的學生中以宋理學五子之一的洛學創始者程頤以及范純祐、純仁兄弟，徐積、呂希哲、呂希純、錢公輔、孫覺、滕元發、顧臨、汪澥、徐中行、劉彝、錢藻、苗授、歐陽發、朱臨、翁仲通、杜汝霖、莫君陳、張堅、祝常、管師復、管師常、盧秉、林晟、游烈、徐唐、饒子儀、陳舜俞、周穎、翁升、江致一、陳敏、盛僑、倪天隱、吳孜、張巨、田述古、潘及甫、莫表深、陳高、陳貽範、安燾、朱光庭、趙君錫等較爲有名，於當代學術均有貢獻。

熙寧二年（西元一〇六九年）神宗問胡瑗的高弟閩縣劉彝說：「胡瑗與王安石孰優？」劉彝認爲胡安定之學有體、有用、有文，力矯當時崇尚浮華的文風，澆薄的士風，王安石那能比得上呢？劉彝說：

> 臣師胡瑗，以道德仁義教東南諸生，時王安石方在場屋中，修進士業。臣聞聖人之道，有體、有用、有文，君臣、父子、仁義、禮樂，歷世不可變者，其體也；詩、書、史、傳、子、集垂法後世者，其文也；舉而措之天下，能潤澤斯民，歸于皇極者，其用也，國家累朝取士，不以體用爲本，而尚聲律浮華之詞，是以風俗偷薄，臣師當寶元明道之間，尤病其失，遂以明體達用之學，授諸生，夙夜勤瘁，二十餘年，專切學校，始於蘇湖，終於太學，出其門者，無慮數千餘人，故今學者明夫聖人體用，以爲政教之本，皆臣師之功，非安石比也。〔註67〕

胡瑗的教育主張、教育方法與文正的詩文革新相互呼應，矯正當代卑弱的文風、頹廢的士風，終而重振儒學，成爲一代宗師。著有《周易口義》、《洪範口義》，以太常博士致仕歸，卒諡文昭。

三、范仲淹與孫復的關係及影響

孫復（九九二～一〇五七年），字明復，晉州平陽（今山西臨汾縣）人，曾四次參加進士考試，不幸落第，退居泰山，專心研究《易經》和《春秋》，著有《易說》及《尊王發微》十二篇。

他早年曾受到文正的接濟，並授以《春秋》，然後苦學有成。〈泰山學案〉說：

〔註67〕　同註60，又見《朱子五朝名臣言行錄》卷十。

范文正在睢陽掌學，有孫秀才者，索游，上謁文正，贈錢一千；明年，孫生復過睢陽，謁文正，又贈一千；因問「何爲汲汲於道路」？生戚然動色曰：「母老無以爲養，若日得百錢，甘旨足矣」。文正曰：「吾觀子辭氣，非乞客也，二年僕僕，所得幾何，而廢學多矣；吾今補子學職，月可得三千以供養，子能安於學乎」？生大喜，於是授以春秋，而孫生篤學不舍晝夜。明年，文正去睢陽，孫生亦辭歸。後十年，聞泰山下有孫明復先生，以春秋教授學者，道德高邁，朝廷召至，乃昔日索遊孫秀才也。〔註68〕

其後，文正公又上書朝廷，說他「素負詞業經術，今退隱泰山，著書不仕，心通聖奧。」因而除祕書省校書郎、國子監直講。〈舉張問孫復狀〉云：

臣又見袞州仙源縣寄居孫復，元是開封府進士，曾到御前，素負詞業經術。今退隱泰山，著書不仕。心通聖奧，跡在窮谷。……孫復乞賜召試，特加甄獎，庶幾聖朝渙汗，被于幽滯。〔註69〕

孫復的文學主張與文正公的主張互爲表裡，相互發明。文正主張「文與學者，道之器也〔註70〕」，孫復則說：「文者，道之用；道者，教之本也。〔註71〕」錢大昕《潛研堂文集》卷二十六，〈重刻孫明復小集序〉說：

先生立言主乎明道，非若文人以繁富相矜。

文正公主張「當於六經之中，專師聖人之意〔註72〕」，孫復對文章的主張，也是徵聖宗經而窮乎治道。其「諭學」詩云：

既學便當窮遠大，勿事聲病淫哇辭。斯文下衰吁已久，勉思駕說扶顛危。擊暗毆聲明大道，身與姬孔爲藩籬。

孫復的道，是伏羲以至韓愈之道。其〈上孔給事書〉說：

伏羲、神農、黃帝、堯、舜、禹、湯、文、武、周公、孔子、孟軻、荀卿、揚雄、王通、韓愈。

其後，又加一董仲舒，〈董仲舒論〉說：

孔子而下，至西漢間，世稱大儒者，或曰孟軻氏、荀卿氏、揚雄氏而已。……至於董仲舒則忽而不舉，此非明有未至，識有所未聞乎？

〔註68〕 見《宋元學案》卷二，〈泰山學案〉。
〔註69〕 見《范文正公集》第十八卷，〈舉張問孫復狀〉。
〔註70〕 見《范文正公集》第六卷，〈南京府學生朱從道名述〉。
〔註71〕 同註31。
〔註72〕 見《范文正公集》第九卷，〈與歐靜書〉。

其〈答張洞書〉又說：

> 噫！斯文之難至也久矣。自西漢至李唐，其間鴻生碩儒摩肩而起，以文章垂世者眾矣。然多楊、墨、佛、老虛無報應之事，沈、謝、徐、庚妖艷邪哆之言，雜乎其中，至有盈編滿集，發而視之，無一言及於教化者，此非無用瞀言，徒污簡冊者乎？至於始終仁義，不叛不雜者，唯董仲舒、揚雄、王通、韓愈而已。

宋人雖無「文統」之名，但自唐韓愈以孔孟道統自居之後，北宋詩文革新的前驅人物柳開、王禹偁與文正公、孫復等人，顯然已將文統與道統合而為一。

孫復主張「文之作也，必得之於心而成之言」，此「心」即是文正公所言的「使天下賢俊翕然修經濟之業，以教化為心，趨聖人之門，成王佐之器〔註73〕」的「心」。聖人之道存乎內者則為心，發乎身外者則為教，孫復〈答張洞書〉表達了「文以明道」、「宗乎六經」、「以教化為心」的文學思想。他說：

> 夫文者，道之用也；道者，教之本也，故文之作也，必得之於心成之於言。得之於心者，明諸內者也；成之於言者，見諸外者也。明諸內者，故可以適其用；見諸外者，故可以張其教。是故《詩》、《書》、《禮》、《樂》、《大易》、《春秋》之文也，總而謂之經者，以其終於孔子之手，尊而異之爾，斯聖人之文也。後人力薄，不克以嗣，但當左右名教，夾輔聖人而已，或則列聖人之微旨，或則摘諸子之異端，或則發千古之未寤，或則正一時之所失，或則陳仁政之大經，或則斥功利之末術，或則揚聖人之聲烈，或則寫下民之憤歎，或則陳大人之去就，或則述國家之安危，必皆臨事摭實，有感而作，為論為議，為書、疏、歌、詩、贊、頌、箴、辭、銘、說之類，雖其目甚多，同歸於道，皆謂之文也。若肆意構虛，無狀而作，非文也，乃無用之瞀言爾。……自西漢至李唐，其間鴻生碩儒，摩肩而起，以文章垂世者眾矣……無一言及於教化者，此非無用瞀言，徒污簡冊者乎？〔註74〕

孫復此書闡明文與道合而為一，文即是道，道即為文，書、疏、歌、詩、贊、頌、箴、辭、銘、說之類，皆同歸於道，皆謂之文也。

〔註73〕　見《范文正公集》第八卷，〈上資政晏侍郎書〉。
〔註74〕　見孫復《孫明復小集》。

　　文正公凡爲文章必本之仁義，求經世致用，不尙空言，孫復亦主張以文章垂教於後世，無一言及教化者，則徒污簡冊者乎？他們的理念相同，又能聚徒教授，因而很容易形成一股詩文革新、改造風氣的力量。

　　孫復因文正公之薦舉而任國子監直講，他最大的成就乃在於著書和教授學生，他的弟子中以石介、文彥博、劉牧、范純仁、吳希哲、朱光庭、張洞、姜潛、祖無擇、饒儀、李縕、莫說、朱長文等人較爲有名。石介對孫復執弟子禮至爲恭敬，孫復坐時，必侍立左右；孫復起來行動或行禮時，必在旁扶持，由於他們師生的相處，當世之人才知道老師和弟子間相處的禮儀。

　　《宋史》說：「瑗治經不如復，而教養諸生過之〔註75〕。」可見孫復對經學研究的精深。歐陽修說：

> 先生治《春秋》，不惑傳注，不爲曲說以亂經，其言簡易，明於諸侯
> 大夫功罪，以考時之盛衰，而推見王道之治亂，得於經之本義爲多。
> 〔註76〕

胡瑗與孫復同爲宋學之開山宗師，二人性格亦有所不同，胡安定好比冬日的太陽，人人樂於親近；孫泰山有如夏日的驕陽，人人感到可畏。全祖望說：

> 泰山之與安定同學十年，而所造各有不同。安定，冬日之日也；泰
> 山，夏日之日也，故知徐中車宛有安定風格。而泰山高弟爲石守道，
> 以振頑懦，則嚴嚴氣象，倍有力焉，抑又可以見二家淵源之不紊也。
> 〔註77〕

孫復後遷爲殿中丞，年六十六歲卒，宋仁宗命孫復高弟祖無擇將其所著書抄錄交祕閣保存。

四、范仲淹與石介的關係及影響

　　石介（一〇〇五～一〇四五），字守道，袞州奉符人，曾躬耕徂徠山下，人稱徂徠先生。仁宗天聖八年中進士，初授嘉州判官，後以直集賢院出通判濮州，有《徂徠集》二十卷。《宋元學案》列爲高平門人。

　　在北宋詩文革新運動中，反對楊億西崑時文最烈的當屬石介。他認爲楊億欲以文章爲宗於天下，盲天下人目，聾天下人耳。〈怪說〉中說：

〔註75〕見《宋史》卷四三二，〈儒林傳〉二，頁52～54。
〔註76〕見《宋元學案》卷二，〈泰山學案〉附錄。
〔註77〕同註68。

> 昔楊翰林欲以文章爲宗於天下，憂天下未盡信己之道，於是盲天下
> 之目，聾天下之耳。使天下人目盲，不見有周公、孔子、孟軻、揚
> 雄、文中子、吏部之道；使天下人耳聾，不聞有周公、孔子、孟軻、
> 揚雄、文中子、韓吏部之道。俟周公、孔子、孟軻、揚雄、文中子、
> 吏部之道滅，乃發其盲，開其聾，使天下惟見己之道，惟聞己之道，
> 莫知其他。

石介進一步抨擊楊億刓鏤聖人之經、破碎聖人之言，離析聖人之意，蠹傷聖
人之道。〈怪說〉中又說：

> 今楊億窮妍極態，綴風月，弄花草，淫巧侈麗，浮華纂組，刓鏤聖
> 人之經，破碎聖人之言，離析聖人之意，蠹傷聖人之道，使天下不
> 爲《書》之〈典〉、〈謨〉、〈禹貢〉、〈洪範〉，《詩》之雅、頌，《春秋》
> 之經，《易》之彖、爻、十翼；而爲楊億之窮妍極態，綴風月，弄花
> 草，淫巧侈麗，浮華纂組，其爲怪大矣。

石介的文學觀點與文正公的看法，有許多相似的地方。文正抨擊沿襲五代餘
緒的時文說：「五代以還，斯文大剝，悲哀爲主，風流不歸〔註78〕」，而石介
也說：

> 今斯文也剝己極矣，而不復，天豈遂喪斯文哉？〔註79〕

文正公主張文章本乎教化，獻酬仁義，〈唐異詩序〉說：「羽翰乎教化之聲，
獻酬乎仁義之醇，上以德于君，下以風於民，不然何以動天地而感鬼神哉！」
石介也認爲文章必本之教化仁義，乃能有利於政教。〈上趙先生書〉說：

> 必本於教化仁義，根於禮樂刑政，而後爲之辭。大者軀引帝皇王之
> 道，施於國家，教於人民，以佐神靈，以侵蟲魚；次者正百度，敍
> 百官，和陰陽，平四時，以舒暢元化，緝安四方。

文正公的文學主張以六經爲文學的本源，以教化仁義爲文學的內涵，以輔佐
王道爲文學的目的，石介的文學主張正與文正相合，認爲文章應符合儒家經
典，以達堯、舜、三代聖王之政。石介〈上蔡副樞密書〉說：

> 文之時義大矣哉！故《春秋傳》曰：經緯天地曰文；《易》曰：文明
> 剛健；《語》曰：遠人不服，則修文德以來之；三王之政曰：救質莫
> 若文；堯之引曰：煥乎其有文章；舜則曰：濬哲文明；禹則曰：文

〔註78〕見《范文正公集》第六卷，〈唐異詩序〉。
〔註79〕見石介《徂徠集》卷十三，〈上張兵部書〉。

命敷於四海；周則曰：郁郁乎文哉；漢則曰：與三代同風。故兩儀，
文之體也；三綱，文之象也；五常，文之質也；九疇，文之數也；
道德，文之本也；禮樂，文之飾也；孝悌，文之美也；功業，文之
容也；教化，文之明也；刑政，文之綱也；號令，文之聲也。〔註80〕

文正公一生以天下爲己任，守制南京時，上書執政說：「不以一心之戚，而忘
天下之憂〔註81〕。」，石介也同樣的「雖在畎畝，不忘天下之憂。〔註82〕」文
正公凡爲文章必本之仁義〔註83〕，石介也有同樣的堅持。石介〈與范思遠書〉
說：

學爲文，必本仁義，凡淫碎章句，淫巧文字，利誘勢逐，寧就於死，
曾不肯爲。〔註84〕

文正公尊韓，晚年以衰病之身，恭書韓愈〈伯夷頌〉，韓愈「非三代兩漢之書
不敢觀，非聖人之志不敢存。〔註85〕」，文正公則曰：「恥讀非聖之書〔註86〕」，
石介撰有〈尊韓〉於韓退之特加推崇。他說：

伏羲氏、神農氏、黃帝氏、少昊氏、顓頊氏、高辛氏、虞舜氏、禹、
湯、文、武、周公、孔子者，十有四聖人，孔子爲聖人之至。噫！
孟軻氏、荀況氏、楊雄氏、王通氏、韓愈氏，五賢人，吏部爲賢人
之至。不知更幾千萬億年，復有孔子，不知更幾千百數年，復有吏
部。孔子之《易》《春秋》，自聖人來未有也；吏部〈原道〉〈原人〉
〈原毀〉〈行難〉〈禹問〉〈佛骨表〉〈諍臣論〉，自諸子以來未有也。
嗚呼至矣！〔註87〕

我國道統的觀念，起自《孟子》〈盡心篇〉所說由堯、舜至湯、文王、孔子的
一個統序，石介此文繼承韓愈的精神把道統與文統看成一體，自周公、孔子
以來的道統，歸結到韓愈身上，是文與道合一的文學觀。同時石介又把文統
一分爲二，孔子以上爲聖人，孔子以下爲賢人，一爲成道者，一爲守道、衛
道者。其中韓愈的地位猶在孟子之上。

〔註80〕見石介《徂徠集》卷十三，〈上蔡副樞密書〉。
〔註81〕見《范文正公集》第八卷，〈上執政書〉。
〔註82〕見《歐陽修全集》卷二，《居士集》二，〈徂徠石先生墓誌銘〉。
〔註83〕見《范文正公集》〈毛一驚序〉。
〔註84〕同註43，〈與范思遠書〉。
〔註85〕見韓愈〈答李翊書〉。
〔註86〕見《范文正公別集》第四卷，〈上張侍郎〉。
〔註87〕見石介〈尊韓〉。

石介又以其師孫復爲繼承韓愈之道統者。〈與祖擇之書〉說：

> 自周以上觀之，聖人之窮者惟孔子；自周以下觀之，賢人之窮者惟
> 泰山明復先生。〔註88〕

石介〈泰山書院記〉又說：

> 吏部後三百年，賢人之窮者，又有泰山先生，……先生述作，上宗
> 周、孔，下擬韓、孟……。〔註89〕

北宋詩文革新運動中，舉宋賢以繼古聖賢之道統者，石介可謂第一人。他是
北宋詩文革新中衝鋒陷陣的悍將，在他所作的〈怪說〉三篇中，全力攻擊佛
老以及西崑時文，認爲必須消滅這三樣東西，天下才有可爲。後來又寫了一
部《唐鑑》，借唐代的史實警戒當代，言論相當激烈。歐陽修說：

> 其斥佛老時文，則有〈怪說〉、〈中國論〉。曰：去此三者，然後可以
> 有爲。其戒姦臣宦女，則有《唐鑑》，曰：吾非爲一世監也。其餘喜
> 怒哀樂，必見於文，其辭博辯雄偉而憂思深遠。〔註90〕

石介的言行剛猛，對佛老及西崑浮文的攻擊不遺餘力，加上他在太學以師道
自居，對當時卑弱文風的抑制收到了相當的效果。由於他的言行太過偏宕，
也對他自身造成了相當的傷害，文正公拜爲參知政事時，許多賢臣位居要職，
他高興之餘，作了一首〈慶曆聖德頌〉頌揚天子賢臣，公然指責夏竦爲「大
姦」，引起了軒然大波，文正公雖然對石介拔擢薦舉有加，但是也「聞之不樂
〔註91〕」，因爲他過於剛正，所以雖有余靖等人力引，文正仍不欲擢爲諫官。
魏泰說：

> 慶曆中，余靖、歐陽修、蔡襄、王素爲諫官，時謂四諫。四人力引
> 石介，而執政亦欲從之，時范仲淹爲參知政事，獨謂同列曰：「石介
> 剛正，天下所聞，然性亦好爲奇異，若使爲諫官，必以難行之事責
> 人君必行，少拂其意，則引裾折檻，叩頭流血，無所不爲矣。上雖
> 富有春秋，然無失德，朝廷政事，亦自修舉，安用如此諫官也」，諸
> 公服其言而罷。〔註92〕

《四庫全書提要》卷一五二〈徂徠集提要〉說：

〔註88〕 見石介《徂徠集》卷十五，〈與祖擇之書〉。
〔註89〕 見石介〈泰山書院記〉。
〔註90〕 同註82。
〔註91〕 見《范文正公年譜》五十五歲下。
〔註92〕 見魏泰《東軒筆錄》卷十三。

> 主持太過，抑揚皆不得其平，……客氣太深、名心太重，不免流於
> 詭激。〔註93〕

葉水心《習學記言》說得好：

> 救時莫如養力，辨道莫如平氣，石介以其忿嫉不忍之意，發於偏宕
> 太過之辭，激猶可與爲善者之怒，堅已陷於邪者之敵，莫不震動驚
> 駭，羣而攻之，故回挽無毫髮，而傷敗積丘陵矣，哀哉！〔註94〕

石介任道至勞、志向至高，在詩文革新運動中，頗有孟子力斥楊、墨，韓愈
力反六朝文、諫迎佛骨之氣概，他享年只有四十一歲。歐陽修〈徂徠石先生
墓誌銘〉說：

> 先生貌厚而氣完，學篤而志大，雖在吠畝，不忘天下之憂。……其
> 遇事發憤，作爲文章，極陳古今治亂成敗，以指切當世；賢愚善惡，
> 是是非非，無所諱忌，世俗頗駭其言，由是謗議喧然，而小人尤嫉
> 惡之，相與出力，必擠之死，先生安然不惑不變，曰：吾道固如是，
> 吾勇過孟軻矣。〔註95〕

歐公肯定石介文學之貢獻，論述其行誼頗爲公允持平。

五、范仲淹與蘇舜欽的關係及影響

　　蘇舜欽（一〇〇八～一〇四八），字子美，先世居梓州銅山縣（今四川中
江縣），自曾祖協，知開封府兵曹事，遷京師，遂爲開封人。

　　子美生於宋眞宗大中祥符元年，十五歲時因父蔭補爲太廟齋郎，二十歲
爲滎陽尉。二十七歲中進士，歷任蒙城、長垣縣令和大理評事，三十七歲因
范文正公的薦舉，授集賢校理，監進奏院，後因用鬻故紙公錢召妓侑酒，坐
罪貶爲庶人，慶曆八年（西元一〇四八年）復官爲湖州長史，不久即因病而
卒，享年四十一歲，著有《蘇學士集》十六卷。

　　他在文學上和政治上都傾向於范文正公的革新主張，在北宋的詩文革新
運動中，是一位積極倡導、反對西崑詩風，致力於古歌詩雜文創作的作家。
歐陽修〈蘇學士文集序〉說：

〔註93〕　見《四庫全書提要》卷一五二，〈徂徠集〉。
〔註94〕　見葉適《習學記言》卷四十九。
〔註95〕　同註46。

子美之齒少於予，而予學古文，反在其後。天聖之間，予舉進士於
有司，見時學者，務以言語聲偶摘裂，號爲時文，以相誇尚。而子
美獨與其兄才翁，及穆參軍伯長，作爲古歌詩雜文，時人頗共非笑
之，而子美不顧也。其後天子患時文之弊，下詔書，諷勉學者以近
古，由是其風漸息，而學者稍趨於古焉。獨子美爲於舉世不爲之時，
其始終自守，不牽世俗趨舍，可謂特立之士也。

《宋史》〈蘇舜欽傳〉說：

當天聖中，學者爲文多病偶對，獨舜欽與河南穆脩好爲古文詩歌，
一時豪傑多從之遊。

子美早年從穆脩學古文，穆脩說：

夫學乎古者所以爲道，學乎今者所以爲名，道者仁義之謂也，名者
爵祿之謂也。〔註96〕

子美好爲古文詩歌正是承繼其師死守善道，一心爲古文之道而做持續不懈的
努力。〈夏熱晝寢感詠〉詩云：

筆下驅古風，直驅聖所存。

其意與文正公一心一意「興復古道」、「漸降古道」、「以教化爲心，趨聖人之
門，成王佐之器〔註97〕」之意相同。

文正公主張「文與學者，道之器也〔註98〕」，所以說：「道從仁義廣，名
由忠孝全〔註99〕」，凡爲文章必本之仁義，蘇軾說文正公「其於仁義禮樂忠信
孝弟，蓋如飢渴之於飲食，欲須臾忘而不可得〔註100〕」，子美也同樣主張文以
載道，認爲道德是文學的本質。他說：

昔者道之消，德生焉。德之薄，文生焉。文之弊，詞生焉。詞之削，
詭辯生焉。辯之生也害詞，詞之生也害文，文之生也害道德。夫道
也者，性也，三皇之治也。德也者，復性者也，二帝之迹也。文者，
表而已矣，三代之采物也。辭者，所以董役，秦漢之訓詔也。辯者，
華言麗口，賊盡正眞，而眩人視聽，若衛之音，魯之縞，所謂晉唐
俗儒之賦頌也。

〔註96〕見《河南穆公集》卷三，〈答喬適書〉。
〔註97〕同註39。
〔註98〕同註70。
〔註99〕見《范文正公集》第一卷，〈四民詩〉，〈士〉篇。
〔註100〕見蘇軾〈范文正公集敍〉。

蘇舜欽又說：

> 上世非無文詞，道德勝而後振故也。後代非無道德，詭辯放淫而覆
> 塞之也。

子美每屬文，不敢雕琢以害正，凡爲文章必歸之於道義。其〈上三司副使段
公書〉說：

> 當謂人之所以爲人者，言也；言也者，必歸於道義，道與義澤於物
> 而後已，至是則斯爲不朽矣。故每屬文，不敢雕琢以害正。

他明白的表達了文章的觀念及作文時的態度，清人徐惇復說：

> 抱經世之學，懷忠召之心，觀其所爲詩文及論時事劄子，雖未見諸
> 實事，然其議論侃侃，慷慨切直，皆有關於社稷生民之故，能言人
> 所不敢言，不可以區區文人才士目之矣。〔註101〕

他的古文，清人宋犖說：

> 雄健富奇氣，如其爲人，以之妃晁儷張，殆無愧色。顧晁、張繼起
> 於古學大盛之日，而子美獨興於舉世不爲之時，挽楊、劉之頹波，
> 尊歐、蘇之前驅，其才識尤有過人者，學者論宋初古文，往往以子
> 美與穆伯長並稱，其實伯長不及也。〔註102〕

他的詩作豪邁奔放，清新剛健，關心政治及社會現實給予眞實的反映，如文
集中〈城南感懷呈永叔〉〈吳越大旱〉等詩，指責當政的尸位素餐，表達當時
羣眾反抗橫徵暴斂的心聲，寄予深刻的同情。又如〈慶州敗〉〈瓦亭聯句〉等
作，譴責西夏的侵略戰爭，痛斥宋代官員的昏庸無能，造成國家的災難和黎
民蒼生之苦。如〈吾聞〉〈夏熱畫寢感詠〉等詩作，則表明了子美遠大的抱負
和深厚的愛國情懷。他的山水詩如〈松江長橋未明觀漁〉等作也都氣象宏遠，
寓意深沈。他的詩歌創作阻遏了西崑逆流，建立了清新剛健的詩風，在北宋
詩文革新運動中具有不朽的貢獻，因此劉克莊說他是宋詩的開山祖〔註103〕。
沈德潛也說：

> 宋初臺閣唱和，多宗義山，名西崑體，梅聖俞、蘇子美起而矯之，
> 盡翻科臼，蹈厲發揚。〔註104〕

〔註101〕見徐惇復〈蘇子美文集序〉。
〔註102〕見宋犖〈蘇子美文集序〉。
〔註103〕見劉克莊《後村大全集》卷一七四，《後村詩話》。
〔註104〕見沈德潛《說時晬語》。

晁公武《郡齋讀書記》卷十九，說：

> 右朝蘇舜欽，字子美，易簡之孫，杜祁公衍之婿也。景祐中進士，
> 累遷集賢校理、監進奏院。並用故紙錢會客，除名。慷慨有大志，
> 好古工文章，及廢居蘇州，買水石作滄浪亭，益讀書，發其憤懣於
> 歌詩，其體豪放，往往驚人。又善草書，酣醉落筆，爭爲人所傳敧。

蘇舜欽在政治上和文學上，都是和范文正公站在同一陣線的革新者，也因此
成爲當時政爭的犧牲者。《續資治通鑑》卷一五三說：

> 先是杜衍、范仲淹、富弼等同執政，多引用一時聞人，欲更張庶事，
> 御史中丞王拱辰等不便其所爲，而舜欽，仲淹所薦，其妻又衍女也，
> 少年能文章，議論稍侵權貴，會進奏院祠神，舜欽循前例用鬻故紙
> 公錢召妓開席會賓客，拱辰得之，諷其屬魚周詢、劉元瑜等劾奏，……
> 同時斥逐者多知名士，世以爲過薄，而拱辰等方自喜曰：吾一舉網
> 盡矣！

可見舜欽販售廢紙錢會客，係循往例爲之，惜爲王拱辰輩所擠，坐以深文，
廢逐而死。歐陽修深致惋惜說：

> 嗟吾子美，一酒食之過，至廢爲民，而流落以死，此其可以歎息流
> 涕，而爲當世仁人君子職位，宜與國家樂育賢才者惜也。〔註105〕

蘇舜欽死後四年（景祐四年，西元一〇五二年），歐陽修從其妻父杜衍家取得
遺稿，輯爲《蘇學士文集》，進而肯定其文章之貢獻說：

> 斯文，金玉也，棄擲埋沒糞土，不能銷蝕，其見遺於一時，必有收
> 而寶之於後世者，雖其埋沒而未出，其精氣光怪，已能常自發見，
> 而物亦不能揜也。故方其擯折摧挫流離窮厄之時，文章已自行於天
> 下，雖其怨家仇人，及嘗能出力而擠之死者，至其文章，則不能少
> 毀而揜蔽之也。

六、范仲淹與梅堯臣的關係及影響

　　梅堯臣（一〇〇二～一〇六〇），字聖俞，宣州宣城人，侍讀學士梅詢之
從子，用詢蔭爲河南主簿，官至尚書都官員外郎。著有《宛陵先生集》六十
卷，世稱梅宛陵。

〔註105〕見歐陽修〈蘇學士文集序〉。

他與錢惟演是忘年之交，常引與酬唱，頗得惟演所讚賞；與歐陽修爲詩友，歐公自以爲不及；他小文正公十三歲，是文正公的好友，景祐二年（西元一○三五年）文正與余靖、尹洙、歐陽修，因政府人事行政問題得罪宰相呂夷簡，紛紛受到了貶斥，他寫有〈彼鷟吟〉、〈巧婦〉、〈聞歐陽永叔謫夷陵〉、〈聞尹師魯謫富水〉、〈寄饒州范待制〉、〈猛虎行〉、〈靈烏賦〉等作，對文正等四賢寄以同情，對於時政有所諷刺。

其中〈猛虎行〉是一首極爲辛辣的作品，諷刺宰相呂夷簡在政治鬥爭中，應用權力打擊要求澄清吏治的四賢。他用猛虎吃人的邏輯寫出，甚至說到「食人既我分，安得爲不祥」，「而欲我無殺，奈可饑餒腸」。如此寫作方式，是前所未有，也是以後所少有的。

〈寄饒州范待制〉詩云：

> 山水番君國，文章漢侍臣，古來中酒地，今見獨醒人。
>
> 坐嘯安浮俗，談詩接上賓，何由趨盛府，徒爾望清塵。

當時文正公由權知開封府，落職饒州，所以詩言「山水番君國」，由此可見二人交情非淺。〈靈烏賦〉則言：「（靈烏）事將乖而獻忠，人反謂多凶，凶不本於爾，爾又安能凶」文正公閱後，以同題回贈之，其序云：

> 梅君聖俞作是賦，曾不我鄙而寄以爲好，因勉而和之，庶幾感物之
>
> 意，同歸而殊途矣。

文正公〈靈烏賦〉有「寧鳴而死，不默而生」之名句，表達「儒者報國，以言爲先〔註106〕」的愛國熱忱。又〈鄱陽酬曹使君泉州見寄〉詩云：

> 卓有梅聖俞，作邑郡之旁，矯首賦靈烏，擬彼歌滄浪。

文正於梅堯臣之詩才極爲讚賞，但當政後並未保舉其升官，頗令堯臣不快，堯臣因作《靈烏後賦》以諷刺之。雖然如此，但是他們在詩文革新的道路上，卻是一致的。文正主張師聖宗經，以六經爲文學的根源，聖俞也主張作詩要達到《詩經》二雅的境界。他說：

> 辭雖淺陋頗剋苦，未到二雅未忍捐，
>
> 安取唐季二三子，區區物象磨窮年。〔註107〕

他不願效法晚唐詩人，爲了「區區物象」而推敲琢磨，浪費時光。進而主張學詩三百篇，學《春秋》，並且要在詩中有褒貶，有諷刺，反對「嘲風雪，弄

〔註106〕見《范文正集》卷第十六，〈讓觀察使第一表〉。
〔註107〕見梅堯臣《宛陵先生集》。

「花草」的作品，這種文學主張也和文正公相一致。其〈答韓三子華、韓五持國、韓六玉汝見贈述詩〉云：

> 聖人於詩言，曾不專其中，因事有所激，因物興以通。
> 自下而磨上，是之謂國風，雅章及頌篇，刺美亦道同，
> 不獨識鳥獸，而爲文字工。屈原作離騷，自哀其志窮，
> 憤世嫉邪意，寄在草木蟲。邇來道頗喪，有作皆言空，
> 煙雲寫形象，葩卉映青紅，人事極諂諛，引古稱辯雄，
> 經營唯切偶，榮利因被蒙。遂使世上，祇曰一藝充，
> 以巧比戲弈，以聲喻鳴桐。嗟嗟一何陋，甘用無言終。……〔註108〕

梅堯臣〈寄滁州歐陽永叔〉詩云：

> 仲尼著春秋，貶骨常苦笞，後世各有史，善惡亦不遺，
> 君能切體類，鏡照嫫與施，直辭鬼膽懼，微文奸魄悲，
> 不書兒女事，不作風月詩，唯存先王法，好醜無使疑，
> 安求一時譽，當期千載知。〔註109〕

文正公有詩二百多首，好以散文爲詩，以議論入詩，以白話入詩，梅堯臣的許多作品也有相似的地方。文正詩作常表現出「平淡」的手法，聖俞也主張「平淡」，但是他的平淡，並非自然，也不是平庸、庸俗，而是用極樸素的語言和高度的功力，表達出極豐富、極深刻的思想，這種風格的特色是意在言外，耐人尋繹，如吃橄欖從苦澀中咀嚼出不盡的甘腴之味，亦如洗盡脂粉鉛華，予人有「老樹著花」的美感。

所謂「惟造平淡難」亦即是歐陽修〈六一詩話〉引梅聖俞所云：

> 詩家雖率意，而造語亦難，若意新語工，得前人所未道者，必能狀
> 難寫之景，如在目前，含不盡之意，見於言外，然後爲至矣。

可知他的平淡，正是在藝術上追求意境，苦心經營而來的。朱自清《宋五家詩抄》說：

> 平淡有二：韓詩云：「艱宮怪變得，往往造平淡」，梅平淡是此種：
> 朱子謂「陶淵明平淡出於自然」此又是一種。

〔註108〕見梅堯臣《宛陵先生集》卷十六，〈答韓三子華、韓五持國、韓六玉汝見贈述詩〉。
〔註109〕見梅堯臣《宛陵先生集》卷十六，〈寄滁州歐陽永叔〉。

梅堯臣長於歐陽修五歲，他們的交遊始於仁宗初年，同在西宋作官之時。當時他的上司王文康（晦叔）曾對坐客讚賞聖俞的詩說：「子之詩有晉宋遺風，自杜子美沒後二百餘年，不見此作。〔註110〕」，當時年輕的歐陽修尤為佩服，從此他們成為莫逆之交，在二人的詩集中，相互往來的贈答詩，多得不勝枚舉。歐公對聖俞的詩總是讚不絕口。〈書梅聖俞稿後〉說：

蓋詩者樂之苗裔與。漢之蘇李，魏之曹劉，得其正始，宋齊而下得其浮淫流侈；唐之時，子昂、李、杜、沈、宋、王維之徒，或得其淳古淡泊之聲，或得其舒和高暢之節，而孟郊、賈島之徒，又得其悲鬱埋之氣。由是而下，得者時有而不純焉。今聖俞亦得之，然其體長於本人情，狀風物，英華雅正，變態百出，哆兮其似春，淒兮其似秋，使人讀之，可以喜，可以悲，陶暢酣適，不知手足之將鼓舞也。斯固得深者邪；其感人之至，所謂與樂同其苗裔者邪？

〈六一詩話〉說：

聖俞子美，齊名一時，詩體特異；子美筆力豪俊，以超邁橫絕為奇，聖俞覃思精微，以深遠閑淡為意，各極其長，雖善論者不能優劣。余嘗於水谷夜行詩略道其一二云：「……子美氣尤雄，萬竅號一噫，有時肆顛狂，醉墨洒滂霈，譬如千里馬，已發不可殺，盈前盡珠璣，一一難揀汰，梅翁事清切，石齒漱寒瀨，作詩三十年，視我猶後輩，文詞愈清新，心意雖老大，有如妖韶女，老自有餘態，近詩尤古硬，咀嚼最難嗺；又如食橄欖，真味久愈在。蘇豪以氣轢，舉世徒驚駭，梅窮我獨知，古貨今難賣。」

歐陽修〈梅聖俞詩集序〉說：

予聞世謂詩人少達而多窮，夫豈然哉？蓋世所傳詩者，多出於古窮人之辭也。凡士之蘊其所有而不得施於世者多喜自放於山顛水涯之外，見蟲魚草木風雲鳥獸之狀類，往往探其奇怪，內有憂思感憤之鬱積，其興於怨刺以道孤臣寡婦之所歎，而寫人情之難言，蓋愈窮則易工。然則，非詩之能窮人，殆窮者而後工也。予友梅聖俞少以蔭補為吏，累舉進士，輒抑於有司，困於州縣，凡十餘年，年今五十，猶從辟書為人之佐，鬱其所蓄不得奮見於事業。其家宛陵，幼習於詩，自為童子，出語已驚其長老。既長，學乎六經仁義之說，

其爲文章簡古純粹，不求苟說於世，世之人徒知其詩而已。然時無
賢愚，語詩者必求之聖俞，聖俞亦自以其不得志者，樂於詩而發之，
故其平生所作，於詩尤多。

嘉祐五年（西元一〇六〇年），梅聖俞因病逝世，歐公親往弔唁，並作〈墓誌
銘〉，論其詩作：

其初喜爲清麗閒肆平淡，久則涵演深遠，間亦琢刻以出怪巧，然氣
完力餘，益老以勁，其應於人者多，故辭非一體，至於他文章皆可
喜，非如唐諸子號詩人者，僻固而狹陋也。聖俞爲人，仁厚樂易，
未嘗忤於物，至其窮愁感憤，有所罵譏笑謔，一發於詩，然用以爲
驩而不怨懟，可謂君子者也。

歐、梅二人詩文往來，時人比做韓愈與孟郊，他們也頗以自況。《四庫全書總
目提要》說：

宋初佐修以變文體者尹洙，佐修以變文體者則梅堯臣。

此說頗具見地，梅堯臣確是宋代一位重要的詩人，他不但平熄了西崑詩風，
也爲宋詩打開了自己的出路，劉克莊譽之爲宋詩的開山祖。劉克莊〈後村詩
話〉說：

歐公詩如昌黎，不當以詩論，本朝詩惟宛陵爲開山祖師。宛陵出然
後桑濮之哇淫稍熄，風雅之氣脈復續，其功不在歐、尹下。〔註111〕

在北宋詩文革新運動中，梅堯臣爲宋詩開創了特色，使其不同於唐詩，而賦
予新的生命，他的影響既廣泛，又極深遠。

七、范仲淹與歐陽修的關係及影響

歐陽修（一〇〇七～一〇七二），字永叔，自號醉翁，晚號六一居士。宋
吉州永豐（今江西永豐縣）人，先世曾居廬陵（今江西吉安縣），《宋史》本
傳謂其爲廬陵人，他也自稱爲廬陵人。生於眞宗景德四年，卒於神宗熙寧五
年，享年六十六。著有《新五代史》七十四卷，《新唐書》二百二十五卷，《毛
詩本義》十四卷，後人編次其詩、文、詞，成《歐陽文忠公全集》一百五十
三卷。

歐陽修四歲喪父，家貧無資，母鄭氏以荻莖畫地教讀，及長，努力向學，
天聖八年（西元一〇三〇年），年二十歲，中進士，任西京留守推官，景祐元

〔註111〕同註103。

年（西元一○三四年）奉調回京任館閣校勘。景祐三年（西元一○三六年），三十歲的歐陽修，為了范文正公力諫治亂，繪製「百官圖」得罪宰相呂夷簡，上疏諫阻，因此與文正公、余靖、尹洙同遭降黜，時人稱為「四賢」。他雖然小文正公十八歲，但是在革新政治與革新詩文方面，始終站在文正公這一邊。

仁宗慶曆三年（西元一○四三年），杜衍、韓琦、范仲淹等人執政，歐陽修、王素、余靖等為諫官，他們致力於朝政的革新，想致天下於太平，一時被譽為清流。個性耿介的石介高興之餘，作了一首〈慶曆盛德頌〉四言古詩，力讚這股清流力量，並且指夏竦為大奸，因此引來了反對派陳執中、王拱辰、夏竦等人的反撲與排擠，誣指他們結朋營私，歐公因此作〈朋黨論〉加以駁斥。無奈「慶曆新政」因為裁抑僥倖，均定公田，有損於官僚的既得利益，反對新政的聲浪不斷的湧向京師，使得文正公、韓琦等人相繼罷去，歐公也達到貶謫的命運，貶為滁州（今安徽滁縣）太守，那年歐陽修三十九歲。由以上，可知范、歐二公是志同道合的道義之交，因此《宋元學案》稱歐陽修為高平同調。

范、歐二公志趣相投，惺惺相惜，年輕的歐陽修對文正公既尊敬又崇拜，年長的文正公對歐陽修既欣賞又肯定。景祐三年，歐公認為范文正公平生剛正，通古今，朝廷中無與倫比，遭此貶黜的下場，諫官難辭其咎，他責怪右司諫高若訥，身為諫官，不能辨文正的無辜，嚴辭譴責高若訥「不復知人間有羞恥事」，還有何面目見天下之士大夫，又如何配稱「諫官」！他義正辭嚴批判高若訥，令高某憤怒不已，把歐陽修的信送到朝廷，告了歐陽修一狀，歐公因此被貶為夷陵縣令（今湖北宜昌縣附近）。

慶曆三年，「輿議謂（文正）公有經綸之才，不宜局於兵府〔註112〕」，諫官歐陽修、余靖、蔡襄等建議文正公有宰輔之才，請任命樞密副使右諫議大夫范仲淹為參知政事資政殿學士。《年譜》說：

> 諫官歐陽修、余靖、蔡襄咸言公有宰輔才，不宜局在兵府，願罷王舉正，以公代之，舉正亦自求罷，上從其請。

文正公認為執政豈可由諫官而得，固辭不拜。李燾《續資治通鑑長編》說：

> 慶曆三年……秋七月……丁丑（十四日），以樞密副使右諫議大夫范仲淹為參知政事資政殿學士，兼翰林侍讀學士右諫議大夫富弼為樞密副使。仲淹曰：「執政可由諫官而得乎？」固辭不拜。

〔註112〕見《褒賢集》富弼撰〈墓誌銘〉。

文正公初不欲接受，一個月後乃勉強接受。李燾《續資治通鑑長編》說：

> 慶曆三年⋯⋯八月⋯⋯丁未（十四日），以樞密副使右諫議大夫，范
> 仲淹為參知政事資政殿學士，兼翰林學士⋯⋯。

文正公既受任為參知政事，因此銳意革新，以求澄清吏治，使得國家富強康
樂，長治久安。九月提出有名的「十事疏」。十月，歐陽修奏請朝廷重用文正
公，使上不玷知人之明，下不失四海之望。《續資治通鑑長編》說：

> 慶曆三年⋯⋯冬十月⋯⋯癸卯（十日），從實錄，諫官歐陽修言，臣
> 伏聞范仲淹、富弼等，自被手詔之後，已有條陳事件，必須裁擇施
> 行，臣聞自古帝王致治，須得同心協力之人，相與維持，謂之千載
> 一遇。今仲淹等遇陛下聖明，可謂難逢之會，陛下有仲淹等亦可謂
> 難得之臣。陛下既已傾心待之，仲淹等亦各盡心思報上下。如此臣
> 謂事無不濟，但顧行之如何爾。況仲淹、弼是陛下特出聖意自選之
> 人，初用之時，天下已皆相賀。然猶竊謂陛下既選之，未知如何用
> 之。及見近日特開天章，從容訪問，親寫手詔，督責丁寧，然後中
> 外喧然，既驚且喜。此二盛事，固已朝報京師，暮傳四海，皆謂日
> 來未曾如此，責任大臣，天下之人，延首拭目以看，陛下用此二人，
> 果有何能，此二臣所報陛下欲作何事？是陛下得失在此一舉，生民
> 休戚，繫此一時。以此而言，則仲淹等不可不盡心展效，陛下不宜
> 不力主張而行，使上不玷知人之明，下不失四海之望。臣非不知陛
> 下專心銳志，不自懈怠，而中外大臣，憂國同心，必不相忌，然臣
> 所慮者，仲淹等所言，必須先絕僥倖，因循姑息之事，方能救今世
> 之積弊，如此等事，皆外招小人之怨怒，不免浮議之紛紜，而姦邪
> 未去之人，須時有讒沮，若稍聽之，則事不成矣。臣謂當此事初，
> 尤須上下協力，凡小人怨怒，仲淹等自以身當，浮議姦讒，陛下亦
> 須力拒，待其久而漸定，自可日見成功，伏望聖慈，留意終始成之，
> 則社稷之福，天下之幸也。

由此可知歐陽修對文正公是如何的敬而愛之，又何其希望仁宗皇帝能夠始終
信任，以求新政成功，可惜雖有先知之明，奈何仁宗皇帝下令革新之時，似
乎信任頗專，其後小人誣指文正為朋黨時，信心發生動搖，以致未能貫徹到
底，而歸於失敗。

在文學上，歐陽修諸多文學觀念與文正公相一致。文正公主張「宗經」，歐陽文忠公也極力提倡「宗經」思想，他在〈答祖擇之書〉說：「世無師矣，學者當師《經》〔註113〕」。文正公提倡寫作關心社稷國家安危的文章，歐陽修進一步推廣爲「文以論政」。慶曆新政之時，文正公主張改革科舉，提出「先策論，次辭賦」的主張，這項主張後來也在歐陽修知貢舉時才付之實現，不過距離文正公逝世，已經是第五年的事了。

歐陽修對於政治革新及詩文革新完全站在文正公這一邊，文正公對於歐陽修的文學才華以及古文的貢獻，不但十分激賞，而且撰文加以肯定。慶曆七年（西元一○四七年），五十九歲的文正公撰〈尹師魯河南集序〉，在序文一開始時就討論文章的盛衰遞變，他說：

> 唐正元、元和之間，韓退之主盟於文而古道最盛。懿僖以降，寖及五代，其體卑弱，皇朝柳仲塗（開）起而麾之，髦俊率從焉，仲塗門人能師經探道，有文於天下者多矣。洎楊大年（億）以應用之才，獨步當世，學者刻辭鏤意，有希髣髴，未暇及古也。其間甚者，專事藻飾，破碎大雅，反謂古道不適於用，廢而弗學者久之。洛陽尹師魯（洙）少有高識，不遂時輩，從穆伯長（修）游，力爲古文。……歐陽永叔（脩）從而大振之，由是天下之文一變，而其深有功於道歟！

在這篇序文中，他特別肯定韓退之主盟文壇之時古道最盛，接著讚美尹洙力爲古文，最後則肯定歐陽修大振古文，因此改變了天下的文風，儼然已經尊歐陽修爲宋代的韓愈，是北宋文壇的盟主。以文正公當時的地位，如此推崇歐陽修，天下人對他自然另眼相看，也因此奠定了歐陽修領袖文壇的地位。

歐陽修堅決擁護文正公的革新措施，同時他又有豐富的學識和特殊的創作才華，對於後進既熱心指導，又竭力提拔，自己本身也以文壇盟主自居。十年後，嘉祐二年（西元一○五七年），知貢舉時，對於險怪奇澀之文、痛排抑之，提拔了好爲古文的曾鞏、蘇軾、蘇轍等人。此後，應試的士子，逐漸走向寫作平易古文的路子，他的聲望如日中天，順理成章的成爲文學界的領導人。

歐陽修之所以能夠成就詩文革新的偉業，而登上文壇的盟主，乃在於他本身的文章早已冠絕當代，在士子心目中具有崇高的地位，他的文風簡雅平

〔註113〕 見歐陽修《居士外集》卷十八。

淡，使得士子樂於依循效習，加上他胸襟開闊，善處人事，尤其喜歡獎掖後進，結合了許多優秀的作者如尹洙、梅堯臣、蘇舜欽，和他欣賞的後進如曾鞏、蘇洵、蘇軾、蘇轍、王安石等人形成詩文革新的有力集團，最重要的是他掌握了「知貢舉」這項最有力的工具，這是文正公在慶曆新政時一再盼望應用國家考試以改變文風，終於在歐公的手上完成。科舉考試足以左右考生習性，進而改變天下的文風，早在眞宗朝，楊大年獨領風騷，做了最好的見證，歐陽修以前的古文家從未有人取得這項強而有力的工具，儘管范文正公早在天聖五年（西元一〇二七年）即提出此項主張，但始終未能付之實現，歐公得天獨厚，掌有此一工具，也把握此一良機，終而使得詩文革新的工作，一舉成功。

第三節　范仲淹詩文革新對後世的影響

范文正公以政治家的弘毅和膽識，從事詩文革新的工作，他不同於一般的文學家，就文論文，就詩論詩，純粹以文學的觀點改革文學。他的革新是全面的，因此他的影響也是全面的，由於他的努力，扭轉了卑弱的文風，轉變了頹靡的士風；爲了拯救文弊，他興學育才，教學子以六經，他愛才如渴，獎掖後進，因此興復了儒學；他的文學創作，掃除了西崑詩文華而不實的流弊，也啓發了後世經世致用的思想。

他「粹然無疵」的人格，不但影響了當代，也影響了後世，「以天下爲己任」的抱負，「先天下之憂而憂，後天下之樂而樂」的胸襟，也喚醒了中國讀書人的自覺精神。

他的詩文革新是懷著一份悲天憫人的胸懷、與人爲善的情懷，所以他用淺近的文字抒寫匡時濟弊的主張，議論興革的大計，表現出宏偉的氣象和懾人心魄的力量。他又樂於興學校、育人才，所以他的門下弟子以及他所提攜的才俊之士，形成一股詩文革新的創作集團。

文正公既影響於當世士子、文人樂於從事樸實文章的寫作，也影響了後世的文風。因爲他的倡導，駢四儷六的浮艷文風因而停息，不但文章變成了樸實的散文，辭賦也因而由律賦轉而變成了文賦。

在詩歌方面，他主張「以氣貫之」主張「羽翼教化」，詩風因此有所轉變，他的創作以白話入詩，以文入詩，以哲理入詩，以議論入詩，擴大詩歌的境界。

一、對學術的影響

（一）復興儒學

宋初開國至眞、仁二宗之際，稱爲儒林的草昧時期，由於文正公的革新詩文、拯救文弊、興建學校、培育人才、獎掖後進，終而帶動了宋代儒學的復興。

他早在天聖五年（西元一〇二七年）上書執政，認爲「當太平之朝不能教育，俟何時而教育哉！」他說：

> 夫庠序之興，由三代之盛王也，豈小道哉？孟子謂得天下英材而教
> 育之，一樂也。豈偶言哉？行可數年，士風丕變，斯擇材之本，致
> 理之基也。〔註114〕

由於他的積極倡導，仁宗在慶曆四年（西元一〇四四年）採納他的建議，下詔在各州郡設立學校講授儒學經典。並在京師設立太學，講明經學。元代李祁撰〈文正書院記〉說：

> 學校之遍天下，自公始。若其察泰山孫氏於貧窶中，使得以究其業，
> 延安定胡公入太學：爲學者師。卒之泰山以經術大鳴於時，安定之
> 門，人才輩出。而河南程叔子，尤遇賞拔，公之造就人才已如此。
> 其後橫渠張子，以盛氣自負，公復折之以儒者名教，且授之以《中
> 庸》，卒之關陝之教，與伊洛相表裡。蓋自六經晦蝕，聖人之道不傳，
> 爲治者不知所尊尚，寥寥以至於公，而後開學校，隆師道，誘掖勸
> 獎，以成就天下之士，且以開萬世道統之傳，則公之有功名教，夫
> 豈少哉？〔註115〕

在學術上，宋代學術之所以發皇，起自文正公的倡導；宋代理學之所以勃興，文正公有開風氣之功。黃宗羲編著《宋元學案》，被列宋學開山祖的胡瑗與孫復，都是受文正公的薦舉和提拔栽培，而成爲一代宗師。胡瑗，因先世原居陝西安定，學者稱爲安定先生，因文正公的邀聘，主講於蘇州、湖州，又因文正公的薦舉，被召入京管理太學，四方學者蜂擁而至，一生所教過的學生有一千七百餘人，都是國家社會的有用人才。孫復字明復，早年受文正公的接濟。並且授以《春秋》，後來講學於泰山，極爲時人所推重，文正公推薦爲國子監直講，宋史說他對經學研究精深，超過胡瑗。理學大師張載也因文正

〔註114〕見《范文正公集》第八卷，〈上執政書〉。
〔註115〕見李祁〈文正書院記〉。

公的激勵，並授以《中庸》，而卓然有成。朱熹稱文正公「一生粹然無疵，而導橫渠（張載）以入聖之室，尤爲有功」。

文正公以興復儒學爲己任，他薦舉胡瑗、孫復、李覯等人講學於京師，又培育富弼、張方平、張載、石介、劉牧、吳希哲等門人成爲名臣大儒，蔚爲國用。他以身垂敎，因此學風丕變，人才輩出，宋代學術由此而勃興，由儒林之草昧，一躍而爲儒林之復興。

（二）扭轉文風

天聖三年（西元一〇二五年），文正公第一次提出詩文革新的主張，爲的是拯救文弊，扭轉宋代沿襲晚唐、五代以來卑弱的文風。他反對西崑時文的「不追三代之高，而向六朝之細」，天聖八年（西元一〇三〇年）他在〈上時相議制舉書〉認爲文庫不振的原因是「爲學者不根乎經籍，從政者罕議乎敎化，故文章柔靡，風俗巧僞」。

他在文學理論上主張拯救文弊、扭轉文風，在政治上主張國家考試之時以策論爲主，用以提倡平實樸素的文風。天聖五年（西元一〇二七年）在〈上執政書〉中主張「呈試之日，先策論以觀其大要，次詩賦以觀其全才」，慶曆三年（西元一〇四三年）任爲參知政事時，再度主張以策論取士。田況說：

> 慶曆三年，既放春榜，時議以爲取士浮薄寖久，士行不察，學無根源，宜新制約以救其弊。執政（文正）與言事者意頗符同，乃敕兩制及御史台詳定貢舉條例。[註116]

他的目的就是誘導士子崇尚平實的古文，寫作關心國家生民大計，有裨益於世道人心的作品，他希望天下的文風由浮艷無實轉趨於樸實無華，於時賢凡力爲古文者，他都大力的揄揚和薦舉，他的好友古文家尹洙，尤其得到他的照拂，他們義兼師友，如同生死之交。尹洙早逝，文正爲其辦理後事，照顧其家人，又護其妻孥返回故鄉，並爲之刊行文集，又親自撰寫序文，表彰他爲古文所作的貢獻。他讚賞與他在政治立場同進退的歐陽修大振古文，深有功於道，以文正公當時顯赫的地位，如此的倡導古文、獎掖後進，西崑時文浮艷的風尚因而平熄，樸實的散文因而風行。在歐陽修提攜曾鞏、王安石、三蘇父子之後，古文尤其風行天下。

〔註116〕見《宋史》卷二九二，〈田況傳〉。

　　樸實的散文風行之後，浮艷之風消失了，載道之風盛行了，淺近的文章得到廣泛民眾的欣賞，也影響到後代小說的寫作。宋代的小說因此較前代淺白易讀，話本、平話代替了唐代小說的地位，成為章回小說的開端，又因為文正公主張實效仁義之文、所以後代小說也都以「忠孝節義」為寫作內容，中國文學的形式因為文字的淺白而更為普及，因為內容的充實而更有思想。

（三）擴大詩境

　　文正公在〈唐異詩序〉一文中，論詩歌的寫作以淳真為貴。他說：

> 詩之為意也，範圍乎一氣，出入乎萬物，舒卷變化，其體甚大，故夫喜焉如春，悲焉如秋，徘徊如雲，崢嶸如山；高乎如日星，遠乎如神仙；森如武庫，鏘如樂府；羽翰乎教化之聲，獻酬乎仁義之醇；上以德於君，下以風於民；不然何以動天地而感鬼神哉！而詩家者流，厥情非一，失志之人其辭苦，得意之人其辭逸，樂天之人其辭達，觀閔之人其辭怨，如孟東野之清苦，薛許昌之英逸，白樂天之明達，羅江東之憤怒，此皆與時消息，不失其正者也。〔註117〕

他反對西崑詩體的雕章鏤句，吟詠性情不顧其分，風賦比興不觀其時。他說：

> 五代以還，斯文大剝，悲哀為主，風流不歸。皇朝龍興，頌聲來復，大雅君子，當抗心於三代，然九州之廣，庠序未振，四始之奧，講議蓋寡，其或不知而作，影響前輩，因人之尚，忘己之實，吟詠性情而不顧其分，風賦比興而不觀其時，故有非窮途而悲，非亂世而怨，華車有寒苦之述，白社為驕奢之語，學步不至，效顰則多，以至靡靡增華，惛惛相濫，仰不主乎規諫，俯不主乎勸誡，抱鄭衛之奏，青虋曠之賞，游西北之流，望江海之宗者，有矣。〔註118〕

文正公有詩二百九十二首，每一首詩都是他真性情的流露，高潔人格的投射。他的詩歌直抒胸臆，用淺白如話的語言，或寄託人生理想，或描繪山川風景，或議論忠君愛民的懷抱，頗富劉、白韻致，把詩體從排偶雕琢之中解放出來。

　　他有山水詩六十多首，在詩中表現了仁、智雙修的本性。每一首詩都清新可誦，意趣盎然，他在詩中傳達了謙沖之懷以及怡養性情的樂趣，非附庸風雅，高蹈避世者所能相比。

〔註117〕見《范文正公集》第六卷，〈唐異詩序〉。
〔註118〕同註117。

袁宏道〈雪濤閣集序〉說：

> 故詩之道，至晚唐而愈小，有宋歐、蘇輩出，大變晚唐，於物無
> 所不收，於法無所不有，於情無所不暢，於境無所不取，滔滔莽
> 莽，有若江河，今之人徒見宋之不唐法，而不知宋因唐而有法者
> 也。〔註119〕

這種「無所不收」、「無所不有」、「無所不爲」、「無所不取」正是文正公詩歌
的特色。

　　宋詩尚理，所以詩境常超越文學的固有範疇，伸入哲學領域，以文入詩，
所以能打破詩律的拘牽，使詩體自西崑舊習中解放而出，以口語入詩，所以
能淺近如話，不避俚俗而務求平實。因文正公詩歌這種語言特色，因而擴大
了宋人詩歌的境界。

（四）經世致用

　　文正公的詩文改革，特別強調文風與政風不可分的關係，他一身肩負政
治、詩文革新二項重任，凡所爲詩文皆本之仁義，爲文立說也都以「貫通經
術，明體達用」爲主，最後的目標，則是教化仁義，輔佐王道，因此啓發了
後世「經世致用」的思想。

　　文正公的革新主張是全面的，從政治、教育、文學、思想、人才等整
體看待，因而表現出宏大的氣魄。他認爲「文與學者、道之器也」，他的門
人，弟子也都有相同的看法。孫復主張「立言，主乎明道」，其〈答張洞書〉
說：

> 或則列聖人之微旨，或則摘諸子之異端，或則發千古之未寤，或則
> 正一時所失，或則陳仁政之大經，或則斥功利之末術，或則揚賢人
> 之聲烈，或則寫下民之憤歎，或則陳大人之去就，或則述國家之安
> 危，必皆臨事摭實，有感而作。爲論、爲議、爲書、疏、歌、詩、
> 贊、頌、箴、辭、銘、說之類。雖其目甚多，同歸於道，皆謂之文
> 也。〔註120〕

石介在〈上趙先王書〉說：

> 必本於教化仁義，根於禮樂刑政，而後爲之辭。大者驅引帝皇王
> 之道，施於國家，教於人民，以佐神靈，以侵蟲魚；次者正百度，

〔註119〕見袁宏道〈雪濤閣集序〉。
〔註120〕同註31。

敍百官，和陰陽，平四時，以舒暢元化，緝安四方。〔註121〕

李覯〈上李舍人書〉說：

> 賢人之業，莫先乎文。文章豈徒筆札章句而已，誠治物之器焉。其
> 大則核禮之序，宣樂之和，繕政典，飾刑書。上之爲史，則怙亂者
> 懼；下之爲詩，則失德者誡。發而爲詔誥，則國體明而官守備；列
> 而爲奏議，則關政修而民隱露。周還委曲，非文曷濟？禹、益、稷、
> 皐陶之謨，虺之誥，尹之訓，周公之制作，咸曰興國家、靖生民矣。
> 〔註122〕

其致用主張又影響歐陽修，《武成王廟問進士策》說：

> 儒者之於禮樂，不徒誦其文，必能通其用。不獨學於古，必可施於
> 今。〔註123〕

其後又影響到熙寧變法的古文家王安石，也持相同的看法。王安石《上人書》
說：

> 所謂文者，務爲有補於世而已矣；所謂辭者，猶器之有刻鏤畫也。……
> 要之以適用爲本，以刻鏤繪畫爲之容而已。〔註124〕

朱熹說：「到范文正等人，漸漸刊落枝葉，務去理會政事，思學問見於用處。」
文正公的文章，皆仁義布濩流衍，不論「雄文大冊，小篇短章，靡不燦然一
出於正〔註125〕」，由於文公斥「空言」而務「實效」，因此所做詩文都是典雅
純實，可以經世而出治，垂文而行遠。這種「貫通經術，明體達用」的主張，
啓發了後世「經世致用」的思想，對中國學術及政治都有深遠的影響。

二、對世風的影響

（一）振作世風

唐末、五代以來士風頹靡，道德淪喪，《宋史》說士大夫的忠義之氣，至
於五代消失殆盡。馮道身事四姓七君，尚且自稱長樂老，敍所得階勛官爵，
引以爲榮。張全義媚事朱溫，甚至妻妾子女爲其所亂，不以爲愧，及唐滅梁，

〔註121〕同註33。
〔註122〕見李覯〈上李舍人書〉。
〔註123〕見歐陽修《武成王廟問進士策》。
〔註124〕見王安石《上人書》。
〔註125〕見《褒賢集》卷三，〈吳郡建祠奉安文正公講義〉。

又賄賂莊宗周后，伶人、宦官等，以保全祿位，他們都身居高位，但已不知人間有何羞恥之事。《宋史》〈忠義傳序〉說：

> 士大夫忠義之氣，至於五季、變化殆盡。宋之初興，范質、王溥猶
> 有餘憾，況其他哉！〔註126〕

文正公乃深通《易經》之士，有極深的憂患意識，對北宋建國以來，士風的澆薄，深以爲憂。他說：

> 學者忽其本，仕者浮於職，節義爲空言，功名思苟得，
> 天下無所勸，賞罰幾乎息。〔註127〕

他一心以轉移士風爲己任，自奉勤儉，食不重肉；提倡教育，教以六經；崇尚名教，建嚴先生祠堂並爲之作記，晚年恭書〈伯夷頌〉，以倡導名節，砥礪士風，他著書立說，提倡詩文革新，爲文不尚空談，必本之仁義，以求得扭轉世風，激勵士氣。由於他的倡導，北宋到了仁宗之朝，士氣才有轉變，而趨尚名節，所以說：「一時士大夫矯厲尚風節，自仲淹倡之。」《宋史》〈忠義傳序〉說：

> 眞、仁之世，……范仲淹、歐陽修、唐介諸賢，以直言讜論倡於朝，
> 於是中外搢紳，知以名節相高，廉恥相尚，盡去五季之陋矣。故靖
> 康之變，志士投袂，起而勤王，臨難不屈，所在有之。及宋之亡，
> 忠節相望，班班可書，匡直輔翼之功，蓋非一日之積也。〔註128〕

由於文正公藉助詩文革新，提倡名教，激勵士風，宋代大儒朱熹說：「本朝惟范文正公振作士大夫之功最多。」

（二）砥礪名教

北宋建國以來，風氣澆薄，至文正公始登高一呼，以名節相高，以廉恥相尚，因而唾棄了浮華無實的西崑時文，而創作有益於世道人心以及能輔佐教化的文學作品。

爲了砥礪名教，他認爲讀書人立身處世，希聖希賢，不以邀名爲過，而以榮名爲寶。其〈上資政晏侍郎書〉說：

> 若以某邀名爲過，則聖人崇名教，而天下始勸。莊叟云：「爲善無近
> 名」，乃道家自全之說；豈治天下者之意乎？名教不崇，則爲人君者，

〔註126〕見《宋史》〈忠義傳序〉
〔註127〕同註99。
〔註128〕同註126。

謂堯舜不足慕，桀紂不足畏；爲人臣者，謂八元不足尚，四凶不足
恥。天下豈復有善人乎？人不愛名，則聖人之權去矣。經曰：「立身
揚名」，又曰：「善不積，不足以成名」，又曰：「恥沒世而名不稱」，
又曰：「榮名以爲寶」。是則教化之道，無先於名，三古聖賢，何嘗
不著於名乎？〔註129〕

孔子作《春秋》，一褒一貶，嚴如斧鉞，使後世「愛令名而勸，畏惡名而慎矣」，
文正公認爲孔子所作的《春秋》即是一部名教之書。其〈近名論〉說：

老子曰：「名與身孰親？」莊子曰：「爲善無近名」。此皆道家之訓，
使人薄於名，而保其眞。斯人之徒，非爵祿可加，賞罰可動，豈爲
國家之用哉？我先王以名爲教，使天下自勸。湯解網，文王葬枯骨，
天下諸侯，聞而歸之。是三代人君，已因名而重也。太公直釣以邀
文王，夷齊餓死於西山，仲尼聘七十國，以求行道，是聖賢之流，
無不涉乎名也？孔子作春秋，即名教之書也。善者褒之，不善者貶
之，使後世君臣，愛令名而勸，畏惡名而慎矣。夫子曰：「疾沒世而
名不稱」，《易》曰：「善不積，不足以成名；然則爲善近名，豈無偏
邪？臣請辯之。」孟子曰：「堯舜性之世，三王身之世，五霸假之也；
後之諸侯，逆天暴物，殺人盜國，不復愛其名者，下也。」人不愛
名，則雖有刑法干戈，不可止其惡也。武王克商，式商容之閭，釋
箕子之囚，封比干之墓，是聖人敦獎名教，以激勵天下，如取道家
之言，不使近名，則豈復忠臣烈士，爲國家之用哉？〔註130〕

文正公一心以轉移社會風氣爲己任，因此提倡名教不遺餘力，因之天下文風
丕變，世風也因他的倡導而有所轉變，影響所及，後世名臣大儒多珍愛名譽，
希望流芳百世，不願遺臭萬年，一旦國家有難，皆願意爲國家拋頭顱、灑熱
血，或慷慨犧牲，或從容就義，而留下千秋美名，其寫作的詩文也都氣象宏
偉、精誠感人，如岳武穆的《滿江紅》，文天祥的《正氣歌》，他們都是受著
這種精神的感召，無論見之事功，或見之詩文，都令人蕭然起敬。

（三）召喚自覺

文正公詩文革新的動機是拯救文弊，扭轉頹靡的世風，他在〈上時相議
制舉書〉說：

〔註129〕同註73。
〔註130〕見《范文正公集》第五卷，〈近名論〉。

今文庠不振，師道久缺，爲學者不根乎經籍，從政者罕議乎敎化，

故文章柔靡，風俗巧僞，選用之際，常患才難。〔註131〕

拯救文弊，必須尊聖宗經，所以他提倡教育，以六經教導學子，凡爲文章必本之仁義，不尙空言，由於他的精誠感召，呼喚了士大夫的精神自覺，由詩文的不爲無用之文，終而激勵了讀書人以天下爲己任的抱負。錢賓四先生說：

宋朝的時代，在太平景況下，一天一天的嚴重，而一種自覺的精神，亦終於在士大夫社會中漸漸萌茁。所謂自覺精神者，正是那輩讀書人漸漸自己從內心深處湧現出一種感覺，覺到他們應該起來擔負著天下的重任。范仲淹爲秀才時，便以天下爲己任，他提出兩句最有名的口號來，說「士當先天下之憂而憂，後天下之樂而樂」，這是那時士大夫社會中一種自覺精神之最好榜樣。〔註132〕

這種自覺精神的呼喚，不僅改變了一代的文風、士氣，而且影響到千秋萬世，因此千載之後，大家對文正公格外的崇敬與景仰。

〔註131〕同註39。

〔註132〕見錢賓四《國史大綱》第三十二章。

第七章　范仲淹詩文革新的貢獻

　　范仲淹在北宋詩文革新運動中，居承先啓後的關鍵地位。他上承柳開、王禹偁、穆修的文學主張，反對西崑浮靡的文風，他尊韓宗韓，恥讀非聖之書，提倡興學育才，爲拯救文弊、扭轉文風，以崇高的政治地位，振臂高呼詩文革新，砥礪時賢，獎掖後進，與胡瑗、張復、尹洙、梅堯臣、蘇舜欽、石延年、石介、李觀、歐陽修等人成爲一有力的詩文革新集團，終於平熄了西崑詩文的浮靡士風，促成了歐陽修的古文運動，促進州郡教育的發展，帶動了儒學的復興與理學的發展。

第一節　平熄西崑詩文的浮靡風氣

　　天聖三年（西元一○二五年）四月，當時官卑位低的文正公上〈奏上時務書〉，倡言「興復古道，厚其風化」。他說：

> 國之文章，應於風化，風化厚薄，見乎文章。……故文章之薄，則爲君子之憂。……況我聖朝千載而會，惜乎不追三代之高，而尚六朝之細，然文章之列，何代無人？弄時之所尚，何能獨變？大君有命，孰不風從？可敦諭詞臣，興復古道，更延博雅之士，布於臺閣，以救斯文之薄，而厚其風化也。

他強調文風與社會風化息息相關，他反對沿承六朝、五代餘緒的浮華文風。北宋初年楊億等人所倡導的西崑時文，聳動天下達三、四十年之久，內容都是倚紅偎翠、淺酌低唱、粉飾太平，不問民生疾苦、缺乏眞實感情的作品，因此他大力抨擊他們的作品學步效顰，忘己之實。天聖四年（西元一○二六

年），撰寫〈唐異詩序〉，奮力批判西崑文體的流毒。主張凡為文章，必須本
之於仁義，其〈唐異詩序〉說：

> 羽翰乎教化之聲，獻酬乎仁義之醇，上以德於君，下以風於民，不
> 然，何以動天地而感鬼神哉！

他本身的文學創作，也都本之仁義。富弼說：

> （文正公）作文章猶以傳道名世，不為空文。

蘇東坡說：

> （文正公）其於仁義禮樂、忠信孝悌，蓋如飢渴之於飲食，欲須臾
> 忘而不可得。

由於文正公為文立說皆講求於實效，不尚空言，因此凡所論著，不喜虛飾詞
藻，講求「貫通經術，明體達用」，亦即是提倡「致用」之文，影響當代文壇
與文風，從「明道」出發，求文學的「致用」，他的門人石介說：

> 介近得姚鉉《唐文粹》及《昌黎集》，觀其述作，有三代制度，兩漢
> 遺風，殊不類今之文。曰詩賦者，曰碑頌者，曰銘讚者，或序記，
> 或書箴，心本於教化仁義，根本於禮樂刑政，而後為之辭，大者軀
> 引帝皇王之道，施於國家，教於人民，以佐神靈，以侵蟲魚；次者
> 正百度，敘百官，和陰陽，平四時，以舒暢元化，緝安四方。〔註1〕

石介承襲文正公以仁義教化為文學內涵的主張，以文學作為儒家教化的工
具，對於「窮妍極態，綴風月，弄花草，淫巧侈麗，浮華纂組」的西崑詩文
大加撻伐，他對西崑文人「疾之如仇」，呼籲「二三同志，極力排斥之，不使
害於道」。

當時，文正公薦舉孫復、胡瑗、石介、李覯等人講學於京師，由於他們
的極力倡導樸實致用的文學，風靡文壇四十年之久的西崑詩文因而止熄。朱
熹說：

> 到范文正諸人，漸漸刊落枝葉，務去理會政事，思學問見於用處。

〔註2〕

第二節　成就北宋的古文運動

文學史上公認歐陽修為北宋古文運動的領袖，事實上，歐陽修的成功，

〔註1〕見石介《徂徠集》卷十二，〈上趙先生書〉。
〔註2〕見朱熹《朱子語類》卷一二○，〈訓門人〉。

文正公有穿針引線之勞。他上承柳開、王禹偁、穆修的文學主張，爲歐陽修的古文運動做好了鋪路的工作，他像針線一樣，盡一生的力量，織出了錦繡華服，功成身退，隱退在人所不見的篋笥之中。

　　范文正公與歐陽修二人志同道合，惺惺相惜。在政治上歐陽修全力擁戴文正公的政治革新，從景祐三年（西元一○三六年）文正公上百官圖，得罪宰相呂夷簡，他上疏諫阻，嚴責諫官高若訥坐視而不言，不復知人間有何羞恥事，因而同遭貶降，調爲夷陵縣令，迄慶曆三年（西元一○四三年），歐陽修與余靖、蔡襄等建議朝廷任文正公爲參知政事，他們在慶曆革新上始終站在同一陣線，同進同退。在文學上，文正公極力揄揚歐陽修大振古文，因而天下文風爲之一變，儼然尊歐陽修爲當代的文壇盟主。

　　任何一項革新運動，都是極漫長而且艱辛的工作，由萌芽而茁壯，由茁壯而壯盛，必須有傑出的領袖、優秀的幹部和廣大的羣眾，才能蔚成龐大的力量。在北宋的詩文革新中，先驅人物柳開、王禹偁、穆修，他們都尊韓、宗韓，力爲古文，可惜他們的聲望、地位都不足以號召羣眾，直到北宋中期文正公以他崇高的政治地位倡導詩文革新運動，才形成一股力量，因爲他既有文學主張，也有方法步驟，他的積極興學育才，爲文學運動厚植了深厚的基礎。他所薦舉的人才，如孫復、胡瑗、石介、李覯都在京師講學，自有其不可忽視的影響力，古文家尹洙，詩人蘇舜欽、梅堯臣、石延年都是他的至交好友，自然形成有力的詩文革新集團。他在政治上主張拯救文弊，提倡樸實、有益於教化的詩文，又主張應用科舉掄才大典改變文風，種種努力都爲歐陽修的古文運動舖下了寬廣堅實的大道。

　　歐陽修〈記舊本韓文後〉說：

> 是時天下學者，楊、劉之作，號爲時文，能者取科第、擅名聲，以誇榮當世，未嘗有道韓文者。予亦方舉進士，以禮部詩賦爲事。年十有七，試於州，爲有司所黜，因取所藏韓氏之文復閱之，則喟然歎曰：學者當至於是而止爾。因怪時人之不道，而顧己之未暇學，徒時時念於予心，以謂方從進士干祿以養親，苟得祿矣，當盡力於斯文，以償其素志。〔註3〕

此文揭示他夙志於韓文，痛惡流行於世的西崑文體，事實上，在歐陽修倡導古文之前，文正公及其門人，尤其是講學於太學的石介，以他剛猛的言行，

〔註3〕　見《歐陽修全集》卷三，〈居士外集〉二，〈記舊本韓文後〉。

對流行的西崑時文，確有摧陷廓清之力，他頗以太學師道自居，在他的鼓吹之下，西崑浮靡之風，乃趨衰微。

歐陽修說：「未嘗有道韓文者」，事實上詩文革新的先驅人物都道韓文，穆修且為刊行於世。邵子文〈易學辨惑〉說：

> 穆參軍老益家貧，家有唐本韓、柳集，乃丐於所親厚者，得金募工，鏤板印數百集，攜入京師相國寺，設肆鬻之。

文正公本身也是尊韓、宗韓者，晚年恭書韓愈〈伯夷頌〉賜蘇才翁。他在〈尹師魯河南集序〉說：

> 唐正元、元和之間，韓退之主盟於文而古道最盛。……洛陽尹師魯少有高識，不逐時輩，從穆伯長游，力為古文。……歐陽永叔從而大振之，由是天下之文一變，而其深有功於道歟！

文正公在此序文中推崇韓愈在唐代主盟文壇，古道最盛，次言尹洙上承穆修，下啟歐陽修力為古文，末言歐陽修大振古文，深有功於道。當時歐陽修尚未知貢舉，尚未提拔曾鞏、三蘇父子，已得文正公如此肯定，對他日後成為文壇的領袖，古文運動的成功有相當的助益。

要改變天下文風最有力的工具是掌握國家取士的考試，文正公早在天聖五年（西元一〇二七年）提出重策論的主張，其後主持慶曆新政時（西元一〇四三～一〇四四年），歐陽修已任諫官，從旁協助革新工作，聯絡宋祁、王拱辰、張方平、梅摯、曾公亮等人合奏「詳定貢舉條狀」說：

> 今先策論，則文辭者留心於治亂矣。簡其程式，則閎博者得以馳騁矣。問以經義，則執經者不專於記誦矣。

此項建議獲採納後，歐陽修又負責起草「頒貢舉條例勑」，可惜因新政失敗，而遭廢除，可見歐陽修在政治理念上和詩文革新上與文正公的想法相一致。

事隔十餘年之後，嘉祐二年（西元一〇五七年），歐陽修知貢舉，主試進士，乃掌握此一有力工具，終於改變天下之文風。〈神宗實錄本傳〉說：

> 士人初怨怒罵譏，中稍信服，已而文格變而復正。〔註4〕

由上可知，文正公詩文革新的一切努力，都為歐陽修的古文運動鋪下了堅厚的基石，種下種種的善因，因而終有日後美好的成果。

當然，一個運動要能成功，除了前人已建立有基礎之外，還要有一位文

〔註4〕 見《神宗實錄本傳》。

章、地位、聲望都足以號召羣眾的領袖，那麼歐陽修不愧爲當代最具崇高地位的文學家，葉夢得《避暑錄話》卷上說：

> 慶曆後，歐陽文忠以文章擅天下。

歐陽修的文章簡雅平淡，一方面爲古文開闢平坦之道，同時也指引了士子可以從而遵循的門徑。他的地位崇高，胸襟開闊，加上有朋輩尹洙、梅堯臣、蘇舜欽的切磋，門下士蘇軾、曾鞏、王安石等人的推動，形成古文運動的有力集團，終於達到較韓、柳時代更有力、更輝煌的成就。

第三節　奠定州郡教育的制度

我國教育起源甚早，古代有庠序之教。秦、漢以來，京師所在都設有太學，西晉以後有國子監的設立，但這些學校皆爲貴族子弟而設，一般尋常百姓無緣入學。

北宋初年，京師設有國子監，成爲全國最高學府，入學者必須是七品以上官員的子弟，因此這個「貴族」學校的學生，往往徒具其名，水準不高。

一般士人講習學術，教育俊秀子弟的地方，就是因爲五代時期學校不修而產生的「書院」。當時著名的書院有設在江西九江的白鹿洞書院，湖南長沙的嶽麓書院，河南商邱的應天書院，和設在河南登封太室山南麓的太室書院（范文正公四十八歲時改名爲嵩陽書院），號稱四大書院，此外湖南衡陽的石鼓書院，江蘇句容的茅山書院也頗爲有名。

范文正公二十三歲時入學於戚同文所創辦的應天書院。戚同文其人，史稱「純質尚信義」，終身不仕，一生不積財，不營居室，一心一意以教育後進爲職志。當年戚同文讀書時累年不解帶，文正公讀書其間，深受戚氏之影響，「五年來未嘗解衣就枕」，讀書至夜晚昏倦時，常以冷水沃面提神，飽讀經書，終於有成。日後熱衷教育，亦是得自於應天書院的啓發。

文正公詩文革新的動機是看到當時文庫不振、文風卑弱、士風頹靡，因此主張興學校，育人才，透過教育以扭轉風氣。其〈上執政書〉說：

> 古者庠序列於郡國，王風云邁，師道不振，斯文銷散，由聖朝之弗救乎？當太平之朝不能教育，俟何時而教育哉！乃於選用之際，患其才難，亦由不務耕而求穫矣。……復當深思治本，漸隆古道，先於都督之郡，復其學校之制，約周官之法，與閭里之俗，辟文學掾，以專其事。教之以詩書禮樂，辨之以文行忠信；必有良器，蔚爲邦

材。況州縣之用乎？夫庠序之興，由三代之盛王也，豈小道哉！孟子謂得天下英材而教育之，一樂也；豈偶言哉！行可數年，士風丕變，斯擇材之本，致理之基也。

文正公屢次上書，數言興學育才的重要，其〈奏王洙講書狀〉說：

政治天下，必先崇學校、立師資、聚羣材、陳正道，使其服禮樂之風、游名教之地，精治人之術，蘊致君之方；然後命之以方，授之以政。

文正公興學育才，不僅見之於文書奏表，也見之於力行實踐，擔任地方官吏三十餘載，先後經歷廣德軍、泰州、睦州、蘇州、饒州、潤州、延州、邠州、杭州、越州等地，每到一地，即大力興學，以此為己任，歷久不衰。

眞宗大中祥符八年（西元一○一五年），文正公二十七歲，進士及第，派為廣德軍司理參軍時，即注意延攬師資興辦教育。汪藻《浮溪集》卷十八，〈范文正公祠堂記〉云：

初，廣德人未知學，公得名士三人為之師，於是郡人之擢進士第者，相繼於時。

天聖元年（西元一○二三年），知泰州興化縣，到任後即創建縣學。陳垓〈高郵軍興化縣重建縣學記〉云：

國初文治，已盛如周，黨遂有賢守令，學校必興。……仁宗皇帝初政，公試民事之日也，文明之運，輔宰所臨，學重於天下，而士得師矣。

此為文正公首次實現創建縣學的主張，可惜因為縣小地僻，經費短絀，成效未彰。

天聖五年（西元一○二七年），范文正公丁母憂，寓居南京，時晏殊留守南京，請其主持應天書院，文正公「以身先之」，既能嚴格要求，又能循循善誘。應天府學，由是聲名大振。

晏丞相殊留守南京，仲淹遭母喪，寓居城下，晏公請掌府學。仲淹嘗宿學中，訓督學者，皆有法度，勤勞恭謹，以身先之。夜課諸生，讀書寢食，皆立時刻，往往潛至齋舍調之，見有先寢者詰之，其人紿云：「適疲倦暫就枕耳。」仲淹問：「未寢之時觀何書？」其人亦妄對，仲淹即取書問之，其人不能對，乃罰之。出題使諸生作賦，必先自為之，欲知其難易，及所用意，使學者準以為法。

> 由是四方學者輻輳，其後宋人以文學有聲名於場屋朝廷者，多其
> 所教也。〔註5〕

文正公興學育才，不僅高瞻遠矚，並進而樹立捐地興學的典範。景祐元年（西元一○三四年），由睦州轉知蘇州，返回桑梓之地，時人見其住處隘陋，乃介紹錢氏南園，以建府第，翌年將遷居時，陰陽家說：「此勝地也，必生公卿。」文正公說：「吾家有其貴，孰若天下之士咸教育於此，貴將無已焉。」於是捐地興學，此即蘇州府學的創立。《年譜》云：

> 景祐二年，公在蘇州，奏請立郡學。先是公得南園之地，既卜築而
> 將居焉，陰陽家謂必踵生公卿。公曰：「吾家有其貴，孰若天下之士
> 咸教育於此，貴將無已焉。」遂即地建學。既成，或以為太廣。公
> 曰：「吾恐異日患其隘耳。」

文正公不以一家之貴為貴，其以眾生之利為利，希望天下學子都在此接受教育，所以為千秋萬世所景仰。學院建成之後，敦請胡瑗任教，蘇州府學從此聞名天下。據文獻資料所記載，自北宋端拱元年至南宋紹定二年，歷時二百四十年，蘇州共出四百四十八名進士，南宋建炎二年至嘉定四年，歷時八十三年，蘇州共出四百六十二名文武進士，蘇州府學有如此卓越不凡之成就，范文正公有首創建學之功，胡瑗先生有教育多士之能。因此說：「吳郡有學起范文正公，而學有教法起安定先生。」

慶曆四年（西元一○四四年），范文正公與宋祁、王拱辰、張方平、歐陽修等八人合奏曰：

> 教不本於學校，士不察於鄉里，則不能核名實。有司束以聲病，學
> 者專於記誦，則不足以盡人才，謹參考眾說，擇其便於今者，莫若
> 使士皆土著而教之於學校，然後州縣察其履行，學者自皆修飭矣。

〔註6〕

仁宗皇帝終於採行其議，「下詔令州縣皆立學」，我國地方教育由是蓬勃發展，盡除「文庠不振，師道久缺。」的弊病。文教由此而興，人才隨之鼎盛，故曰：「就仁宗朝之人才論之，蓋莫盛於范文正公〔註7〕。」《蘇州府志》云：

〔註5〕 見司馬光《涑水紀聞》卷十。
〔註6〕 見《宋會要稿》〈選舉〉三，科舉條制。
〔註7〕 見《范文正公集補編》卷四，〈文正書院記〉。

蘇郡之有學也，自范文正公始，而各縣學校次第修建，大率皆方於
宋代。（卷二十四）〔註8〕

《宋史》云：

慶曆四年（西元一〇四四年），詔諸路州軍監各令立學，學者二百人
以上許置縣學，自是郡無不有學。〔註9〕

「興學育才」是「慶曆新政」十事疏「精貢舉」的項目之一，雖然新政未獲
成功，但是地方教育從此陸續興辦，對促進宋代學術的發皇，及後世教育的
普及，具有不朽的貢獻。

第四節　帶動儒學的復興

文正公認為「國家之患，莫大于乏人。」王者得賢傑而天下治，失賢傑
而天下亂，得十則昌，失士則亡，欲得賢傑，必須興學育才，育才之方，在
於勤學宗經，勸學宗經必須禮聘名師以教育士子。文正公深知欲扭轉文風、
振作士風，必須宗經勸學，因而全面的帶動了儒學的復興。他說：

今文庠不振，師道久缺。為學者，不根乎經籍；從政者，罕議乎教
化，故文章柔靡，風俗巧偽。〔註10〕

因此，他主張「勸學宗經」，他說：

夫善國者，莫先育材，育材之方，莫先勸學。勸學之要，莫尚宗
經。宗經則道大，道大則才大，才大則功大。蓋聖人法度之言存
乎《書》、安危之幾存乎《易》，得失之鑒存乎《詩》，是非之辯存
乎《春秋》，天下之制存乎《禮》、萬物之情存乎《樂》，故俊哲之
人，入乎六經，則能服法度之言，察安危之幾，陳得失之鑒，析
是非之辯，明天下之制，盡萬物之情，使斯人之徒，輔成王道，
復何求哉？〔註11〕

他不但主張興學育才，教學子以六經，並且進一步主張國家考試，先之以六
經、次之以正史、如此才能使儒家內聖外王的思想，深入士子的腦海之中，
而培養經國濟世之才。他說：

〔註8〕見《蘇州府志》卷二十四。
〔註9〕見《宋史》卷一六七，〈職官志〉七。
〔註10〕見《范文正公集》第九卷，〈上時相議制舉書〉。
〔註11〕同註10。

如能命試之際，先之以六經，次之以正史，該之以方略，濟之以時
務，使天下賢俊，翕然修經濟之業，以教化爲心，趨聖人之門，成
王佐之器。十數年間，異人傑士，必穆穆於王庭矣。何患俊乂不允，
風化不興乎？〔註12〕

文正公認爲學生「弗學而志窮，如玉之未攻，如泉之在蒙，昧焉而弗見，其
寶汨焉，而莫朝於宗。〔註13〕」，人不經學習，如玉之未攻，如泉之在蒙，而
學習有賴於「明師」的指點，因此文正公對於明師的禮聘不遺餘力。

　　黃宗羲《宋元學案》以胡瑗、孫復爲宋學的開山宗師。此二人皆因文正
公的薦舉而講學於京師，終而聲望日隆，揚名於天下。

　　景祐元年，文正公知蘇州，捐地興學，創辦蘇州府學即延聘胡瑗爲蘇州
教授，並令長子入學，做爲諸生的模範。〈高平家學〉云：

范純祐字天成，吳縣人，文正公長子也；性英悟自得，尚節行，十
歲能讀書，爲文章有聲。文正守蘇州，首建郡學，聘胡安定瑗爲師，
安定立學規良密，生徒數百，多不率教，文正患之，先生尚未冠，
輒自入學，齒諸生之末，盡行其規，諸生隨之，遂不敢犯，自是蘇
學爲諸郡倡。〔註14〕

胡安定先生「志窮墳典，力行禮義。」爲一代宗師，其對學生的教育，「嚴中
有親，教中寓愛。」〈胡瑗傳〉云：

瑗教人有法科，條纖悉備，具以身先之；雖盛暑必公服坐堂上，嚴
師弟子之禮。視諸生如其子弟，諸生亦信愛如其父兄，從之游者數
百人。〔註15〕

安定先生對教育有精闢的見解，認爲「致天下之治者在人才，成天下之才者
在教化，教化所本者在學校。〔註16〕」在辦學中嚴立學規，以身示範。在教
學方法上，因材施教，分經義、治事二齋。凡志向遠大，聰明通達，可當大
任者，使之講明六經；治事則一人各專攻一科，又兼修另一科，有政治、軍
事、曆算、水利等科。有如今日之分科教育。

〔註12〕　同註10。
〔註13〕　見《范文正公集》卷第六〈南京府學生朱從道名述〉。
〔註14〕　見《宋元學案》〈高平學案〉。
〔註15〕　見《宋史》卷四三二，〈胡瑗傳〉。
〔註16〕　見《范文正公政府奏議》卷下，〈奏爲薦胡瑗李覯充學官〉。

安定先生後來改任湖州教授，在蘇湖地區任教二十年，講學深具成績，而且頗馳聲譽，文正公乃推荐於朝廷，以爲法式於天下。

> （胡瑗）不惟講論經旨，著撰詞業；而常教以孝弟，習以禮法，人人向善，閭里歎伏。此實助陛下之聲教，爲一代美事；伏望聖慈特加恩獎，升之太學，可爲師法。〔註17〕

由於胡瑗（安定）教育得法，受業諸生均能深明六經，禮部錄取者常佔十之四、五。

孫復係文正公掌學於應天書院，所提攜、接濟，終而成爲一代大儒。〈泰山學案〉說：

> 范文正在睢陽（今河南商丘縣南）掌學，有孫秀才者，索遊，上謁文正，贈錢一千；明年，孫生復過睢陽，謁文正，又贈一千；因問「何爲汲汲於道路？」孫生戚然動色曰：「母老無以爲養，若日得百錢，甘旨足矣」。文正曰：「吾觀子辭氣，非乞客也，二年僕僕，所得幾何，而廢學多矣；吾今補子學職，月可得三千以供養，子能安於學乎？」生大喜，於是授以《春秋》，而孫生篤學不舍晝夜。明年，文正去睢陽，孫生亦辭歸。後十年，聞泰山有孫明復先生，以《春秋》教授學者，道德高邁，朝廷召至，乃昔日索遊孫秀才也。〔註18〕

全祖望〈宋元儒學案序錄〉云：

> 宋世學術之盛，安定泰山爲之先河，程朱二先生皆以爲然。安定沈潛，泰山尚明；安定篤實，泰山剛健；各得性稟之所近，要其力肩斯道之傳，則一也。

《宋元學案》說胡瑗「以聖賢自期許」，「以道德仁義教東南諸生」。又說孫復「築居泰山之陽，聚徒著書」，兩人皆致力於儒家之宣揚，都是文正公所薦舉、提拔，而成爲一代宗師。

此外，文正公又樂於誘掖指導後進親近儒學，因而卓然有成者，如門人李覯、石介講學於太學，富弼、張方平、劉牧、呂希哲等人成爲一代名臣，狄青成爲一代名將，對於儒學的弘揚深具貢獻。宋興六十餘年，論者認爲是儒林的草昧時期，到仁宗朝因文正公的振興儒學，終於帶動儒家思想的全面復興。劉季洪先生說：

〔註17〕 同註16。
〔註18〕 見《宋元學案》卷二，〈泰山學案〉。

在我國學術史上，周秦以後，有宋一代實居重要地位。宋於開國之
初，承五代紛亂之際，文尚虛華，學趨煩瑣，藝祖雖首釋兵權，講
求文治，但歷時數十年，積習難返，學術依然黯淡無光；直至仁宗
之世，范仲淹諸賢出，卓然自拔於流俗，篤行力行，樹立風範，然
後學風始有轉變。朱文公謂：「本朝惟范文正公振作士大夫之功爲
多。」實則范文正公不僅在於振作士風，其影響所及，對有宋一代
之學術發展，亦有莫大關係。〔註19〕

第五節　促進理學的發展

宋代的理學，以濂、洛、關、閩四派爲其中堅，以濂派的周敦頤，洛學
的程頤，程顥，關學的張載，閩學的朱熹，爲「有宋五子」。

《宋元學案》中除列舉濂學的首創者周敦頤爲高平講友之外，又列關學
的開山之祖張載爲高平門人。全祖望說：

晦翁（朱熹）推原學術，安定、泰山而外，高平范魏公其一也，高
平（仲淹）一生粹然無疵，而導橫渠入聖人之室，尤爲有功。

朱熹〈橫渠先生像贊〉說：

（橫渠）早悅孫吳（指孫吳兵法），晚溺佛老，勇撤皐比，一變至道，
精思力踐，妙契疾書，訂頑之訓，示我廣居。

橫渠先生早年喜談兵，因文正公之啓迪，而反之於道，有志於儒學。〈橫渠學
案〉說：

先生少孤，自立，志氣不羣，喜談兵，……年十八，慨然以功名自
許，欲結客取兆西之地，上書謁文正公，公知其遠器，責之曰：「儒
者自有名教可樂，何事於兵？」手《中庸》一編授焉，遂翻然志於
道。

橫渠經此當頭棒喝之後，乃從《中庸》入手，求之六經，立志弘揚儒家思想，
進而以實踐儒家的理想爲己任。他的學說以《易》爲宗，以《中庸》爲體，
以孔、孟爲法。他的著作，主要有《西銘》及《正蒙》。〈西銘〉原稱〈訂頑〉，
是北宋儒者所共同推許，公認爲難得一見的偉大作品。本篇文章寓意深遠，

〔註19〕　見劉季洪〈范仲淹對宋代學術之影響〉。

筆力醇厚，從乾父、坤母說起，旨在闡發「民胞物與」的思想，率性安命之道，及「萬物一體」的道理。

橫渠另一著作《正蒙》，共十七篇，書名取自《易經》：「蒙以養正」之意，乃是使蒙昧之人明白義理，使成爲正人君子，此謂之「正蒙」。

橫渠因文正公的啓迪，而開出關學之祖，從此關中學者，風起雲湧與洛學爭輝。其名言：「爲天地立心，爲生民立命，爲往聖繼絕學，爲萬世開太平。」與文正公「先天下之憂而憂，後天下之樂而樂」及「天下爲己任」的名言，同一理脈，他們的學問都是以《易經》及《中庸》爲出發而發展出來。《宋元學案》說：

> 先生（文正公）泛通六經，尤長於《易》。學者多從質問，爲執經講
> 解，亡所倦，並推其祿以食四方游士，士多出其門下。

文正公精通《易經》，著有〈易義〉、〈蒙以養正賦〉、〈窮神知化賦〉、〈乾爲金賦〉、〈易兼三材賦〉、〈天道益謙賦〉、〈水火不相入而相資賦〉及〈四德說〉等作。其〈蒙以養正賦〉說：「是知蒙正相養，聖賢是崇」正爲橫渠著《正蒙》之所本。

由此可見以文正公爲中心的學者，是以《易》及《中庸》爲學問的根本，他們是濂學、洛學、關學的先導。閩學的宗師朱熹說：

> 漢之名節，魏晉之曠蕩，隋唐之辭章，皆懲其弊爲之，不然，此只
> 是正理不明，相衰將去，遂成風俗。……本朝道學之盛，豈是衰纏？
> 亦有其漸，自范文正以來，已有好議論，如山東有孫明復，徂徠有
> 石守道，湖州有胡安定，到後來遂有周子、程子、張子出，故程子
> 平生不敢忘此數公。〔註20〕

元代李祁〈文正書院記〉說：

> 學校之徧天下，自（文正）公始，若其察泰山孫氏於貧窶中，使得
> 以究其業，延安定胡公入太學，爲學者師。卒之泰山以經術大鳴於
> 時，安定之門，人才輩出，而河南程叔子，尤遇賞拔，公之造就人
> 才已如此。其後橫渠張子，以盛氣自負，公復折之以儒者名教，且
> 授之以《中庸》，卒之關陝之教，與伊洛相表裡。蓋自六經晦蝕，聖
> 人之道不傳，爲治者不知所尊尚，寥寥以至於公，而後開學校，隆

〔註20〕 見朱熹《朱子語類》卷一二九。

師儒，誘掖勸獎，以成就天下之士，且以開萬世道統之傳，則公之

有功名教，夫豈少哉？〔註21〕

可見文正公對宋代理學的發展，實有導引之功，其影響可謂至深且鉅。

〔註21〕　見《范文正公集》《褒賢祠記》卷二。

第八章 結 論

一、

北宋的詩文革新，早期所反對的是文風卑靡的「五代體」，其後反對的是雕章鏤句，無益於教化的西崑時文。文正公認為文章是風化的代表，因此他的詩文革新之動機乃是拯救文弊而厚其教化。

在詩文革新中，他遠承韓愈，近承柳開、王禹偁、穆修、與尹洙、梅堯臣、蘇舜欽、石延年、石介等人形成一有力的詩文革新集團，終而促成歐陽修古文運動的成功。

宋人的詩文革新宗乎韓愈，北宋倡為詩文革新的柳開對韓文公亦步亦趨，他取名肩愈，其意乃以韓愈的繼承者自居；王禹偁主張遠師六經，近師韓愈，提倡「句易道，義易曉」的古文寫作原則；穆修為宋人提出了「道為仁義之謂」的寫作目的，又整理刊行韓、柳文集，使其流傳於世。范文正公本身也是尊韓宗韓，韓愈以發揚聖學為己任，「非三代兩漢之書不敢觀，非聖人之志不敢存。」文正公則自稱：「恥讀非聖之書」，晚年恭書韓文公〈伯夷頌〉贈蘇才翁，時人稱以「伯夷之清風、昌黎之偉詞、文正之墨寶」，三者會而為一，堪稱人間罕見之「三絕」。他在〈尹師魯河南集序〉中，稱道「唐正元、元和之間，韓退之主盟於文而古道最盛」，可見文正公尊韓、宗韓的態度與北宋詩文革新的先驅人物柳開、王禹偁、穆修相一致。

在「文」與「道」方面，韓愈在〈原道〉一文中以孔孟的道統自居，他的意思是「文」與「道」合一的思想。北宋古文家宗乎韓愈，文統與道統合而為一，柳開認為「文章為道之筌也」，王禹偁認為「文，傳道而明心也」，

穆修主張「道者仁義之謂也」，文正公對於文統與道統的觀念，和韓愈的觀點相一致，他認為「文者道之器也」，要求文章應具有實際的教化功能，「道」即「教化」，教化的根源在六經，所以文正公主張「勸學宗經」，文學創作以六經為根柢，以仁義教化為內涵，如此方能達成拯救文弊，厚其教化的目標。〈上時相議制舉書〉說：

> 今文庠不振，師道久缺，為學者不根乎經籍，從政者罕議乎教化，
>
> 故文章柔靡，風俗巧偽。〔註1〕

這段文字說明了文庠不振、文章柔靡、風俗巧偽的原因是：師道久缺、為學者不根乎經籍、從政者罕議乎教化。所以自從天聖三年，文正公首次提出詩文革新的主張之後，即針對此三項做持久不懈的努力。

（一）針對師道久缺，提倡興學育才

北宋初年，京師設有國子監，成為全國最高學府，入學者必須是七品以上官員的子弟，因此這個「貴族」學校的學生，往往徒具虛名，水準不高。

一般士人講習學術，教育俊秀子弟的地方，就是五代時期由於學校不修因而產生的「書院」。當時著名的書院有設在江西九江的白鹿洞書院、湖南長沙的嶽麓書院、河南商邱的應天書院和設在河南登封太室山南麓的太室書院（范文正公四十八歲時改名為嵩陽書院）號稱四大書院，此外河南衡陽的石鼓書院，江蘇句容的茅山書院也頗為有名。

「興學育才」可說是文正公一生的職志所在，從天聖三年（一〇二五年）主張救文弊、復武舉、重三館。天聖五年（一〇二七年）主張廣興教育，重振師道。天聖八年（一〇三〇年）主張拯救文弊，由教育入手，育才之道在於宗經勸學，以迄慶曆四年（一〇四四年）不斷的上書，力陳興學育才的重要，仁宗皇帝終於採行其議，下詔令州縣皆立學。

除了上書朝廷，請興學育才之外，文正公本身於天聖五年（一〇二七年）應晏殊之淚，主掌應天府學，史載由於教學得法，故四方學者輻輳。他擔任地方官吏三十餘年，先後歷經廣德軍，泰州、睦州、蘇州、饒州、潤州、越州、延州、邠州、鄧州、杭州等地，每一到任所，立即興學建校，禮聘名師，作育英才。

「興學育才」也是文正公主持「慶曆新政」十事疏中「精貢舉」的項目

〔註1〕 見《范文正公集》第九卷。

之一。由此可見文正公爲拯救文弊，提倡興學育才所做的努力與貢獻，對當代及後世均有深遠影響。

（二）針對學者不根乎經籍，倡導宗經勸學

中國文學根源於孔子所刪述的《易》、《書》、《詩》、《禮》、《樂》、《春秋》。其後《樂經》亡佚於秦火。我國第一位文學理論家劉勰在他所著作的《文心雕龍》〈宗經篇〉中標舉五經：《易》、《書》、《詩》、《禮》、《春秋》爲我國文學的本源。

唐代韓愈在〈原道〉一文中，同樣具有宗經的思想，他說：「其文，《詩》、《書》、《易》、《春秋》」。柳宗元在〈答韋中立論師道書〉中言其爲文根植於五經，他說：「本之《書》以求其質，本之《詩》以求其恆，本之《禮》以求其宜，本之《春秋》以求其斷，本之《易》以求其動，此吾所以取道之原也」。文正公主張「博識之士，當於六經之中，專師聖人之意。」他在〈上時相議制舉書〉中：不但主張興學育才，教學子以六經，又主張國家科舉考試之時，先之以六經，次之以正史。他說：

> 如能命試之際，先之以六經，次之以正史，該之以方略，濟之以時
> 務，使天下賢俊，翕然修經濟之業，以教化爲心，趨聖人之門，成
> 王佐之器，十數年間，異人傑士，必穆穆于王庭矣。〔註2〕

由於文正公宗經勸學的主張，儒學因以復興，文學寫作因之返回古道，以六經爲根柢，以仁義教化爲文學寫作的內涵。

（三）針對從政者罕議乎教化，提出改革科舉

文風的扭轉，不僅要有教育上的興學育才，更需要有政治上的竭力倡導，乃能有風行草偃之效，因此他提出了「先六經，次之以正史」的主張，並於天聖五年主張國家掄才之際「先策論，次辭賦」以漸隆古道，俾扭轉文風。又於慶曆三年，主持「慶曆新政」時，再度重申「先策論，次辭賦」務使國家得人，百姓受惠。他的主張，對當代學者頗具影響力。孫復在〈諭學〉詩中說：

> 既學便當窮遠大，勿事聲病淫哇辭，
> 斯文下衰吁已久，勉思駕說扶顛危，
> 擊暗毆聾明大道，身與姬孔爲藩籬。〔註3〕

〔註2〕　同註1。
〔註3〕　見《孫明復小集》卷三。

由於文正公的提倡策論，力求致用，不但影響當代文壇，並且啓發了後世「經世致用」的思想。

文正公針對「文庠不振，文章柔靡，風俗巧僞」提出了以上三項改革方案，不但扭轉了文風，並且在文學寫作方面，傳達了他的文學主張。

二、

文正公在文學創作上貫徹了的革新主張，門人富弼說：

> （文正公）作文章猶以傳道名世，不爲空文。〔註4〕

他的散文都是氣象宏偉，具有懾人心魄，令人感奮興起的力量。如〈岳陽樓記〉不但有優美的形式，也有豐富的內涵，「先天下之憂而憂，後天下之樂而樂」的名言，千古傳誦，成爲中國讀書人關懷天下國家的典範。又如〈桐廬嚴先生祠堂記〉有砥礪名教，及啓示後人宜培養高潔的人格的節操。他的政論文章，如〈奏上時務書〉、〈上張右丞書〉、〈上執政書〉、〈上資政晏侍郎書〉、〈上時相議制舉書〉等都是匡正時弊，評論時局，論說安邦定國，縱橫捭闔，筆鋒銳利的好文章。有名的四論：〈帝王好尚論〉、〈選任賢能論〉、〈近名論〉、〈推委臣下論〉以及〈四德說〉、〈任官惟賢賦〉、〈得地千里不如一賢賦〉等闡述有關拔擢人才、選用人才、培訓人才的重要。他的文章不但章法綿密，句法優美、氣勢充沛，言語精鍊，而且具有仁義道德教化之美。誠如蘇東坡所言：

> 其於仁義、禮樂、忠信、孝弟，蓋如飢渴之於飲食，欲須臾忘而不可得，如火之熱，如水之濕，蓋其天性有不得不然者，雖弄翰戲語，率然而作，必歸於此。〔註5〕

他有詩二百九十二首，每一首詩都是他高潔品格的投射。他的作品大都是關心民生疾苦和關懷國家興亡振衰之作。

他喜好以口語入詩，所以詩歌淺白如話，能不避俚俗而務求平實；喜歡以文入詩，所以能打破詩律，使詩體自西崑舊習中解放而出；又好以哲理入詩，因此爲宋代詩歌另闢蹊徑而大放異彩。

文正公又是一位辭賦大家。他有辭賦三十六篇，除古賦三篇之外，有律賦三十三篇，並作有〈賦林衡鑑序〉一篇，在序文中論述辭賦的形式、格律，

〔註4〕見富弼撰〈范文正公墓誌銘〉。
〔註5〕見蘇軾〈范文正公集敘〉。

也強調其中的教化功能。文正公所作三十三篇律賦，都是標準的試賦，結構謹嚴，對仗工整，每篇均有八字題韻，歷來評論家均認爲文正公律賦猶帶唐風，辭賦成就尤在歐陽修之上。

他的詞風，溫婉中帶有豪宕之氣，如〈漁家傲〉抒寫邊塞風光，氣象宏偉，上接李白〈憶秦娥〉的雄偉，下開蘇辛詞派豪放的先聲；〈蘇幕遮〉婉約偉麗，纏綿動人。〈御街行〉寫懷人之情，「酒未到，先成淚」，即使鐵石心腸也爲之感動涕零。〈御街行〉是首反諷的作品，頗有英雄無奈壯志未酬之悲。〈定風波〉借暮春尋訪桃源仙境，耐人尋味。他的詞作擴大了宋詞的境界，宋詞諸多流派的軌跡，可以從他的作品中看出端倪。

三、

任何革新運動都是艱辛而且漫長的工作，必須擁有傑出的領袖、出色的幹部和廣大的羣眾。詩文的革新自不例外，范仲淹在詩文革新中，既有革新的文學主張，也有革新的文學創作，由於他提倡興學育才，因而培養了不少的出色幹部和學子。

在京師的高等學府中，有主講其間的胡瑗、孫復、石介、李覯等人循著教育體系與文正公的詩文革新主張相互呼應，用以教導莘莘學子。在文壇上，他與古文家尹洙爲生死之交，詩人梅堯臣、蘇舜欽、石延年、林逋都是他的至交好友，他們彼此相互唱和，蔚成風氣。

文正公在北宋詩文革新中，居於承先啓後的地位，他是一位關鍵人物，他自身好像是縫製衣服的針線，織成了錦繡華服，自己功成身退，讓小他十八歲的歐陽修在北宋的文壇上，煥發出耀眼的光芒。

文正公自慶曆改革失敗之後，即黯然離開京師，從此再也沒有回到朝廷。他在慶曆五年（一○四五年）知邠州，同年十一月改知鄧州，皇祐元年（一○四九年）調知杭州，皇祐三年（一○五一年）遷知青州，皇祐四年（一○五二年）徙知潁州，正月扶病就道，五月二十日病逝徐州。

在七年的遊宦生活中，他以興學育才及恤災濟民爲主要職責，閒暇之時則以詩酒自娛，慶曆六年寫成了膾炙人口、千古傳誦的〈岳陽樓記〉，皇祐三年恭書韓愈的〈伯夷頌〉，都是當時儒林的盛事。

雖然文正公未能及身看到詩文革新的成功，然而由於他的一再倡導、呼籲，詩風、文風已漸漸改變。他爲尹洙刊行文集，又撰寫〈尹師魯河南集序〉，

既推崇韓愈、又推重尹洙及歐陽修，於古文之推廣，頗具助益。據歐陽修說，仁宗皇祐四年古文已盛〔註6〕，可見在文正公病逝之年，宋代古文已因文正公之倡導，尹洙、蘇舜欽等人之推波助瀾已漸見成效，這一年，尹洙已病逝六年，蘇舜欽已逝四年，因此詩文革新的工作，很自然的落在歐陽修的身上。

文正公在〈尹師魯河南集序〉中說：

近則唐正元、元和之間，韓退之主盟於文，而古道最盛。

又說：

遽得歐陽永叔，從而大振之，由是天下之文一變，而深有功於道歟。
〔註7〕

文正公撰寫此序時，將歐陽修與韓愈相提並論，儼然已尊歐陽修為當代文壇之盟主，而歐陽修一向也以此自居。直至仁宗嘉祐二年（一○五七年）歐陽修知貢舉，掌有掄才的有利工具，在提拔了曾鞏、蘇東坡、蘇轍、王安石等人之後，形成了強而有力的革新集團，終而促成了北宋古文運動的成功。

四、

文正公一生功業彪炳，他的成就是多方面的。在政治上，慶曆三年（西元一○四三年）任參知政事，主持「慶曆新政」，提出「明黜陟、抑僥倖、精貢舉、擇長官、均公田、厚農桑、修武備、減徭役、覃恩信、重命令」等十項革新主張，引導後來王安石的熙寧變法。

在軍事上，寶元元年（西元一○三八年）十月，西夏國主趙元昊僭號稱帝，康定元年（西元一○四○年）寇略延州（今陝西中部），西塞邊境岌岌可危，幸賴文正公奉令守邊，西夏畏之如神，稱「小范老子，胸中自有數萬甲兵」，百姓為之歌謠曰：「軍中有一范，西賊聞之驚破膽。」終於迫使西夏求和稱臣。

在水利上，真宗天禧五年（西元一○二一年），調任為「監泰州（今江蘇泰縣）海陵西溪鎮鹽倉」，到任後發現當地水利設施長期失修，災荒不斷。文正公不忍水災為患，百姓流離失所，毅然肩負修復海堰的工作，築堤一百四十六里。堤成，流亡在外的，有二千六百餘戶返回故里，興化縣民感念文正公恩德，往往以范為姓。景祐元年（西元一○三四年），文正公回故鄉蘇州任

〔註6〕見《蘇學士文集》歐陽修撰〈蘇子美文集序〉。
〔註7〕見《范文正公集》卷六〈尹師魯河南集序〉。

官，看到水患自夏逾秋不退，於是招募游手疏浚五河，導太湖溢水注入於海，水利的興修成功，使得「蘇湖常秀，膏腴千里。」

文正公在教育上的貢獻，可以稱得上「百世之師」而無愧，尤其對於地方教育的推廣、郡學的興辦最為有功。宋初自趙匡胤建國至仁宗慶曆年間，八十餘年來，天下學校，只有七品以上官員子弟才可以入學的「國子監」，由於文正公一再的倡導，後來才在京師設立太學，在各州郡縣設立學校。

在荒政上，由於宋室的積貧積弱，荒災不斷，社會亂盪不安，農民在饑餓死亡中掙扎，文正公屢次上書仁宗皇帝，提出了一系列的救荒主張，也做了大量的救災工作。他實施社會救濟工作，全國普遍建立常平倉用以調節糧價，凶歲時則以之救濟生民。一般救荒工作，都沿襲古訓的調粟、賑貨、弛力等消極補救方法，但是他有荒政三大奇策，一是縱民競渡，太守日出宴於湖上，使居民空巷出遊以利刺激景氣；二是大興土木，准許興建佛寺，以增加就業工作機會；三是平衡物價，先是提高穀價，使商人大量進貨，終因貨源充裕，終而止漲回跌。在中國救荒史上，文正公的高瞻遠矚和積極應變的做法，與現今的經濟思想頗為相近，足見文正公的智慧是高人一等。

在哲學思想上，他承繼儒家的仁學思想，強調忠君愛民。他精通《易經》，具有「窮神知化」的宇宙觀，撰有〈易義〉、〈四德說〉、〈蒙以養正賦〉、〈窮神知化賦〉、〈乾為金賦〉、〈易兼三材賦〉、〈天道益謙賦〉、〈水火不相入而相資賦〉等作品，他又精通《中庸》，因此他的哲學思想，對理學的勃興，有相當的影響力。

五、

宋代人才獨多，又以仁宗時為最盛，實與文正公之以名節相高，以廉恥相尚有關。而他又樂於舉薦時賢，獎掖後進，他薦舉胡瑗、孫復講學於京師，二人因之成為宋學的開山宗師，他裁成石介、李覯、劉牧、張方平、吳布哲等人成一代名儒，激勵張載成為理學大師，培養門人富弼、次子純仁成為一代名相，在戰場上賞識狄青，授以《左氏春秋》，培育成一代名將。他所薦舉、栽培的都是學養深厚，品德端正的賢人君子，因此蔚成風尚，盡去五代之陋習，所以明代張溥說：「賢人君子於宋為獨多」，而在宋朝，又以北宋仁宗朝為最盛。

　　文正公以其「粹然無疵」的人格，號召羣倫，因此五代頹靡的風氣，至此轉變而爲積極奮發的士氣。他振作士大夫之功是多方面的，既振興了教育，也復興了儒學，宋代的學術因之蓬勃發展，超過前代，成爲繼先秦時代又一個儒學興盛的時代。在文學上有詩文革新、詞的極盛和平話小說的發展。在學術上金石學、小學、目錄學、藝術與科學，均有新的建樹。在史學上，宋代國史最爲詳備，史志的撰述最爲豐富，爲後世所難企及。最重要的是士大夫氣骨凜然，充滿著浩然的正氣，如岳飛的〈滿江紅〉、文天祥的〈正氣歌〉，文如其人，他們在作品中傳達了愛國的情操和高貴的人格，讀其文，如見其人，令人肅然起敬。

　　宋代在國勢上雖然積貧積弱，但是在精神內涵卻極爲豐富，文正公以名節志操相砥礪，扭轉了整個時代的風氣，有宋一代男士重節操，女士重貞操，是不爭的事實。從歷史上看，蒙古人征伐歐洲，戰無不勝，攻無不克，而南宋對抗蒙古，前後達四十多年之久，可見士風砥礪的影響，何其深遠。

六、

　　文正公才兼文武，學貫天人，他爲拯救文弊、做全面的革新，不僅振興了教育，重振了儒學，也促使宋代學術大放異彩，他激勵了萎靡不振的士風，使得士大夫以名節相高，以廉恥相尙，扭轉了整個時代的風氣，鼓動了後世讀書人的志節。

　　陳傅良《止齋文集》卷卅九說：

> 宋興，士大夫之學亡慮三變，起建隆至天聖、明道間，一洗五代之陋，知鄉方矣！而守故蹈常之習未化，范子始與其徒抗之以名節，天下靡然從之，人人恥無以自見也。歐陽子出，而議論文章粹然爾雅，軼乎魏晉之上。久而周子出，又落其華，一本於六藝，學者經術遂遽幾於三代，何其盛哉！則本朝人物之所由眾多也。〔註8〕

南宋中書舍人陳傅良此說至爲中肯，他與文正公的時代較爲接近，所見也較爲客觀，由此可知文正公在學術上與詩文革新的貢獻至鉅，雖然他無意在文壇上爭名，但是他的努力與貢獻卻不容忽視，而且應該予以肯定。

〔註8〕 見《止齋文集》卷三十九，〈溫州淹補學田記〉。

主要參考書目

1. 《范文正集二十卷別集四卷補編一卷奏議二卷尺牘三卷》，（景印摛藻堂四庫全書薈要集部別集類十二冊）。

2. 《范文正公集二十卷》，范仲淹，（商務四部叢刊）。

3. 《范文正公文集九卷》，范仲淹，（叢書集成新編第七三冊）。

4. 《范文正公政府奏議二卷》，范仲淹，（叢書集成續編第五六冊）。

5. 《范文正公詩餘》，朱祖謀，（彊村叢書廣文書局）。

6. 《范忠宣公集》，范純仁，（四庫叢刊本）。

7. 《范文正公年譜》，樓鑰，（四明叢書本）。

8. 《范文正公年譜》，張伯行，（正誼堂全書）。

9. 《范仲淹先生年譜新編》，申時方，（唯勤出版社）。

10. 《范氏家乘》，范安瑤等編，（東京大學東洋文化研究所藏乾隆十一年續修刊本）。

11. 《高平范氏族譜》，范鴻章等編，（東京東洋文庫藏道光二○年修光緒四年鈔錄本）。

12. 《范氏宗譜》，范榮照等編，（東京東洋文庫藏光緒十八年後樂堂刊本）。

13. 《范氏大族譜》，馮阿水、莊吳福同主編，（創譯出版社）。

14. 《范仲淹研究》，湯承業，（中華叢書委員會）。

15. 《范仲淹研究》，陳榮照，（香港三聯書店）。

16. 《范仲淹研究資料彙編》，李壽林編，（行政院文化建設委員會）。

17. 《范仲淹的憂患意識》，王甦，（孔孟學報五八期）。

18. 《范仲淹的文學觀及其時代意義》（《唐宋古文新探》），何寄澎，（大安出版社）。

19.《范仲淹的教學思想》，王雲五編，（商務印書館）。

20.《范仲淹》（《中國歷代思想家》），王德毅，（商務印書館）。

21.《呂夷簡與范仲淹》，王德毅，（鼎文書局宋史研究論集二）。

22.《范仲淹》（《中國文學史論集》），朱子范，（現代國民基本知識叢書）。

23.《范仲淹為民謀福的經濟與文化建設》，湯承業，（台北市銀月刊，十三卷八期）。

24.《善體遠祖愛心的范仲淹》，湯承業，（孔孟月刊，第十九卷十二期）。

25.《范仲淹的詩文觀》，黃啓方，（故宮學術季刊，民國七八年秋季）。

26.《范仲淹……紀念千年前的崇高人物》，劉子健，（歷史月刊二十期）。

27.《范仲淹與泰州捍海堰》，朱瑞熙，（大陸雜誌八一卷一期）。

28.《淺談范仲淹的易學思想》，黎培元，（國文天地八卷二期）。

29.《論范仲淹的文學修養》，羅敬之，（華學月刊一〇二期～一〇三期）。

30.《范仲淹泱泱抱負》，龔弘，（中原文獻二十二卷一期）。

31.《論范仲淹「蘇幕遮」詞》，姚翠慧，（中正嶺學術研究集刊九期）。

32.《范仲淹的刻苦濟眾》，黃志民，（孔孟月刊二十卷六期）。

33.《范仲淹的政治思想》，賀凌虛，（中山學術論叢九期）。

34.《論范仲淹在兩浙路任知州時的貢獻》，宋晞，（華岡文科學報十八期）。

35.《范仲淹的治邊》，蔣武雄，（中國邊政七七期）。

36.《論范仲淹之高潔心境》，湯承業，（中華文化復興月刊第十三卷第一期）。

37.《讀湯「論范仲淹的高潔心境」書後》，尹中嵩，（孔孟月刊第十八卷第九期）。

38.《范仲淹幼時之讀書歷程》，湯承業，（孔孟月刊第二十二卷第一期）。

39.《中國的歷史和人物：范仲淹（上）（下）》，梁庚堯，（華文世界四五期、四六期）。

40.《以天下為己任的范仲淹》，王德毅，（中華文化復興月刊第十二卷第七期）。

41.《以天下為己任的范仲淹》，黃博端，（古今談一八二～一八三期）。

42.《由岳陽樓記五記探論范仲淹之散文》，杜松伯，（興大中文學報第三期）。

43.《俟何時而教育哉？……對范仲淹興學的一點真實感受》，何寄澎，（歷史月刊第二十期）。

44.《范文正公仲淹先生世考》，陳捷先，（故宮學術季刊七卷一期秋季）。

45.《范仲淹力行聖道的志節》，湯承業，（孔孟月刊第二十卷第九期）。

46.《范仲淹之救國思想與救時主張》，湯承業，（中國國學第十九期）。

47.《范仲淹父子與北宋邊防》，董光濤，（社會科學教育學報第一期）。

48. 《范仲淹作品之創新風格》，朱德才，（書和人，六九六期）。

49. 《范仲淹和慶曆新政研究中的一些問題》，朱瑞熙，（大陸雜誌，八一卷四期）。

50. 《萬家生佛范仲淹》，喬佩芝，（明道文藝四七期）。

51. 《范仲淹岳陽樓記過峽論》，楊鴻銘，（孔孟月刊第二四卷第十期）。

52. 《學仕官名類釋（7）……五代：李煜；（8）宋：范仲淹、張先、晏殊、歐陽修、蘇洵》，李慕如，（今日中國一八期）。

53. 《范仲淹的刻苦濟眾》，黃志民，（孔孟月刊第二十卷第六期）。

54. 《范仲淹的散文藝術……從技巧、寓意析論「岳陽樓記」（上、下）》，沈謙，（中華文化復興月刊，第二三卷，第一期、第二期）。

55. 《范仲淹與慶曆改革》，蔣君章，（中華文化復興月刊，第十七卷，第一期）。

56. 《略論宋儒的宗教信仰：以范仲淹的宗教觀爲例》，劉靜貞，（中國歷史學會史學集刊，第十五期）。

57. 《論范仲淹「以天下爲心」的胸襟》，湯承業，（孔孟月刊，第二十卷第五期）。

58. 《論范仲淹所得的聖賢之心》，湯承業，（孔孟月刊，第二十卷第十一期）。

59. 《窺述范仲淹之學業與志業》，湯承業，（中國國學第十八期）。

60. 《先憂而後樂的范仲淹》，許如中，（國魂二〇二期）。

61. 《范仲淹對宋代學術之影響》，劉季洪，（國立政治大學三十周年論文集）。

62. 《范仲淹之人格及其擔當精神》，李伯平，（書和人，六〇一五期）。

63. 《范仲淹的生平志業》，朱維煥，（人生第二十七卷第三期）。

64. 《非「專業」的大詞人范仲淹》，林白晞，（古今談一七九期）。

65. 《范仲淹族史研究》（《范仲淹研究論集》），朱明霞，（蘇州大學出版社）。

66. 《范仲淹和慶曆新政研究的一些問題》，朱照熙，（蘇州大學出版社）。

67. 《論范仲淹先憂後樂的崇高境界與思想淵源》，郭正忠，（蘇州大學出版社）。

68. 《慶曆新政與永貞革新》，卞孝萱，（蘇州大學出版社）。

69. 《儒家的天下觀與范仲淹的天下憂樂思想》，余行邁、徐茂明，（蘇州大學出版社）。

70. 《簡論慶曆新政及其改革主張》，田澤濱，（蘇州大學出版社）。

71. 《略論范仲淹的廉政思想》，戈春源，（蘇州大學出版社）。

72. 《范仲淹與太湖水利》，何榮昌，（蘇州大學出版社）。

73. 《范仲淹對吳地社會的認同》，許周鶼，（蘇州大學出版社）。

74. 《范仲淹的個性與宋代婦女改嫁習俗》，顧霆、周星，（蘇州大學出版社）。

75.《范仲淹與北宋的新古文運動》，沈建洪，（蘇州大學出版社）。

76.《范仲淹荒政述論》，皇甫志新，（蘇州大學出版社）。

77.《范仲淹經濟思想論析》，方健，（蘇州大學出版社）。

78.《范仲淹哲學思想管窺》，王文欽、周可真，（蘇州大學出版社）。

79.《法度所以示信——范仲淹法律思想略論》，艾永明，（蘇州大學出版社）。

80.《論范仲淹的國防思想》，耿曙生，（蘇州大學出版社）。

81.《范仲淹軍事辯證法思想初探》，李直，（蘇州大學出版社）。

82.《論范仲淹的教育觀》，楊先國，（蘇州大學出版社）。

83.《范仲淹的教育思想初探》，凌文凱、徐錦魁，（蘇州大學出版社）。

84.《范仲淹的人才思想及其實踐》，王衛平，（蘇州大學出版社）。

85.《略論范仲淹與范氏義莊》，廖志豪、李茂高，（蘇州大學出版社）。

86.《理想的閃光與現實的投影——論范仲淹的詩》，張興璠，（蘇州大學出版社）。

87.《生命運行的真實軌跡——簡論范仲淹詩歌的倫理》，羅時進，（蘇州大學出版社）。

88.《政家憂樂和文士情懷——論范仲淹詞的矛盾和統一》，黃益元，（蘇州大學出版社）。

89.《第一流人物、第一流文章——論范仲淹散文的人格美、意境美、形式美》，曹林娣，（蘇州大學出版社）。

90.《范仲淹論辯的銳氣和藝術》，廖大國，（蘇州大學出版社）。

91.《范文正公遺像碑研究》，張曉旭，（蘇州大學出版社）。

（以上六六～九二各單篇論文，蘇州大學為紀念范文正公誕生一千年，彙集成《范仲淹研究論集》於一九九五年一月發行。）

92.《北宋的古文運動》，何寄澎，（幼獅文化事業公司）。

93.《唐宋古文新探》，何寄澎，（大安出版社）。

94.《唐宋古文的發展與演變》，羅聯添，（文復會主編《中國文學的發展概述》收入）。

95.《宋代古文運動之發展研究》，金中樞，（新亞學報五卷二期）。

96.《十三經注疏》，（藝文印書館）。

97.《禮學新探》，先師高仲華先生，（學生書局）。

98.《易經講話》，周鼎珩，（中華書局）。

99.《資治通鑑》，司馬光等，（世界書局）。

100.《新五代史》，歐陽修，（藝文印書館）。

101.《宋史四九六卷》，脫脫等，（藝文印書館）。

102.《東都事略》，王偁，（文海出版社）。

103.《續資治通鑑長編》，李燾，（世界書局）。

104.《續宋編年資治通鑑》，不詳，（文海出版社）。

105.《宋史紀事本末》，馮琦等，（里仁書局）。

106.《宋史新編》，柯維騏，（新文豐出版公司）。

107.《宋會要輯稿》，徐松，（世界書局）。

108.《續資治通鑑》，畢沅，（世界書局）。

109.《通志》，鄭樵，（新興書局）。

110.《文獻通考》，馬端臨，（新興書局）。

111.《二十二史劄記》，趙翼，（商務叢書集成）。

112.《五朝名臣言行錄》，朱熹，（商務四部叢刊）。

113.《三朝名臣言行錄》，朱熹，（商務四部叢刊）。

114.《宋元學案》，黃宗羲等，（世界書局）。

115.《宋元學案補遺》，王梓材等，（世界書局）。

116.《周濂溪年譜》，董榕，（廣學社周子全書收）。

117.《四庫全書總目提要》，紀昀等，（藝文印書館）。

118.《直齋書錄解題》，陳振孫，（廣文書局）。

119.《郡齋讀書志、後志》，晁公武，（廣文書局）。

120.《十七史商榷》，王鳴盛，（廣文書局）。

121.《廿二史考異》，錢大昕，（叢書集成）。

122.《二十五史》，王德毅、徐芹庭等斷句，（新文豐出版公司）。

123.《宋史》，張其昀監修、蔣復璁等編，（中華學術院）。

124.《西夏事略》，王偁，（叢書集成新編第一一七）。

125.《西夏史》，林旅史，（香港大同印務有限公司）。

126.《西夏史》，林瑞翰，（邊疆文化論集，二，現代國民基本知識叢書）。

127.《西夏紀二八卷》，戴錫章，（筆記小說大觀十六編新興書局輯、印行）。

128.《宋人軼事匯編》，丁傅靖，（商務印書館）。

129.《宋論》，王夫之，（四部備要）。

130.《宋史研究論集》，王德毅，（大陸雜誌社）。

131.《宋史研究論集第二輯》，王德毅，（鼎文書局）。

132.《宋史翼》，陸心源，（文海出版社影印本）。

133. 《宋史紀事本末》，陳邦瞻，（世界書局）。

134. 《宋遼金史》，金毓黻，（龍門書店）。

135. 《宋史》，方豪，（現代國民基本知識叢書）。

136. 《宋代興亡史》，張孟倫，（商務印書館）。

137. 《宋史新探》，蔣復璁，（正中書局）。

138. 《郡齋書錄解題》，晁公武，（廣文書局）。

139. 《資治通鑑長編紀事本末》，楊仲良，（文海出版社）。

140. 《韓忠獻公年譜》，楊希閔，（豫章先賢十五家年譜）。

141. 《二程語錄》，朱熹輯，（商務叢書集成）。

142. 《朱子語類》，黎靖德編，（正中書局影印黎氏本）。

143. 《習學記言》，葉適，（商務四庫珍本三集）。

144. 《玉海》，王應麟，（華文書局）。

145. 《困學紀聞》，王應麟，（世界書局）。

146. 《石林詩話》，葉夢得，（藝文歷代詩話本）。

147. 《石林燕語》，葉夢得，（新興書局筆記小說大觀二十八編四冊）。

148. 《玉壺清話》，釋文瑩，（新興書局筆記小說大觀二十九編三冊）。

149. 《老學庵筆記》，陸游，（木鐸出版社）。

150. 《冷齋夜話》，釋惠洪，（藝文百部叢書集成）。

151. 《東軒筆錄》，魏泰，（商務叢書集成）。

152. 《皇（宋）朝事實類苑》，江少虞，（源流出版社）。

153. 《涑水紀聞》，司馬光，（商務叢書集成）。

154. 《能改齋漫錄》，吳曾，（廣文書局）。

155. 《荊溪林下偶談》，吳氏，（新興書局）。

156. 《捫蝨新話二集八卷》，陳善，（叢書集成新編：第十二冊）。

157. 《夢溪筆談》，沈括，（商務四部叢刊續編）。

158. 《澠水燕談錄》，王闢之，（木鐸出版社）。

159. 《避暑錄話》，葉夢得，（新興書局）。

160. 《宋稗類鈔》，潘永因，（廣文書局）。

161. 《宋高僧傳》，釋贊寧，（大正大藏經冊五十）。

162. 《中吳紀聞》，龔明之，（奧雅堂叢書本）。

163. 《日知錄》，顧炎武，（四部備要）。

164. 《曲洧舊聞》，朱弁，（知不足齋叢書）。

165.《河南邵氏聞見前錄二十卷》，邵伯溫，（叢書集成新編第八三冊）。

166.《河南邵氏聞見後錄三十卷》，邵博，（廣文書局）。

167.《青箱瑣記》，吳處厚，（進步書局）。

168.《青箱雜記》，吳處厚，（稗海明刊本）。

169.《容齋隨筆》，洪邁，（四部叢刊續編）。

170.《郡齋讀書志》，晁公武，（四部叢刊本）。

171.《晁氏客話》，晁說之，（叢書集成本）。

172.《梅堯臣集編年校注》，朱東潤，（源流出版社）。

173.《梅堯臣傳》，朱東潤，（源流出版社）。

174.《蘇州府志》，盧熊，（東京靜嘉堂文庫藏洪武十二年序刊本）。

175.《韓昌黎集》，韓愈，（河洛圖書出版社）。

176.《柳河東全集》，柳宗元，（世界書局）。

177.《劉夢得全集》，劉禹錫，（商務四部叢刊）。

178.《元氏長慶集》，元稹，（商務四部叢刊）。

179.《李文公集》，李翱，（商務四部叢刊）。

180.《小畜集、外集》，王禹偁，（商務四部叢刊）。

181.《武夷新集》，楊憶，（商務四部叢刊）。

182.《河南穆公集》，穆修，（商務四部叢刊）。

183.《孫明復小集》，孫復，（商務四部珍本八集）。

184.《河南先生文集二八卷》，尹洙，（商務四部叢刊）。

185.《宛陵先生集》，梅堯臣，（商務四部叢刊）。

186.《徂徠集》，石介，（商務四庫珍本四集）。

187.《龍學文集》，祖無擇，（商務四庫珍本五集）。

188.《歐陽修全集》，歐陽修，（河洛圖書出版社）。

189.《潞公文集》，文彥博，（商務四庫珍本六集）。

190.《樂全集》，張方平，（商務四庫珍本初集）。

191.《蘇學士文集》，蘇舜欽，（中華書局四部備要）。

192.《嘉祐集》，蘇洵，（商務四部叢刊）。

193.《端明集》，蔡襄，（商務四庫珍本四集）。

194.《周子全書》，周敦頤，（廣學社）。

195.《周濂溪全集》，周敦頤，（藝文百部叢書影正誼堂全書）。

196.《臨川先生文集》，王安石，（華正書局）。

197.《蘇東坡全集》，蘇軾，（河洛圖書出版社）。

198.《東坡題跋》，蘇軾，（世界書局宋人題跋收）。

199.《后山詩註》，陳師道，（商務四部叢刊）。

200.《梁谿先生全集》，李綱，（漢華文化公司）。

201.《渭南文集》，陸游，（商務四部叢刊）。

202.《朱文公文集》，朱熹，（商務四部叢刊）。

203.《止齋先生文集》，陳傅良，（商務四部叢刊）。

204.《西崑酬唱集》，楊億等，（商務四部叢刊）。

205.《皇朝文鑑》，呂祖謙，（商務四部叢刊）。

206.《文章正泉》，眞德秀，（商務四庫珍本十一集）。

207.《文章軌範》，謝枋得，（商務四庫珍本十一集）。

208.《古文辭類纂》，姚鼐等，（世界書局）。

209.《誠齋詩話》，楊萬里，（廣大書局）。

210.《後村詩話》，劉克莊，（廣大書局）。

211.《詩話總龜》，阮一閱，（商務四部叢刊）。

212.《藝概》，劉熙載，（廣文書局）。

213.《安陽集》，韓琦，（清畫錦堂本）。

214.《王臨川集》，王安石，（商務、國學基本叢書）。

215.《水心集》，葉適，（四部備要本）。

216.《朱子文集》，朱熹，（叢書集成本）。

217.《自警集》，趙善璙，（歷代小史本）。

218.《李覯》，趙善元，（東大書局）。

219.《河東先生集》，柳開，（四部備要）。

220.《林和靖集》，林逋，（長洲朱氏校刊本）。

221.《包孝肅奏議》，包拯，（清同治省心閣本）。

222.《林和靖詩集》，林逋，（中華書局四部備要）。

223.《後山先生集》，陳師道，（適園叢書本）。

224.《范太史集》，范祖禹，（四庫珍本）。

225.《歐陽文忠公集》，歐陽修，（四部叢刊本）。

226.《韓魏公集》，韓琦，（叢書集成本）。

227.《蘇舜欽集》，蘇舜欽，（龍文閣本）。

228.《中國歷代文論選》，郭紹虞編，（華正書局）。

229.《中國文學批評史》，郭紹虞，(明倫出版社)。

230.《陳寅恪先生論文集》，陳寅恪，(九思出版社)。

231.《韓愈研究》，羅聯添，(學生書局)。

232.《柳宗元事蹟繫年暨資料彙編》，羅聯添，(國立編譯館中華叢書編審委員會)。

233.《元和詩人研究》，呂正惠，(東吳大學博士論文)。

234.《中國文學批評史》，羅根澤，(龍泉書屋)。

235.《王禹偁研究》，黃啓方，(學海出版社)。

236.《王安石評傳》，柯昌頤，(商務印書館)。

237.《四庫提要辨證》，余嘉錫，(藝文印書館)。

238.《北宋文學資料彙編》，黃啓方，(成文出版社)。

239.《朱子新學案》，錢穆，(三民書局)。

240.《朱熹的文學批評》，張健，(商務人人文庫)。

241.《宋代文學》，呂思勉，(香港商務印書館)。

242.《宋人軼事彙編》，丁傳靖，(源流出版社)。

243.《楊億年譜》，施隆民，(臺灣大學碩士論文)。

244.《歐陽修的治學與從政》，劉子健，(香港新亞研究所)。

245.《歐陽修的詩文及文學評論》，張健，(商務人人文庫)。

246.《歐陽修之經史學》，何澤恆，(台大文史叢刊)。

247.《詩品總論》，本師王更生先生，(師大國文系詩學集刊)。

248.《韓愈散文研讀》，本師王更生先生，(文史哲出版社)。

249.《柳宗元散文研讀》，本師王更生先生，(文史哲出版社)。

250.《文心雕龍研究》，本師王更生先生，(文史哲出版社)。

251.《中國文學的本源》，本師王更生先生，(文史哲出版社)。

252.《中國思斟史》，錢穆，(中華文化出版事業委員會)。

253.《中國近三百年學術史》，錢穆，(商務印書館)。

254.《中國政治思想史》，蕭公權，(中華文化出版事業委員會)。

255.《文心雕龍斠詮》，先師李曰剛先生，(國立編譯館中華叢書編審委員會)。

256.《中國政治思想史》，薩孟武，(三民書局)。

257.《中國歷代思想家》，王壽南編，(商務印書館)。

258.《中國歷代政治得失》，錢穆，(大東書局)。

259.《修辭學》，黃慶萱，(三民書局)。

260.《碧雲騢》，魏泰或梅堯臣，(說郛本)。

261.《中國詩學》，黃永武，（巨流圖書公司）。

262.《全宋詞》，北京大學，（北京大學出版社）。

263.《宋史研究論文與書籍目錄》，宋晞，（中國文化學院史學研究所）。

264.《宋詩概說》，吉川幸次郎著、鄭清茂譯，（聯經出版社）。

265.《吳郡志》，范成大，（叢書集成本）。

266.《宋明理學概述》，錢穆，（中華文化出版事業委員會）。

267.《宋代人物與風氣》，褚夢庵，（商務印書館）。

268.《姑蘇志》，王鏊，（東京靜嘉堂文庫藏正德元年序刊本）。

269.《北宋科舉制度研究》，金中樞，（新亞學報六卷一期）。

270.《北宋慶曆改革前後的外交政策》，陶晉生，（中央研究院歷史語言研究所集刊本）。

271.《宋代的太學》，梁天錫，（大陸雜誌第七卷第四至六期）。

272.《論兩宋學術精神》，錢穆，（文學年報第二期）。

273.《婉約之美與豪放之美——談詞的風格》，王熙元，（國立臺灣師範大學中等教育輔導委員會）。

274.《詞的章法與結構》，陳滿銘，（國立臺灣師範大學中等教育輔導委員會）。

275.《中國文學的音樂性》，本師王更生先生，（國立臺灣師範大學中等教育輔導委員會）。

276.《吉川幸次郎著《宋詩概說》簡評》，龔鵬程，（書評書目，第一〇〇期）。

277.《宋詩詩色之自覺與形成》，張高評，（漢學研究第十卷第一期）。

278.《宋詩特徵試論》，徐復觀，（中華文化復興月刊第十一期）。

279.《宋詩與化俗為雅》，張高評，（國立編譯館館刊二一卷一期）。

280.《論宋詩》，繆鉞，（中國詩季刊六卷二期）。

281.《蘇軾的文學批評研究》，張健，（文史哲學報二十二期）。

282.《陳後山年譜》，鄭騫，（幼獅學誌十六卷二、三期）。

283.《讀姚炫唐文粹》，錢穆，（新亞學報三卷二期）。

284.《王禹偁的詩歌成就及其影響》，劉明宗，（屏東師院學報，第八期）。

285.《北宋兵制研究》，羅球慶，（新亞學報三卷一期）。

286.《北宋之邊防》，林瑞翰，（文史哲學報十九期）。

287.《北宋積弱的三種新分析》，林天蔚，（歷史學報三期）。

288.《宋代の的士風》，宮崎市定，（史學雜誌卷六十二）。

289.《北宋に於ける儒學の展開》，麓保孝，（東京書籍文物流通會）。